ISBN 978-3-9815937-7-8

© Erstauflage: Oktober 2021
Herausgeber: Ulrich Diehl Verlag
und Medienservice GmbH, Darmstadt
Autor: Helmut J. A. Roth, Alsbach-Hähnlein
Gestaltung: Lena Neumann
Satz: Helmut J. A. Roth, Alsbach-Hähnlein
Druck: Druckerei Berg, Reinheim
Bindearbeit: Druckerei Berg, Reinheim

Printed in Germany

Alle in diesem Roman vorkommenden Personen, Schauplätze, Ereignisse und Handlungen sind frei erfunden. Etwaige Ähnlichkeiten mit lebenden Personen und Ereignissen sind rein zufällig.

Steinkleid für eine Leiche

Kriminellen-Roman

von

Helmut J. A. Roth

2021

Das Jagdschloss in Kranichstein

Das fast fünfhundert Jahre alte, idyllische Jagdschloss Kranichstein liegt so malerisch eingebettet in eine bezaubernde Wald-, Wiesen- und Seenlandschaft, wie man sie in der Nähe von Darmstadt, am nördlichen Ende der Bergstraße, wahrscheinlich nicht vermutet hätte. Hier haben Architekten in längst vergangenen Epochen die Eleganz der Renaissance stilvoll verknüpft mit Elementen aus dem Barock. Die vermutlich sehr bewusst erzeugte, einmalige Schlichtheit der Gebäude strahlt auch heute noch etwas Inspirierendes aus und zieht viele Besucher unwillkürlich in ihren Bann. Meisterhaft angelegte Sichtschneisen, kleine Jagdhäuser, Saufanghäuschen, besondere Baumarten und andere Natur-denkmäler beweisen, wie sehr sich früher gerade hier Fürsten bei höfischen Jagden und bei Repräsentationen wohl gefühlt haben. Alle Elemente zusammen genommen verleihen dem dereinst land-gräflichen, später dann großherzoglichen Anwesen einen besonders aparten Charme. Das gesamte Ambiente ist einfach nur mit dem Wort „schön“ zu beschreiben.

Bereits im sechzehnten Jahrhundert ließen es sich die Adligen im Schloss anlässlich der damals sehr geschätzten aufwendigen Jagdveranstaltungen gut gehen. Sie schlemmten und prassten unter den argwöhnischen Augen der Hunger leidenden Bevölkerung. Später traf man sich nur noch in dieser dann privaten Sommerresidenz zu festlichen Anlässen oder einfach nur zu geselligem Beisammensein.

Nicht ohne Grund schätzten viele Landgrafen von Hessen/ Darmstadt diesen idyllischen Schlosspark sehr. Auch Queen Victoria aus Großbritannien verweilte des Öfteren dort, wenn sie ihre Tochter, Großherzogin Alice von Hessen und bei Rhein, in Darmstadt besuchte.

Heute können auch „Nicht-Blaublütige“ das Hotel Jagdschloss Kranichstein uneingeschränkt besuchen, um gemütlich eine Tasse Kaffee oder Tee, einen Wein, ein kühles Bier oder einen süffigen Cocktail zu genießen. Das stets offerierte Gourmetmenü lässt ebenfalls keine Wünsche offen. Eine Oase der Ruhe fernab vom Alltag, insbesondere für Menschen, die Freude an Genüssen mit allen Sinnen haben.

So gesehen, war es nicht weiter verwunderlich, dass eines Tages ein glattrasierter Südafrikaner namens Willem Bekker mit rotblonden, wirren Haaren persönlich beim Hoteldirektor vorstellig wurde und vorsichtig anfragte, ob es unter Umständen eventuell für ihn die Möglichkeit gäbe, als Dauergast in dieses historische Gemäuer einzuziehen, ähnlich wie es Udo Lindenberg im Hotel Atlantic Kempinski an der Außenalster in Hamburg viele Jahre praktizierte.

Nach anfänglich ungläubigem Staunen von Stefan Eisen, der seit der Wiedereröffnung das 4-Sterne Superior-Hotel leitet, einigte man sich ziemlich schnell auf für beide Seiten annehmbare Konditionen. Dem Wunsch des neuen Bewohners entsprechend, wurden im Obergeschoss des neuen Anbaus, genannt „Kavaliersbau“, unverzüglich zwei modern eingerichtete Zimmer mit Verbindungstür nur für ihn umgestaltet. Sie waren, laut Mietvertrag, für die nächsten zwölf Monate das neue Heim des aus der Republik Südafrika geflohenen Buren. Dieser genoss es, mit Komfort und Service wie ein Fürst verwöhnt zu werden. Von seinem speziell auf ihn zugeschnittenen „Appartement“ aus, konnte er mit ein paar Schritten leicht in das Feinschmeckerlokal gleichen Namens wechseln. Dieses allseits bekannte kulinarische Aushängeschild des Hotels hatte es ihm schon bei seinem ersten Besuch angetan. Er fühlte sich ausgesprochen wohl und zudem standesgemäß untergebracht.

Schon während der ersten Besprechung mit Herrn Eisen deutete Willem Bekker mit geheimnisvoller Miene an, dass er sehr gerne den schlossähnlichen Park als Schaufenster für seine einmaligen Steinbilder verwenden würde. Im Gegensatz zum Skulpturengarten auf der unweit gelegenen Ludwigshöhe würden Besucher allerdings jede einzelne von ihm hier ausgestellte und in Südafrika gefertigte Figur problemlos käuflich erwerben können. Das Hotel werde er am Verkaufserlös beteiligen. Der entsprechende Prozentsatz sollte später in der anstehenden Verhandlung mit dem Notar noch definiert werden. Er erklärte dem Hoteldirektor die Hintergründe für seine geplanten Geschäfte folgendermaßen:

„Eine Skulptur, manche nennen sie auch Plastik, ist im weitesten Sinne immer ein dreidimensionales Kunstobjekt. Seit tausenden von Jahren stellen Menschen solche Nachbildungen lebender oder auch abstrakter Körper her. Wenn Sie an Skulpturen denken, kommen Ihnen sicher zuallererst welche in den Sinn, wie sie in der Antike entstanden. Aus weißem Marmor gehauene Schönlinge oder Götter entsprachen den damaligen Idealen. Meine aber sind zeitgenössisch aus normalem, gut bearbeitbarem Stein, sowohl menschlich geprägt, als auch zeitlos. Die Figuren sind so meisterhaft gestaltet, dass sie fast alle Betrachter begeistern. Jeder verspürt sofort den Drang, sie erwerben zu wollen. Sie verstehen, wie ich das meine? – Okay?!"

„Das hört sich toll an. Prima! Eine besondere Attraktion, hm – vielleicht sogar ein Besuchermagnet und eine verlockende Zusatzeinnahme für das Jagdschloss", dachte der Hausherr. Er spürte direkt, wie sein Inneres begann zu frohlocken. Davon überzeugt, dass keine Zusatzkosten für sein Unternehmen anfallen würden, rechnete er sich in Gedanken schon mal grob die wahrscheinlich anfallenden Gewinne aus. Für die Erstellung eines hieb- und stichfesten Vertrages würde er sich genügend Zeit nehmen. In seinem Enthusiasmus hatte er irgendwie vergessen, dass der Südafrikaner bereits einen Tag nach Neugestaltung der beiden Zimmer eiligst eingezogen war. Es hätte Eisen auffallen müssen, dass diesem Mann der Boden unter den Füßen brannte.

Doch in seinem Hochgefühl webte er sich lieber ein eigenes, ihm besser passendes, Gedankennetz. Höchst erstaunt hörte er seinen Mieter sagen: „Überraschung", Herr Eisen, „die ersten zehn Skulpturen werden schon morgen eintreffen. Toll, einfach phänomenal, wie schnell das ging. Keine Probleme bei der Überfahrt und auch keine beim Zoll. So kann es weitergehen."

Diese Aussage verwirrte den Hoteldirektor. Hatte er schon die Kontrolle über sein Gelände verloren? Ausgeschlossen! Das durfte niemals geschehen. Nie! – In ungewollt schroffem Ton fiel seine Antwort entsprechend aus:

„Moment bitte, Herr Bekker. Bevor sie auch nur eine Plastik hier in meinem Hotelpark aufstellen, müssen vorher noch die finanziellen Konditionen geklärt werden. Die genauen Standplätze haben wir ebenfalls noch nicht bestimmt. Das alles muss zuerst geschehen. So hatten wir es vereinbart, und so bleibt es, erinnern sie sich? Ohne meine Zustimmung läuft hier nichts. Klar?!"

„Kein Problem, Sir, kein Problem! Don`t worry! Ich habe bereits einen Vertrag vorbereitet, mit Festlegung der Standorte für alle Skulpturen – auf maßstabsgetreuem Plan, versteht sich. Der fachgerechte Platz macht den Unterschied. Ich gehe und hole meinen Entwurf schnell aus meinem Zimmer. Okay?"

„Nein, nein, bleiben Sie. Heute habe ich dafür keine Zeit. Außerdem möchte ich, dass unser Hausjurist bei Vertragsabschluss anwesend ist und genau prüft, was ich unterschreiben soll. Ich vereinbare einen Termin mit ihm. Sie können bestimmt ihre Ware im Freihafen Hamburg, oder sonst wo, noch so lange lagern, bis wir uns einig sind. Erst wenn wir beide den Vertrag unterzeichnet haben, dürfen sie mit dem Aufbau beginnen. Haben wir uns verstanden?"

Ohne zu grüßen, verließ Eisen eiligen Schrittes den Raum. Er war sauer, fühlte sich über den Tisch gezogen.
So einfach, wie er es sich gewünscht hatte, ging die Aktion wohl doch nicht über die Bühne. Er fragte sich:

„Wozu diese jiddische Hast, diese unverständliche Eile? Vielleicht war an der Sache irgendetwas faul? Und überhaupt, der Kerl nervt. Wie seriös ist er eigentlich? Ich muss die Ruhe bewahren, auch wenn`s mir schwerfällt.“

Plötzlich war es wieder da, dass immer dann in ihm aufkeimende, im Grunde sehr gesunde Misstrauen, wenn es galt, einen neuen Vertrag abzuschließen. Vor Aufregung schwitzend, hastete er in sein Chefbüro. Ohne eine bestens vorbereitete, juristisch einwandfreie Vorlage seines Darmstädter Anwalts und Notars Piet van Gilb würde er bestimmt keine Entscheidung fällen. In der Zwischenzeit wollte er, mit Hilfe des allwissenden Internets versuchen, alles nur Mögliche über seinen noch etwas undurchsichtigen, kapholländischen Dauergast in Erfahrung zu bringen. Bislang kannte er augenscheinlich zwar die Person mit den rotblonden, wirren Haaren, nicht aber den Menschen, den er beabsichtigte unter seinem Dach für längere Zeit zu beherbergen. Angesichts der auch für Eisen ungewöhnlichen Zimmerreservierung hatte der Bure ihm bereitwillig sehr übersichtliche Kontoauszüge vorgelegt. Waren die überhaupt echt? Viel zu einfach ließ sich aus diesen ableiten, dass der zukünftige Dauergast über ein nicht unbeträchtliches Barvermögen verfügt. Außerdem hatte er ihm ungefragt versichert, nicht verheiratet zu sein und keine erwähnenswerten Ableger mit Teilen seiner DNA vorweisen zu können. Damit wollte er seine totale finanzielle Unabhängigkeit zusätzlich verdeutlichen.

„Ein stinkreicher Multimillionär ist er, weiter nichts!“ Mit diesen Gedanken versuchte der berufserfahrene Hotelier, die geheimnisvolle Person irgendwie zu normalisieren. Jedoch, genau das wollte ihm trotz großer Aktivierung all seiner Hirnwindungen einfach nicht so recht gelingen. Sein tiefstes Inneres war beherrscht von Hochachtung vor diesem ungewöhnlichen Zeitgenossen.

Hätte Stefan Eisen gewusst, dass die besagten Skulpturen schon seit Monaten in Erfelden am Rhein in einer Scheune gelagert waren, würde er sich gewiss noch mehr gewundert haben. So aber vereinbarte er, ohne weitere Hintergedanken, mit seinem Haus- und Hofnotar, Piet van Gilb, einen Gesprächstermin in seinem Gourmetrestaurant „Kavaliersbau“, das erst kürzlich im Ranking der „Edlen“ eines Darmstädter Feinschmeckermagazins auf Platz zwei gelandet war.

Der Vertrag

Gewohnt pünktlich auf die Minute traf van Gilb am vereinbarten Ort ein. Nach kurzem Händeschütteln und kurzer Fixierung des Vertragspartners, begann er, ohne Umschweife, den von ihm vorbereiteten Vertrag zu erklären. Die wichtigsten Punkte darin lauteten:

> „Herr Willem Bekker darf maximal fünfzehn Steinbilder bis zu einer Höhe von zwei Meter und fünfzig im Hotelpark an vorher mit dem Vertragspartner gemeinsam festgelegten Punkten aufstellen.
> Herr Willem Bekker muss die Skulpturen auf eigene Kosten gegen Beschädigung, Vandalismus und Diebstahl versichern.
> Die im Park durch den Aufbau entstandenen Flurschäden hat der Mieter sofort nach deren Entstehung zu beseitigen. Er trägt alle anfallenden Kosten.
> Die Jahresmiete für die Stellflächen beträgt zehn Prozent des vom Verkäufer festgelegten Verkaufspreises für alle Skulpturen und ist sofort nach Platzierung der Verkaufsobjekte an das Hotel zu zahlen.“

Mit dem letzten Punkt war der Bure nicht einverstanden. Das sah man ihm deutlich an. Doch obwohl seine Gesichtsfarbe ins rosarote wechselte und seine Zornesadern leicht anschwollen, hatte er seine Gefühle im Griff. Nahezu ruhig und mit viel Sorgfalt legte er los, allerdings ein ganz klein wenig zu laut für die Ohren des Notars:

„Im Voraus, niemals! Vielleicht lässt sich der gewünschte Erlös gar nicht erzielen. Was dann? Ja, dann will ich selbstredend auch weniger überweisen. Okay?! Überhaupt sind fünf Prozent Maklergebühr üblich und nicht zehn. So geht das nicht. Ich schlage vor, eine fixe Miete für die von mir beanspruchten Flächen festzusetzen. Sagen wir: fünfzig Euro pro Platz und Jahr für jede Skulptur Dieser Betrag wird immer zu Beginn eines Kalenderjahres fällig, selbst wenn der Sockel leer stehen sollte, weil die Skulptur verkauft wurde. Das wäre fair. Ja? Okay!“

„Okay“, ist eines der Amerikanismen, mit denen Bekkers Vokabular durchsetzt ist. Das irritiert die Gesprächspartner bestenfalls zu Beginn des Kennenlernens, dann jedoch nicht mehr. Es gehört zu seiner Persönlichkeit wie das Salz in die Suppe.

„Herr Bekker, bitte, keine Panik! Warten wir ab, wie sich Angebot und Verkauf gestalten werden. Wenn Sie meinem Mandanten die originale Verkaufsquittung vorlegen, könnte ich mir vorstellen, dass im Einzelfall Korrekturen der Standmiete erfolgen, die dann mit der Miete im Folgejahr verrechnet werden. Somit würden sich die zehn Prozent jeweils nur auf die real erzielten Preise beziehen. Einverstanden? Aber, keine Tricks mit zwei Rechnungen! Sonst ist nicht nur dieser Vertrag hinfällig. Dann sehen wir uns vor Gericht wieder. – Im Übrigen gilt wie immer: Je schneller sie verkaufen, desto besser für Sie. Ich werde alle zuletzt besprochenen Punkte der Vereinbarung hinzufügen.“

„Herr van Gilb, das ist viel zu kompliziert. Machen wir es doch wie bei einer Wohnungsmiete üblich. Ich bezahle die Gebühr, egal ob die Wohnung leer steht oder nicht. Gut, ich erhöhe fünfundsiebzig Euro pro Figur und Jahr. Okay?“

Der Notar und der Hoteldirektor sahen sich nur kurz und intensiv an. Dass Gilb dabei die Augenlider niederschlug, hatte der Bure nicht bemerkt. Dann nickte der eine und der andere konkretisierte:

„Einverstanden, das können wir versuchen. Wir legen für das erste Jahr die fünfundsiebzig fest und verhandeln zu Beginn jeder Periode neu. Als Vertragsbeginn werde ich aber den 01. September eintragen. Somit sind wir uns einig, oder?“

Schließlich wurde die Verhandlung durch ein sehr schmackhaftes Essen gewissermaßen besiegelt. Dabei konnten sich alle drei besser kennen lernen und das gegenseitige Vertrauen erweitern. Ohne viel Federlesen erzählte jeder seine Lebensgeschichte in mehr oder weniger knappen Worten, gelegentlich unterbrochen durch einige eher beiläufig wirkende Anmerkungen zu den einzelnen wirklich sehr gelungenen kulinarischen Gaumenfreuden. „Hmm, gut!“ – „Schmeckt vorzüglich!“ – „Ein großes Extra-Lob an die Küche!“ – „...und der Wein, einfach klasse!“

Insbesondere die blumigen Ausführungen des Buren, Willem Bekker, zu seiner Vita interessierten die beiden anderen Feinschmecker brennend. Wenn er sprach, glänzten und strahlten seine Augen vor Begeisterung.

„Okay, meine Herren, mein Geld habe ich in Südafrika mit Steinen gemacht. Nein, nein, nicht mit solchen, aus denen meine Skulpturen entstehen, sondern mit ganz kleinen aus Botswana: Brillanten, roh oder geschliffen. Auch besondere Mineralien, also Edelsteine, verschiedenster Art haben es mir angetan. Doch damit ist es für mich jetzt erst einmal vorbei! That`s it! Ende! Finito! Ready!

Bevor wir Weiße binnen kurz oder lang aus dem Land vertrieben werden, habe ich einen Schlussstrich gezogen. Ich denke nämlich, dass in Südafrika bald ein zweites Simbabwe entstehen wird, verstehen Sie? Präsidenten wie Mugabe gibt es überall auf der Welt, gerade jetzt aber in meinem Geburtsland Südafrika. Die Eingeborenen betrachten uns Weiße als Landräuber und wollen `ihren´ Grund und Boden zurück, obwohl sie nicht wissen, was sie damit anfangen sollen."

Beide Zuhörer nickten zustimmend. Sie hatten zwar nicht all seine Ausführungen im Detail verstanden, doch wollten sie unbedingt, dass er weitererzählt. So erfuhren sie auch, dass Künstler aus dem armen Gebirgsland Lesotho seine Figuren produzieren. Er betreibt seit Jahren mit ihnen einen florierenden Kunsthandel.

„Unter den zirka eine Million Einwohnern dort dominieren die Bauern, die mit Ackerbau und Viehzucht ihr Geld verdienen. Das Land ist ringsum von Südafrika umgeben, aber von Chinesen unterwandert, die moderne Straßen und große Häuser mit allem Komfort in diese arme Gegend setzen. Der chinesische Staat gibt viel Geld aus, weil er auf Schürfrechte für Bodenschätze hofft, insbesondere für die bislang nicht vollständig ausgebeuteten Diamantenfelder dort. Viele Menschen denken, es gäbe in diesem armen, mittellosen Land nur bestenfalls auf Volkskunst spezialisierte Hochlandbauern beziehungsweise Bäuerinnen. Sehen Sie: Das ist falsch! Gerade in der Hauptstadt findet man wirklich professionelle, weitgereiste Künstler mit Geschmack. Sie modellieren gekonnt wunderschöne Skulpturen aus mannshohen Naturstein-Blöcken. Demzufolge entspricht kein Objekt genau dem anderen. Jedes Stück ein Unikat! Okay? Am Zoll vorbei, als Steine für den Hausbau deklariert, landen die Kunstwerke in Kapstadt, von wo aus ich sie in die ganze Welt verschiffe. In vielen

Ländern sitzen meine Vertrauensleute, ohne die ich nicht agieren könnte. Jetzt aber steuere ich den globalen Verkauf problemlos von hier. Kranichstein ist meine neue Geschäftsadresse. Ich bin bestens vernetzt, müssen Sie wissen, und könnte den Job von jedem Punkt der Erde aus erledigen. Deutschland gefällt mir aber am besten und dieses Schlosshotel mit all seinen Annehmlichkeiten sowieso. Außerdem spricht man hier beinahe genau die Sprache, die ich als Kind gelernt habe."

Mit den Worten: „Ich bin gespannt, wie mir ihre Figuren aus Stein gefallen werden. Vielleicht kauf ich auch mal eine für mein Büro oder für meinen zugegebenermaßen kleinen Garten. Wir werden sehen. Bis dann, auf Wiedersehen", verabschiedete sich der Rechtsanwalt. Eisen und Bekker ergingen sich danach noch in Details zu Aufstellung, Ort, Sonnenstand und Richtung, in die jede Figur blicken sollte und Vieles mehr. Auch wie ein Handel mit diesen ungemein schweren Objekten bewerkstelligt werden konnte, bereitete Herrn Eisen noch Kopfzerbrechen.

„Wer verkauft denn, wenn Sie einmal nicht im Hause sind? Meine Mitarbeiter werde ich jedenfalls dafür nicht abstellen können."

„Kein Problem, Okay? Derjenige, dem eine Skulptur gefällt, vereinbart mit mir per Smartphone, oder `Whats App´, einen Termin. Echte Interessenten kommen gerne noch einmal wieder, insbesondere, wenn sie hinter vorgehaltener Hand erfahren, dass der Gesamtpreis wahrscheinlich verhandelbar ist. Da bin ich mir ganz sicher. Die Presse wird mehrfach über mich und mein Geschäft berichten, vielleicht sogar das lokale Fernsehen. Die werde ich zuallererst informieren, wenn wir den Park eröffnen. Ach so: Ich benötige einen Platz im Trockenen, an dem ich meine Prospekte und Infoschriften auslegen kann. Ist das Okay für Sie?"

„Der lässt sich bestimmt finden."

Lieferung und Bau

Zwei Tage nach dem Gespräch mit fugaler Besiegelung erschien der Notar van Gilb unangemeldet und ungewohnt hektisch im Hotel und bat beide Vertragspartner, jetzt sofort, in seinem Beisein, das von ihm den Vereinbarungen entsprechend überarbeitete Papier zu unterzeichnen. Er selbst hatte bereits signiert. Alles müsse in Windeseile geschehen, da er heute mit anderen terminlichen Verpflichtungen schon sehr im Hintertreffen liegen würde. Verwundert über dieses Verhalten überflogen die beiden das Schriftstück und genehmigten es, wohl auch im Vertrauen auf den stets untadeligen Hausjuristen und die von ihm übergebenen Duplikate der Urschrift.

„Also, lieber Herr Bekker, jetzt sind wir Partner. Sie können ihre Figuren in Hamburg auslösen. Was glauben sie: Wann werden sie hier eintreffen?“

Aus unerklärlichen Gründen wurde es Eisen plötzlich wieder mulmig in der Magengegend. Was war denn nun schon wieder mit seinem vegetativen System los? Mehrfach musste er schlucken, während er auf die Antwort wartete.

„Das weiß ich nicht genau. Ich vermute aber, dass es frühestens in drei Tagen passiert, vielleicht aber auch erst in drei Wochen. Okay? Mittlerweile wird das von mir beauftragte Bauunternehmen aus Eberstadt neun unterschiedlich große Bodenplatten für die kleineren und ein Podest mit Fundament und Anker aus Moniereisen für die große Skulptur erstellen. Die Arbeiten beginnen morgen früh mit der Vorbereitung des Untergrundes, so denn die Handwerker und der Gott der Arbeit es wollen. Okay!? Sie werden vorgefertigten Beton direkt aus dem Mischer eines LKWs verwenden. Um allzu viel Lärm zu vermeiden, wird er abgestellt, wann immer es möglich ist. Es werden keinerlei Lagerflächen für Kies und Sand benötigt, da beide Materialien direkt an den geplanten Standorten von Kieslastern abgeladen werden. Sie bilden den Untergrund für die Platten, auf denen die kleinen und mittelgroßen Kunstwerke stehen sollen. Das vorherige Abschälen der Grassonden geschieht fast geräuschlos, das Abladen ebenso. Alle wissen, dass die Hotelbewohner möglichst nicht gestört werden dürfen. Also leise, leise, leise! Lediglich die dumpfen Geräusche beim Feststampfen des Untergrunds werden deutlich zu hören sein. Mehr Rücksichtnahme auf die Gäste geht nicht. – Okay?“

„Ich sehe, wir haben uns verstanden. Ich werde trotzdem ein Auge darauf haben. Und...ähm..., fast vergessen... kommt dann nach ein paar Tagen ein Tieflader, oder wie muss ich mir das Anliefer-Szenario für die Steinbrocken vorstellen?“

„Nein, ein Riesentransporter ist nicht nötig, nur ein LKW mit eigenem Kran. Fast ohne jeglichen Lärm. Keine Sorge! – Nach dem Abladen werden die steinernen Kunstwerke aus den stabilen Holzkisten beziehungsweise Bretterverschlägen ausgepackt. Danach entfernen wir vorsichtig die Noppenfolien und das Packpapier. Ich prüfe den Zustand auf Transportschäden etc. Mit dem ferngesteuerten Kran heben wir sie danach an breiten Gurten hoch und positionieren sie auf den Millimeter genau an der gewünschten Stelle. Je nach Lichtverhältnissen drehen wir sie in eine optimale Position. Später, wenn jede so steht, wie ich mir das vorstelle, haue ich ein kleines Schild aus Metall daneben in den Boden, auf dem alle nötigen Informationen für Besucher stehen. Also: Titel der Figur, Datum und Ort der Herstellung, Name des Künstlers, Art des Steines und, nicht zu vergessen, der Verkaufspreis. Dieser versteht sich inklusive Transport frei Bordsteinkante zum neuen Eigentümer im Umkreis

von einhundert Kilometern. Für die Installation des Kunstwerkes muss jeder dann selbst Rechnung tragen.
– Wenn die Fundamente perfekt vorbereitet sind, steht meine Ausstellung in spätestens vier Stunden komplett, vermute ich. – Okay?"

„Ja, dann! Sie haben meine Fragen erahnt! So ganz genau kann ich mir das Alles trotzdem noch nicht vorstellen. Die Steinskulpturen in meinem Hotelgarten werden hoffentlich meine Gäste begeistern. Möge das Werk gelingen."

„Natürlich was sonst, bei meiner langjährigen Erfahrung gibt es keine Probleme. Bedenken habe ich nur, wenn größere Beschädigungen zu entdecken sind."

„Mir graut davor, dass eine herunterfällt und zerdeppert wird. Das wäre ein schlechtes Omen, nicht wahr? Ja und wenn, was machen Sie dann? Ich kann Ihnen nicht helfen."

„Das wird es nicht geben, glauben Sie mir, nicht mit mir!" Er lacht.

„Ihr Wort in Gottes Gehörgang!"

Pünktlich um sieben Uhr dreißig am nächsten Morgen begannen die Handwerker mit ihren Arbeiten. Statt der avisierten sechs erschienen jedoch nur vier in einem kleinen Laster mit Kabine. Bekker war über deren Erscheinen einerseits froh, andererseits fuchste ihn die zu erwartende Verzögerung mehr als ihm lieb sein konnte. Zusätzliche Aufregungen jeder Art konnte er gerade nicht gebrauchen. Doch seine Befürchtungen waren unnötig. Die Tiefbauer begannen fachgerecht mit der Vermessung der Standorte und der Entfernung des Rasens, den sie in kleinen Rollen an der Seite lagerten. Später erschien ein Kipper mit Kies. Glücklich berichtete Bekker dem

Hoteldirektor von den perfekten Vorbereitungen. Er wagte eine Prognose:

„Wenn die Leute in diesem Tempo weiterarbeiten, sind wir übermorgen schon mit sämtlichen Vorbereitungen fertig und können für Ende nächster Woche, oder eine Woche später, zur Vernissage einladen. – Okay?“

„Wenn nur alles gut geht. Ich bin und bleibe ein Skeptiker. Mit dieser Einstellung behielt ich schon des Öfteren Recht. Schon meine Großmutter pflegte zu sagen: `Net eher Hering soage, bis mer en am Schwoanz hoat, gell´. Will sagen: Freuen Sie sich nicht zu früh, vielleicht kommt es ganz anders.“

Doch die Besorgnisse des Hoteldirektors blieben unbegründet. Am Ende der Woche waren tatsächlich die Untergründe für alle Plastiken festgestampft, die Bodenplatten lagen sauber nivelliert an Ort und Stelle und der große Betonklotz mit den Moniereisen wartete auf seine Ausschalung. Die Grasfläche vor dem Haupteingang erstrahlte in neuem Gewand, da man nicht versäumt hatte, mehrere unschöne Kahlstellen kunstgerecht mit Rollrasen zu flicken. Selbst die Namens- und Preisschilder waren wunschgemäß angeliefert, überprüft und für gut befunden worden. Bekker war auf diese besonders stolz. Sie zeigten in markigen Blocklettern, dass hier wertvolle Kunst zum Bestaunen und zum Erwerb ausgestellt wurde.

**„Kunst ist das Vermögen der Formen,
die Möglichkeit der Formen und
deren Strahlkraft.“**

war auf einer geschickt links neben der Zufahrt positionierten kleinen Tafel zu lesen. Erst wenn jede Figur exakt nach Licht, Sonne und Schattenwurf ausgerichtet war, würde Bekker seine Zustimmung zur

Eröffnung des Skulpturenparks geben. Das bedeutet für ihn: Werbematerial erstellen lassen, ihm bekannte Kunstkenner persönlich informieren und für das Rahmenprogramm zur Eröffnung sorgen. Für Speis` und Trank war selbstverständlich die Profi-Mannschaft des Hotels zuständig. Dieser Teil der Vorbereitung dürfte keine Probleme bereiten, im Gegenteil, jeder daran aktiv Mitwirkende freute sich auf den „Tag der Wahrheit", wie ihn einige nannten. Auch die hauseigenen Gärtner konnten sich über zusätzliche Gartenarbeiten nicht beklagen. Hotel, Nebengebäude, Skulpturen und überhaupt der ganze Park sollten in blühendem Glanz erstrahlen. Das war für die Beteiligten erkennbar Ehrensache.

Die Positionierung der Skulpturen prüfte der Eigentümer unaufhörlich zu fast jeder Tageszeit. Obwohl ihm die geplante Stellung der großen Figur noch nicht in allen Einzelheiten zusagte, formulierte er eine Einladung auf Büttenpapier mit dem geprägten Emblem des Hotels, einem auf einem halbrunden Sims stehender Kranich. Zwei Wochen danach sandte man dieses besondere Schreiben an alle Freunde und Stammgäste des Hotels Jagdschloss Kranichstein, sowie an die lokale Prominenz, Politiker ausdrücklich eingeschlossen. Hoteldirektor Eisen war begeistert. Endlich konnte er einem erlesenen Kreis von Besuchern das schöne Anwesen, Hotel Jagdschloss Kranichstein, in seiner ganzen Pracht präsentieren.

EINLADUNG

Sehr geehrte Frau …, sehr geehrter Herr…,

hiermit erlaube ich mir, Sie als Freunde des Hotels Jagdschloss Kranichstein in Darmstadt zur Eröffnung unseres neuen, einzigartigen Skulpturenparks recht herzlich einzuladen.

Sonntag, 15. September 2019, um 17:00 Uhr
Treffpunkt: Lobby des Hotels

Programm

Begrüßung
Hoteldirektor Stefan Eisen
Die Neuerungen im Park Organisator Willem
Bekker
Präsentation der Skulpturen Eigentümer Willem
Bekker
(mit Bildern auf Großleinwand)
Grußworte der Stadt Darmstadt
Oberbürgermeister Paresch

Musikalische Untermalung mit Chor Musikakademie
Wiesbaden

Führung durch den Park Eisen/Bekker

Danach laden wir Sie zu einem kleinen Imbiss im Marstall ein.
Auf Ihr Kommen freut sich

Stefan Eisen
Direktor des Hotels Jagdschloss Kranichstein
Kranichsteiner Straße 261
64289 DARMSTADT

u.A.w.g.: bis 8.9. per Fon, Fax oder Mail. Vielen Dank!

Dieses Einladungs-Schreiben erhielten neben vielen illustren Gästen und Freunden des Hauses aus dem Darmstädter Raum auch einige Stammgäste aus ganz Deutschland. Polizeidirektor Dieter Rottenbach und der Verleger Uli Barda gehörten zu den handverlesenen Gästen. Beide Männer kannten sich durch frühere Veranstaltungen in eben diesem Hotel schon seit langem. Ohne Wissen des anderen hatte jeder mit Ehepartner sein Kommen zugesagt.

Bereits beim Einbiegen auf das Hotelgelände stellte Frau Barda ganz lapidar fest: „Die müssen hier sehr gute Beziehungen zum Polizeipräsidenten haben, sonst würden sich seine Leute bestimmt nicht ohne Weiteres als Platzanweiser für die Limousinen zur Verfügung stellen, oder?"

Irgendwie hatte sie Recht, aber eigentlich... Nein, unmöglich! Überall auf dem Gelände wirbelten uniformierte Polizisten und solche in auffällig unauffälligem Zivil durcheinander. Auf die Frage, was denn los wäre, antworteten weder die einen noch die anderen. Man winkte lediglich den Wagenlenker, ohne ihn genau anzusehen, mit ernstem Gesicht weiter. Auch der zufällig vorbeilaufende Polizeidirektor reagierte sichtlich gereizt auf Bardas Frage, als ob sie sich noch nie zuvor gesehen hätten. Gastgeber Eisen hastete an ihm und seiner Frau vorbei, ohne sie eines Blickes zu würdigen. Was war geschehen? Sie parkten das Auto und nahmen sich einen Sekt vom Tablett des freundlich lächelnden Servicegirls. Barda wollte unbedingt sofort herausfinden, was passiert war. Kurzum verwickelte er einige Bekannte in ein Gespräch belangloser Natur, um sich bei der ersten Gelegenheit, eine Entschuldigung murmelnd, davonzuschleichen. Seine Frau ließ er mit seinem Begrüßungscocktail in der einen Hand und ihrem in der anderen ein wenig ratlos bei der Gruppe zurück.

Keine der Personen, die er im Folgenden ansprach, war bereit, ihm die hektische Betriebsamkeit zu erklären. Alle gaben vor, nicht zu wissen, was los ist, nur, dass sich die Eröffnung verspäten würde. Warum? Wieso? Keiner konnte oder wollte sich zu einer Aussage hinreißen lassen. Selbst ein ihm seit Jahren gut bekannter Kommissar schüttelte nur abwehrend mit dem Kopf und verschwand in einem eigens auf halbem Wege zum Hotel aufgestellten weißen Zelt, das von zwei Uniformierten bewacht wurde. Welches Geheimnis verbarg sich wohl darin?

„Was war hier geschehen? Was ist passiert? Ist vielleicht jemand zu Schaden gekommen? Wer informiert hier eigentlich die Gäste? Und wer ist zuständig?“ Nicht enden wollende Fragen schossen ihm durch den Kopf. Er suchte PD Rottenbach. Wenn ein Bescheid wusste, dann er.

Plötzlich ertönte die laute Stimme des Oberkellners, der alle Anwesenden freundlich aufforderte, umgehend in die Lobby zu kommen.

„Nehmen Sie Ihre Getränke bitte mit. Herr Hoteldirektor Stefan Eisen hat eine Erklärung abzugeben.“

Der mittlerweile hell erleuchtete Empfangsraum des Hotels war geschwängert von leisem Stimmengewirr. Hie und da rückte man die Kleidung noch einmal zurecht und warf einen prüfenden Blick in den Taschenspiegel. Die an einen Bienenstock erinnernden, nicht enden wollenden, summenden Geräusche ebbten langsam ab. Stille breitete sich aus, vereinzelt hörte man jemanden hüsteln.

Hotel- und Gaststättenchef Eisen erschien auf der Bildfläche. Erneut begann ein unverständliches Gemurmel. Er hob seine beiden Hände hoch, was so viel wie „Silentium“ bedeuten sollte.
Man hatte verstanden und schwieg, der Dinge harrend, die man in wenigen Sekunden erfahren würde. Etwas blass im Gesicht begann Eisen hochkonzentriert mit kratziger Stimme zu sprechen:

„Meine sehr verehrten Damen und Herren“ – Er hielt unvermittelt inne, so als ob er noch auf jemand warten würde. „Meine Damen und Herren, liebe Gäste, ich muss Ihnen mitteilen, dass wir die seit langem geplante und perfekt vorbereitete Ausstellungseröffnung heute leider nicht werden durchführen können, ahem, beziehungsweise dürfen. Jammerschade ist das für uns alle.“

Fragendes Raunen drang ihm entgegen. Köpfe wandten sich einander zu. Männer wie Frauen tuschelten hinter vorgehaltener Hand. Er sprach dessen völlig ungeachtet einfach weiter.

„Ein nicht voraussehbares Ereignis zwingt uns zu dieser drastischen Maßnahme. Es tut uns allen sehr leid. Meine Mitarbeiter und Herr Willem Bekker haben das kleine Fest bestens überlegt und ausgearbeitet. Nun ist es schon vorbei, bevor es begann. Bitte gehen Sie jetzt nach Hause. Wir werden Sie alle zu passenderer Gelegenheit noch einmal bitten zu uns zu kommen. Entschuldigen Sie dieses auch für uns mehr als ungewöhnliche Vorgehen, aber wir sehen derzeit keine Alternative.“

Das Stimmengewirr stieg auf hohe Phonzahl. Einige begaben sich, seinem Wunsch entsprechend, ohne Umschweife kopfschüttelnd auf den Weg zu ihrem Auto. Andere bedrängten ihn mit lauter Stimme, voll ungebremster Neugier und mit unverhohlener Sensationslust. Er versuchte ihnen auszuweichen. Vergebens! Schließlich flüsterte er einer, ihm wahrscheinlich sehr gut bekannten Dame etwas ins Ohr, während er dabei wie ein scheues Reh um sich blickte:

„Pssst! Nicht erschrecken! Hier auf dem Ausstellungsgelände für die Skulpturen wurde eine Leiche gefunden. Die Kripo hat jede weitere Information untersagt. Selbst der Presse gibt sie keinerlei Auskünfte. Bitte gehe jetzt langsam raus ins Freie und fordere die anderen auf mitzukommen. Du kennst die meisten sehr gut und sie kennen dich. Alle wissen, wenn du sie ersuchst zu gehen, ist ein hohes Maß an Dringlichkeit geboten, auch wenn du nicht bereit bist, Details zu nennen. Verrate bitte, bitte auf keinen Fall irgendjemand den tatsächlichen Grund für den Abbruch. Das musst du mir versprechen?“

Sie nickte und wandte sich mit ernstem Gesicht dem Ausgang zu. Ihren deutlichen Armbewegungen folgten nicht nur gute Bekannte, wahrscheinlich in der Annahme, vor der Tür endlich aufgeklärt zu werden. Eisen gelang es, unbemerkt zu entkommen. Verleger Barda und seine Frau hatten sich, äußerlich gelassen, in der Hotelbar auf zwei der sechs modernen Hocker gesetzt. Sie vermuteten, dass sich einer der Veranstalter ebenfalls dorthin „verirren“ würde. Und tatsächlich!

Bereits nach wenigen Minuten erschienen die Protagonisten Direktor Eisen, der selbsternannte „Kurator“ Willem Bekker und Polizeidirektor Rottenbach. Sie verlangten unisono nach einem spanischen Cognac. Jetzt müsste sich bald herausstellen, was wirklich geschehen war. Zum Bedauern des Verlegers verriet aber keiner der drei auch nur ein Sterbenswörtchen, oder Irgendetwas anderes, aus dem man auf das Geheimnis hätte schließen können. Mit ernster Miene und dem Hinweis: „Streng geheim!“ gab ihm der Ober lediglich hinter vorgehaltener Hand zu verstehen, dass auf dem Hotelgelände eine Leiche gefunden worden sei.

„Die liegt jetzt wahrscheinlich in dem Zelt draußen“, schloss Barda messerscharf. Mit Kopfnicken bestätigte der unmissverständlich auf gutes Trinkgeld wartende Mann hinter dem Tresen diese Mutmaßung und bat gleichzeitig in lautem Ton, doch möglichst sofort das ansonsten immer gastfreundliche Haus zu verlassen. Die beiden hakten sich unter, nickten den wenigen noch Anwesenden etwas verlegen zu und folgten umgehend der Belehrung unter den strengen Blicken des Polizeichefs. Hintergründe zur ausgesprochen kurz angedeuteten Wahrheit hatten der Verleger und seine Frau allerdings nicht in Erfahrung bringen können.

„Jetzt waren wir schon an dem Ort dieser abscheulichen Tat, was nicht jeden Tag passiert und wissen doch eigentlich nichts. Blamabel für einen früheren Reporter wie mich oder etwa nicht?“ Seine Frau nickte.

Selbstverständlich war den Ermittlern, bereits kurz nachdem sie den sehr ungewöhnlichen Fundort des Leichnams in Augenschein genommen hatten, klar, dass hier nicht der Tatort gewesen sein konnte. Kurz vor fünfzehn Uhr hatten die Beamten der SPUSI, der KTU und die Rechtsmediziner vor Ort damit begonnen, ein Zelt über die gruselige, halbverweste Leiche aus der Figur zu bauen und Indizien aller Art zu sammeln. Auch konnten sie noch bevor die ersten geladenen Gäste erschienen, die Befragungen der Arbeiter sowie der Hotelangestellten abschließen. Den zuständigen Staatsanwalt hatte man vorsorglich schon darüber informiert, dass frühestens um zwanzig Uhr einige Punkte für eine Pressemitteilung vorliegen könnten. Selbst wenn die Faktenlage noch dünn sein sollte, muss er unbedingt dafür Sorge tragen, dass die schreibende Zunft ihre oft wild ins Kraut schießenden Spekulationen durch Tatsachen ersetzt oder ausnahmsweise mal den Mund hält. Sensationsheischende Fake-News dienen nur dem Wichtigtuer und verwirren die Bevölkerung mehr als allen Untersuchern lieb sein konnte.

Hintergründe

Noch am frühen Abend nahmen die Ermittler ihre Tätigkeit auf. Unter der Leitung von Polizeidirektor Rottenbach hatte man routiniert eine Sonderkommission (SOKO) zusammengestellt, die im Seminarraum des Polizeipräsidiums Darmstadt von ihm persönlich über derzeit bekannte Fakten zu diesem Fall informiert wurden.

„Meine Damen und Herren Kollegen, seit ein paar Tagen baut man im Schlosspark des Jagdschlosses Kranichstein mehrere kunstvolle steinerne Skulpturen des Geschäftsmannes Willem Bekker auf. Eine trägt den Namen „Die Venus“, eine andere „Weiblicher Torso“, wieder andere sind abstrakter Natur. Auch in Stein verewigte Elefanten, Antilopen und Löwen sind dabei. Alles sind signierte Originale aus Südafrika, verstehen Sie? Auch der Besitzer kommt von dort, ein weißhäutiger Bure. Er ist sechsundfünfzig Jahre alt und seit kurzem Dauergast im Hotel Jagdschloss Kranichstein. Heute um siebzehn Uhr sollte mit einer Vernissage die Ausstellung offiziell eröffnet werden. Dem Zeitplan entsprechend hatte man alle Statuen bereits am Vormittag mit Blumen geschmückt.

Nur die Positionierung der größten und schwersten gefiel dem Eigentümer immer noch nicht. Obwohl es unverhältnismäßig viel Geld kostete, bestellte er kurzerhand die Monteure und den Kranwagen noch einmal ein. Sie hatten die Figuren aufgestellt und dabei genügend Erfahrung mit der Platzierung der steinernen Ungetüme sammeln können. Da die Arbeiten vor ein paar Tagen ohne Probleme abgelaufen waren, glaubte er, dass es diesen Herren sicher keine großen Probleme bereiten würde, die mehr als zwei Meter große Figur neu auszurichten. Genau diese, im Grunde nur geringfügige Veränderung, war ihm sehr wichtig.

Dargestellt war ein Prophet mit Bart und langen Haaren oder allgemein ein Gottesdiener, der, in ein langes Gewand gehüllt, aus einer Epistel las. Am unteren Saum des Umhangs lugte sein rechter Fuß mit Sandale hervor. Es handelte sich eindeutig um eine christliche Figur, die jemand wahrscheinlich speziell für das Abendland gefertigt hatte. Sie stand nicht im richtigen Licht. Das war Bekker irgendwie schon bei deren Aufstellung klar. Nur um ein paar winzige Grad gedreht, würde sie viel respektvoller strahlen. Das wurde ihm in der letzten Nacht klar. Die Handwerker ließen auf ihrer derzeitigen Arbeitsstelle alles stehen und fuhren auf dem schnellsten Weg ins Jagdschloss. Ihnen blieb nur wenig Zeit bis zur Eröffnung. Die Figur wurde gelöst, der Kran hob sie an, die Arbeiter richteten sie nach Anweisungen Bekkers neu aus und... Trara, `fertig ist die Laube´, dachten alle Beteiligten erleichtert.

Jedoch die Ausrichtung des bärtigen Gesichts zum Licht der Sonne gefiel ihm plötzlich wieder nicht. Jetzt musste der Gesamteindruck „superperfekt" werden und besser berücksichtigen, aus welcher Richtung Hotelgäste und/oder Besucher des Restaurants auf die Skulptur schauen würden. Die Gurte hoben erneut an, die schwere Figur schwebte wieder über dem eigens für sie hergestellten massiven Sockel. Beim vorsichtigen Drehen und Herablassen verkantete die Plastik wider Erwarten und schlug mit ihrem Gewicht von über einer Tonne auf dem Fundament auf. Etwas zu heftig, wie sich herausstellte.

Dabei brach ein Teil des rechten Fußes mitsamt Zehen ab. In dem jetzt sichtbaren dunklen Hohlraum ließen sich neben einer stinkenden, dunklen Masse auch schwarze Knochen eines Skeletts erkennen.

Dem Loch entströmte ein unangenehm fauliger, süßlicher Gestank. Wieder musste Bekker das Zeichen zur Anhebung der Figur geben. Äußerst vorsichtig setzte man sie auf den Rasen daneben ab.

Sämtliche Aktivitäten wurden eingestellt und die Kriminalpolizei informiert. Helle Aufregung machte die Runde. Jedem war sofort klar: Das war das Ende der Vernissage.

Mittlerweile hatten unsere Gerichtsmediziner einen Großteil der Steinhülle entfernt, um den angefaulten Leichnam besser in Augenschein nehmen zu können. Er war bestimmt schon mehrere Tage, vielleicht sogar Monate, in eine feste Masse eingebettet. Sofort zu erkennen war, dass es sich um einen unbekleideten Mann handelte, also nackt, etwa Mitte vierzig, geschätzt etwas mehr als 1,75m groß, dunkelblonde Haare und von weißer Hautfarbe. Die zwei Löcher in seinem Brustkorb konnten in diesem Zustand selbst die Profis nur schwer ausmachen. Sie führten zu der Erkenntnis, dass man diesen Mann erschossen hatte, bevor er in einer bisher nicht definierten Füllmasse in diese Hülle gepackt wurde. Die Munition stammt wahrscheinlich aus einer „Walther" neun Millimeter. Irgendwelche Fragen? Vielleicht betrachten sie zuerst einmal die vorliegenden Bilder der SPUSI sehr sorgfältig. Sollte Ihnen etwas bislang Unerwähntes auffallen, bitte sofort mitteilen. Also, fünf Minuten zum Studium der Leichenfotos, beziehungsweise von dem, was darauf zu erkennen ist. Ich muss nicht extra betonen, dass der Fundort nicht der Tatort ist."

Die Mitarbeiter der SOKO hatten schon viel gesehen, eine in einem Stein versteckte, mehr oder weniger verweste Leiche aber noch nicht. Die meisten sahen sich die verstörenden Bilder nur flüchtig an und baten ihren geduldig wartenden Chef, mit seinen Informationen fortzufahren. Dieser hielt längst den Edding-Stift in der Hand, mit dem er jetzt auf dem Flipchart zu schreiben begann, während er redete:

„Also gut! Zur Person des Toten gibt es bisher noch keine genauen, für uns verwertbaren Hinweise.
Wir müssen klären:

1.) Wo wurde die Skulptur gefertigt? In Südafrika, so wie alle anderen? Das Original vielleicht, diese wohl eher nicht.
2.) Wer im Umfeld Bekkers kennt diesen Mann? Ist er vielleicht als jemand bekannt, dem man Böses wollte oder umgekehrt? Hoffentlich gelingt es, sein Gesicht in den nächsten Tagen zu rekonstruieren. Dann hätten wir ein ungefähres Bild von ihm. Wie immer ist Eile geboten.
3.) Wer hatte im Freihafen Hamburg Zugang zu den steinernen Kunstwerken? Gibt es Bilder des Zollgutes und seines Abholers?
4.) Wie wurde wann verladen und auf welchem Weg hat man die Skulpturen hierher befördert? Welches Unternehmen übernahm den Transport?
5.) Wieso fiel dem Eigentümer diese falsche Figur nicht auf? Wer ist er überhaupt? Hintergründe zum Werdegang Bekkers, zu seinem sozialen Umfeld, seiner Firma und zu seiner finanziellen Situation.
   - Wer außer ihm wusste von dem Transport? (Hoteldirektor Eisen können wir ausschließen. Ich habe ihn schon befragt.)
6.) Woher könnte die flüssige Gussmasse im Inneren der Skulptur stammen? Da braucht man Fachkenntnisse, Steinmetze abfragen!
7.) Wen kennt Bekker in Deutschland, der uns wertvolle Informationen zu seiner Person und zu seinen Feinden geben könnte?

...und so weiter, und so weiter. Kriminalhauptkommissar Ludwig wird jetzt jedem von Ihnen persönlich die einzelnen Aufgaben zuteilen. Ich kümmere mich selbst um diesen Südafrikaner. Falls er erreichbar ist, fahre jetzt noch zurück ins Hotel. Wir sehen uns morgen früh in alter Frische wieder, voller Energie und Tatendrang. Gute Nacht!“

PD Rottenbach rief am nächsten Morgen als Erstes von seinem Büro aus in der Rechtsmedizin an. Er wollte sich per Telefon über die neuesten Erkenntnisse informieren lassen. Alle Mediziner dort wussten von ihm selbst, dass er einer Autopsie niemals beiwohnen würde. Er hatte zu Beginn seiner Laufbahn ein einschneidendes, traumatisch zu nennendes Erlebnis. Beim Anblick des Skalpells, mit dem der Pathologe per Y-Schnitt die Leiche eröffnet, war er plötzlich zusammengesackt und zu Boden gefallen. Aus Sicht der medizinischen Fachleute war das keinesfalls blamabel, jedoch aus seiner wohl. In den vielen Jahren seiner Tätigkeit bei der Kriminalpolizei waren ihm unzählige Leichen mit den verschiedensten Geschichten untergekommen. Ob nun zerfetzt von Messern oder Bomben, über und über mit Blut verschmiert, kaum beschädigt durch Kugeln, teilweise oder ganz verwest, er hatte nie gelernt, das Geschehene routiniert und auf gewisse Weise auch teilnahmslos, mit Abstand, zu betrachten. Insbesondere konnte er sich nie wieder überwinden, dem professionellen Zerfleischen durch das Fachpersonal während einer Autopsie zuzusehen. So erhielt er von seinem Freund, dem Leiter der Abteilung, den er zum Spaß gerne „Obermedizinalrat" nannte, die folgenden wichtigen Informationen fernmündlich:

„Mein \`lieber Oberpolizeipräsident´, der Getötete ist, wie vermutet, zwischen fünfundvierzig und fünfzig Jahre alt, weiß, dunkelblond, glattrasiert und genau 179 cm groß. Er ist auffallend gut gepflegt. Den Tod verursachte eindeutig der erste der beiden Schüsse aus kurzer Entfernung direkt ins Herz. Die beiden Geschosse besaßen nur eine verminderte Durchschlagskraft, stammen wahrscheinlich aus einer alten Waffe. Beide Projektile, neun Millimeter, keine Walther, steckten noch in seinem Körper, direkt neben dem Rückgrat. Ich habe sie an die KTU weitergereicht, wie üblich. Ansonsten keinerlei Zeichen von Krankheiten, alle Organe gesund. Nicht einmal andeutungsweise ein alkoholbedingter Leberschaden.

Bei dieser Konstitution hätte er sehr alt werden können, wenn, tja, leider, wenn... Unsere Untersuchungen sind noch nicht abgeschlossen. Ich wünsche dir einen Mords Tag!"

Ausgestattet mit diesen Informationen machte sich Rottenbach auf den Weg zu Willem Bekker ins Jagdschloss Kranichstein. Ob er sich heute erinnern würde?

„Guten Morgen, Herr Bekker. Gut geschlafen?"

„Guten Morgen, Herr Direktor. Nein nicht gut. Das Bild des Leichnams ging mir nicht aus dem Kopf. Es lag die ganze Nacht über wie ein Alp auf mir. Dieses zerfressene Gesicht, die schwarzen Hände und Füße, nein, an Schlaf war nicht zu denken. Was treibt Sie so früh zu mir?"

„Nun, ich habe noch ein paar Fragen, die Sie mir bestimmt beantworten können. Fühlen Sie sich dazu in der Lage?" – Bekker nickte: „Okay, schießen Sie los!"

„Wie kann eine Skulptur dieser Größe aus Südafrika eingeführt werden, ohne dass jemand auffällt, wie ungewöhnlich leicht sie ist. Eine Gewichtsermittlung vor der Verladung fand mit Sicherheit statt, oder? Wie viel wogen all die Figuren damals am Kap? Und wie viel diese Prophetenfigur insbesondere?"

„Moment, ich sehe nach." Er blätterte hastig in einem Wust von Papieren, ohne dabei seinen Interviewer eines Blickes zu würdigen, vielmehr bedacht, ihn nicht in seine Unterlagen sehen zu lassen.

„Da haben wir es: 995 kg! Da war bestimmt noch keine Leiche drin. Sie muss demnach nach dem Ausladen hier in Hamburg, sprich in Deutschland, hinein gebastelt worden sein, oder?"

„Ja, natürlich, wenn das Gewicht wirklich stimmt. – Oder hat vielleicht jemand im Freihafen die komplette Skulptur ausgetauscht? Besitzen Sie denn Bilder von allen verschifften Kunstwerken?"

„Ja, und außerdem noch... hier sehen Sie, die Verladelisten aus Lesotho und Kapstadt. An beiden Orten hat man alle meine neun kleinen und mittelgroßen, sowie die eine große Figur am gleichen Tag komplett verpackt, gewogen und auf den LKW, beziehungsweise später aufs Schiff, verfrachtet."

„Woher wussten Sie, dass die angelieferten auch die von Ihnen bestellten Steine waren? Alle waren verpackt in Papier, Noppenfolien und Transportkisten aus Holz. Da konnte man alles darin verstecken, oder?"

„Okay! Zweifelsohne! Die richtigen Titel benutzen und gefälschte Zettel aufkleben, das kann jeder. Jedoch, die ermittelten Kilos und Tonnen pro Stück sind bis aufs Gramm die gleichen, die schon beim Verladen auf den Laster in Lesotho unter Aufsicht gewogen worden waren. Außerdem sehen die Beschriftungen so aus, wie ich sie von früheren Lieferungen meiner Lesotho-Künstler kenne. Zu allem Überfluss sandte man mir Fotos, mit und ohne Verpackung, per E-Mail zu. Somit kann ich deren Richtigkeit zweifelsfrei bestätigen. Okay? Einverstanden?"

„Die würde ich gerne sehen. Ich habe so meine Bedenken. Wo, bitte schön, könnte man einen Austausch dieser doch sehr großen und schweren Plastik vorgenommen haben, wenn nicht vor der Verfrachtung im dortigen Hafen? Wo sonst? Während des Transports auf See? Unwahrscheinlich! Der Tote in einem Versteck, das falsch deklariert war, hätte zusätzlich verladen werden müssen, um es an Bord mit dem Original auszutauschen. Richtig? ...oder mache ich einen Denkfehler? Ich werde sämtliche Frachtpapiere von der Reederei anfordern lassen. – Im Freihafen Hamburg etwa?

Kaum denkbar, denn das Gelände ist von Polizei und Zoll sowie durch private Sicherheitsdienste fast so gut bewacht wie Fort Knox. Also, wo und wie sonst? Sie haben doch bestimmt eine Idee, die Sie als Eigentümer entlasten könnte. Heraus damit! Bisher sind Sie unser einziger Verdächtiger, das müsste Ihnen doch mittlerweile klargeworden sein. Der Tote wurde in Ihrem Besitztum gefunden. Also: Wer ist er?“

Bekker wandte sich wie ein Aal unter dieser Frage. Sekunden vergingen, in denen sich, deutlich sichtbar, glänzende Schweißperlen auf der Stirn des Buren bildeten. Rottenbach beobachtete ihn mit Interesse und zog insgeheim seine Schlüsse, ohne diese allerdings mitzuteilen. Er sah Ihn lediglich herausfordernd an. Kleinlaut und ungebührlich leise begann dieser daraufhin mit seiner Beichte.

„Okay, Okay! Herr Polizeidirektor, ich gestehe, dass ich meine Skulpturen bereits vor etwa vier Monaten in Hamburg in Empfang nahm und sie nach Erfelden an den Rhein transportieren ließ. Dort habe ich sie alle höchstpersönlich, noch immer in der originalen Verpackung, einwandfrei und völlig unbeschädigt, eingelagert, und zwar in einer etwas außerhalb liegender Feldscheune. Keiner hatte sie seitdem ausgepackt oder aufgerissen und hineingesehen, bis sie gestern von den Handwerkern abgeholt wurden. Die hier im Park abgeladenen Kisten sahen noch genau so aus, wie ich sie in Erinnerung hatte. Nichts, rein gar nichts daran war verändert worden, da bin ich mir absolut sicher. Ich könnte mir eventuell, vielleicht vorstellen, dass jemand die große Figur aus meiner Einlagerung stahl, um sein schändliches Werk an anderer Stelle auszuführen. Danach brachte er sie wieder zurück an Ort und Stelle. Aber eigentlich, ich weiß nicht...? Das hätte mir der Bauer sicher mitgeteilt, der Eigentümer dieser sehr gut verschlossenen Scheune ist. Der An- und Abtransport einer so schweren Figur mit einem kranbewehrten Lastwagen wäre gewiss in dieser kleinen Gemeinde auch anderen Menschen aufgefallen. Davon wäre mit Sicherheit auch etwas durchgesickert. Außerdem müssten sich der oder die Unbekannten mit der Bearbeitung von Steinen gut ausgekannt haben. Ein bisschen viel Konjunktiv, finden Sie nicht?"

Seine Stimme war während seiner Aussage zunehmend aggressiver geworden. Er hatte sich wieder gefangen. Lauter und heftiger als zuvor entwickelte er weitere Theorien, während Rottenbach ihm zuhörte:

„Okay! Nehmen wir einmal an, diese Skulptur hat jemand neu geformt. Wo, in drei Gottes Namen, ist dann das Original? Verstehe das, wer will? Ich jedenfalls bin ratlos. Wenn ich nur im Entferntesten wüsste, wo mein wertvollstes Kunstwerk abgeblieben ist, ich würde es Ihnen offenbaren. Nach dem Leichenfund ist es nicht mehr zu verkaufen. Ein riesiges Verlustgeschäft für mich. Daran sehen Sie, wie`s um mich steht. Ich schädige mich doch nicht selbst. Und dann kommen Sie noch daher und halten mich für ihren einzigen Verdächtigen. Das ist zu viel für mich. Mit dem Mord habe ich nichts zu tun. Ich schwör`s bei allem, was mir heilig ist! Lassen Sie mich in Frieden und suchen Sie den wahren Mörder. Ich möchte gerne gehen!"

„Gut, das wär´s für heute. Geben Sie mir bitte noch die Bilder und die Frachtpapiere. Ach so, das hätte ich fast vergessen. Ich benötige auch noch Ihr Handy. Routine! Sie verstehen?!"

Noch während der Rückfahrt zum Polizeipräsidium bat ihn sein Stellvertreter, KHK Ludwig, per Phone in seinem Büro vorbeizukommen.

Er hatte inzwischen von einem Kollegen wichtige Informationen über Willem Bekker aus Südafrika erhalten und sie für seinen Chef auf dem Smartphone lückenlos gespeichert.

Willem Bekker

Die erst heute Morgen um Amtshilfe gebetenen Kollegen aus Kapstadt hatten erstaunlich schnell viele Informationen zu Bekker eingeholt. Insbesondere die, die man nicht im Internet findet, waren für die Mitarbeiter der „SOKO-Stein“, wie sie inzwischen offiziell genannt wurde, von großer Bedeutung. Ludwig pfiff fröhlich vor sich hin, als er ihm eine Mail überreichte und das Smartphone einschaltete.

„Sehen Sie hier, Chef. Willem Bekker war im Diamantengeschäft etwa so bekannt wie Thyssen im Stahlgeschäft oder Piëch im Automarkt. Polizeilich ist er niemals auffällig geworden, obwohl ihm schon seit Jahren unseriöse Geschäfte, Korruption und sogar Morde unterstellt wurden. Er machte sich seine Finger, wie nicht anders zu erwarten, niemals selbst schmutzig. Dafür hatte er einen, ihm treu ergebenen Vasallen, der auf den schönen Namen Abraham Lincoln hört, Spitzname ALi. Dieser Mann für alle Fälle und frühere Schulkamerad erledigt für ihn wahrscheinlich heute noch alle Drecksarbeiten, da sind sich die südafrikanischen Berufskollegen ziemlich sicher. Schon während der Schulzeit kannte man ihn als Speichellecker von Bekker. Einmal klaute er sogar eine von ihm verkorkste Klassenarbeit und verbrannte sämtliche Hefte. Allen Mitschülern war klar, dass er das im Namen seines Gurus getan hatte, den er stets mit Stolz in der Stimme `meinen einzigen Freund´ nannte. Beweisen konnte man es allerdings nicht. Vor Gericht wurde er mehrfach von entsprechend erfahrenen Winkeladvokaten rausgehauen. Wegen seines ihm angeborenen, unschuldigen Gesichtsausdrucks glaubten ihm selbst langjährige, erfahrene Staatsanwälte auch die hanebüchensten Geschichten. Und… sieh da, sieh da, seit etwa vier Monaten hat ihn der Boden auf dem südlichsten Zipfel von Afrika verschluckt oder er hat, wahrscheinlich unbemerkt, das Land verlassen.

Er ist fünfundfünfzig Jahre alt, drahtig, hat braune, fast schwarze Haare, ist 170 cm groß, weiß und ohne besondere Merkmale. Zudem betätigt er sich gerne als Verwandlungskünstler, was eine lückenlose Überwachung ungemein erschwert. Man will sich für uns um ein neueres Bild von ihm bemühen und zusenden. – Was denken Sie, Chef? Ist auch unser ehrenwerter Herr Bekker Teil einer Mafia, die südafrikanisch geprägt und sozusagen brilliversiert ist?“

„Wow, das sind vielleicht Neuigkeiten. Wenn dieser Helfershelfer Bekkers sich in Deutschland oder gar in Südhessen aufhält, dann haben wir ein Problem. Ich werde den Dauergast im Hotel Schloss Kranichstein fragen, ob er um seinen Verbleib weiß. Auch die Analyse seines Handys sollte zeigen, ob die beiden in Kontakt stehen.“

„Moment, Chef, da ist noch etwas Bemerkenswertes auf meinem Mitschnitt. Willem Bekker war verheiratet. Die Ehe blieb kinderlos. Seine Frau Brigitte, geborene Preinl, stammt aus gut bürgerlichem Hause in Kirstenbosch. Er liebte seine um zehn Jahre jüngere Frau über alle Maßen. Wahrscheinlich aus diesem Grund ließ er all ihre gesellschaftlichen Aktivitäten kritiklos geschehen. Sie fand sich in der, bösartig „Edelstein-Sippschaft“ genannten, Gruppe von Reichen entlang der Gartenroute hervorragend aufgehoben. So zumindest scheint es, den Beobachtungen unserer Kollegen zufolge, früher gewesen zu sein. Mit ihren besten Freundinnen traf sie sich häufiger als mit ihrem vielbeschäftigten Gatten. Er glänzte neben und mit ihr nur, wenn sie wieder einmal ein von ihm finanziertes Benefizkonzert organisierte, ein neues Waisenhaus einweihte oder das angeblich weltbekannte Kapstadt-Musik-Festival ausrichtete. Ich kenne es nicht, Sie etwa? … Nein? … dachte ich mir schon! Diese Informationen stammen alle aus den verschiedensten, meist lokalen Medien. Völlig unerwartet, sowohl für ihn als auch für ihren gesamten Bekanntenkreis, ließ sie sich quasi grundlos, von ihm scheiden. Einmal soll sie geäußert haben, es hätte sich bei ihr im Laufe der

Jahre vieles angestaut, was sie nicht länger negieren könnte. Mit der gerichtlichen Trennung ein für alle Mal hatte sie ihn in der Seele getroffen, hatte ihm derart zugesetzt, dass er sich kurz darauf völlig aus der Öffentlichkeit zurückzog. Er lebte nur noch für seine kostbaren Steine. Das ist ungefähr ein Jahr her. Wenig später verließ sie Kapstadt und kehrte bis heute nicht zurück. Wir sollten in Zukunft vielleicht auch davon ausgehen, dass ihr Verhalten der eigentliche Anstoß für seine spätere Flucht war. Da ihre Eltern beide aus Deutschland stammen, gehen die lieben südafrikanischen Kollegen davon aus, dass sie mittlerweile in Deutschland sesshaft geworden ist. Sie suchen in Kapstadts Yellow Press weiter nach neueren für unsere Ermittlungen geeigneten Bildern und Berichten von ihr. Ja Chef, so ist das. Ich glaube, ihr Ex-Mann hat sich eine Bleibe hier bei uns nur ausgesucht, weil er sich nach ihrer Nähe sehnt! Wir müssen möglichst schnell herausfinden, ob meine Mutmaßungen eine reale Grundlage haben."

„Ludwig, Sie haben Recht. Beide dunklen Punkte will und muss ich klären. Bestellen Sie diesen ungekrönten König der Steinskulpturen sooofort hierher ein. Vernehmungsraum! Sie kommen dann mit! – Außerdem hören Sie bis dahin nach, was die Auswertung von Bekkers Handy ergab."

„Wird gemacht, Chef! Mit Kaffee oder ohne? Na, egal eigentlich."

Bis zum Eintreffen des superreichen Kapstädters informierte sich Rottenbach eingehend über den Stand der Ermittlungen, indem er jeden Kollegen der SOKO-Stein einzeln aufsuchte. Neuere Erkenntnisse von Wichtigkeit erfuhr er dabei nicht. Steinmetze und Grabmalhersteller gibt es einige im Umfeld von Darmstadt. Alle wissen, wie man Kunststeine für Gräber anfertigt. Allerdings stellen sie den Grundstoff und die Formen dafür nicht mehr selbst her, sondern lassen sich die fertigen Grabdenkmäler anliefern. Beliebte Lieferanten kommen aus Tschechien. Zwei Firmennamen tauchten häufiger auf. Ihre Geschäfte befinden sich direkt hinter der deutsch-tschechischen Grenze bei Rozvadov. Er erfuhr, dass die Kommissare Kraft und Mehl morgen zu diesen fahren wollen, um sich vor Ort schlau zu machen. Er unterschrieb ihre Reiseanträge, ohne weitere Anweisungen zu geben.

Der Leiter der SOKO-Stein hörte sich die Informationen der übrigen Mitarbeiter geduldig an und machte sich dabei Notizen, wie gewohnt. Die Bilder der zehn Statuen händigte er dem altgedienten und erfahrenen Kriminaloberkommissar Kullmann mit dem Hinweis aus:

„Es muss die große Figur irgendwo noch geben, denn, daran besteht für mich kein Zweifel, das Original wurde im Freihafen ausgeladen, so viel ist sicher und durch das Zollsiegel belegt. Die Polizei vor Ort ist informiert und sucht bereits im Großraum Hamburg nach ihr. Vielleicht haben aber auch unsere Kollegen der Polizeistreifen dieses tonnenschwere Monstrum irgendwo gesehen? Vielleicht, vielleicht!“

Als er nach zirka zwei Stunden in Richtung Verhörraum ging, in dem Willem Bekker auf ihn wartete, kam ihm die Idee, im Nebenraum mit dem venezianischen Spiegel auf seinen Stellvertreter KHK Ludwig zu warten und den Verdächtigen unbemerkt schon vor dem Gespräch zu beobachten. Dieser hatte den Stuhl nach hinten gekippt und die Hände hinter seinem Kopf gefaltet, fast genau so, wie Rottenbachs früherer Chef es zu tun pflegte, wenn er ihm eine unangenehme Standpauke halten wollte. Er schien intensiv nachzudenken, dann ließ er plötzlich den Stuhl nach vorne auf den Boden knallen. Obwohl er diesen Vorgang mehrfach wiederholte, wirkte er keinesfalls nervös. Ludwig kam und sie gingen zu Bekker, um ihn mit ihren dringenden Fragen zu löchern. Er empfing sie unwirsch und essigsauer mit den Worten:

„Was soll denn ihre erneute Vorladung bedeuten? Wir haben doch gerade erst miteinander gesprochen. Das ist die reinste Schikane von Ihnen. Wo kann ich mich beschweren? Ihr Verhalten grenzt an Freiheitsberaubung. Sie glauben wohl immer noch, dass ich ihn umbrachte, demnach ein Mörder bin, oder?“

Rottenbach ging nicht darauf ein, sondern überraschte ihn mit einer so von ihm nicht erwarteten Gegenfrage: „Wo befindet sich Ihre frühere Ehefrau derzeit? Wir nehmen an, sie weilt in Deutschland. Stimmt das?“

Erstaunt hob er seine Augenbrauen und grinste breit.

„Warum ist das für Sie von Bedeutung? Sie hat sich schon vor über einem Jahr von mir getrennt. Was weiß ich, wo sie sich derzeit aufhält. Das ist mir auch völlig egal.“

„Sie behaupten also, dass Sie nicht nach Deutschland gekommen sind, weil Sie ihre Ex hier vermuten? Ja? ...weil Sie sie noch immer lieben, oder? – Dann verraten Sie uns doch mal, aus welcher Gegend Deutschlands Ihre Ehemalige stammt.“

„Das ist verrückt. Ihre Theorie entbehrt jeglicher Grundlage. Und was soll das mit dem Getöteten im Stein zu tun haben? Hä?
Sie sind auf einem völlig absurden Abstellgleis gelandet. Hören Sie damit auf und lassen Sie mich damit in Ruhe!“

Rottenbach ließ nicht locker. Er kannte Typen wie ihn nur zu gut. Mit Manövern, wie gerade eben gezeigt, wird gerne von einem wichtigen Sachverhalt abgelenkt, indem man Unwichtigkeiten einen ungerechtfertigten Wert zumisst. Er insistierte:

„Woher stammt ihre Familie? Bitte!“

„Okay! Soweit ich mich erinnere, kamen sie von der Bergstraße, irgendwo, vielleicht Heidelberg, Viernheim oder Langen? Ich habe ihre Erzeuger nie richtig kennen gelernt, weiß demnach auch nicht, wo genau sie herkommen. Sie fuhren schon mal, oder öfter... zu Weinfesten hierher in Urlaub. Ach ja, Heppenheim, glaube ich. Vielleicht war es dort oder wo anders? Wie viele Weinfeste gibt es hier jedes Jahr? Ich weiß es nicht!“

Er schüttelte sein rotblondes, wirres Haar und griente die Beamten dabei dreist an. Er schien sich seiner Sache sehr sicher zu sein. Völlig unerwartet schaltete sich KHK Ludwig mit theatralisch ausgestrecktem Zeigefinger in Richtung des frech Grinsenden zeigend ein. Er schien ihn mit diesem durchbohren zu wollen. Dabei wechselte er das Thema, ohne seinen Chef anzusehen.

„Aber wo sich Ihr Freund ALi derzeit aufhält, ist Ihnen doch bekannt, oder leiden Sie an Amnesie?“

„Wow, Sie haben gut recherchiert. ALi, ja, ja...“, er sinnierte gedankenverloren vor sich hin. Dabei wirkte er frei, offen und ehrlich, keineswegs abweisend. Dieser Name hatte etwas in ihm ausgelöst. Um zu erkennen, worauf die Frage des Kommissars hinzielte, benötigte man wahrlich keine psychologischen Studienkenntnisse. Er überlegte und grübelte. Seinen Blick hatte er gegen die Decke gerichtet. Plötzlich drehte er sich mitsamt dem Stuhl auf einem der hinteren Beine schwungvoll um dreihundertsechzig Grad, klappte seinen Oberkörper nach vorne auf den Tisch mit dem Mikrofon und stütze sich dort mit gesenktem Kopf auf beiden Ellenbogen ab. Stockend begann er in sich hineinzumurmeln:

„Ja und Nein!“

„Bitte, mein Herr... Lassen Sie sich nicht jedes Wort einzeln aus der Nase ziehen. Wo ist er zu finden?“

„Ja, Okay! Okay! Als ich Südafrika verließ habe ich mich noch von ihm verabschiedet. Er deutete mir damals an, dass auch er das `gelobte Land´ verlassen wolle. In welche Richtung verriet er mir nicht."

„Andersrum gefragt: Befindet er sich in Deutschland?"

„Ich sagte bereits, dass ich darauf keine befriedigende Antwort weiß. Wenn ich eine Vermutung aussprechen darf, dann wäre sein Ziel vielleicht Holland, einfach, weil er die dortige Landessprache deutlich besser beherrscht als Deutsch. Sie ähnelt sehr dem in Burenland gesprochenen Afrikaans."

„Gut, das werden wir überprüfen lassen. Danke!"

Rottenbach übernahm umgehend wieder die Gesprächsführung. Er zeigte sich von Zufriedenheit weit entfernt. Mit mürrischem Blick und in energischem Ton wandte er sich an Bekker, der in seinen Augen, eine Lüge an die andere reihte. Damit machte er sich selbst zunehmend verdächtig.

„Wie oft waren Sie während der letzten fünf Monate in der Scheune in Erfelden, um Ihre Kunstwerke zu prüfen? Einmal, oder öfter? Und... hat Sie jemand dorthin begleitet? Sind Sie mit Ihrem Auto dorthin gefahren? Wie heißt der Eigentümer des Schuppens und wo wohnt er? Gibt es andere Menschen, die Ihre Besuche dort bestätigen können?"

„Herr Direktor, das waren jetzt aber sehr viele Fragen auf einmal. Okay! Ich war nach der Anlieferung noch zwei-, dreimal dort. Immer alleine. Der Eigentümer selbst sperrte mir ein Mal das nagelneue Vorhängeschloss an dem übergroßen, rostigen, geschmiedeten Riegel auf und ging mit mir durch die kleine Tür hinein. Das große, schwere Scheunentor blieb seit der Anlieferung immer geschlossen.

Gemeinsam sahen wir uns die zehn Holzverschläge an, in denen die Skulpturen transportsicher verpackt waren. Wir kontrollierten ihre Anzahl und ihre Unversehrtheit. Das war`s! Es gab keinerlei Beanstandungen. Herr Dörr, dem das Depot gehört, wird Ihnen das bestätigen. Er wohnt im Dorf genau gegenüber vom Kirchturm. Ich schwöre Ihnen, dass die Verpackungen unbeschädigt waren. Der Bauer hätte sicher keinen Fremden die Lagerhalle betreten lassen, ohne mich vorher zu fragen. Er ist ein äußerst zuverlässiger Zeitgenosse, müssen Sie wissen. Schließlich hatte ich das Gemäuer komplett von ihm gemietet. Ich sah darin die einzige Möglichkeit, ein unbefugtes Betreten mehr oder weniger problemlos zu verhindern."

„Sie sind mit einem Schwur sehr schnell bei der Hand. Na, ja! Darf ich aus dem Gesagten schließen, dass man Ihnen keine eigenen Schlüssel ausgehändigt hatte?"

„Natürlich nicht – aber es stimmt. Aus Angst, sie zu verlieren, ließ ich sie in der Obhut des Eigentümers und seiner Frau. Dort lagen alle drei nummerierten Sicherheitsschlüssel quasi wie in einem Safe. Ich musste nur anrufen, und er kam vorbei, um selbst zu öffnen, beziehungsweise um mir die Schlüssel auszuhändigen. Männer wie er sind einhundert Prozent vertrauenswürdig. Auf Dörr ist Verlass. Okay?!"

„Wir werden diesen Punkt prüfen. Für heute war`s das. Bis demnächst!"

Bekker verließ grußlos den Raum. Die beiden Kriminalbeamten sahen sich etwas verärgert an. Was sollten sie von dieser Demonstration seiner Unschuld halten. Er war der Einzige, der permanent Zugang zu den Figuren hatte, der einzige, der sie hätte manipulieren können. Er musste die gesamte Zeit über gespürt haben, dass er ihr Hauptverdächtiger ist. Schweigend saßen sie noch ein paar Minuten zusammen. Dann verließen sie den ungemütlichen, fensterlosen Ort des Neonlichts gemeinsam. Bevor er in seinem Büro verschwand, erinnerte Rottenbach noch:

„Ludwig, lassen sie seine Aussagen prüfen und fragen sie beim Zoll in den Flughäfen Frankfurt und Amsterdam an, ob man dort diesen ALi einwandern sah. Nach allem, was wir über seinen Hang zur Verkleidung derzeit wissen, ist dieser Mann nicht unter seinem richtigen Namen bei uns oder in den Niederlanden abgestiegen. Hoffentlich schicken die Kollegen bald ein aktuelles Bild. Das würde uns beim Abgleich sicher helfen. Für mich bleibt die Frage offen, warum der Mann seine Heimat verließ, obwohl ihm die dortige Polizei nichts Ehrenrühriges nachweisen konnte. Hatte ihm Bekker einen Sonderauftrag erteilt? Dann käme auch er als Auftragskiller in Betracht. Möglich wär`s.“

Die Sonderkommission arbeitete seit ihrer Einberufung unter Volldampf. Bisher hatten sie keinerlei Anhaltspunkte gefunden, die helfen könnten, die Identität des Toten zu lüften.

Blutproben waren bereits bei einem Labor in Holland angekommen. Dort sollte man seine Abstammung klären, ein Verfahren, dessen man sich in Deutschland aufgrund übervorsichtiger Gesetze nicht bedienen darf.

Steinbildhauer

Immerhin hatten diverse Recherchen bei einem Hersteller von Steinskulpturen in der Nähe von Aschaffenburg ergeben, dass es kein großes Problem darstellt, originalgetreue Abgüsse von einer Figur, welcher Größe auch immer, herzustellen. Auch das Restaurieren von zerbrochenen Figuren aus Stein gehört zur normalen Arbeit eines Steinmetzmeisters und bereitet einem einigermaßen Geübten keine größeren Schwierigkeiten. Die Teile werden einfach mit Kunstharz zusammengefügt und die Fehlstellen mit Steinersatzmörtel ergänzt, geglättet und der Steinoberfläche in Farbe und Form angepasst. Demnach könnte gewissermaßen jeder Hersteller von Grabdenkmälern einen Abguss vom Original aus Südafrika gemacht haben. Aber wie konnte er einen Steinersatz produzieren, der vom Original nicht zu unterscheiden ist? Klar schien lediglich, dass keinesfalls ein Originalstein ausgehöhlt wurde, um danach als Sarg eine besondere Verwendung zu finden. Sie wäre nicht sicher genug aufzubauen. Die Figur muss aufrecht stehen, also in sich stabil und wetterfest sein. Regen, Wind und Sturm hätten sowohl das schwere Original als auch die leichtere Kopie ohne Probleme aushalten müssen.

Hier konnte ein weiterer Spezialist aus dem Taunus die klärenden Informationen liefern. Er ist bekannt dafür, dass er schnell, in jeder gewünschten Steinart, originalgetreue Steinoptiken für den temporären Einsatz in Film- und/oder Fernsehproduktionen entstehen lassen kann. Diese zeigen eine prägnante Optik, sind hundertprozentig detailgetreu, sehr leicht und problemlos an jeder gewünschten Stelle zu platzieren. Wie er selbst berichtete, orderte man bei ihm schon des Öfteren Mauerwerke aller Art. Zwei Mal sogar ganze Straßenzüge, die die Zuschauer illusionieren und um einige Jahrhunderte zurückversetzen sollten. Kratzer, Witterungsschäden und abgeplatzte Stellen zu imitieren, gehört zu seinem alltäglichen Handwerk. Obwohl selten von ihm selbst handwerklich gefertigte Nachbildungen einer Skulptur angefordert werden, beherrscht er die Technik einwandfrei.

Sogar am Telefon merkte man, wie sehr sich der Künstler darüber wunderte, dass die Darmstädter Kriminalpolizei offenbar noch nie etwas von Steinguss-Abbildungen gehört hatte. Ob nun bei der Herstellung von Statuen, Gartenfiguren, Pflanzgefäßen oder auch Gehwegplatten, immer wird eine vorbereitete Masse in eine Form aus Ton, Kunststoff oder Holz gegossen. Darin härtet sie aus und kann final bearbeitet werden. Die Masse besteht vorwiegend aus Wasser, Zement, Sand und Kalkstein in unterschiedlich feiner Körnung der Bestandteile. Manchmal werden zusätzlich noch Farbpigmente eingerührt, um einen anderen Werkstoff, zum Beispiel einen wertvollen Naturstein, vorzutäuschen. Dieses Wissen hatte er schon immer als allseits bekannt vorausgesetzt. Doch dem war nicht so. Das gesamte Telefonat wurde von einem Kollegen Wort für Wort aufgenommen. So waren Rottenbach und Ludwig später mühelos in der Lage, den Erklärungen des Bildhauers zu folgen:

„Die bis ins kleinste Detail originalgetreue Oberfläche eines Natursteins künstlich herzustellen, ist ausgesprochen schwierig. Nach meiner Vermutung hat der Betrüger sehr wahrscheinlich für die perfekte Rekonstruktion der Skulptur eine Kunststoff-Hülle aus zwei Formen, eine für die Vorder- und eine für die Rückseite, hergestellt. Für einen solchen Abdruck oder Abguss eignet sich einfaches Silikon aus dem Baumarkt. Dann müsste er mehrere Gesteinsbrocken der gleichen Art wie die, aus der die Originalskulptur hergestellt wurde, zur Verfügung gehabt haben, die in einer Maschine vorgebrochen, weiterverarbeitet und veredelt werden. Je nachdem welche Stationen das Material durchläuft, lassen sich daraus Schotter, Split oder noch kleinere Korngröße herstellen. Das feinste Produkt nach dem Sieben ist dann am Ende der Sand. Schotter und Split können zur Weiterverarbeitung außerdem gerundet, mit Bindemittel beschichtet und bei Bedarf gefärbt werden.

Daraus entstehen dann Putze, Industriefußböden, Glasuren, Tapeten, Arbeitsplatten für Küchen und sogar Landschaften für Modelleisenbahnen. Ich könnte mir vorstellen, dass ein Fälscher mit der passenden Farbe, Wasser und Zement auf diese Art die erste Lage für die Musterform herstellte, weil sich daraus am einfachsten eine dem Originalstein sehr ähnliche Oberfläche in Farbe und Form erzeugen lässt."

Es folgte eine Pause, in der er auf einen Einwand oder auf eine Frage der Kommissare zu warten schien. Doch keine Reaktion folgte. So fuhr er fort.

„Nur ähnlich, wohlgemerkt, wenn keine Steine aus dem gleichen Steinbruch vorhanden sind. Das wäre Ihnen auch als Laie aufgefallen. Also müssen Sie davon ausgehen, dass der Hersteller genau die gleichen Steine grob zerkleinert besaß. Für die zweite Schicht könnte er weitere Brocken irgendwelcher Steine in einem Steinbrecher zerkleinert haben, auf die dann eine Füllmasse, wie zum Beispiel Steinersatzmörtel, aufgebracht wird, um die Steine zu fixieren. Also, noch einmal: In die vorgefertigte Form muss zuerst feiner, dann grob zerkleinerter Originalstein hineingepasst werden. Diese Kombination unterschiedlicher Körnung ist nötig, um eine optimale finale Bearbeitung zu ermöglichen. Bereits jetzt sollte mit einer feinen Armierung für Stabilität gesorgt werden. Die eigentliche große Kunst besteht darin, die Oberfläche hinterher so aussehen zu lassen, als wäre sie aus einem einzigen Gesteinsblock herausgehauen worden. Kopie und Original dürfen sich nicht unterscheiden. Hier muss ein erfahrener Künstlerkollege am Werk gewesen sein, vielleicht ein Kulissenbauer vom Film oder vom Fernsehen? Ich weiß es nicht! Wenn Sie meine Hilfe benötigen, komme ich gerne persönlich bei Ihnen vorbei und sehe mir den unglaublichen Bluff einmal an. Ach was, ich muss das Meisterwerk unbedingt einmal in Augenschein nehmen. Wann darf ich bei Ihnen vorbeischauen? Bei der Auflösung eines Mordes zu helfen, ist mir eine Ehre.“

Kriminaloberkommissar Liesegang bedankte sich, lehnte jedoch höflich und unmissverständlich einen Besuch ab: „Die laufenden Ermittlungen lassen uns dafür keine Zeit. Ich verspreche jedoch hiermit, dass wir bei Gelegenheit auf Ihr Angebot zurückzukommen werden. Tschüss!“

Rottenbach überlegte laut: „Wenn die Beseitigung der Leiche auf diesem Weg geschehen sein sollte, wo gäbe es dann einen Ort, an dem der Mörder seine Schandtat ungestört zu Ende bringen konnte? Zuerst einmal hätte er einen Abguss nehmen müssen. Dann wäre eine Menge Steine mit einem relativ großen und lauten Spezialgerät zu zerkleinern. Er müsste Steinersatzmörtel besorgen, anrühren und ihn in weicher, fast flüssiger Form sofort verarbeiten. Er müsste den Körper des Toten so genau einpassen, dass nirgends ein Teil davon an die Oberfläche kommen kann. Er bräuchte einen geheimen Platz, an dem das ganze Gebilde lange trocknen und sich dabei auch stabilisieren kann. Das ist eine ziemliche Menge an `müsste´. Kompliziert! Äußerst kompliziert, finden Sie nicht auch, meine Herren? Ich frage mich, ob eine Hohlform nicht auch einfacher herzustellen gewesen wäre. Ja, genau, warum eigentlich nicht? Ich bin kein Fachmann, aber Sie werden einen kompetenten finden.“

„Ja, geht klar! Das klären wir. Ich bezweifle nur, dass eine dünne Hülle genügend Stabilität ergibt. Steinmetze anrufen! Wir klären das auf!“

Die die kurz zuvor erschienenen Beamten Edi Kraft und Oskar Mehl, die morgen nach Tschechien fahren wollten, nickten zustimmend. Sie hatten eine Menge Informationen für ihr morgiges Gespräch mit den Grabsteinlieferanten bekommen.

„Könnte dieser Bekker beides selbst angefertigt haben? Eher unwahrscheinlich. Seine Hände sind zu fein für grobe Arbeiten. Wir wissen bisher leider nur wenig über ihn. Trotzdem habe ich das untrügliche Gefühl, wir kämen der Lösung näher."

Ludwig sprach aus, was alle Anwesenden dachten. Es lag noch viel Arbeit vor ihnen, doch das schreckte keinen der im Kriminalkampf erprobten Männer ab. Ungeklärte Mordfälle gehören zu ihrem Alltag, sind quasi ihr täglich Brot.

Zusammenarbeit international

Die lieben Kollegen aus dem fernen Süden Afrikas hatten wohl großes Interesse daran, sich mit den Problemen der deutschen Kriminal-Polizei zu beschäftigen. Per Mail sandten sie bereits am zeitigen Nachmittag mehrere, höchstens ein Jahr alte Bilder der früheren Ehefrau von Bekker. Diese hatten sie sowohl den Tageszeitungen rund um Kapstadt als auch der dortigen „Yellow Press" entnommen. Sie zeigten eine gutaussehende Frau mit weiblichen Formen und mit vollem, schulterlangem, kastanienbraunem Haar in den unterschiedlichsten, stets modisch schicken und sehr eleganten Aufmachungen. Ihr sinnlicher Mund, die hohen Wangenknochen, die Augenbrauen und die vielen Sommersprossen rund um ihre Nase waren gut geschminkt.

Eine äußerst anziehende, sehr reizvolle Frau, bei deren Anblick jeder sofort verstand, warum ihren Gatten die plötzliche Trennung sehr brüskiert haben musste. Unwillkürlich sagte Ludwig laut und für alle Anwesenden verständlich: „Donnerwetter! Was für eine Frau! Kein Wunder, dass der Bure aus dem Jagdschloss Kranichstein sie wieder haben will! Vielleicht sogar um jeden Preis? Ich werde mich sogleich auf die Suche nach ihr begeben."

Von ALi, dem Schulfreund Bekkers und, nach Beschreibungen der südafrikanischen Fachkollegen, seiner Allzweckwaffe lag nur eine einzige Fotografie bei. Sie zeigte einen weißen, eher unscheinbaren Mann Mitte fünfzig in dunkler Hose, die keinesfalls der heutigen Mode entsprach. Ihr Schnitt, wenn man von einem solchen überhaupt sprechen kann, verdeckte seine drahtige, schlanke Figur ebenso wie das bis oben geknöpfte zu weite, luftige Hemd. Die schmalen Schultern und seine flache Brust ließen ihn eher wie einen unverheirateten Buchhalter aussehen als wie jemand, für den hoch kriminelle Dinge zu tun selbstverständlich ist. Auffällig waren seine etwas zu eng beieinander stehenden Augen, deren melancholischer Blick sich sogar auf die Betrachter der Fotografie übertrug. Mit seiner kleinen, breiten Nase assoziierte er ein Katzengesicht. Auf der eigens fotografierten Rückseite des Fotos hatte jemand vermerkt: „1,71 m - Besondere Merkmale: Keine!"

„Der Kerl, dessen derzeitigen Namen bisher keiner von uns kennt, stellt eine echte Herausforderung für jeden Kriminalisten dar. Um ihn zu finden, werden wir mit Sicherheit größere Anstrengungen unternehmen müssen. Dass er, wie bekannt, sein Aussehen perfekt der jeweiligen Situation anpassen kann, erschwert unsere Suche zudem. So viel ist sicher", glaubte Liesegang anmerken zu müssen.

„Na dann, Waidmannsheil, Kollegen. Bitte gebt eine Kopie des Bildes an alle in der SOKO. Ihr übernehmt den mit allen Wassern gewaschenen Kerl. Ich bin gleich weg. Gebt unserem Direktor noch diese Mail durch und bedankt euch bei den Südafrikanern für die schnelle und perfekte Zusammenarbeit. Wir brauchen sie bestimmt wieder einmal. Bis dann!"

Nach diesen Worten startete EKHK Ludwig unverzüglich seine Suche nach der von Bekker geschiedenen Ehefrau. Dieser wusste zweifellos mehr als er bei den letzten Interviews bereit war zuzugeben. Er fand ihn im Park des Hotels beim Kontrollgang zwischen seinen verbliebenen neun Skulpturen, als er gedankenverloren den leeren Betonsockel anstarrte, auf dem eigentlich die große biblisch anmutende Figur eines Gelehrten stehen sollte. Da er sich unbeobachtet glaubte, schüttelte er mehrfach seinen Kopf und fluchte dabei halblaut vor sich hin.

„Herr Bekker, wo befindet sich Ihr Jugendfreund ALi derzeit? Sie wollten darüber nachdenken, hatten Sie versprochen. Reden Sie sich jetzt nicht raus. Wir wissen, dass er sich, ahem... in Deutschland aufhält. Wieso haben Sie uns nie etwas von ihm erzählt? Durch Ihre permanenten Lügen und Geheimnistuereien machen Sie sich selbst zu unserem Hauptverdächtigen, das dürfte Ihnen doch klar sein? So werden Sie in unseren Augen niemals wirklich glaubwürdig. Wollen Sie von sich selbst ablenken?“

„Was, wie bitte, ALi ist hier. Das habe ich nicht gewusst. Ich kann es auch nicht glauben. Wenn er hier wäre, hätte er sich bei mir gemeldet.“

Bekker schien ehrlich überrascht. Ludwig beobachtete, wie er deutlich sichtbar begann nachzudenken. Trotzdem glaubte er ihm nicht. Er wurde das Gefühl nicht los, dass dieser Mann ihm nur etwas vorspielt, weil er sich einen Nutzen erhofft.

„Es ist ausgemachter Blödsinn von Ihnen, so zu tun, als wüssten Sie von nichts. Sie sind sein bester Freund und Sie wissen nicht, wo er sich gerade rumtreibt? Das nehme ich Ihnen nicht ab!“

Sein Gegenüber stierte mit gedankenverlorenem Blick vor sich hin, ohne auf seine Worte zu achten. Eine sehr schwere Erinnerung schien unübersehbar auf seinen Schultern zu lasten. Er stand zwar körperlich vor Ludwig, war aber nicht wirklich da, sondern mit seinen Gedanken weit weg. Um ihn an Ort und Stelle zurückzuholen, wechselte der Kommissar das Thema.

„Hoppla, Herr Bekker, aufwachen. Inzwischen erhielten wir auch sehr interessante Informationen zu Ihrer Ehefrau Brigitte Preinl, die…“

„Ex, bitte, soviel Zeit muss sein – und bitte Bekker. Sie trägt nach wie vor meinen Namen, das sollten Sie wissen. Was gibt`s denn Wichtiges auf dieser Wellenlänge?“

„Erste Frage: Besitzt Ihre Verflossene einen deutschen Reisepass?“

„Ja, natürlich! Sie wurde in Deutschland von deutschen Eltern geboren, wuchs aber in Südafrika auf. Bereits als Kleinkind erhielt sie zusätzlich die südafrikanische Staatsbürgerschaft, die sie bis heute behalten durfte. Es ist erlaubt und völlig unproblematisch, beide Pässe zu besitzen. Sie benötigt kein Visum für die Bundesrepublik, so wie ich, weil ich keinen hier anerkannten Hochschulabschluss besitze. Da ich mich jedoch selbst finanzieren kann, mich erfolgreich als freier Handelsvertreter für Edelsteine angemeldet habe und die deutsche Sprache beherrsche, rechne ich mit meiner Einbürgerung schon nach einundzwanzig Monaten. Sie werden es noch früh genug erfahren. Vielleicht wird`s auch nur eine unbefristete Niederlassungserlaubnis. Die ist mir heute bereits sicher. Daran wird auch Ihr völlig unbegründeter Verdacht nichts ändern. Okay?!“

„Gut zu wissen. Zweite Frage: Wo befindet sich Ihre Frau derzeit? Ja, ich weiß, dass Sie es nicht verraten wollen, aber jetzt, wo wir ihren Namen kennen, kriegen wir es sowieso raus. Sie können mir helfen, Zeit zu sparen. Also?“

„Mein Gott, sind Sie vielleicht hartnäckig. Als ich das letzte Mal von ihr hörte, hatte sie sich in Bensheim an der Bergstraße, ihrem Geburtstort, im Haus ihrer schon lange verstorbenen Großeltern niedergelassen. Früher war dieses ihre, eigentlich unsere, offizielle

Ferienwohnung. Ob sie sich dort auch heute noch aufhält, entzieht sich meiner Kenntnis.“

„Ah, sieh da! Sie haben uns demnach in unserem letzten Gespräch bewusst hinters Licht geführt. Sie wissen von ihrem Domizil. Warum dürfen wir dieses nicht kennen? Eine offizielle Suche nach ihr würde es uns sowieso in kürzester Zeit verraten. – Was meinen Sie mit ...von ihr hörte? Wer gab Ihnen die Information?“

„Ist doch naheliegend, dass ich schon kurz nach ihrem Verschwinden aus Kapstadt bei den mit ihrem befreundeten Nachbarn in Bensheim anrief. Ich lernte die zwei bei unserem einzigen gemeinsamen Urlaub in Deutschland als große Weinverehrer kennen. Schon seit ihrer frühesten Jugend pflegte meine Ex mit diesen Leuten sehr intensiven Kontakt. Ihre Telefonnummer steht in unserem Register. Ich war mir sicher, dass sie sich an mich erinnern und mir Auskunft geben würden. Zufrieden?“

„Noch eine weitere Frage: Wie heißen die Leute und in welcher Straße wohnen sie? Allmählich bin ich es leid, Ihnen jeden Wurm einzeln aus der Nase ziehen zu müssen. Ich kann Befragungen dieser Art auch gerne im Polizeipräsidium durchführen und, wenn Sie es nicht anders wollen, Sie auch dort einquartieren.“

Bekker merkte deutlich, dass dem Hauptkommissar gerade der Geduldsfaden begann zu reißen. Er zückte eine seiner nagelneuen Skulpturenpark-Visitenkarten und schrieb die gewünschten Adressen samt Telefonnummern auf die Rückseite. Das tat er auswendig, ohne auch nur einmal nachzusehen, ob alle seine Angaben richtig sind. Das bedeutet, dass er sie verinnerlicht hatte, weil er sie schon häufig benutzte. Ludwig nickte ihm freundlich zu und ließ ihn mit den Worten: „Geht doch!“ einfach stehen. Er steuerte direkt, ohne weitere Informationen aus der Zentrale abzufragen, den bekannten Weinort an der Bergstraße an. Dort in der Nibelungenstraße, da war er sich ganz sicher, würde er die von ihm gesuchte Ex-Ehefrau Bekkers antreffen. – Eventuell unter ihrem Mädchennamen Preinl.

Manchmal ist das Leben nicht zu verstehen. Ludwigs, durch überhaupt nichts begründete, „sichere“ Annahme, bestätigte sich wie selbstverständlich. Eine auffallend schöne Frau öffnete ihm an der von Bekker notierten Adresse. Ohne lange überlegen zu müssen, erkannte er sie als die Frau auf den vielen Fotos aus der südafrikanischen Presse wieder.

„Guten Tag, Frau Bekker! Hauptkommissar Ernst Ludwig von der Mordkommission Darmstadt. Ich habe ein paar einfache Fragen an Sie. Darf ich eintreten?“

Irritiert, überrascht und etwas ängstlich zog die Angesprochene beide Augenbrauen hoch. Doch dann straffte sich ihr Körper auffallend. In herrischem, unfreundlichem Ton verlangte sie seinen Polizeiausweis, warf einen kurzen Blick darauf und reichte ihn ihm zurück. Erst danach fragte sie nach dem Grund seines Besuches.

„Nun, gnädige Frau, Ihr früherer Ehemann ist in einen Mordfall verwickelt. Ich nehme an, dass Sie mir ein paar wichtige Auskünfte zur Ermittlung des Täters geben könnten. Darf ich eintreten?“

Ludwig machte Anstalten, ins Haus zu treten. Sie jedoch schlug die Tür sehr heftig knapp vor seiner Nase zu. Verdutzt ging er ein paar Schritte zurück und rubbelte seinen Gesichtserker. Hatte sie ihn nicht verstanden? Er schüttelte sich ein- oder zweimal und drückte erneut den Klingelknopf. Niemand öffnete ihm. Wie von einer unsichtbaren Kraft gezwungen, sah er sich plötzlich die weiße Taste im Stakkato eines Maschinengewehrfeuers betätigen. Mit Erfolg! Die Tür öffnete sich einen Spalt. Er sah die Sperrkette und dahinter das Gesicht der Bewohnerin.

„Wenn Sie jetzt nicht aufhören, mich zu belästigen, rufe ich die Polizei. Sie unhöflicher Mensch, Sie. Gehen Sie, bitte!“

„Aber, Frau Bekker, ich bin doch von der Kripo. Gerade haben Sie meinen Ausweis kontrolliert. Erlauben Sie mir bitte, Ihr Haus zu betreten, ich benötige Ihre Hilfe.“

Mit unsicherem, konsterniertem Blick bat sie ihn aber, merklich angespannt, sich noch einen kleinen Moment vor der Haustür zu gedulden und erklärte: „Ich werde meine Nachbarin rufen und um ihren Beistand bitten. Man liest so viel Unvorstellbares in der Tagespresse. Weiß ich, ob Sie ein falscher Polizist oder ein echter Kripomann sind, oder gar ein als Jedermann verkleideter Verbrecher?“

„Aber, gnädige Frau, mein Auswe...“ Die Tür fiel ins Schloss. Er entschied sich zu warten. Was sonst hätte er, ohne größeres Geschrei, auch tun können? Die in der unmittelbaren Umgebung Wohnenden wollte er keinesfalls auf sich aufmerksam machen. Es dauerte und dauerte bis schließlich die Nachbarin in Kittelschürze und mit unter einem hellblauen Haarnetz nur notdürftig verborgenen Lockenwicklern erschien. Nach kurzer Vorstellung ihrer Person: „Mein Name ist Ingeborg Mai“ klopfte sie in einem, der Hauseigentümerin sicher gut bekannten Rhythmus an die Tür. Wie von Geisterhand öffnete sich diese mit einem leisen Klack und gab den Blick frei auf einen langen, von vielen Utensilien überladenen Flur. Ludwig ließ einen Seufzer der Erleichterung hören. Jetzt würde er weitere Bruchstücke der Wahrheit erfahren und diese später wie fehlende Puzzlestücke zu einem Gesamtbild zusammensetzen können.

Alle drei nahmen auf den weißen Gartenstühlen Platz, die auf der rückseitigen Veranda des Hauses standen. Kein Kaffee, kein Tee, noch nicht einmal ein Wasser wurde angeboten.

Die Atmosphäre des Gespräches konnte man ohne Übertreibung als unfreundlich und frostig bezeichnen.

„Fassen Sie sich bitte kurz. Ich mag keine unangemeldeten Überfälle und habe außerdem gerade sehr wenig Zeit. Ich weiß sowieso nicht, wie ich Ihnen bei Irgendetwas weiterhelfen könnte."

„Frau Bekker, seit wann wohnen Sie wieder hier in Deutschland?"

„Seit ungefähr einem Jahr, September, Oktober 2018."

„Was hatte Sie veranlasst, gerade in diese Gegend zu kommen?"

„Na, Sie stellen vielleicht Fragen. Das Haus gehört mir und stand schon seit einigen Jahren leer. Was hätten Sie denn getan, wenn Sie aus Südafrika geflüchtet wären? Wo wären Sie hingegangen?"

„Warum verließen Sie Kapstadt? Dort waren Sie etabliert, dort waren Sie aufgewachsen, dort waren Sie ein bekanntes und beliebtes Mitglied der Gesellschaft, dessen Bild sich des Öfteren in Zeitungen und Magazinen wiederfand. Ein derartiges Umfeld verlässt man nicht einfach mal so, oder?"

„Da Sie so gut Bescheid wissen, wissen Sie sicher auch, dass ich mich scheiden ließ und somit den Status der Ehefrau eines schwerreichen Diamantenhändlers nicht mehr besaß. Von mir übrig blieb nur eine charmante, von vielen geschätzte weibliche Person. Das war und ist eindeutig zu wenig für eine Frau wie mich. Zufällig lernte ich einen netten deutschen Flugkapitän von der Lufthansa kennen. Wir passen sehr gut zusammen, auch heute noch. Ihm folgte ich hierher. Info ausreichend?"

„Noch nicht ganz. Wohnt dieser Herr auch hier im Haus?"

„Nein, Nein! Wir sind nicht verheiratet. Er wohnt in Kelsterbach, quasi direkt neben seinem Arbeitsplatz. Manchmal treffen wir uns bei ihm, manchmal bei mir hier. Er ist als Pilot leider sehr häufig unterwegs in der Welt. Wenn dem nicht so wäre, hätten wir uns niemals kennengelernt. So, jetzt ist`s aber genug!“

„Eine Frage habe ich noch an Frau Mai.“

Ludwig drehte sich in Richtung der neben ihm sitzenden Nachbarin und sah ihr fest in die Augen. Sie zog ihren Oberkörper erschrocken zurück. Wovor musste sie sich fürchten? Als Nachbarin war sie bisher kein Teil der Ermittlungen. Jetzt aber hatte sie sich verdächtig gemacht.

„Frau Mai, kümmern Sie sich um das Haus Ihrer Freundin, wenn sie nicht zu Hause ist? – Ja? – Dann können Sie mir sicher auch sagen, wann Herr Bekker hier war und wie oft schon insgesamt?“

Ingeborg schaute mit fragendem Blick zu ihrer Freundin. Die sprang ihr zur Seite, indem sie die Antwort übernahm.

„Warum fragen Sie das nicht mich? Ich sage Ihnen: Mein Ex war, außer anlässlich eines früheren Urlaubs, noch nie hier. Ich wusste bis eben noch nicht einmal, dass er sich in Deutschland aufhält, stimmt`s, Inge?“

„Ja, ja, natürlich, Herr Kommissar, wir wussten nicht, wo er abgeblieben war. Was hätte er auch hier machen sollen. Die beiden sind geschieden und wegen mir würde er sicher nicht hier auftauchen. Nein! Er mag mich nämlich nicht.“
„Ich glaube, meine Damen, soeben haben Sie mich belogen. Ich weiß, dass Ihr Ex, Frau Bekker, von Südafrika aus bei Ihnen, Frau Mai, anrief, um zu eruieren, wo sich seine, von ihm noch immer

geliebte, Brigitte aufhält. Bei dieser Gelegenheit erzählte er gewiss auch, dass er gedenke nach Deutschland zu kommen. Stimmt`s?“

„Du hast das gewusst, Inge? Sag, dass es nicht wahr ist. Jetzt!“

Frau Mai zog ihre Schultern ein wie jemand, der erwartet eine Tracht Prügel zu bekommen. Sie wandte sich ihrer Freundin zu und gestand nach einigen Sekunden stotternd mit hochrotem Kopf, ihm ihren Aufenthaltsort „gepetzt“ zu haben:

„Doch, es ist wahr. Er hatte mir verraten, dass er hierher kommen will, um dich zu bitten, wieder seine Frau zu werden. So, endlich ist es raus. Ich wollte es dir schon längst gesagt haben. Es ist wohl besser, wenn ich jetzt gehe.“

„Sehr kluge Idee und nimm diesen Herrn gleich mit. Er stört. Ich möchte ihn nie wieder sehen. Nachher komme ich kurz zu dir rüber.“

Sagt`s, macht auf ihrem Absatz kehrt und eilt die Treppe hinauf. Dass Ludwig ihr noch „Auf Wiedersehen!“ hinterherrief, überhörte sie. Frau Mai rannte an ihm vorbei und verschwand in Richtung ihres Hauses, froh dem Tribunal entronnen zu sein. Den Lockenwickler, den sie bei ihrem hastigen Abschied verlor, steckte Ludwig in seine Tasche, bevor er sich in sein Auto setzte und dort dienstbeflissen ein paar Stichpunkte des soeben Gehörten notierte. Während der Fahrt zurück nach Darmstadt fiel ihm ein, dass er vergessen hatte, nach dem Namen des Liebhabers zu fragen. Wie schon des Öfteren in solchen Situationen redete er mit sich selbst:

„Gut, sei`s drum! Das kann unsere Sekretärin, Frau Elke Schöffele, viel unbelasteter als ich per Telefon erledigen, von Frau zu Frau sozusagen, und überhaupt, dieser Pilot…? Komisch, dass Bekker ihn nicht erwähnte. Immer wieder gab es neue Punkte, die der Bure verheimlicht hatte. Der Pilot und er müssen sich kennen.

Hat der Kapitän vielleicht mit dem Toten zu tun und wird von Bekker gedeckt? Verrückte Idee! Ob mir die Kollegen aus Kapstadt weiterhelfen können – oder die Lufthansa?“

Fakten und Lügen

Zurück im Darmstädter Polizeipräsidium meldete Ludwig sich bei seinem Chef, um ihm die aktuellen Informationen mitzuteilen. Auch bei ihm waren einige Neuigkeiten aufgelaufen. Gegen den ausdrücklichen Wunsch des Leiters der SOKO, gedachte der Staatsanwalt schon heute alle Nachrichten in der Pressekonferenz weiterzugeben. Auch Ludwig wollte auf keinen Fall, dass die von ihm in Erfahrung gebrachten aktuellen Familienverhältnisse den Journalisten ungeprüft zum Fraße vorgeworfen werden, selbst dann nicht, wenn die Anwaltschaft darauf bestehen sollte.

„Neue Ermittlungsergebnisse, Chef, die nach meinem Dafürhalten nicht zur Veröffentlichung geeignet sind. Bekker kam nur wegen seiner Ex-Ehefrau hierher zu uns. Sie wohnt in Bensheim an der Bergstraße. Er ist fest davon überzeugt, sie wieder für sich gewinnen zu können. Das Gefühl, nach der Scheidung verlassen und alleine zu sein, ist für ihn selbst heute noch schwer zu ertragen. Es quält ihn jeden Tag aufs Neue. Ich persönlich glaube, er wäre sogar ohne Weiteres bereit, sich hier an der Bergstraße anzusiedeln, nur um in der Nähe seiner Ex sein zu können. Sie aber will ihn auf keinen Fall mehr sehen, wusste angeblich nicht einmal, dass er hier in ihrer Nähe wohnt. Derzeit richtet sich ihr ganzes Interesse auf ihren neuen Freund, einen Lufthansapiloten, den sie in Südafrika bei einem Bankett kennenlernte. Ich vermute, er ist der wahre Scheidungsgrund. Ihm folgte sie ins Rhein-Main-Gebiet. Er wohnt in Kelsterbach und…“

Es klopfte an die Tür. Frau Schöffele erschien und händigte Ludwig mit strahlendem Lächeln ein DINA4-Blatt aus. Er bedankte sich still mit einem Kopfnicken, warf einen flüchtigen Blick darauf und begann laut vorzulesen: „Jochen Warnisch, 45 Jahre, Chefpilot der Lufthansa, 65tralala Kelsterbach (Taunus), Hauptstraße 44a, Telefon 061... blah, blah. Derzeit auf dem Flug nach Buenos Aires. – Donnerwetter, da hat sich unsere liebe Elke wieder einmal selbst übertroffen. In dieser kurzen Zeit so viele Infos zu finden und auch noch mit Frau Bekker in Bensheim zu reden. – Respekt! Ich bleibe an ihm dran. Bis zu seiner Rückkehr helfe ich den Kollegen am besten bei der Suche nach ALi. Einverstanden?"

„Vielleicht? Nein... doch eher nicht. Inzwischen wissen wir nämlich, dass bei einem der beiden Steinmetze aus Rozvadov in Tschechien mehrere Zentner von einem bestimmten Gestein aus Südafrika bestellt worden waren. Vor ein paar Wochen hatte man ihm daher zur Verarbeitung, die mit dem Schiff in Hamburg angelieferten, schweren Felsbrocken per Lastwagen in seinen Betrieb gebracht. Er muss sie jetzt mit seinem Steinbrecher in zwei Größen zerkleinern. Schotter und grober Sand, wenn ich mich recht erinnere. Routinearbeit, die nicht im Entferntesten an etwas Gesetzwidriges denken lässt. Die Lieferadresse in Deutschland ist in Griesheim zu finden. Dorthin ausgeliefert wurde die Ware vor fünf Monaten. Die Überweisung für die Arbeiten in Rozvadov kam aus Simbabwe, dem nördlichen Nachbarstaat der Republik Südafrika. Komisch, oder? Bezahlt wurde in US-Dollar, wahrscheinlich weil der Simbabwe-Dollar schon seit einiger Zeit permanent an Wert verliert. In diesem Land existiert eine große Wiese mit viel Platz für `wilde Blumen´, will sagen: dort tummeln sich einige Spekulanten und Hasardeure. Doch, lassen wir die Fantasien und kümmern uns um die weitere Aufklärung des mysteriösen Mordes. Ach so, ja, Bekker war in den Monaten, bevor er sich in Darmstadt niederließ, nicht in Deutschland, sagt der Zoll. Das kann eigentlich nicht sein, denn er mietete die Scheuer und überwachte schließlich die Anlieferung der Skulpturen persönlich. Oder hat er gelogen?"

Ludwig nickte wie selbstverständlich, als habe er nichts Anderes erwartet.

„Wo hielt er sich in der Zwischenzeit auf? Der Bauer aus Erfelden schwört, niemandem außer ihm den Schlüssel für die Scheune gegeben zu haben. Das entspricht ebenfalls nicht der Wahrheit. Die KTU fand Abriebspuren von einem neuen nachgefertigten Schlüssel im Vorhängeschloss. Warum hat er uns wohl hinters Licht geführt? Derzeit befragen drei Kollegen die Bewohner der in der Nähe gelegenen Häuser. Vielleicht fiel einem von ihnen in den letzten Monaten ein Lastwagen mit Kran auf, der eventuell nachts zur Scheuer fuhr und darin verschwand. Wer weiß? Ich gehe jetzt aus zwei Gründen zum Zoll: Erstens wegen Bekkers Aufenthaltszeit hier und zweitens, weil dieser Abraham Lincoln irgendwo hier sein müsste. Und Sie…?"

„Wir brauchen Fakten, Chef. Gut! Anlieferung Griesheim, sagten Sie? Prima, die Schöffele besorgt mir Name und Adresse, an die Schotter und so weiter aus Südafrika via Tschechien geliefert wurden. Dort fahre ich jetzt schnell hin und finde den Auftraggeber. Dann sehen wir um einiges klarer. Bis nachher."

Rottenbach fuhr zum Zollamt, wo sich herausstellte, dass die Personendaten von eingereisten Fremden beim Bundesgrenzschutz gespeichert werden. Der Amtskollege nutze seine persönlichen Beziehungen und rief dort an. Man fand den Beleg für die Einreise von einem Willem Bekker im Frankfurter Flughafen im August 2019! Dieser Termin wich deutlich ab von dem Termin im Mai, den Bekker vorgegeben hatte.
Die Überprüfung sämtlicher Listen der Einwanderer und registrierten Touristen in Mai und Juni ergaben keine zweite beziehungsweise erste Einreise anderen Datums. Warum lügt Bekker?

Auch Ludwig konnte seinem Chef aus Griesheim Unerwartetes berichten: „Der Besteller der steinigen Ware ist ein bei der Firma Merck beschäftigter Chemiker namens Doktor Alfred Vissen, dessen großes Hobby es ist, Formen und Figuren aus Steinen verschiedener Größen zu hauen. Dazu nutzte er bisher nur besonders schöne Natursteine aus Deutschland. Jetzt aber hatte er vor, aus südafrikanischem Sedimentgestein, einem Paragestein, selbst Blöcke in mehreren Größen zu gießen und diese dann mit Hammer und Meißel so zu bearbeiten, dass sie ähnlich aussahen wie seine Vorlagen, nur schöner. Die große Herausforderung für ihn besteht darin, erstmalig sich an eine künstlerische Herstellung von Büsten zu wagen. Detailtreue sei ihm wichtig. Er berichtete mir selbstbewusst, er würde durch Abstrahlen, Abschleifen und Absäuern speziell veredeln, um ganz bestimmte Konturen hervorzuheben – eine für ihn neue und aufregende Technik. Von mehreren professionellen Steinmetzen wusste er, dass sich das Gestein aus der Kapregion besonders gut bearbeiten lässt. Es unterscheidet sich vom Sedimentgestein gleichen Namens aus Lesotho deutlich durch die vermehrt zu findenden Muschel-einschlüsse. Beide Steinarten sind von gleicher rötlicher Farbe. Sie lassen sich bestens schneiden und sogar polieren. Die von ihm bestellten unterschiedlichen Steinkörnungen ergeben in Kombination eine wesentlich bessere Härte als Kies oder Sand alleine. Man braucht eben für das Behauen eine hohe Festigkeit. – Das Aushöhlen eines Steins gerade aus dieser Gegend bereitet ihm übrigens mit einer entsprechenden Fräse keine großen Probleme. Bereits die Ureinwohner des Landes stellten mit Raspeln und Basaltstößeln die unterschiedlichsten Gefäße daraus her. Nicht ohne Stolz zeigte mir Herr Doktor Vissen zum Schluss noch sein erst kürzlich erworbenes, einer Kettensäge ähnelndes Spezialwerkzeug.
Ausgestattet mit diesen neuen Erkenntnissen, verabschiedete ich mich dankend. Seinen fachlichen Rat kann ich jederzeit problemlos einholen.“

Rottenbach nickte. Er hatte die Ausführungen seines Stellvertreters verstanden.

„Nach meiner Rückkehr ins Präsidium trommelte ich alle verfügbaren Kollegen der SOKO zusammen und hielt, wie Sie ja aus meiner WhatsApp schon wissen, eine Sondersitzung ab, um schnell und unbürokratisch den nötigen Informationsaustausch voranzutreiben. Die KTU hatte ich bereits gebeten, noch einmal nachzusehen, ob wirklich eine Abgussform von der Originalfigur gemacht worden war oder ob diese lediglich ausgehöhlt wurde. Nach den Ausführungen des Dr. Vissen wäre das nämlich, selbst für einen Hobbykünstler wie ihn, eine relativ einfache, lediglich zeitraubende Angelegenheit. Natürlich ist die verbliebene Hülle in unserem Fall durch den zugesetzten Kalk, den Zement, das Wasser und durch die ausfließenden Körpersäfte der Leiche ziemlich verändert und entstellt. Ich erhoffte mir trotzdem ein eindeutiges Ergebnis. Sollte die Skulptur tatsächlich ausgehöhlt worden sein, erübrigt sich eine weitere Suche nach dem Originalstandbild. Dann haben wir ein neues Problem. Wo könnte eine so große Steinfigur zersägt worden sein? Das macht Krach ohne Ende. Ich bat alle darüber nachzudenken. Auf meine Frage nach weiteren Neuigkeiten herrschte zunächst Schweigen.

Dann aber stand Kommissar Edi Kraft auf. Bevor er antwortete, sah er sich im Kreis der Kollegen um, als wolle er von ihnen Rückendeckung für seine Aussagen einfordern: „Eigentlich gibt`s nichts Besonderes. Wir haben eigentlich keine aussagekräftigen Resultate vorzubringen. **Erstens:** Das gesuchte Original wurde noch nicht gefunden. **Zweitens:** Wo dieser ominöse ALi abgeblieben ist, wissen wir nicht. **Drittens:** Mit dem Liebhaber und Freund der Exfrau von Bekker konnten wir noch nicht sprechen. **Viertens:** Bisher fand sich niemand, der den halbverwesten Toten im Stein schon einmal gesehen hat. Die Replik seines Gesichts ist in Arbeit. Wir erwarten sie frühestens in ein paar Wochen. Sie wird sicher Einigen beim

Erinnern helfen. **Fünftens:** Feinde oder Menschen, die ihm Böses wollen und deswegen ausgerechnet bei ihm einen Toten verstecken, hat der Bure angeblich keine. Daran hegen wir alle Zweifel. Somit: Alles negativ! Auch die Befragung von mehr als zweihundert Grabmal-Herstellern und Steinmetzen in Deutschland brachte keine neuen Erkenntnisse. Die Interviews der Bürger in Erfelden laufen noch. Summa summarum: Wieder einmal nur ganz normaler Polizeialltag, der viel Ausdauer verlangt."

Polizeidirektor Rottenbach unterbrach. Er konnte nicht erklären, wieso Bekker nach eigenem Bekunden im Mai eingereist sein will. Dafür gibt es keine Beweise. Nach Angaben der Pass-Behörde kam er erst im August ins Land.

„Ich habe jetzt die Faxen dicke. Lassen Sie Kommissar Mehl, den Herrn umgehend einbestellen. Alle anderen folgen weiter den aufgenommenen Spuren, ...und, Kollege Kraft soll noch einmal mit der KTU reden. Wir brauchen dringend Ergebnisse. Wieso gibt`s eigentlich keinerlei verwertbare Fingerabdrücke? Die Zeit läuft uns davon. Machen Sie Druck!"

Auch dieses Mal war Bekker über seine erneute Einbestellung sehr verärgert. Er entrüstete sich bereits während der Anfahrt im Polizeiauto lautstark über das unmögliche Verhalten der Kriminalen, schaffte es jedoch nicht, den Fahrer in ein Gespräch zu verwickeln. Selbst auf dem Weg zum Vernehmungsraum sprach dieser kein Wort. Bekkers Rage steigerte sich. Seine wirren, rotblonden Haare wirkten noch zerzauster als normalerweise. Zu allem Überfluss ließ Rottenbach ihn auch noch bewusst eine ganze Weile bei Neonlicht in der fensterlosen Räumlichkeit schmoren.

„Dieses Vorgehen beruhigt Delinquenten immer, Sie werden sehen", erklärte er seinem Stellvertreter. Er sollte Recht behalten.

In ruhigem Ton fragte Bekker wenig später die gerade eingetretenen Kommissare:

„Können Sie mir bitte Ihr ausgesprochen lästiges Verhalten erklären? Ich kann, wegen all Ihrer unnützen Vorladungen, überhaupt nichts anderes mehr arbeiten. Gibt`s eigentlich eine finanzielle Entschädigung für meinen von Ihnen verursachten Verdienstausfall?“

„Nun mal `sachte mit den jungen Pferden´, Mister Bekker. Einzig und allein Sie sind schuld an unseren Aktionen. Sie selbst bescheren uns zusätzliche Arbeiten. Hätten Sie uns nicht belogen oder wichtige Dinge verschwiegen, wäre das, was Sie jetzt glauben anprangern zu müssen, gar nicht nötig geworden. Wieder und wieder sagen Sie uns gegenüber die Unwahrheit. Warum behaupten Sie, bereits im Mai in Deutschland eingereist zu sein, wenn es doch nachweislich erst im August war? Waaaarum, um Gottes Willen? Ich will die Wahrheit wissen.“

„Ich bin am Europatag, von Amsterdam kommend, mit meinem Auto hier eingereist. Eine Grenze gibt es in der EU ja nicht mehr. Fragen Sie im Schiphol nach! Okay?“

„Nehmen wir an, das stimmt. Warum haben Sie uns das nicht gleich gesagt? Wieso bitte? Erklären Sie uns das! Oder haben Sie etwa die Skulptur im Hafen abgeholt und die Leiche darin versteckt? Sie haben wohl Angst, sich mit der Wahrheit selbst verdächtig zu machen, nicht wahr?“

„Okay, Sie liegen mit Ihren Verleumdungen völlig falsch. Total daneben! Ich war nicht in Hamburg, bin genau genommen nur schnell meiner Ex gefolgt, die ihrem Liebhaber hinterher geflogen war. Leider musste ich über Holland anreisen. Ich folgte diesem Hallodri einige Monate später alleine von Frankfurt nach Zürich, um mit ihm in aller Ruhe reden zu können. Es funktionierte jedoch nicht so, wie wir es vorher per Handy abgesprochen hatten. Ich glaube, dass er nicht wollte, dass er einfach keine Lust auf ein Gespräch mit mir hatte. Unverrichteter Dinge flog ich in die Main-Metropole zurück. Bei der Einreise wurde ich kontrolliert. Die war damals an dem von Ihnen herausgefundenen Datum im August. Okay?"

„Nein, das ist keinesfalls `Okay´, nur seltsam, sehr seltsam! Sie hätten doch viel einfacher und zudem billiger mit ihm hier in Deutschland reden können. Wozu der Aufwand? Und, ... außerdem, wie konnten Sie erfahren, wo sich der Pilot gerade aufhält? Datenschutz und so weiter, Sie verstehen?"

„Na, das war doch eine meiner leichtesten Übungen. Ich merkte mir den Namen des Kapitäns, der mich von Kapstadt nach Amsterdam flog, rief unter seinem Namen bei der Lufthansa an und gab mich mit deutlich hörbarem holländischem Akzent als Kollegen aus, der gerne einmal wieder seinen Freund aus früheren Tagen treffen würde. Nachdem ich die gewünschten Auskünfte samt Telefonnummer erhalten hatte, hinterließ ich meinen falschen Namen und bat, Grüße von mir auszurichten. Alles ganz einfach."

„Ach so, einfach, meinen Sie? Dass Sie sich selbst mit dieser fadenscheinigen Aussage immer verdächtiger machen, ist Ihnen doch bewusst, oder? In der Schweiz... Tss, Tss, Tss. Jetzt sagen Sie mir nur noch, wo Sie sich von Mai bis August rumgetrieben haben. Dann ist unser kleines Gespräch beendet. Vorerst! – Versteht sich! – Also bitte!"

„Herr Kommissar! Es gibt in der BRD mehrere Angelegenheiten, die ich der Reihe nach erledigen will. Deren Auflistung reiche ich gerne, mit Datum versehen, nach. Zwischenzeitlich ging ich Hinweisen über meinen Konkurrenten Herrn Warnisch nach, den Piloten, wissen Sie. Auch unternehm ich viele vergebliche Versuche, meine Ex-Ehefrau zu treffen. Sie verleugnete sich am Telefon selbst, indem sie mit verstellter Stimme jedes Mal vorgab, ihr eigenes Dienstmädchen zu sein. Das klang dann ungefähr so: `Hier sprechen Elsa, Haushalt-Frau. Chefin nicht da. Was ich ausrichten? Sie sagen, ich schreiben´ ... So, oder so ähnlich, klang es jedes Mal, wie von einem Band abgespielt. Aber das war ein Fake. Ich bin mir ganz sicher, dass sie es selbst war, die da kauderwelschte. Sie hielt sich wohl für äußerst clever. Ich antwortete jedes Mal nicht, sondern legte auf. ...aber ich ließ nicht locker. Okay? Fast jeden Tag rief ich sie an, morgens, mittags, abends, ganz egal. Irgendwann würde sie mit mir sprechen. Irgendwann! Okay für Sie?“

„Ja und nein! Wo genau befindet sich derzeit Ihr Schulfreund ALi? Er könnte Sie eventuell vom Mordverdacht befreien. Nennen Sie uns in Ihrem ureigensten Interesse seinen derzeitigen Aufenthaltsort. Gestorben ist er doch nicht, oder?“

Bekker würdigte sein Gegenüber keines Blickes. Dann streckte er plötzlich seinen Kopf so weit vor, dass sich ihre Nasen fast berührten und zischte feucht: „Das weiß ich immer noch nicht. Er kann überall sein. Am wahrscheinlichsten für mich ist, dass er wieder in Südafrika weilt. Wovon bitte, sollte er hier in diesem überkorrekten Deutschland seinen Lebensunterhalt bestreiten? Hä? Haben Sie daran schon gedacht? Bei mir hat er sich jedenfalls nicht gemeldet.“

„Sie wollen uns nicht helfen, wie? Es scheint Ihnen lieber zu sein, wenn wir Sie für einen unter Mordverdacht stehenden, skrupellosen Verbrecher halten? Das ist für mich ein äußerst unverständliches Verhalten. Dieses Mal entlasse ich Sie noch einmal, bei unserem nächsten Treffen bestimmt nicht mehr. Sie können sich schon auf eine Zelle in der Untersuchungshaft freuen. Auf Wiedersehen!“

Rottenbach war von Gespräch zu Gespräch mit Bekker immer klarer geworden, dass dieser ohne seine Frau besonders einsam war. Er versuchte, sich in den Verlassenen hineinzuversetzen. Dabei kamen ihm immer wieder die gleichen, sehr absurden Gedanken, wie zum Beispiel: Würde sein Nebenbuhler von der Bildfläche verschwinden, käme seine Angebetete höchstwahrscheinlich zu ihm zurück. Er ist schließlich der Erfolgsmensch, der viel Geld hat, der ihr nach wie vor ein glamouröses Leben bieten kann. Das muss sie doch in den vergangenen gemeinsamen Jahren genossen haben.

Dazu kommt, dass der Mann ziemlich sicher mitten in den virilen Wechseljahren steckt, der Andropause. Diese ist geprägt durch plötzlich auftretende Selbstzweifel, die viele früher unwichtige Fragen aufblühen lassen: War wirklich alles richtig, was ich gemacht habe? Beachtete ich meine Umwelt genügend, meine Freunde, die zwischenmenschlichen Gefühle? Und überhaupt, wie geht es mit mir weiter? Eine für ihn trostlose Situation, aus der ihn die Skulpturen sowie das gute Essen und Trinken im Jagdschloss Kranichstein sicher nur bedingt befreien können. Rottenbach brummelte leise vor sich hin: „Alles Quatsch! Meine Gedanken müssen falsch sein. Dieser Jochen Warnisch ist am Leben, fliegt gerade nach Buenos Aires und zurück. Die Lösung des Problems muss ich woanders suchen. Noch einmal von vorne: Wer ist der Tote im Stein? Hat er überhaupt mit der Trennung der Bekkers zu tun? Dann müsste es einen Zusammenhang geben. Schließlich wurde er im Eigentum von Bekker quasi begraben. Oder muss ich meine Denkrichtung komplett ändern. Ich stecke in meinen Vorurteilen fest, bin voreingenommen. Wir müssen mit der gesamten SOKO noch einmal ganz von vorne anfangen zu recherchieren. Wenn ich wieder etwas Luft habe, werde ich alle von Elke zusammenrufen lassen."

Eigenartige Resultate

Ehe er jedoch die Hebel zurück auf Anfang stellen konnte, erschien Emil Karus von der KTU in seinem Büro. Er zeigte ihm rudimentär erkennbare Fingerabdrücke, die man auf einem Stück Plastik im Ausgussmaterial der Skulptur gefunden hatte. Voller Stolz begann er sein kleines Referat mit den Worten: „Ich bin zwar nur ein unfertiger Mediziner ohne staatlichen Abschluss, aber ein überdurchschnittlicher Ermittler. Diese dreckigen Linien hier konnte ich durch das spezielle Verfahren der Elektrolumineszenz so gut sichtbar machen, dass ein Abgleich mit unserer Datenbank möglich wurde. Leider kein Treffer! Aber genial, wie ich häufiger schon mal bin, kam ich auf die Idee, auch übergeordnete Systeme in den Vergleich mit einzubeziehen, zu denen ich normalerweise keinen Zugang habe, wie zum Beispiel die von Interpol. Die Kollegen in Paris haben viel mehr große Informationsquellen als wir. Wie Sie bestimmt wiss...“

„Karus: Zur Sache bitte! Reden Sie nicht über Probleme, sondern über Ergebnisse. Also, los jetzt!“

„Jawohl, Herr Direktor, sofort. Also, wie Sie wissen, gibt es viel mehr gespeicherte Fingerprints als nur die von uns hier in der deutschen Datenbank erfassten. Das sind immerhin die von mehr als drei Millionen Menschen. Sie alle zu durchforsten war zweifelsohne eine Mammutaufgabe für mich. International aber, na, ja, ...lassen wir das Jammern. Aus zwei Gründen werden grundsätzlich Prints genommen: Erstens bei Strafverfolgungen zur Verbesserung der Beweislage und zweitens: zur vorsorglichen Bereitstellung, zur Prävention für künftig zu erwartende Strafverfahren. Man muss also kein Kapitalverbrechen wie Mord begangen haben, um einen Fingerabdruck in den Speicher zu liefern. Ich verschaffte mir Zugang zur deutschen Präventivgruppe, fragen Sie mich bitte nicht wie, und siehe da, ich hatte Erfolg. Derjenige, der die Steinhülle füllte, hatte vor vielen Jahren bei einer Baufirma in der Nähe von Göttingen

seine Lehre absolviert und ist dabei straffällig geworden. Er hatte was gemopst. Nein, kein Geld, sondern Material für einen Hausbau. Er heißt: Peter Pischkowsky. Toll, oder? – Ja, ...und dann sah ich auch noch in einem anderen System der deutschen Polizei nach, dem Computerfahndungssystem POLAS, das unter anderem persönliche Daten und Angaben zu Straftaten enthält. Wenn ein konkreter Anlass gegeben ist, darf man das tun. Dort wurde seine Jugendsünde bestätigt. Weitere Auffälligkeiten fand ich nicht.
– Nun zurück zur Leiche: Aufgrund des Verwesungsgrades ließen sich vom Toten keine verwertbaren Fingerprints nehmen, wohl aber einige genetische. Die haben wir erfasst. Mittlerweile untersuchen alle Kollegen gerade, ob seine DNA irgendwo gespeichert ist. Das wäre zu schön, um wahr zu sein, nicht wahr Herr Polizeidirektor?
– Ach so, fast vergessen, ...die große Steinfigur hat jemand halbiert, ausgehöhlt und wieder optisch jungfräulich zusammengeklebt, sehr perfekt und nicht auf Anhieb zu erkennen. Sie ist kein Abguss, wie Sie und Ihre Leute vermutet hatten. Die verbliebene Hülle wurde dann mit Drahtgeflecht, dem Leichnam und einer fast flüssigen Stein-Zement-Mischung ausgefüllt, die relativ schnell aushärtet, da sie mit einem besonderen Kunststoffhärter vermengt war. Das brachte neben ausreichend Gewicht die gewünschte Stabilität und hielt die zwangsläufig entstehenden Luftlöcher klein. Routinearbeit für jeden Steinmetz, glaube ich."

Mit strahlendem Blick, auf eine Lobeshymne wartend, sah er Rottenbach an. Dieser bedankte sich kopfnickend und emotionslos für die geschilderten Ergebnisse. Gedankenverloren blickte er in imaginäre Fernen. Das Geschehene sah er jetzt in einem völlig neuen Licht. Diese riesige Skulptur hatte man demnach in der Mitte durchgeschnitten, beide Hälften ausgefräst und wieder mit dem Toten und zusätzlichem Material gefüllt. So viel war jetzt Fakt. Urplötzlich wandte er sich wieder Karus zu und grinste ihn an, als er sagte: „Sie haben völlig recht. Genau da müssen wir ansetzen, Herr

Kollege. Suchen Sie weiter nach dem, der die Einsargung der besonderen Art vorgenommen hat. Ich verlasse mich auf Sie.“

Karus verließ enttäuscht und missmutig das Büro. Der Herr in diesem Zimmer hatte überhaupt nicht begriffen, dass es ohne seine Nachweismethode und ohne seine geniale Idee, Fingerabdrücke auch außerhalb der üblichen kriminalpolizeilichen Ermittlungsmethoden zu suchen, keinerlei vorzeigbaren Daten gäbe. Wahrscheinlich hat er gar nicht richtig zugehört.

„Dieser Ignorant! Schimpft sich Direktor. Ha! Soll er doch sehen, wo er die weiteren Tatsachen herbekommt. Von mir jedenfalls nicht!“

Frau Schöffele hatte inzwischen alle verfügbaren Kollegen im großen Tagungsraum zusammengerufen. Die Infotafel mit allen bisher ermittelten Angaben stand, gut einsehbar für jeden, vor der versammelten Mannschaft.

„Liebe Leute, unsere Ermittlungen sind in einer Sackgasse gelandet. Jetzt fangen wir noch einmal von vorne an. Wir müssen alle bisherigen Resultate auf diesem Flipchart hier erneut hinterfragen, also noch einmal auf den Prüfstand stellen. Stöhnen hilft nicht. Jetzt schnell das Neueste: Der Steinkorpus für die Leiche wurde ausgehöhlt. Es gibt demnach nur diese eine Originalfigur. Derjenige, der den Toten in ein eigens angerührtes Material hineinlegte, heißt Peter Pischkowsky. Er arbeitete vor Jahren als Maurerlehrling in der Gegend von Göttingen und wurde damals straffällig. Sein letzter Aufenthaltsort ist noch unbekannt. Kraft und Mehl, Sie helfen der KTU bei der Suche danach. Außerdem: Unser Willem Bekker war bereits im Mai dieses Jahres in Deutschland. Womit er sich bis zu seiner offiziellen Einreise im August wirklich beschäftigte, müssen wir noch herausfinden. Ludwig, das wäre doch eine geeignete Aufgabe für Sie. Ich befrage derweil bei der Lufthansa in Frankfurt die Kollegen des Liebhabers von Frau Bekker. Vielleicht weiß einer von ihnen sogar auch etwas über Herrn Bekker. Liesegang, überprüfen Sie noch einmal sämtliche Daten zur Lieferung der Kunstwerke! Ab Kapstadt, versteht sich von selbst, oder? Außerdem sollten wir Frau Brigitte Bekker zu einer Befragung einbestellen. Sie hat unserem Kollegen Ludwig nur sehr wenig Hilfreiches erzählt. Ich bin mir sicher, Sie weiß bedeutend mehr. Die besondere Neonlicht-Atmosphäre in unserem speziellen Vernehmungsraum wird ihr bestimmt helfen, ihr Wissen endlich preiszugeben. Sämtliche Infos an mich direkt, beziehungsweise über unsere Elke, die immer weiß, wo ich mich gerade aufhalte. Denken Sie bitte daran, dass alle – ich betone: alle – Fakten noch einmal in Frage gestellt werden müssen. Einige wesentliche Punkte sind neu dazugekommen beziehungsweise haben sich verändert. Wir starten neu! Abmarsch!"

Zurück in seinem Büro fand Rottenbach einen Zettel mit der Bitte, Herrn Hoteldirektor Eisen im Jagdschloss Kranichstein umgehend zurückzurufen. Das Wort darunter lautete „unbedingt", war drei Mal unterstrichen und mit mehreren Ausrufezeichen versehen, so wie es die Abteilungssekretärin Elke Schöffele nur macht, wenn es in ihren Augen, „um die Wurst geht". Sogar die zugehörige Telefonnummer hatte sie unübersehbar farblich markiert. Gespannt griff er zum Telefonhörer und wählte die Nummer, ließ es mehrfach klingeln und legte wieder auf. Noch während er ungläubig mit dem Kopf schüttelte, klingelte sein Handy.

„Eisen hier, Hallo! Herr Rottenbach, ich möchte Sie auf eine ungewöhnliche eigene Beobachtung hinweisen. Als ich vorhin in meiner verspäteten Mittagspause, wie schon häufiger in der Vergangenheit, einen erholsamen Spaziergang rund um unseren Backhausteich machte, fiel mir auf, dass eine der von mir erst in diesem Frühling neu installierten Bänke fehlt. Das schwere Ding mit seinen Wangen aus einem besonders robusten Baustoff ist weg, einfach verschwunden. Jemand muss die Schrauben gelöst haben, mit denen sie rechts und links auf einem Betonsockel montiert waren. Bereits bei der Installation hatten wir an die Möglichkeit eines Diebstahls gedacht und deshalb die wuchtige Variante einer Ruhebank gewählt. Die vorher hier eingegrabenen Bänke mit Sitzflächen aus halbrunden Baumstämmen waren teilweise vermodert, oder von irgendwelchen Vandalen angebrannt worden. Ich weiß nicht, was ich von diesem Vorfall halten soll. Wer stiehlt schon eine so schwere, mit Hotelfarben deutlich markierte Sitzgelegenheit? Um sie weg tragen zu können, braucht man mindestens zwei oder sogar mehr Personen. Dessen ungeachtet: Das gute Stück ist verschwunden. Im Gegensatz zu mir, ist Ihnen ja das Denken in den Köpfen von Kriminellen quasi in die Wiege gelegt. Was sagt Ihnen Ihr kriminalistischer Spürsinn? Ich wollte zuerst mit Ihnen reden, bevor ich meine Mitarbeiter informiere. Das habe ich jetzt getan. Was bleibt für mich zu tun?"

„Zuerst einmal gar nichts. Eine bleischwere Parkbank wurde abgeschraubt und entwendet, sagen Sie? Das ist allerdings wirklich merkwürdig. Ich denk` noch mal genau darüber nach und komme morgen früh bei Ihnen vorbei. Dann gucken wir uns den Ort der Untat noch einmal Millimeter für Millimeter gemeinsam an. Zufrieden?"

„Ja! Natürlich! Könnten Sie vielleicht heute noch vorbeischauen? – Nein? Na ja, muss mein Arzt morgen Vormittag eben warten. Bis dann, Herr Direktor."

Aus alt mach` neu

Der Besuch im Bürogebäude der Lufthansa entwickelte sich für den Darmstädter Polizeichef äußerst unbefriedigend. Man schickte ihn „von Pontius zu Pilatus“. Keiner war bereit, ihm auch nur winzigste Informationen über den Flieger-Kollegen Warnisch zu geben, trotz Hinweis auf den geschehenen Mord. Jeder schob große Bedenken bezüglich des Datenschutzes vor, der zu Recht, nicht nur im internationalen Geschäft, eine große Rolle spielt. Aus diesem Grund konnte sich auch niemand vorstellen, dass Flugdaten, Namen und Telefonnummern von jemand aus dem Lufthansa-Gebäude an Dritte weitergegeben worden waren. Bekker hatte demnach schon wieder gelogen. Erst die letzte von Rottenbach aufgesuchte Instanz, in Persona der Personalchef, entpuppte sich als ein langjähriger Weggefährte des Gesuchten. Doch auch er zeigte sich erst nach massivem Drängen nur äußerst missmutig geneigt, die gewünschten Auskünfte zu geben. Sehr langsam und stockend besserte sich seine zuvor sehr knappe Wortwahl allmählich. Rottenbach wurde klar, dass dieser Mann nur antwortete, weil er glaubte, für seinen Freund Wissenswertes in Erfahrung bringen zu können, ihn vielleicht auch durch seine Aussagen im Notfall zu entlasten und nicht, um der Polizei zu helfen.

„Mein Kollege, Jochen Warnisch, ist fünfundvierzig Jahre jung, hat braunschwarze Haare und sieht mit seinem leicht braunen Teint blendend aus, insbesondere in Uniform. Er geht stets mit der Mode, trägt vorzugsweise blaue oder weiße Designerhemden und immer perfekt sitzende Anzüge. Seine stilbewusste Art und sein durchtrainierter Körper fallen den Damen sofort ins Auge. Sie reißen sich um ihn. Seine sanfte Stimme trägt ihr Übriges dazu bei. Aber er ist in erster Linie ein überaus korrekter Flugkapitän, dem sein Beruf über Alles geht. Wenn das die in den meisten Fällen äußerst gutaussehenden jungen Frauen, oder auch Damen, erst einmal bemerken, lassen sie von ihm ab. Sie würden bei ihm nämlich nie die erste Geige spielen dürfen. Er ist und war, vielleicht genau deshalb, noch nie verheiratet. Ich schätze ihn beruflich und privat sehr. Jochen ist der zuverlässigste Mensch, den ich kenne. Für ihn würde ich meine Hand ins Feuer legen."

„Was wissen Sie von seiner jetzigen Freundin, beziehungsweise seiner Lebensgefährtin? Ich meine die, die er anlässlich einer Benefizveranstaltung in Kapstadt kennenlernte."

„Wie bitte, er hat sich in Punkto Frauen festgelegt? Kaum zu glauben. Könnte aber durchaus ein Ausdruck seiner Midlife Crisis sein. Wer ist denn die Glückliche?"

„Da Sie bisher von ihr nichts wussten, schlage ich vor, Sie fragen ihn selbst. Wann erwarten Sie ihn zurück?"

„Genau weiß ich das nicht, aber Ende der Woche wird er wieder im Land sein, denke ich. Ich müsste seinen Dienstplan..."

„Lassen Sie mal gut sein. In Kelsterbach nehme ich an."

„Wahrscheinlich!"

„Eine Frage habe ich noch. Wann war er das letzte Mal dienstlich in Zürich? Gab es damals ein besonderes Ereignis, etwas nicht Vorhersehbares, von dem er Ihnen wegen seiner Besonderheit erzählte?"

„Soweit ich mich erinnere, flog er vor etwa vier bis sechs Wochen in die Schweiz. Als ich mich einen Tag später mit ihm in Sachsenhausen zum Äppelwoi traf, erwähnte er nichts. Muss demnach alles glattgegangen sein. Seine Freundin begleitete ihn, fuhr danach aber direkt nach Hause. Warum fragen Sie?"

„Nun, wir hörten, er hätte sich dort mit einem Südafrikaner verabredet. Aus irgendeinem Grund fand das Treffen aber nicht statt. Warum?“

„Von einer solchen Zusammenkunft weiß ich nichts. Südafrikaner, sagten Sie? Da war mal was, da ... Moment bitte! Fällt mir gleich wieder ein. – Südafrika..., Kapstadt..., ja... jetzt erinnere ich mich wieder: Dort hatte er mal eine ganz besondere Geliebte. Muss wohl sehr reich gewesen sein. Aber seit letztem Jahr fliegt er diese Strecke nicht mehr. Wird wohl vorbei sein mit ihr. Wenn ich Ihnen ansonsten nichts mehr beantworten muss, würde ich gerne meiner täglichen Arbeit nachkommen. Auf hoffentlich nie mehr Wiedersehen!“

Viele neue Erkenntnisse hatte der Besuch im Taunus leider nicht gebracht. Immerhin konnte Rottenbach sich jetzt besser als vor dem Gespräch ausmalen, wie das Schicksal zwei gutaussehende Menschen, fast schon zwangsläufig, zueinander geführt haben musste. Er war gespannt darauf, Herrn Warnisch persönlich kennen zu lernen. Immer noch unklar blieb ihm, was Bekker von diesem Mann wirklich wollte. Warum war er nach Zürich geflogen, um ihn zu treffen? Wo hatte er die Fluginfos und die Nummer des Smartphones wirklich her? Nicht die einzige undurchsichtige Geschichte dieses Buren. Er täuscht die Polizei permanent. Eine fragwürdige Person, nach wie vor. Sie war ihm wie den meisten seiner Kollegen in höchstem Maße verdächtig. Rottenbach beschloss, direkt nach Hause zu fahren und seine Frau mit einem Blumenstrauß zu überraschen.

Mittlerweile hatten die Mitarbeiter der SOKO weitere Details gesammelt, die den Mordverdacht gegen den Buren erhärteten. Kommissar Liesegangs Überprüfung der Lieferdaten ergaben eine größere Zeitlücke. Bekker hatte am Dienstag, dem siebten Mai seine Handelsgegenstände im Freihafen Hamburg mit einem LKW abgeholt. Dieses Datum war eindeutig durch Zollunterlagen belegt, allerdings die Unterschrift unleserlich. Sollte wohl Bekker heißen. Fragwürdig allemal! Hatte Bekker nicht schon einmal geäußert, dass er die Skulpturen nicht selbst abholte, sondern den Transport in Auftrag gab? Wer hatte dann in seinem Namen unterschrieben? Der Eigentümer der Feldscheune in Erfelden und seine Frau konnten sich genau erinnern, dass die Einlagerung später stattfand, demnach erst Mitte Mai. Der Fahrer hatte noch nebenbei erzählt, dass er wegen Motorschadens seines grünen Magirus die Anreise mehrfach unterbrechen musste. Der Defekt muss groß gewesen sein, denn in die Scheune kam er nicht mit einem grünen, sondern mit einem blauen Lastwagen. Liesegang äußerte sich KHK Ludwig gegenüber unmissverständlich und drastisch:

„Das mit der Maschine könnte ja sein, aber selbst dann dauert eine Fahrt mit einem beladenen Lastwagen von Hamburg ins südhessische Ried nicht mehrere Wochen. Die Reparaturwerkstatt haben wir nicht gefunden. Dummerweise konnte sich Bauer Dörr nur erinnern, dass der LKW mit Verladekran ein blauer Magirus 6500 war, aber keine verwertbaren Angaben zum Aussehen des Fahrers machen. Dunkelhaarig mit Schildkappe, Jeans und feste Arbeiterschuhe reichen nicht aus, um einen Menschen eindeutig zu definieren. Er erinnerte sich, dass der Mann ausgesprochen nett und höflich war und mit einem wahrscheinlich osteuropäischen Akzent gesprochen hatte. Bekker war es jedenfalls sicher nicht. Ihn hätten er oder seine Frau ganz sicher wiedererkannt. Bleiben die Fragen offen: Wer war das? ... und natürlich: Wo stand der große LKW in der Zwischenzeit? War es nun ein grüner Magirus, mit dem die wertvolle Fracht im Freihafen abgeholt wurde oder war es ein blauer? Eventuell gab es auch zwei verschiedene? An das Nummernschild konnten sich die Bauern nicht erinnern. Sicher war nur, dass ein anderes Fahrzeug mit Verladevorrichtung die Skulpturen ins Jagdschloss fuhr. Wie auf dessen Tür zu lesen, gehört es dem Maurerbetrieb aus Eberstadt, der den Untergrund, den Sockel und den Rasen vorbereitet hatte. Die Befragung der Abholer brachte erwartungsgemäß nichts."

„Kollege, morgen früh muss als erstes weiter nach der Auto-Werkstatt gesucht werden. Sie sollte auf der Strecke entlang der Autobahn Hamburg – Frankfurt liegen. Holen Sie sich Verstärkung. Wir sollten schnellstens in Erfahrung bringen, wo zwischengelagert wurde, wie die Ladung in die Feldscheuer kam, warum es so lange dauerte und wer sie dorthin brachte. Eine Fleißarbeit."

KOK Liesegang murmelte etwas verdächtig nach einem unflätigen Wort Klingendes in seinen nicht vorhandenen Bart, was Ludwig geflissentlich überhörte. Er rief seinen Vorgesetzten an und machte die übliche Meldung zum Ende des Tages. Erstaunt erfuhr er, dass dieser erst morgen gegen Mittag im Büro sein wird, da er vorher einen Termin bei Hoteldirektor Eisen wahrnehmen müsse. Dazu wollte er sich jedoch, ganz entgegen seiner sonstigen Art, nicht weiter äußern, was verständlicherweise Ludwigs Phantasie anregte.

Am nächsten Morgen führte Rottenbachs erster Weg ins Hotel Jagdschloss Kranichstein. Er wollte nur kurz dem sympathischen Hotelchef einen Gefallen erweisen und gleich wieder verschwinden. Nach einer sehr wahrscheinlich geklauten Bank zu suchen, war nun wirklich nicht seine Aufgabe als Leiter der SOKO. Wieder einmal sprach er mit sich selbst:

„Eigentlich eine überflüssige Aktion, die ich gestern besser nicht zugesagt hätte. Eine Gartenbank ist verschwunden, na und? Aber ein Polizeidirektor kümmert sich höchstpersönlich darum. Verrückt! Hoffentlich bekommt die Presse davon keinen Wind. Das würde mich in Erklärungsnöte stürzen. – Vielleicht erfahre ich bei dieser Gelegenheit aber etwas Brauchbares, das zur Aufklärung des Mordes an dem Toten im Stein beiträgt? Wer weiß? Jedenfalls ist dieser morgendliche Ausflug unüberlegt und meiner Position nicht würdig."

Diese trüben Gedanken verflogen erst als er mit Herrn Eisen zum See ging. Die ganze Umgebung war einfach zu schön, um den mit dunklen Wolken verhangenen Gedanken nachzugeben.

In der glatten Wasseroberfläche spiegelte sich fast schon luxuriös die golden strahlende Morgensonne wieder. Einige im See aufsteigende Luftblasen zerstörten das klare Spiegelbild, bis sie als kleine Wellen im Ufersaum verschwanden. Diese Idylle pur zu erleben war es alleine schon wert, frühmorgens einer Nichtigkeit nachzugehen. Beide Herren sagten kein Wort bis der eine stehen blieb und mit dem Zeigefingen auf die freie Fläche vor sich zeigend feststellte:

„Hier hat sie gestanden, die Bank. Sie sieht genauso aus wie die, an der wir gerade vorbeigingen. Die Erste steht eigentlich für einen Abtransport viel günstiger. Wieso nahm der Dieb dann aber die Zweite?"

Rottenbach sah sich das Betonfundament genau an, bemerkte die fehlenden vier Schrauben in den eisernen Dübellöchern und eine relativ tiefe, nur oberflächlich mit Buschwerk verwischte Spur, die in Richtung See zeigte. Man hätte denken können, die Bank wurde in den See gezogen. Vielleicht nur ein Bluff, um diesen abartigen Gedanken ganz bewusst zu erzeugen. Doch, wer macht so etwas? Aus welchem Grund? Unglaublich die Schultern zuckend, gingen sie zum Wasserrand und blickten ins relativ klare Niedrigwasser des Ufers.

„Da ist keine Bank mehr zu sehen, aber die Spur geht weiter. Sie führt tiefer hinein ins trübe Nass. Was soll das bedeuten? Wer schraubt eine Bank ab, um sie gleich daneben in einen See zu zerren? Das erscheint mir auf den ersten Blick völlig sinnlos, finden Sie nicht auch Herr Eisen? Sie kennen sich hier aus. Könnte es eine spezielle Form von Vandalismus sein, oder kennen Sie jemanden, der ihnen schaden will? Nein? Wäre auch zu schön gewesen. Reine Zerstörungswut können wir ausschließen. Dafür ist das Objekt zu schwer und kann nur mit einigem Aufwand bewegt werden. Also steckt ein Vorsatz dahinter, so viel ist klar."

Beide starrten auf das Wasser, in dem sich die Bäume ringsherum spiegelten. Sie grübelten, doch ohne Erfolg. Keiner von beiden hatte eine zündende Idee.

„Auf keinen Fall", sagte Rottenbach plötzlich so laut, dass sich der, direkt neben ihm stehende, Eisen erschrocken umdrehte. „Das müssen wir beide alleine auf die Reihe kriegen! Wer würde uns glauben, wenn wir erzählen, dass wir, ohne echte Begründung, einer im See versenkten Bank eine so große Bedeutung beimessen? Was meinen Sie, Herr Manager? – Niemand!"

„Aber Sie sind doch der Fachmann, nicht ich. Ich lade Sie jetzt zu einem kleinen Brunch ein. Auf diesem Gebiet kenne ich mich aus. Während wir essen, können wir unsere Gehirne noch weiter in Bewegung halten. Unser guter Hotel-Kaffee fördert dessen Durchblutung. – Eine Bank im See versenken? Das macht keinen Sinn!"

„Auf den ersten Blick ist auch für mich der Sachverhalt nicht zu verstehen. Weil ich aber ein neugieriger Mensch bin, wäre ich geneigt, Polizeitaucher zu bestellen. Wenn mir nur ein passendes Motiv einfallen würde. Unsere Controller achten streng darauf, dass wir nicht zu viel Geld ausgeben, schon gar nicht ohne schlüssige, tiefgreifende Begründung. Und Taucher sind teuer. Mindestens zwei müssten es sein. Oder, Herr Eisen, sagen Sie mal, wie wäre es, wenn Sie Taucher beauftragen würden, den Grund nach der Bank absuchen? Sie sind keine Behörde ...und es ist Ihre Bank."

Dieser Vorschlag hätte Eisen fast den genussreichen ersten Schluck Kaffee verdorben. Langsam stellte er die Tasse ab und wog seinen Kopf hin und her, als wollte er sagen: Das ist vielleicht eine Schnapsidee von diesem Beamten und typisch zudem, nur keine Verantwortung übernehmen. Aus purer Höflichkeit hörte er sich selbst allerdings fragen: „Was glauben Sie, wie viel würde mich das kosten? Als zeichnungsberechtigter Chef, aber `nichtsdestoweniger-trotz´ Angestellter des Hotels, muss auch ich die Verhältnismäßigkeit abwägen. Was haben wir eigentlich damals für die Bank bezahlt? Wie viel kostete das Aufstellen? Das müsste ich zuvor erst einmal genau wissen. Einen Moment, bitte!"

Ohne die Antwort abzuwarten, sprang er abrupt auf und verschwand im Inneren des Hauses. Nach wenigen Minuten kam er mit einem Aktenordner in der Hand zurück. Er setzte sich an den Tisch, schlug ihn auf und begann zu rechnen. In der sicheren Annahme, dass nur eine Ablehnung Sinn machen würde, fragte er scheinheilig:

„Mehr als 400.- Euro dürfte es keinesfalls kosten. Meinen Sie, jemand wäre bereit, für dieses Geld aktiv zu werden? Vielleicht auch für weniger?"

„Preise kenne ich keine, aber anrufen ist nicht sehr kompliziert, finden Sie nicht auch? Ich erledige das für Sie. Einverstanden?"

Das Smartphone, die Kenntnisse über hiesige Tauchvereine und die Tatsache, dass er Polizeidirektor ist, beschleunigten den Vorgang. Er bestellte zwei Sporttaucher, die, ohne lange Diskussionen, für eine faire Spende in die Vereinskasse, auf den Grund des Backhausteiches tauchen würden. Sie hatten sofort Zeit, konnten umgehend hierherkommen. Ihr Urlaub machte es möglich.

Rottenbach teilte seiner Sekretärin mit, er werde sich „um ein paar Stündchen“ verspäten.
Das Ergebnis des Tauchvorgangs hatte für ihn Vorrang, einerlei wie viel Arbeit auf seinem Tisch im Büro wartete. Angst, sich zu blamieren hatte er unverständlicherweise keine mehr. Mit Eisen diskutierte er eingehend, welche Voraussetzungen das Versenken einer Sitzbank sinnvoll erscheinen ließen. Doch auch die tollsten Ideen verwarfen sie sofort wieder, noch bevor sie zu Ende gedacht waren. Die Pläne des Teiches mit allen erst im vorvorletzten Jahr neu erfassten Messdaten könnten weiterhelfen, dachten beide. Damals hatte man den Teich leergepumpt, den Untergrund gereinigt und den Verlauf des Ufers, die Tiefe und die Größe neu vermessen. Auf einer Querschnitt-Skizze des Sees ließ sich deutlich erkennen, wie drei bis fünf Meter vom Ufer entfernt, der Untergrund fast senkrecht abfiel. Dort musste auch die Bank abgestürzt und den Blicken der Betrachter entrissen worden sein. Woher konnte der Täter diese Besonderheit wissen? War er Insider?

Die Taucher erschienen, zogen die Anzüge über, legten ihre Flaschen an, und probierten die Masken auf Dichtigkeit. Mit je einem Seil um den Bauch sicherte ein dritter Kollege die Wagemutigen ab, die mit flossenbedingtem Storchenschritt, in der Hand eine Stablampe, im trüben Wasser verschwanden. Gespannt warteten die inzwischen vereinzelt eingetroffenen Zuschauer ein paar Meter entfernt darauf zu erfahren, was wohl die Hintergründe für diese Aktion sein könnten. Bereits nach wenigen Minuten sah man zwei Taucherbrillen schnaubend wiederauftauchen. Alle beide streckten ihren Daumen in die Höhe. Am Ufer angekommen, erzählten sie völlig unaufgeregt, so als ob sie Vergleichbares jeden Tag erleben würden, was sie unter Wasser gesehen hatten:

„Die Bank liegt gleich hinter der Abrisskante auf dem Grund in etwa fünf bis sechs Meter Tiefe. Darauf ist ein Paket zu sehen, das fest

mit Draht oder etwas Ähnlichem befestigt ist. Ein Aufschnüren war für uns unmöglich.“
„Herr Eisen, jetzt benötigen wir einen Kran. Ich werde einen bestellen. Wir müssen wissen, was so wertvoll, beziehungsweise wichtig, für einen Akteur ist, dass er diesen großen Aufwand betreibt. Es sieht so aus, als sollte etwas Bestimmtes auf Nimmerwiedersehen verschwinden. Was das ist, werden wir uns ansehen.“

Nach etwa einer Stunde erschien ein Baukran. Er wurde am Ufer sicher positioniert und sein Verladearm ausgefahren. Das dauerte einigen Schaulustigen zu lange und sie gingen, neue gesellten sich dazu. Die Taucher watschelten erneut ins Wasser. In der Hand hielt jeder eine Stahltrosse, die unter der Bank zweimal hindurch gezogen werden sollte, damit der Kran das Machwerk sicher heraus hieven konnte. Was in der Planung so einfach klang, erwies sich im trüben Wasser als äußerst kompliziert. So vergingen mehr als fünfzehn Minuten, bis die Taucher das verabredete Zeichen gaben. Die Spannung erreichte ihren Höhepunkt. Was war zusammen mit der Bank im Backhausteich versenkt worden? Sie schwebte inzwischen triefend über der Wasseroberfläche, deutlich sichtbar für die fragenden Blicke der Gaffer.

Als das nasse Etwas am Ufer lag, war noch immer nicht zu erkennen, welches Geheimnis in dem auf der Bank befestigten Knäuel aus Plastikfolie steckte. Glücklicherweise hatte der Kranführer einen großen Bolzenschneider parat. Damit zwickte er, begleitet von vielen unnützen „Vorsicht-Rufen“ Rottenbachs, die Drähte einen nach dem anderen durch. Doch auch als alle aufgeschnitten waren, hing das schwarze Folien-Paket noch immer fest auf der Bank. Darin befand sich ein Seesack, dessen Tragegurte man um die Rückenlehne gewunden und durch einen Karabinerhaken verschlossen hatte. Mit einem Ruck versuchte der Kranführer ihn abzureißen. Das gelang ihm nicht und er musste erneut zum groben Schneidewerkzeug greifen. Endlich fiel der schwere Sack zu

Boden. Ohne groß zu fragen, begann er, unter den gestrengen Blicken des Polizisten, ein größeres Loch in die Umhüllung zu schneiden, ständig begleitet von „Vorsichtig-, Mehr rechts- oder Mehr links-Hinweisen“ der beiden sehr aufgeregten Direktoren.

Als sie endlich hineinsehen konnten, schreckten alle drei gleichzeitig zurück. Vor ihnen lag eine relativ gut erhaltene Wasserleiche, ein selbst für Hartgesottene hässlicher Anblick. Rottenbach bestellte alle für die Erfassung eines Mordes zuständigen Abteilungen des Polizeipräsidiums nach Kranichstein, inklusive Gerichtsmedizin, Forensik und Labor. Er wollte einfach das große Programm und er bekam es. Hier galt es einen Toten nach allen Regeln der Kunst zu begutachten. Auch der Leiter der Gerichtsmedizin war erschienen und bemerkte gegenüber seinem Freund mit breitem Grinsen:

„Eine Wasserleiche hatte schon immer ihre unappetitlichen Besonderheiten!“

Rottenbach hörte gar nicht hin. Er merkte, dass sein Kollege ihn foppen wollte und hatte dazu gerade keine Lust. Er hing seinen Gedanken um den Toten nach. Wie lange er wohl schon tot war?

„Eine Leiche ist dir wohl nicht genug, wie? Ich erinnere mich, schon mal den Sinnspruch gehört zu haben: Aller guten Dinge sind drei. Das bedeutet: bereite dich schon mal auf einen weiteren Todesfall vor, gell! Wenn du noch ein paar Ermittler benötigst, ich habe keinen übrig, bei aller Freundschaft.“

Als Rottenbach immer noch nicht reagierte, ließ der Rechtsmediziner von seiner Lästerei ab und wandte sich dem, auf den ersten Blick, männlichen Toten zu. Einige Polizeikollegen hatten inzwischen den Fundort mit Bändern abgesperrt und ein Zelt aufgestellt, um die Schaulustigen zu vertreiben. Erst danach begann man, die Leiche sorgfältig weiter auszupacken. Kein noch so kleiner Hinweis durfte verloren gehen. Von der Genauigkeit beim Erfassen der Daten hängt viel ab. Doch fürs Erste waren keine Indizien zu entdecken, die Rückschlüsse auf die Identität der Person zugelassen hätten. Ein nackter Mann Mitte vierzig mit schwarzbraunen Haaren und gleichmäßig gebräunten Unterarmen, kräftigen Muskeln, schlank und sportlich. Todeszeitpunkt vor etwa vierzig Stunden, eventuell mehr. Ansonsten ließ sich zum jetzigen Zeitpunkt nicht viel aussagen. Die Todesursache war unklar. Eventuell eine Kugel mitten ins Herz, vielleicht aber auch eine Vergiftung mit starken Schlafmitteln, oder beides. Immerhin war ein Rätsel gelöst. Der Täter benutzte die schwere Bank als Gewicht, um den Ermordeten ein für alle Mal im See verschwinden zu lassen. Sicher in der Annahme, das Fehlen einer Bank würde bei so vielen Sitzgelegenheiten rund um den See nicht weiter auffallen. Die Taucher begaben sich erneut ins Wasser, um nach der Mordwaffe Ausschau zu halten. Vergebens!

Während er sich von seinem Stellvertreter Ludwig verabschiedete, meinte Rottenbach gegenüber Eisen noch bemerken zu müssen: „Jetzt haben wir zwei Leichen, von denen wir nichts, rein gar nichts wissen. Das ist schlecht. Auch Sie, als der Besitzer des Sees, haben den Toten vorher nie gesehen. Stimmt`s? Dachte ich mir. Wer könnte uns in diesem Fall weiterhelfen? Vielleicht jemand aus ihrem Umfeld im Hotel oder eventuell auch ein Stammgast, der regelmäßig rund um den See spazieren geht?“

Eisen zog wie geistesabwesend seine Schultern hoch. In Gedanken kämpfte er schon mit den zu erwartenden negativen Auswirkungen eines weiteren Mordes auf das Image seines Hotels.

Ludwig und seine Mitarbeiter begannen routiniert die endlos scheinende Befragung der am Fundort stehenden Zuschauer. Ihnen allen und parallel dazu auch den Hotelangestellten zeigte man eine Fotografie des noch relativ gut erhaltenen Toten auf dem Smartphone. Alle schüttelten ihren Kopf. Diesen Herren hatte niemand je zuvor gesehen. Wie in solchen Fällen fast schon üblich, schossen Spekulationen und abenteuerliche Theorien zum Hintergrund dieser speziellen Art der Beerdigung ins Kraut. Die meisten hielten sich für versierter als die professionellen Ermittler, die wieder einmal „natürlich keine Ahnung haben“. Geduldig hörten die Beamten sich alle noch so verrückten Ideen an. Besonders ein Hinweis beflügelte allerdings auch die Fantasie von EKHK Ludwig. Auf dem direkt benachbarten Reiterhof gibt es mehrere gut gebräunte, sportliche Reiter im passenden Alter. Er zögerte keine Sekunde, einen seiner Mitarbeiter sofort dorthin zu schicken, der sich bei den dortigen Pferdenarren umhören sollte. Vielleicht gab es ja einen Glückstreffer.

Brigitte Bekker

Zurück an seinem Schreibtisch bereitet sich PD Rottenbach auf den bevorstehenden Besuch von Frau Bekker vor. Sie hatte zuerst widerstrebend, dann aber doch fest zugesagt, „ungefähr um halb Sechs“ im Präsidium zu erscheinen. Die Uhr, die er zu seinem sechzigsten Geburtstag von seinen Kollegen geschenkt bekommen hatte, zeigte sechzehn Uhr. Also genügend Zeit, alle ihm bekannten Details noch einmal Revue passieren zu lassen. Endlich einmal ein wenig Ruhe.

Er war sich darüber im Klaren, dass sein Erfolg in der folgenden Befragung vom Wohlwollen der Zeugin abhängt. Trotzdem wollte er sie zuerst, wie üblich, im neonbeleuchteten Vernehmungsraum etwas schmoren lassen. Das hieß für die jeweilige Person so viel wie: Fünf bis zehn Minuten allein auf dem Armesünderstuhl Platz nehmen, ohne mit jemandem sprechen zu können. Dann würde er sie mit ausgesuchter Höflichkeit begrüßen und ihre Kooperationsbereitschaft über alle Maßen loben. Es durfte auf keinen Fall dieselbe Stimmung entstehen, wie beim Besuch seines Stellvertreter

EKHK Ludwig in Bensheim. Dieser hatte ihn vorgewarnt. Das Interview würde ein schwieriges Unterfangen werden, meinte er. Wir Menschen sind nun einmal von Natur aus die geborenen Schwarzseher. Das liegt an der Entwicklung der Menschheit. Wer von unseren Vor-, Vor-, Vorfahren einmal vor seiner Höhle sitzend nichts weiter tat als den Gänseblümchen beim Wachsen zuzusehen und nicht auf das schwache Geräusch im Gestrüpp achtete, der starb zwar glücklich, die Blümchen vor Augen, aber auch schneller als erwartet.

Diese Denke gehört, nach Meinung des Polizeidirektors, zu den Grundweisheiten eines jeden Kriminalbeamten. Somit war jeder Zeuge, also auch Frau Bekker, für ihn zuerst einmal sakrosankt. Zu allem was er über sie zu wissen glaubte gehörte, dass sie ausgesprochen hübsch sein soll und jeden Mann, ob er will oder nicht, unverzüglich in ihren Bann zieht. Er fand in einem der Protokolle die Passage, in dem sich zwei Kollegen darüber ausließen, wie sehr sie verstehen können, dass Bekker diese einmalig schöne Frau zurückerobern will und er sich höchstwahrscheinlich nur ihretwegen in Deutschland aufhält. Sie allerdings lehnt ihren Ex-Ehemann inzwischen völlig ab. Warum? Was war der Grund dafür? Aufzeichnungen und Fragen, die er ihr stellen wollte, füllten mittlerweile zwei DINA4-Seiten. Jetzt war Dienstschluss und fünf Uhr schon vorbei. Er musste sich einen Kaffee daher aus dem Automaten selbst holen. Frau Schöffele hatte ihren Schreibtisch ordnungsgemäß abgeschlossen und war gegangen. Er war alleine in seinem Reich.

Fünfzehn Minuten später als versprochen führte ein Beamter die wichtigste Zeugin, des Tages, Frau Brigitte Bekker, ins Direktorenzimmer. Rottenbach sah auf den ersten Blick, dass die Kollegen bezüglich ihrer Schönheit nicht übertrieben hatten. Er vergaß seine Planung und bat sie, auf der ihm gegenüber liegenden Seite seines Schreibtischs Platz zu nehmen. Unaufgefordert stellte er ein Glas Wasser vor sie hin. Sie begann das Gespräch sogleich mit dem Hinweis, dass sie in spätestens einer Stunde wieder in Bensheim sein müsse, dass demnach Eile geboten sei. Rottenbach nickte und sagte nichts. Aufgeregt auf ihrem Sitz hin und her rutschend betrachtete sie mit unruhigen Blicken das Büro ihres Gesprächspartners eingehend, um schließlich in harschem Ton Rottenbach aufzufordern, endlich mit dem Verhör zu beginnen.

„Gnädige Frau! Schön, dass Sie Zeit gefunden haben, zu uns ins Präsidium zu kommen. Wir brauchen Ihre Hil…“

Sie erhob ihre Hand, um etwas einzuwenden und holte dabei tief Luft. Rottenbach stoppte sofort seinen Redefluss, sprang übereifrig von seinem Sessel auf und eilte zu ihr auf die andere Seite des Tisches: „Oh, Entschuldigung! Darf ich Ihnen Ihren Umhang abnehmen?“

Auch wenn sie es nicht vorhatte, sie befolgte seine Bitte und reichte ihm ihren Pashmina-Schal. Dabei sah sie ihn mit großen Augen an, wie jemand, der unbedingt etwas sagen will, aber unversehens von seinen Gedanken abgelenkt wurde. Man sah ihr an, dass seine übertriebene Höflichkeit ihr nicht gefiel. Doch, bevor sie ihrer Empörung Ausdruck verleihen konnte, fuhr Rottenbach fort: „Frau Bekker! Wie ich schon bei meiner Einladung versuchte auszuführen, benötigen wir dringend ihre Hilfe. Wir sind hier die Mordkommission und müssen einen ungewöhnlichen Mord aufklären. Ach nein, seit heute sogar zwei. Wir können derzeit davon ausgehen, dass in den ersten sehr wahrscheinlich ihr Ex-Ehemann verwickelt ist. Deshalb jetzt zuallererst ein paar persönliche Fragen an Sie:
1.) Was sollte ich von Ihnen wissen?
2.) Wer ist eigentlich Ihr früherer Mann wirklich?
3.) Wie haben Sie ihn wo kennengelernt?“

„Damit das klar ist: Ich habe mit diesem Herrn nichts mehr zu tun. Wenn er das anders sieht, so ist das sein Problem. – Nun zu mir. Ich kam 1973 im Krankenhaus in Bensheim an der Bergstraße zur Welt. Das von meinen Eltern zur Zukunftssicherung gekaufte und ausgebaute Haus in der Bensheimer Innenstadt war bereits zwei Jahre nach dem Erwerb ein Raub der Flammen geworden. Für einen Neuaufbau hatten sie nicht genügend Geld. Sie kratzten alles, was sie flüssigmachen konnten, zusammen, erbettelten bei beiden Großeltern noch ein bisschen dazu und wanderten mit mir 1979 nach Südafrika aus, genauer nach Kirstenbosch. Dort ging es uns relativ gut, da mein Vater sofort eine Anstellung im Weinbau fand und bald einen kleinen Betrieb übernahm. Dieser entwickelte sich prächtig. Wir produzierten Wein auch für deutsche Geschäftspartner. Nach Hause zurück, also nach Deutschland, kamen wir nur sehr selten, und wenn, dann wohnten wir bei meiner Oma in Bensheim, genau in dem Haus, in dem ich jetzt wohne. Ich besitze die doppelte Staatsbürgerschaft."

Fragend sah sie ihr Gegenüber an. Sie wartete auf eine Reaktion seinerseits. Doch er schwieg, machte sich lediglich ein paar Notizen.

„So, das war`s zu mir und jetzt zu Willem! Ihn lernte ich mit vierundzwanzig auf einer Veranstaltung in Kapstadt kennen, wir heirateten noch im gleichen Jahr, also 1997. Als Frau eines namhaften Edelsteinhändlers war es mir verboten, selbst arbeiten zu gehen. Drei, eigentlich vier Angestellte halfen mir beim Nichtstun. Georg, der Fahrer, Mildred, die Köchin, Sara die Putzhilfe und `Flower´, so nannten wir unseren Gärtner. Ich hatte mehr als genügend Zeit, mich einiger sozialer Projekte in der Nähe von und in Kapstadt anzunehmen. Mein Mann genoss die Rolle als mein Ehemann. Durch mich lernte er schließlich auch eine Gesellschaft außerhalb seiner Juwelengeschäfte kennen, von der er vorher so gut wie nichts wusste. Viele berühmte Stars und Sternchen, Schriftsteller und Kulturschaffende waren darunter. Ihretwegen wurden wir des

Öfteren in den dortigen Gazetten abgelichtet. Nein, sie waren nicht der wahre Grund, sondern vielmehr die Tatsache, dass mein Mann des Öfteren Hauptsponsor für diverse soziale Einrichtungen war. Natürlich gefiel ihm besonders, wenn er mit mir angeben konnte. Gerade bei Treffen mit international bekannten Typen, die mindestens so viel Geld besaßen wie er, die mit großen Villen, Yachten und Schlössern protzten und nur das Teuerste gut fanden, war die Präsentation meiner Person für ihn eine besondere Freude. Ihnen spielten wir eine Romanze wie aus dem Bilderbuch vor. Geschenke karrte er manchmal lastwagenweise für mich an. Sogar Rosen ließ er einmal aus einem Helikopter vom Himmel regnen. Er hortete Schmuck in allen Nuancen, stellte ihn mit Fotos von mir werbewirksam aus und verkaufte ihn zu horrenden Preisen. Kurzum, er frönte all den in diesen Kreisen üblichen Verblendungen.
Wir haben keine Kinder. Nach unserer stillen, heimlichen Scheidung im vorigen Jahr sah man ihn in der Öffentlichkeit nur noch selten. Seitdem lebt er zurückgezogen wie ein Einsiedler in unserem überdimensionierten Schloss, das in einem Vorort von Kapstadt liegt. Die Verletzungen, die ich ihm mit der Trennung zugefügt hätte, müsse er erst einmal auskurieren, behauptete er gegenüber uns beiden gut bekannten Freunden. Er könne mir diesen Schritt niemals verzeihen. Dabei vergaß er zu erwähnen, dass er ziemlich vulgär werden konnte, dass er mich zwei oder drei Mal verprügelt und zuletzt immer häufiger mit bösen Worten beschimpft hatte. Angeblich hätte ich ihn belogen. Wahrscheinlich war es, in seiner Vorstellung, einem echten Mann erlaubt, seine Ehefrau wie eine Leibeigene zu behandeln. Einmal strich er mir sogar sämtliche Gelder und sperrte meine Kreditkarten, nur weil ich mich ihm verweigert hatte. Wie einer, der es nicht lassen kann, mit seiner Zungenspitze permanent seinen schmerzenden Zahn zu testen, konnte er seine Finger nie von mir lassen. Dessen ungeachtet schloss er kategorisch aus, eifersüchtig zu sein. Bitte versuchen Sie zu verstehen: Manchmal war er der beste Mann, den sich eine Frau vorstellen kann und dann wieder das genaue Gegenteil. Sein manchmal zügelloses Verhalten

wog schließlich so schwer, dass ich ihn verlassen musste, koste es was es wolle. Zu dieser Zeit lernte ich meinen jetzigen Partner kennen und lieben. Er erleichterte mir sowohl die Scheidung als auch das Zurückkehren in meine Geburtsstadt sehr."

Erschöpft von der langen Rede lehnte sie sich zurück, das Glas Wasser in der Hand. Sie nippte zwei Mal kurz daran. Rottenbach schenkte ihr bewusst seine ungeteilte Aufmerksamkeit. Er hatte den Eindruck, ihr gefiel, dass jemand bereit war, ihr unvoreingenommen zuzuhören. Mit ihrem linken ausgestreckten Arm und dem Glas in der Hand, deute sie auf ihn und begann unaufgefordert erneut zu berichten. So viel war klar: Sie musste sich einiges von der Seele raspeln.

Vor Aufregung röteten sich dabei ihre Wangen. Sie wirkte noch anziehender und hübscher als zuvor, je mehr sie in Rage geriet. Sie sprühte geradezu vor Begeisterung.

„Herr Polizeidirektor, Sie sollten verinnerlichen und nicht vergessen, dass ich auf keinen Fall wieder zu ihm zurückkehren werde, selbst wenn er mich mit Gold und Diamanten überhäufen würde. Wenn jemand einen bestimmten Grad von Berühmtheit erlangt hat, bleibt nichts, aber auch gar nichts mehr privat. Das habe ich gewusst, als ich ihn heiratete. Viel später, nach einigen Jahren, wurde mir erst klar, wie öffentlich ich ausgestellt worden war. Man hatte meinem Mann und mir unser privates, intimes Leben gewissermaßen gestohlen. Das ist jetzt glücklicherweise vorbei. ...und so soll es bleiben. Ich lechze geradezu nach Privatsphäre, bin froh, aus dem goldenen Käfig ausgebrochen zu sein und dass mich hier nur wenige Menschen kennen. Hier werde ich bei einem Stadtbummel nicht unaufhörlich angesprochen oder fotografiert. Jetzt kann ich `Ich´ sein und auch mal im Schlabberlook durch die Straßen ziehen, ohne dass es jemand stört."

„Schön und gut, aber wovon können Sie heute leben? Basierend auf dem Ehevertrag hat Ihr Mann Ihnen nur eine Minimum-Apanage hinterlassen. Mit dieser in meinen Augen böswilligen Art der Abfindung erklärten Sie sich zu meiner Verwunderung einverstanden. Womit bestreiten Sie Ihren Lebensunterhalt?“

„Keine Angst, ich habe mein Einkommen. Bitte behalten Sie das, was ich Ihnen jetzt verraten werde, unbedingt für sich! Ich hoffe, das ist machbar. Vor ein paar Jahren bereits verkaufte ich von Kapstadt aus heimlich das Grundstück in Bensheim, auf dem einst mein Elternhaus stand. Davon wissen weder die südafrikanischen Anwälte etwas, noch mein Mann. Es war inzwischen viele hunderttausend Euro wert. Die habe ich, dank eines guten Maklers, auch wirklich erhalten. Er war es auch, der dieses Geld krisensicher und gewinnbringend für mich anlegte. Davon und von der monatlichen klitzekleinen Überweisung meines Ex kann ich gut leben. Auch habe ich sehr bewusst meine Ansprüche deutlich zurückgeschraubt. Gelegentlich helfe ich einer Freundin in ihrem Modeladen. Ich bin sparsam geworden, könnte man sagen.“

„Nachdem diese Punkte geklärt sind, eine weitere Frage: Wo befanden Sie sich vor ungefähr sechs Monaten? Haben Sie sich mit Ihrem Ex-Mann damals heimlich getroffen? Er behauptet, zu dieser Zeit hier gewesen zu sein.“

„Eindeutig: Nein! Seit unserer Scheidung existiert er für mich nicht mehr.“

„Also gut. Kennen Sie seinen angeblich besten Freund, Abraham Lincoln, genannt ALi? Wissen Sie, wo er sich derzeit aufhält?“

„ALi, ja den kenne ich, habe ihn zwei, drei Mal gesehen. Warum fragen Sie?“

„Ich stelle hier die Fragen. Wenn Sie wissen, wo er sich aufhält, müssen Sie uns den Ort nennen. Er ist kein unbeschriebenes Blatt, könnte der von uns gesuchte Mörder sein. Jetzt verrate ich Ihnen Etwas, das Sie nun ihrerseits unbedingt für sich behalten müssen: Den Ermordeten fanden wir in einer der Steinskulpturen, die in Lesotho gefertigt wurden und von Herrn Bekker jetzt im Hotel Jagdschloss Kranichstein in Darmstadt zum Verkauf angeboten werden. Sie haben verstanden? In einer Figur aus Stein versteckt, von außen nicht erkennbar. Wäre sie nicht heruntergefallen, niemand hätte jemals an solch einem Ort nachgeforscht. Dieses mörderische Kunstwerk kann nur von einem Fachmann hergestellt worden sein. Kennt ALi sich mit der Bearbeitung von Natursteinen aus? Hat ihn Ihr Mann deshalb vielleicht nach Deutschland geholt?"

„Sie fragen mich vielleicht Sachen. Mein Mann setzte ALi zeitweise als Zinseintreiber, bei Geldgeschäften allgemein und in der Kundenbetreuung ein. Meines Wissens hatte er nie etwas mit Kunst oder der Bearbeitung von groben Steinen, oder sowas Ähnlichem, zu tun. Im Übrigen muss ich Ihnen sagen, dieser Mann war mir immer in höchstem Maße suspekt. Schon sein Aussehen... Nein!"

„Schade, ich hatte sehr auf Ihre Kenntnisse gehofft. Haben Sie vielleicht ein Bild von ihm in Ihren Unterlagen? Nein? Bitte sehen Sie zu Hause noch einmal genau nach. Es wäre für uns sehr wichtig. Generell gilt: Sollte Ihnen noch Irgendetwas einfallen, selbst wenn es Ihnen unwichtig erscheint, melden Sie es mir. Hier meine Karte. Falls Ihr Anruf bei meiner Sekretärin landen sollte: Sie heißt Elke Schöffele, wie Sie vielleicht schon wissen. Auf Wiedersehen, gnädige Frau!"

Die Sensation

Am nächsten Morgen erhielt der Chef der Darmstädter SOKO Nachrichten von seinen Kollegen der SPUSI. Dort hatte man mit großem Aufwand die Fingerabdrücke der Seeleiche rekonstruiert und in einem nächtlichen Suchlauf eine fünfundachtzig prozentige Übereinstimmung mit einem Bekannten gefunden. Als Rottenbach den Namen des Toten aus dem See las, wollte er es zunächst nicht glauben. Wenn die Kriminaltechniker mit ihren Recherchen recht hatten, gab es tatsächlich einen Zusammenhang zwischen den beiden Morden. Als der geborene Skeptiker glaubte er allen Ergebnissen jedoch erst, wenn sie sich unzweifelhaft beweisen ließen. Vielleicht würden seine Mitarbeiter noch mehr Licht ins Dunkel bringen. Vier Augen sehen mehr als zwei und achtzehn Gehirne denken mehr als eines alleine. Er wies „seine" Elke an, alle Mitarbeiter der SOKO zu einer Sonderbesprechung einzuberufen. Jeder, der sich gerade im Präsidium befand, hatte sich in zehn Minuten im großen Seminarraum einzufinden. Ausreden gleich welcher Art waren in solchen Fällen automatisch untersagt.

Pünktlich erschienen alle Mitarbeiter im Seminarraum. Selbst der Chef der Gerichtsmedizin ließ es sich nicht nehmen, vorbeizuschauen. Sie alle waren neugierig auf die bei der Einbestellung bereits unterschwellig, angekündigte Sensation. Rottenbach musste unwillkürlich schmunzeln, als er die erwartungsvollen Gesichter sah. Jeder konnte sehen, dass er heute bei sehr guter Laune war.

„Liebe Kolleginnen und Kollegen! Wir sind gefordert, zwei ungewöhnliche Morde aufzuklären. Die Opfer konnten bisher nicht identifiziert werden. In beiden Fällen ist der Fundort sicher nicht der Tatort. Im Grunde genommen sind wir mit unseren Ermittlungen noch kaum einen Schritt weitergekommen. Wir haben neue Kollegen hinzugezogen und unseren Stab erweitert, weil wir annehmen müssen, dass sich unsere Ermittlungen auch auf internationale

Ebenen ausdehnen könnten. In unsere vielseitigen Aktivitäten platzt nun heute Morgen eine Meldung unserer SPUSI. Sollte diese korrekt sein, sind die Kollegen auf eine gut verwertbare Spur gestoßen, und wir nähern uns der Aufklärung unserer Morde in großen Schritten. Nach deren Recherchen handelt es sich bei dem Toten aus dem Teich um den gleichen Mann, der die erste Leiche in die Steinskulptur gebettet hatte. Die gefundenen Fingerabdrücke sind allerdings nicht zu einhundert Prozent identisch, aber fast. Sie stammen von dem uns inzwischen bekannten Peter Pischkowsky. – Ruhe bitte! Das würde zum einen bedeuten, dass beide Leichen in direktem Zusammenhang gesehen werden müssen, zum anderen aber auch, dass sich der oder die Verdächtigen wahrscheinlich in unserem unmittelbaren Umfeld aufhalten. Wir können die Suche außerhalb Deutschlands und außerhalb der Rhein-Main-Region eventuell einstellen. Sehen Sie das genau so wie ich?"

Jetzt schwoll das Gerede seiner Mitarbeiter zu einer sonst bestenfalls von Demonstrationen bekannten Lautstärke an. Man konnte sein eigenes Wort nicht mehr verstehen. Ein Pfiff des Chefs beendete das überlaute Stimmengewirr. Man fand zurück zur gestellten Aufgabe. Jeder glaubte eine passende und ungemein wichtige Idee zu dem unerwarteten Befund zu haben. Ludwig startete als Erster mit seiner Vision zu den gerade gehörten Fakten.

„Liebe Kolleginnen und Kollegen der Sondereinheit! Wir können jetzt gezielt voranschreiten, insbesondere, wenn wir unsere Aufgaben neu in kleinere Gruppen aufteilen. Ich schlage deshalb vor: Die Kommissare Kraft, Mehl und ich erarbeiten einen Vorschlag, den wir euch allen möglichst umgehend unterbreiten."

Allgemeines Murren war die Reaktion. Rottenbach bat um weitere Wortmeldungen. Mehrere Hände gingen sofort hoch. Das Engagement jedes Einzelnen war unverkennbar. Ein Kollege übertönte Alle mit seiner tiefen Bass-Stimme:

„Wenn wir jetzt wieder alle Aktivitäten neu verteilen, alles umkrempeln, geht uns wertvolle Zeit verloren. Ich glaube, dass jeder weitermachen sollte wie bisher, aber unter besonderer Berücksichtigung der neuen Tatsachen. Ich weiß schon, wo ich ansetzen kann und brauche dazu noch einen Kollegen. Wer hilft mir bei der Erforschung der Familie des früheren Maurers, dessen Eltern und Geschwister mitsamt Bankauszügen, seinem Arbeitsvertrag, seinen Freunden, und so weiter?"

Sofort meldeten sich zwei, von denen der eine vorgab, aus der Gegend des Toten zu stammen, in der er als junger Mann gearbeitet hatte. Der andere hatte aktuell zu der genannten Person bereits viel Vorarbeit geleistet. Die Stimmen waren wieder lauter geworden, so dass die Informationsrunde drohte, ohne Ergebnis zu enden. Noch ließ Bekker sie gewähren, unterbrach dann schließlich in lautem Ton: „Meine Damen und Herren, sie sollten außerdem noch wissen, dass unser bisheriger Hauptverdächtiger, Willem Bekker, keinesfalls der Gentleman ist, den er vorgibt zu sein. Sein Geld, sein Vermögen und sein Taktieren mit Kunst und edlem Gestein haben uns blind gemacht. Von seiner Ehemaligen weiß ich, dass er sie manchmal ohne Grund schlug. Nach ihren Worten kann er auch jähzornig und bösartig sein. Sie will auf keinen Fall in seinen goldenen Käfig zurück. Diese Aussagen lassen Raum für viele Spekulationen. Leider weiß sie von ALi nur, dass er sich um die Kunden ihres Mannes gekümmert hat. Findet schnellstens heraus, wo sich dieser Komplize von Bekker rumtreibt. ...und, findet heraus, wer sich rund um das Jagdschloss gut auskennt? Vielleicht war es wieder einmal der Gärtner, ...Quatsch, Scherz beiseite! Ich erwarte schnellstmöglich Erfolgsmeldungen. Schließlich sind wir eine erfahrene Truppe, die in jüngster Vergangenheit fast alle Fälle erfolgreich abschließen konnte. Das verpflichtet! – Abtreten!".

Wie gefühlt jedes Mal, stand auch nach dieser Besprechung wieder einmal KOK Gernot Liesegang vor seinem Chef. Er hatte eine Frage, die ihm, warum auch immer, auf der Seele brannte: „Können Sie mir sagen, ob Herr Bekker in Ihren Augen ein weltfremder Spinner ist? Oder ist er ein Zyniker, der mit der Dummheit und dem Nicht-Wissen-Wollen vieler Menschen seine Spielchen treibt? Anders gesagt, ist er einer, der uns nur belügt, oder einer, dem es Spaß macht, uns an der Nase herumzuführen? Ich glaube letzteres. Für ihn sind wir nur Statisten in seinem großen Theater, nur Beiwerk für das große Spiel, das da heißt: `Lasst uns die griechische Mythologie neu wiederbeleben. ´ Er selbst ist der Protagonist in einem von ihm selbst inszenierten, neuen und etwas anderen Trojanischen Krieg. Der griechischen Sage nach wäre er demnach Menelaos, dem seine schöne Helena, also seine Frau Brigitte, von dem Adonis Paris, also dem Flugkapitän Jochen Warnisch, entführt wurde. – Heutzutage natürlich mit dem Flugzeug und nicht auf einem Schiff. – Als ich Frau Bekker zum ersten Mal in all ihrer Schönheit sah, kam mir sogleich Helena in den Sinn, das Urbild klassischer Schönheit. In dem von Homer geschilderten sagenhaften Krieg der Griechen gegen Troja ging es letztlich doch um die Entführung einer sehr schönen Frau, oder? Der Krieg dauerte damals zehn Jahre lang und wurde durch eine List beendet. Es gelang den Griechen, ein selbst gezimmertes, sehr großes Pferd so zu hinterlassen, dass die Trojaner es für ein Abschiedsgeschenk hielten. Sie bemerkten nicht, dass der Leib dieses Ungetüms aus Holz vielen Kriegern als Versteck diente. Sie zogen es triumphierend in die Stadt. In der folgenden Nacht wurden alle in der Stadt lebenden Männer getötet. Die Griechen hatten gewonnen. Sie nahmen die Stadt ein und Helena mit nach Sparta. Etwas Ähnliches könnte auch in der Bekker-Inszenierung geplant sein, direkt hier vor unseren Augen. Wir haben es nur noch nicht wahrgenommen. Was halten Sie von dieser Idee?“

„Lieber Liesegang, wir kennen uns nun schon so lange. Dass Sie einen Fable für die griechische Mythologie haben, hätte ich niemals vermutet. Ihr Vergleich hat was, ich weiß nur noch nicht, wie ich es einordnen kann. In unseren beiden Fällen gibt es keine Armada von

Schiffen mit hunderten von Soldaten, keine Belagerung und auch kein Pferd. Trotzdem... Hm“

Er rieb sich mit seiner rechten Hand am Kinn. „Verfolgen Sie Ihren neuen Ansatz weiter. Mal sehen, was daraus wird.“

Derart gelobt, hörte der Oberkommissar nicht auf, mit noch größerer Begeisterung als schon zuvor, weiter über seine revolutionäre Idee zu reden. Er war sich ganz sicher, in der Sage des klassischen Altertums den Schlüssel zur Lösung der beiden neuzeitlichen Mordfälle zu finden.

„Mach ich, Chef! Sehen Sie: Paris hat in dieser allseits bekannten Überlieferung einen sehr starken Bruder namens Hector, der an Stelle von Paris in einem Zweikampf den König von Sparta, Menelaos, mit dem Schwert tötete. Er rächte sich damit für die starke Verletzung am linken Bein seines Bruders. Später brachte ihn dann, mit Hilfe der Götter, ohne die damals kein Sieg errungen werden konnte, der große Kämpfer Achilles zur Strecke. Sie erinnern sich? – Wissen wir schon, ob dieser Jochen Warnisch, einen Bruder hat? Das sollten wir unbedingt prüfen. Vielleicht ist ja auch dieser ALi ein Brudersatz für Bekker? – Später erschoss der begnadete Bogenschütze Paris den unverwundbaren Achilles mit einem gezielten Bogengeschoss in die Ferse, bevor er selbst, kurz vor Ende des Trojanischen Krieges, von einem vergifteten Pfeil tödlich getroffen wurde. Wir sollten unser Augenmerk zuallererst auf den Flugkapitän richten. Anders gesagt: Sollte das Gleichnis auch nur ansatzweise stimmen, dann schwebt er in großer Gefahr.“

„Wie ich schon sagte, lieber Gernot, verfolgen Sie Ihre verträumten Ideen weiter. Aber mit Tempo! Meinen Segen haben Sie.“

Rottenbach ließ das soeben Gehörte nicht los. Wenn die schöne Brigitte eine lohnende Beute für einen Mann ist, gibt es bestimmt weitere Konkurrenten für den Piloten und den Ehemann. Könnte der Tote im Stein einer von ihnen sein? Der im Wasser Gefundene hatte ihn kunstvoll mit viel Aufwand versteckt. Was er wohl für die Beseitigung eines Rivalen bekommen haben mag? Klar, letztlich den Tod. Ließ der liebestolle Bekker also ein Problem beseitigen? Oder war es eventuell der Flugkapitän Warnisch? Dann hätten wir einen neuen Verdächtigen. Er fasste zusammen:

„Ich sollte unbedingt auch Frau Bekker fragen, ob sie diesen Mann kennt. Er lag nur etwa zwei Tage im See. Demzufolge ist sein Gesicht nach teilweiser Entwässerung des Gewebes noch relativ gut zu erkennen. Ohne Trocknung hätte die Gerichtsmedizin sowieso keine Fingerabdrücke nehmen können. Ich gehe jetzt am besten sofort in die Rechtsmedizin zu meinem Freund Rainer. Ihn wird die Denkweise von Liesegang gewiss genauso zu neuen Überlegungen anregen wie mich. Hatte er eigentlich ein humanistisches Gymnasium besucht? Wahrscheinlich. Für Ärzte ist Latein schließlich Pflichtfach. Wenn Griechisch das auch ist, kennt er die Geschichten um den Trojanischen Krieg sicher noch viel besser als ich. Das wäre sehr gut. Mal anhören, was er so alles noch aus der Schule weiß. Er hat mir schon oft wertvolle Anregungen gegeben. Jetzt bräuchte ich wieder ein paar von ihm.“

Wie die meisten Menschen, wenn sie sich alleine und unbeobachtet fühlen, redete auch Rottenbach halblaut mit sich selbst. Er rief bei seiner Sekretärin an, die leider keine neuen Informationen für ihn hatte.

„Hallo, mein `Obermedizinalrätchen´, du könntest mir helfen. Wie erklärst du dir die Zusammenhänge zwischen beiden Morden. Welche Fakten hast du mir bislang verschwiegen? Lass hören!“

„Also: Wir kennen weder den noch die Mörder. Auch die Identität der Steinleiche ist unbekannt. Wenn jemand sich so viel Mühe beim

Verstecken eines Toten gibt, wie in diesem Fall, dann hat er viel zu verlieren. Die Art und Weise seines Vorgehens zeigt mir, dass er sehr genau und äußerst sorgfältig arbeitet. Er ist demnach ein Pedant, ein überaus präziser Arbeiter. Steht ein solcher auf deiner Liste deiner Verdächtigen?“

„Aha, du warst wieder einmal auf einem Lehrgang für Forensik, stimmt`s? Nun ja, ein Diamantenhändler wie der Bure im Jagdschloss muss schon pingelig sein. Sein Geschäft lebt von Genauigkeit. Ob es sich um einen Brillanten, oder um einen Diamanten handelt, entscheidet der Schliff, den man nur unter der Lupe sauber erkennen kann. Bislang ist er unser Hauptverdächtiger, insbesondere, weil sich in seinen bisherigen Aussagen eine Lüge an die andere reiht. Zum Beispiel, wo er sich in den gut vier Monaten zwischen der Übernahme der Skulpturen in Hamburg und deren Einlagerung in der Scheune aufhielt, ist bislang ungeklärt. Er ist ganz sicher nicht der Typ, der sich mit Hammer, Meisel, Steinsäge und Zement die Finger schmutzig macht. Wenn wir nur den Fahrer des LKW ausfindig machen könnten.“

„Völlig deiner Meinung, Direktörchen! Wenn er damit zu tun hat, dann nutzte er mit seinem vielen Geld ein Mordkommando oder einen angeheuerten Killer.“

„Jemand wird mit zwei Schüssen in die Brust mundtot gemacht, ausgezogen und in einem steinernen Spezialsarg einbetoniert. Dazu sind zweifellos Fachleute nötig, dachten wir. Jetzt dürfen wir allerdings auch annehmen, dass ein einigermaßen geschickter Handwerker die geforderten Aufgaben erledigt haben könnte.“

„Das erweitert den Kreis der potenziellen Helfer enorm, oder? – Gehen wir einmal davon aus, dass eure Vermutungen betreff des Südafrikaners stimmen. Dann müsste es hier in Deutschland zumindest eine Vertrauensperson geben oder sogar zwei, die ihm geholfen haben. Macht euch darüber mal ein paar Gedanken. Ich muss zu Skalpell und Tisch."

„Gute Anregung das! Er war vorher nur ein Mal mit seiner damaligen Frau in der BRD, und zwar in Bensheim an der Bergstraße. Dort kennt er zumindest die Nachbarin und deren Mann, soviel ist sicher. Ich werde sie besuchen und hören, was sie noch so alles wissen. Sie kennen eventuell einige potenzielle Helfer. Dass sie seine Vertrauten sein könnten, erscheint allerdings mehr als unwahrscheinlich. Sie behauptete nämlich, er würde sie hassen. Trotzdem: Danke!"

Die Nachbarin

Rottenbach klingelte vergebens an der Haustür von Frau Ingeborg Mai in Bensheim. Sie wohnt dort mit Mann und Sohn. Einer von ihnen sollte anwesend sein. Außer ihrem Nachnamen stand kein weiterer auf dem Klingelschild. Gerade als er sich umdrehte, um zu gehen, fuhr ein Fiat 500 vor. Die Fahrerin, eine leicht füllige Frau mit braunen Haaren, einem müden, aber ansprechenden Gesichtsausdruck stieg aus, ein etwa vierzehnjähriger, schlaksiger Junge ebenfalls. Beide gingen geradewegs auf den im Gehen Begriffenen Fremden zu.

„Frau Mai, wie ich vermute? Mein Name ist Polizeidirektor Dieter Rottenbach, Darmstadt. Ich habe ein paar Fragen an Sie. Darf ich Sie ins Haus begleiten?"

Die Angesprochene hob ihre Augenbrauen und schaute irritiert zum Nachbarhaus, in dem Frau Bekker wohnt. Nach eingehender Kontrolle seines Ausweises bat sie ihn ins Haus. Der junge Mann folgte wortlos, ohne sich vorzustellen. Nachdem er als Letzter die Haustür geschlossen hatte, verschwand er gemächlich im Obergeschoss.

„Möchten Sie vielleicht einen Kaffee? Ich mache mir jetzt einen. Nach einem anstrengenden Einkaufsbummel ist das immer die angenehmste Art der Erholung für mich. Was kann ich sonst noch für sie tun?“

„Vielen Dank, zu einem guten Schluck Kaffee sage ich selten nein. Wir können uns unterhalten, während Sie ihn zubereiten. Mich interessiert Ihr Verhältnis zu Willem Bekker, dem Ex-Ehemann Ihrer Nachbarin. Seit wann kennen Sie ihn?“

„Also, um das ein für alle Mal klarzustellen: Ich habe zu ihm kein Verhältnis und hatte nie eins. Sie können getrost davon ausgehen, dass er mich nicht leiden kann. Er war nur ein einziges Mal hier zu Besuch und das war im Jahr 2005. Brigitte stellte ihn uns vor. Am Abend waren wir zu viert beim `Heckmann´ in der Weinstube, einer sehr beliebten lokalen Straußwirtschaft. Ein einziger Abend mit sehr langer Nacht. Das war`s auch schon!“

„Wer bitteschön ist wir? Sie sprachen im Plural.“

„Ach so, ja! Wir, meinen Sie, wir, ja das waren mein damaliger Freund Edgar Hortel und ich. Wir beide heirateten erst drei Monate später und bekamen 2006 einen gemeinsamen Sohn. Sie haben ihn vorhin gesehen. Er heißt Florian Hortel, wie mein Mann und nicht Mai, wie ich. Mit ihm verstehe ich mich prächtig. Doch, was hat das mit Willem Bekker zu tun?“

„Halten Sie seitdem guten Kontakt zu ihm? Ich weiß, dass er von Ihnen erfuhr, wo sich seine geliebte Exfrau aufhält. Haben Sie seine Telefonnummer? Wie oft haben Sie mit ihm gesprochen? Worum ging es in den Gesprächen? Außerdem wüsste ich noch gerne alles, worüber Sie ihn informiert haben. Er muss mehrfach Kontakt zu Ihnen gehabt haben. Sie und ihr Mann sind die einzigen Personen in Deutschland, die er ein bisschen privat kennt, die er über hiesige

Gepflogenheiten ausfragen kann, und die ihm Verbindung zu Leuten aus der Gegend herstellen können, wenn er Hilfe braucht. Erzählen Sie mir alles, was Ihnen gerade zu ihm einfällt, bitte!“

Ingeborg Mai wurde auf einmal sehr verlegen. Sie wartete, bis der Kaffee dampfend den Filter passiert hatte, stellte Tassen, Milch und Zucker auf den Küchentisch und schenkte ein. Währenddessen blickte sie nur auf den Boden, um den Kommissar nicht ansehen zu müssen. Sie wirkte angespannt. Schließlich bat sie Rottenbach mit einer kurzen Handbewegung, ihr gegenüber Platz zu nehmen

„Herr Kommissar, Verzeihung, Herr Direktor, wie soll ich es Ihnen sagen. Willem telefonierte schon kurz nach seiner Scheidung zum ersten Mal aus Südafrika mit mir. Das tat normalerweise immer nur Brigitte. Als er schließlich in Deutschland war…“

„Das ist jetzt sehr wichtig. Wann genau war das?“

Einerseits froh, unterbrochen worden zu sein, andererseits verärgert über die Unterbrechung ihres Redeflusses, fuhr sie sich mit beiden Händen durch die Haare, nippte an ihrem viel zu heißen Kaffee und guckte dann, unbeweglich auf dem Küchenstuhl sitzend, einfach nur vor sich hin, ohne ein Wort zu sagen. Auch Rottenbach zähmte seine Neugier und blieb stumm. Plötzlich blickte sie ihn so energisch an, als hätte sie gerade einen äußerst wichtigen Entschluss gefasst. Sie griff sofort den verlorenen gegangenen Gesprächsfaden wieder auf.

„…als er schließlich in Deutschland war, das war Anfang Mai dieses Jahres, suchte er meine Nähe. Mein Mann war gerade auf Jobsuche unterwegs als er an einem lauen Maienabend völlig unerwartet im Dunkeln mit zwei Flaschen Rotwein unter dem Arm und einem großen Baguette in einer Papiertüte vor meiner Tür stand. Kurz zuvor hatte ich selbst bereits überlegt, wie schön es wäre jetzt mit einem Glas Wein bei Kerzenschein gemütlich draußen im Garten zu sitzen. Daraus wurde dann aber nichts, denn Brigitte hätte uns dort von nebenan gewiss bemerkt. Deshalb gingen wir ins Wohnzimmer. Er erzählte mir, wie gerne er seine Frau wieder zurückhaben würde. Er schien nicht begreifen zu können, dass die Trennung endgültig war. Unser Gespräch über Gott und die Welt, und über die Art und Weise, wie ich lebe, dauerte fast die ganze Nacht. Ich musste mich am nächsten Tag krankmelden, so viel hatten wir getrunken. Erst gegen Morgen fuhr er mit dem Taxi in das hiesige Hotel. Trotz allem hatte ich die ganze Zeit über das Gefühl, er mag mich nicht, obwohl er sich noch sehr gut an unser weinseliges Techtelmechtel damals nach dem Besuch der Straußwirtschaft `Heckmann´, zu erinnern schien. Nicht auch nur ein einziges Mal hatte er mich seitdem angerufen, sich nach mir erkundigt. Gut, wir waren betrunken, aber muss man sich deswegen so abweisend verhalten? Er mag mich nicht oder er gibt mir die Schuld an seinem schlechten Gewissen. Sie verstehen?“

„Nicht ganz! Was war denn passiert, damals? Hatten Sie etwas miteinander? Bitte, ich muss das wissen.“

„Natürlich, oder was ist in Ihren Augen ein Techtelmechtel, hä? Die beiden anderen hatten nichts davon mitgekriegt. Brigitte und Edgar kamen noch betrunkener vom Heckmann zurück als wir. Sie schliefen ein, kaum, dass sie in der Waagrechten lagen, jeder in seinem Bett, klar, oder? Für einen One-Night-Stand muss ich mich nicht entschuldigen...aber Willem, dieser Hackklotz, hätte wenigstens ein Mal fragen können, wie es mir geht. Im Gegenteil! Er beschuldigte mich sogar noch bei seinem jetzigen Besuch, ihn damals verführt zu haben. Ich hätte seine alkoholbedingte Schwäche schamlos ausgenutzt, behauptete er. Das war rotzfrech von ihm. Schließlich hatten wir in dieser denkwürdigen Nacht beide unsere Partner betrogen. Ich mochte ihn wirklich gut leiden, aber dazu überredet habe ich ihn nicht. Das hat er ganz alleine so gewollt. “

„Ihr schönes Erlebnis blieb aber ohne Folgen, oder?“

„Selbstverständlich!!! – Edgar ist der Vater unseres Sohnes.“

„Haben Sie ihm auch die Telefonnummer vom derzeitigen Freund Ihrer Nachbarin, dem Flugkapitän, verraten?“

„Ich glaube: Ja! Das war schon gegen Morgen. Seitdem hat er sich jede Woche bei mir gemeldet und sich nach Brigitte erkundigt, wann und wo sie sich wieder mit dem Flugkapitän trifft und wo er wohnt. Ich konnte ihm alle gewünschten Informationen geben. Nach meinem Befinden fragte er kein einziges Mal. In Abwesenheit meiner Nachbarin sehe ich in ihrem Haus und Garten nach dem Rechten. Für den Fall, dass etwas Außergewöhnliches passieren würde, informiert sie mich vorher immer darüber, wo sie sich in den nächsten Tagen aufhält. Wir hatten fest vereinbart, dass sie im Notfall sofort hier angerauscht kommt. Die Termine wurden von uns regelmäßig abgeglichen. Meiner Nachbarin zu helfen, ist für mich selbstverständlich. Wir sind beide \`Bensemer´ von Geburt, wenn Sie wissen, was das bedeutet?“

„Haben Sie ihm auch erzählt, wann Herr Warnisch wohin fliegt, zum Beispiel damals im August in die Schweiz?“

„Ja, warum auch nicht. Ich erinnere mich. Damals war Brigitte mitgeflogen. Als Willem von mir davon erfuhr, wollte er ihnen nachreisen, um sich mit beiden in der Züricher Innenstadt auf neutralem Terrain zu treffen und sich endlich auszusprechen. Aus irgendwelchen Gründen ist das Treffen jedoch geplatzt. Der Kapitän musste sofort wieder zurückfliegen, oder sowas Ähnliches. Brigitte war darüber echt sauer. Aber für ihn kommt zuerst der Beruf, dann lange nichts und erst dann Brigitte. Das kann ich inzwischen sehr gut beurteilen.“

„So weit, so gut. Jetzt weiß ich darüber Bescheid. Ja, was wollte ich sie sonst noch gefragt haben? Ach ja! Ich bin noch nicht fertig und benötige weitere Informationen.“

Rottenbach überlegte kurz und intensiv. Die Erzählungen hatten ihn dermaßen abgelenkt, dass er sich einige Punkte, die er ansonsten routiniert abfragt, neu zurechtlegen musste. Der Südafrikaner war demnach im Mai wirklich hier und im August wirklich in Zürich, ohne den Piloten zu treffen. Er scheint doch nicht ganz so verlogen zu sein, wie er bisher annahm. Es dauerte ein paar Sekunden, bis er sich wieder gefangen hatte.

„Liebe Frau Mai, welchen Beruf üben Sie wo genau aus? Was arbeitet Ihr Mann und in welche Schule geht Ihr Sohn?“

„Früher war ich in diversen Banken für einen Personaldienstleister tätig. Viele Unternehmen greifen auf Leiharbeiter zurück, um zum Beispiel alte Aufträge nachzubearbeiten. Gerade die Finanzbranche sucht zum einen hochqualifizierte IT-Spezialisten, zum anderen aber auch Leute für vergleichsweise einfache Tätigkeiten wie die Dateneingabe. Seit ungefähr Mitte 2017 gibt es, für mich Gott sei Dank, das Arbeitnehmerüberlassungsgesetz, nach dem Zeitarbeiter nur achtzehn Monate ohne Unterbrechung beim gleichen Arbeitgeber beschäftigt werden dürfen. Bereits nach neun Monaten müssen sie das gleiche Gehalt bekommen wie Festangestellte, \`Equal Pay´ genannt. Das hat mir, beziehungsweise meiner Familie, sehr geholfen. Seit etwas mehr als zwei Jahren arbeite ich in Teilzeit bei einer hiesigen Bank, also für zweiunddreißig Stunden in der Woche. Mein Einkommen bestimmt das Leben von uns dreien, denn mein Mann bekam als gelernter Maurer schon vor Jahren plötzlich Allergieprobleme und musste auf Bürokaufmann umschulen. Das Bauunternehmen stellte ihn danach sofort wieder im Büro an, bis man ihn vor sechs Monaten wegen schlechter Auftragslage entlassen musste. Seitdem sucht er händeringend einen Job, leider bisher ohne Glück. "

„...und Ihr Sohn? Geht er noch zur Schule?"

„Ja, natürlich, was sonst? Er besucht die Geschwister-Scholl-Schule, hier in Bensheim. Dort kann er auch sein Abitur machen. Wer das in Deutschland nicht vorweisen kann, wird nie eine gehobene Position bekommen, wie Sie sicher selbst wissen. War sonst noch etwas? Wenn Sie mich anrufen wollen, dann tun Sie das bitte nach achtzehn Uhr, oder montags, da habe ich meinen freien Tag. Gerade fällt mir noch etwas ein: Bekker hat angekündigt, dass eventuell demnächst ein Freund von ihm eine Unterkunft benötigt. Er hätte ihn gerne bei mir einquartiert, doch ich lehnte ab. Er meint wohl, er könne einfach über mich bestimmen. Doch, da liegt er falsch. Das war`s jetzt. – Dann auf Wiedersehen. Achten Sie bitte beim Verlassen des Hauses darauf, dass meine Nachbarin Sie nicht bemerkt. Vielen Dank!"

Die Edelsteinbörse

Auf der ganzen Welt gibt es regelmäßig mehrmals pro Jahr Edelsteinbörsen mit einem umfangreichen Angebot an Kristallen, Mineralien, Fossilien, Heilsteinen und Unikatschmuck. Insbesondere die funkelnden und schillernden Brillanten üben eine magische Anziehungskraft auf viele Menschen aus. Sogar schon im Rohzustand bestechen etliche durch ihre Schönheit. Doch bewirkt erst das Brillieren, das Feuer, der Diamanten, wie es nach einem fachgerechten Schliff der Rohlinge entsteht, eine überaus bemerkenswert geschmackvolle Steigerung der Reize, nicht nur auf Frauen. Andere Edelsteine treten dadurch, quasi zwangsläufig, etwas in den Hintergrund. Dabei kann die Wunderwelt der Mineralien mit all ihrer Farben-, Formen- und Strukturvielfalt zumindest ebenso faszinierend sein wie das allseits begehrte Blink, Blink. Versteinerte

Tiere und Pflanzen ermöglichen unserem Gehirn, sich in Gedanken, um Jahrmillionen in versunkene Welten längst vergangener Zeiten zurückzuversetzen. Kein Wunder demzufolge, dass es allein in Deutschland jedes Jahr weit mehr als zwanzig solcher Edelsteinbörsen gibt, auf denen sich sowohl die Fachwelt als auch Laienbesucher treffen.

In Frankfurt am Main werden jedes Jahr zwei internationale Messen dieser Art veranstaltet. Da Willem Bekker in den Jahren zuvor sich nur mit Hilfe der Medien über das Neueste aus den Edelsteinminen informiert hatte, bereitete er seinen persönlichen Besuch in diesem Jahr besonders gründlich vor. Dazu las er nicht etwa ein Buch oder eine Fachzeitschrift, nein, das wäre ihm nie in den Sinn gekommen. Er lud einfach acht ihm mehr oder weniger gut bekannte Edelsteinspezialisten ein, sich bei ihm im Jagdschloss Kranichstein, Darmstadt, einzuquartieren. Er nannte es „Schottische Einladung in mein Hotel", was so viel bedeutete wie: „Ich lade dich ein und du bezahlst selbst!". Übertreibungen dieser Art war man von ihm gewohnt. Die meisten wussten, dass er nur Dauergast und nicht Eigentümer war. Allerdings ließ er es sich nicht nehmen, das üppige Dinner am ersten Abend für alle zu begleichen. So erfuhr er in vergleichsweise kurzer Zeit verhältnismäßig viel über den aktuellen Markt und seine jüngsten Entwicklungen. Insbesondere zu vorgerückter Stunde, nachdem schon ein paar Prosit, Skal, Nastrovje und Sláinte auf sein Wohl gefeiert worden waren, lösten sich die Zungen deutlich. Jetzt bekam er die Hintergrundinfos und die Tratsch-Geschichten, die ihm für sein persönliches Marktgefühl so ungemein wichtig waren. Mit seinem Freund Hendrik van Mol aus den Niederlanden verabredete er sich für den nächsten Morgen. Gemeinsam wollten sie auf die Edelsteinmesse nach Frankfurt fahren. So berühmt und hochkarätig wie die beiden waren, konnten sie davon ausgehen, dass sie jeder Standbesitzer erkennt und entsprechend hofiert. Auch diese Messe würde sicher ihrem Ruf als

„Schau der Eitelkeiten für Reiche und Superreiche“ gerecht. Darin waren sich beide einig.

Als sie sich am nächsten Morgen trafen, fragte Bekker sofort nach Paule aus Berlin. Dieser hatte sich am Vorabend bereits nach dem Hauptgang mit einer nur vagen formulierten Entschuldigung verabschiedet. Auch heute Morgen zum Frühstück ließ er sich nicht blicken. Schon bei seiner Einladung hatte Bekker sich fest vorgenommen, mit ihm ein Hühnchen zu rupfen. Noch immer sauer über dessen Nicht-Erscheinen informierte der Südafrikaner seinen holländischen Freund auf dem Weg zum Auto über einige von ihm erwartete Besonderheiten des Tages:

„Mein Lieber, ich verbinde mit unserem heutigen Besuch einen Hintergedanken. Davon solltest du wissen, bevor wir dort sind. Nach meinen Informationen könnte es gut möglich sein, dass meine Verflossene dort am Südafrikastand auftaucht. Wie ich sie kenne, sucht sie förmlich das Wiedersehen mit guten `alten Bekannten´. Sollte das geschehen, Hendrik, bitte ich dich, als mein Vermittler zu fungieren. Ich hoffe nämlich noch immer, dass es zu einer Aussprache zwischen uns beiden kommen könnte. Wenn sie dich sieht, wird sie bestimmt nicht sofort im Laufschritt flüchten, wie sie es bei meinem Anblick tun würde Also, hilf mir und arrangiere für mich ein Gespräch mit ihr. Mein Verlangen nach dieser Frau ist so groß, wie das von Blumen nach Wasser. Jetzt weißt du Bescheid. Ich habe in der Vergangenheit Vieles falsch gemacht. Das will ich ihr gegenüber reumütig bekennen. Ich hoffe, es kommt zu dieser Begegnung. Brigitte hat für mich einen höheren Wert als der größte Brillant der Welt.“

Van Mol runzelte die Stirn. Erst jetzt wurde ihm klar, weshalb sein Freund Willem ihn zu seinem Begleiter ausgewählt hatte. Ihm war sicher nicht entgangen, dass seine Frau dem Holländer jedes Mal voller Freude um den Hals fiel, wenn sie sich trafen. Wahrscheinlich spürte sie instinktiv, dass sie ihm nicht gleichgültig war. So hatte Willem den Bock zum Gärtner gemacht.

„Du `altes Schlitzohr´! Ich hätte es besser wissen müssen. Du tust nichts, ohne einen Vorteil daraus zu schlagen, wie?!“

„Natürlich, daran ist nichts Verwerfliches. Okay? Du hilfst mir dieses Mal bei meinen Gefühlen, fast so, wie ich dir damals mit Geld, als du fast pleite warst. Du erinnerst dich? Außer mir wollte dich keiner unterstützen. Ich baue heute erneut auf deinen Geschäftssinn. Also enttäusche mich nicht.“

Hendrik van Mol zuckte zusammen. Er empfand es als eine ziemliche Gemeinheit, ihn jetzt an seine „krummen Geschäfte“ von früher zu erinnern. Er kaufte damals geschmuggelte Diamanten zu einem Spottpreis auf, obwohl sie sich nur schwer absetzen ließen. Trotz zuvor fest vereinbarter Zusage nahmen ihm seine Geschäftspartner keine ab. Plötzlich wollten sie nicht gewusst haben, dass jeder einzelne mit einer Nummer versehen und damit quasi unverkäuflich war. Nur Bekker hatte die passenden Abnehmer. Sein Kauf bewahrte ihn vor dem Bankrott. Das würde er ihm auch ohne seinen Hinweis bestimmt nie vergessen.

„Okay, mein Lieber! `Manus manum lavat“, eine Hand wäscht die andere. Das haben wir immer so gehalten, das sollte auch so bleiben. Auf mich kannst du zählen, nicht nur was deine Ex betrifft. Erinnerst du dich noch an Ruud? Ja! Er vertickt derzeit Rohdiamanten auf dem Schwarzmarkt. So haben wir auch einmal angefangen. Heute wollen wir davon nichts mehr wissen, oder? Müsste ja auch inzwischen verjährt sein. Na, egal! Ich werde dir helfen.“

„Okay, Okay, jetzt reicht`s mit den Erinnerungen an alte Zeiten. Schauen wir nach vorne. Hier geht's von der Autobahn runter. Ich habe nicht vor, auf dieser Börse etwas zu kaufen, es sei denn Brig…? Lassen wir das!“

Auf dem Messegelände geschah wenig später, womit sie gerechnet hatten: Von allen Seiten wurden sie angesprochen. Viele Händler sicherten ihnen allezeit ihre uneingeschränkte Mithilfe bei der Beschaffung von besonderen Einzelstücken in hoher Qualität zu, wo und wann immer sie es wünschten. Hier gab es offenbar noch den gleichen grauen Markt wie früher. Leider hatte keiner von ihnen Paul Emil Ziller gesehen. Sie alle kannten ihn unter seinem Spitznamen Paule. Er war früher der berüchtigtste Brillanten Händler in Deutschland, unerbittlich und brutal zu all denen, die mit ihm Geschäfte machten. Davon gab es reichlich. Er kaufte fast jede Ware zu Niedrigstpreisen, insbesondere solche, die andere aus Angst vor der Polizei nicht haben wollten. Die Steine mit eingravierten Kontrollnummern ließ er ebenso verschwinden wie die ohne. Sie versanken im Nirwana des schillerndsten Marktes der Welt, versteckt in neu hergestelltem sehr teurem Geschmeide. Heute jedoch war er es, der verschwunden blieb.

„Ich bin zwar in meinem Leben noch nie hier gewesen, aber es kommt mir so vor, als würde ich Alles kennen. Sogar die Menschen auf diesen besonderen Umschlagplätzen in der ganzen Welt haben sich in den letzten Jahren wenig verändert. Egal, ob in Tokio, New York oder in Shanghai, ich rieche förmlich die Hehler. Mit den Gestalten hier vor uns, zum Beispiel, habe ich sogar irgendwann früher mal Geschäfte getätigt. Ihre Visagen gehen mir nicht aus dem Kopf. Heute möchte ich mit ihnen aber nichts mehr zu tun haben. Nur mit dem schlanken Herrn im weißen Hemd dort drüben sollte ich ein paar Worte wechseln. Hendrik, ich verlasse dich für ein paar Minuten.“

Willem Bekker war bislang nicht aufgefallen, dass er schon seit dem Verlassen des Jagdschlosses von betont unauffällig gekleideten

Herren beobachtet wurde. Herr Eisen, der Hoteldirektor, hatte die SOKO informiert, dass sein Dauergast für acht Bekannte aus sechs Ländern Einzelzimmer reserviert hatte. Vorsorglich hatte man bereits zum Festessen am Abend für Bekkers Business-Kollegen zwei als Kellner verkleidete Polizisten eingeschleust. Sie sollten die Gesellschaft gut im Auge behalten. Jeden Einzelnen fotografierten sie mit einer Knopfkamera am Revers. Die Bilder sandten sie postwendend ins Präsidium. Die Auswertung derselben dauerte die ganze Nacht: Leider fast ohne Erfolg. Nur der Berliner, Paul Emil Ziller, war aktenrelevant.

Interpol hatte zudem van Mol und Bekker auf ihrer Liste. Ein Abraham Lincoln, genannt ALi, war nicht darunter, auch nicht in perfekter Verkleidung, wie die Analyse der Fingerabdrücke von den einzelnen Trinkgläsern unzweifelhaft ergab. Trotzdem hatte PD Rottenbach eine lückenlose Überwachung von Bekker und seinen „Geschäftsfreunden" angeordnet. Er blieb für ihn der Hauptverdächtige im Fall des Toten im Stein und somit auch, zumindest teilweise, verantwortlich für die Leiche aus dem Teich. Vier Kriminalkommissare vertrieben sich die Zeit als einfache Messe-Besucher, indem sie großes Interesse an den Mineralien der einzelnen Stände heuchelten. Dabei lernten sie eine Menge über die ganz besondere Art der Preisgestaltung in diesem hochwertigen Geschäft. Für Betrügereien und eigenartige Devisengeschäfte hatten sie diesmal jedoch keinen Sinn. Um nicht aufzufallen, wechselten sie sich in der Beschattung der einzelnen Personen ständig ab. Bekker schenkten sie besondere Aufmerksamkeit. Jetzt war KOK Kullmann sein Schatten. Er ging unbemerkt hinter ihm bis zu dem Mann im weißen Seidenhemd her und stellte sich wie teilnahmslos zu einem Händlerstand, der in unmittelbarer Nähe zu beiden lag. Er hörte wie der Überwachte relativ laut zu seinem Gegenüber sagte:

„Guten Morgen! Mein Name ist Willem Bekker aus Kapstadt. Wir beide kennen uns, hatten schon früher einmal miteinander zu tun. Leider habe ich Ihren Namen vergessen. Helfen Sie mir! Okay?“

„Herr Bekker, natürlich kennen wir uns. Mein Name ist Otto Reier, ohne `h` aus Basel. Sie verkauften mir einige Halbedelsteine, viele kleine Brillanten und insbesondere einen lupenreinen, rosafarbenen Vierkaräter. Sie erinnern sich? Wie geht es Ihnen? Oder sollte ich besser fragen: Wie geht es Ihrer Frau? Ihr hatten Sie damals den einmaligen rosigen Stein eigentlich zugedacht. Stimmt`s?“

„Ja, natürlich, jetzt, wo Sie es sagen. Ja, ja! Haben Sie eventuell meine Frau gesehen. Sie sollte ebenfalls hier auf der Messe sein. Wir leben inzwischen leider getrennt. Deshalb meine Bitte: Wenn Sie sie sehen, sagen Sie ihr, dass ich sie gerne sprechen würde. Dann rufen Sie mich sofort an. Hier meine Nummer. Schön, Sie mal wieder gesehen zu haben. Vielen Dank! Auf Wiedersehen!“

Der Angesprochene nickte. Beide drehten sich gleichzeitig um und gingen ihrer Wege. Kulle, wie KOK Kullmann von seinen Kollegen wegen seiner rundlichen, kräftigen Statur gerne genannt wurde, war etwas irritiert. Wenn sich zwei Menschen lange nicht gesehen haben, werden normalerweise mehr als nur zwei belanglose Sätze gewechselt. Was hatte er da gerade beobachtet? Ein zufälliges Treffen sicher nicht. Er schlenderte weiter zum nächsten Standplatz, behielt aber Bekker stets in den Augenwinkeln. Nach einer Weile gab er seinen Beobachtungsposten an einen Kollegen weiter und ging zu dem Ort zurück, an dem er vorher den Mann mit dem weißen Hemd gesehen hatte. Der aber war jetzt verschwunden. Er fragte die erkennbar gelangweilt am Info-Tisch sitzende Dame nach dessen Verbleib. Sie zuckte nur mit ihren Schultern und antwortete dem ihr wohl nicht besonders sympathischen Kunden, der nicht einmal so tat, als würde er sich für ihre Waren interessieren, in schnippischem, unfreundlichem Ton:

„Woher soll ich das denn wissen. Ich kenne diesen Mann nicht. Er hat mit unserer Firma nichts zu tun, ist nur ein Messebesucher wie Sie. Der schlendert schon eine ganze Weile hier in der Nähe rum. Als ich ihn heute Morgen zum ersten Mal sah, trug er noch einen Oberlippenbart. Den hat er sich mittlerweile wohl abrasiert. Auch der Mann, mit dem er zuvor sprach, ist mir unbekannt. Selbst wenn ich ihn kennen würde, würde ich Ihnen keine Auskunft geben dürfen. Datenschutz, klar?"

Kulle nickte. Gerade noch rechtzeitig erinnerte er sich daran, dass er verdeckt ermittelte. Er steckte seinen Polizeiausweis unauffällig wieder ein, lächelte kurz der schon wieder auf ihrem Sessel im Nichtstun Versunkenen zu und verließ den Stand. Er begab sich auf die Suche nach dem Mann ohne Oberlippenbart mit weißem Hemd und dunkelbraunen Haaren. Irgendwo musste er sein. Ein Bild von ihm zu machen, wäre ein Erfolgserlebnis.

Sein in vielen Jahren kriminalistischer Tätigkeit geschulter Blick sagte ihm, dass dieser Herr etwas verheimlichte. Hätte er nur einen Grund gefunden, ihn anzusprechen. ...und sein Akzent? Hmm, klang irgendwie wie von einem Schweizer und dann doch wieder nicht. Hm, Hm, Kehllaute? ... Holländer? ...Hmmm ...oder nur ein Kratzen im Hals, wie bei einer beginnenden Erkältung? Mehrere Male rieb er sich sein Kinn und sinnierte. Er beschloss die Kollegen per Smartphone zu informieren und um Mithilfe bei der Suche zu bitten. Wenn einer ausschließlich Bekker beschattete, gab es immerhin noch drei beliebig einsetzbare Kollegen. Aber die Messe ist groß, auf mehrere Hallen verteilt. Wenn sich alle nur auf die Suche nach diesem Mann konzentrieren, wird es fast schon eine Fahndung. Wer würde dann auf die anderen aus der feuchtfröhlichen Truppe vom gestrigen Abend achten? Es fehlte ganz einfach an Personal.

„Hallo, Herr Kullmann", meldete sich völlig unerwartet sein Chef. „Was haben Sie an Verdächtigem bisher herausgefunden? Gibt es weitere uns bisher schon bekannte Personen außer denen aus dem Jagdschloss?“

„Also, Herr Direktor. Der Bekker verhält sich nach meiner Einschätzung völlig unauffällig. Vor einigen Minuten traf er sich mit einem Mann, den er wahrscheinlich von früher kannte. Ein überaus kurzes Gespräch zwischen beiden machte mich stutzig. Jetzt ist der Geschäftsfreund von früher verschwunden. Er war nicht Teil der Standbesatzung, wie ich zunächst annahm. Jetzt glaube ich, dass er dort nur auf das Erscheinen von Bekker gewartet hat. Ich will jetzt die Kollegen bitten, mir bei der Suche nach ihm zu helfen. Ein Foto von ihm müsste möglichst unauffällig gemacht werden. Ach so: Ich hörte Bekker zu ihm sagen, dass er hofft, hier auf der Edelsteinbörse seine Ex-Ehefrau zu treffen. Er bat ihn, sie unbedingt zu ihm zu schicken und ihn sofort anzurufen, wenn er sie sehen sollte. Eigentlich müsste er ebenso beobachtet werden wie Bekker, der nach wie vor unsere volle Aufmerksamkeit genießt. Wie Sie sehen, nein hören, meine ich: Wir haben wieder einmal zu wenig Einsatzkräfte.“

„Jaaa, das weiß ich doch: Halten Sie Ausschau nach Frau Bekker. Wenn sie kommt, bitte mich sofort informieren und sie nicht ansprechen. Ich übernehme dann.“

Wieder klingelte Kulles Phone. Der überaus nervös wirkende Hoteldirektor Eisen wollte wissen, wie er PD Rottenbach erreichen könnte. Irgendjemand hatte die Abwesenheit Bekkers genutzt und war in sein Appartement eingebrochen. Auch die Zimmer von zwei weiteren Messebesuchern hatte man durchwühlt. Vielleicht hatten diese Verbrechen sogar etwas mit den Morden zu tun.

„Ich werde das in Ihrem Hotel Geschehene sofort an meinen Vorgesetzten weiterleiten. Er meldet sich dann bei Ihnen. Wahrscheinlich wird er eine Durchsuchung der Räumlichkeiten veranlassen. Bleiben Sie deshalb in der Nähe und machen Sie sich keine Sorgen. Die Edelsteinbegeisterten werden sicher noch ein paar Stunden hier auf der Börse zu tun haben. Sie ist übrigens eine durchaus auch für Laien sehr ansprechende Veranstaltung oder sind Sie vielleicht ein Fachmann? Scherz! Also noch einmal: Schließen Sie bitte die Zimmer ab und fassen Sie nichts an, bis die Kollegen von der SPUSI erscheinen. Danke!"

Wie schon lange von Rottenbach erwartet, kam endlich Bewegung in die Szene. Er fühlte sich in seiner Vermutung bestätigt, dass Willem Bekker die übrigen Gäste nicht ohne Hintergedanken eingeladen hatte. Jetzt musste Licht ins Dunkle fallen. Er war in höchstem Grade elektrisiert.

Während Männer der SPUSI die drei durchwühlten Zimmer im Hotel Jagdschloss Kranichstein untersuchten, ließ er von Mitarbeitern seiner SOKO die Identitäten von deren derzeitigen Mietern prüfen. Das erste Zimmer gehörte dem Dauergast aus Südafrika, das zweite Herrn Hendrik van Mol, Juwelier aus Amsterdam und das dritte Herrn Paul Emil Ziller, Juwelier und Edelsteinhändler aus Berlin.

Er hoffte, genügend Hinweise zu finden, warum nur in diese drei eingebrochen worden war und in die anderen sechs nicht. Die Beschatter in zivil auf der Börse sollten ab jetzt ihre Aktivitäten primär auf die Drei Herren konzentrieren. Die anderen Bekker-Gäste waren sicher nicht mehr als Statisten, solange deren bisherige Überwachung nichts Gegenteiliges ergeben hatte. Des Weiteren galt es, die Auswertung der Spurensicherer abzuwarten. Doch Rottenbach jubelte schon innerlich. Er spürte förmlich, nein, er glaubte wieder einmal fest zu wissen, dass der Knoten zu platzen begann.
Tatsächlich fanden sich keinerlei Anhaltspunkte, aus denen man auf Motive für die Einbrüche hätte schließen können. Die Zimmersafes waren zwar unerlaubt geöffnet worden, enthielten jedoch nur wenige

sachdienliche Hinweise zur Ermittlung der Hintergründe. Vermutlich hatten der oder die Einbrecher gerade diese entwendet.

Rottenbach informierte seine Frau, dass er heute später als versprochen nach Hause kommen würde, da er unbedingt persönlich auf die Messerückkehrer im Jagdschlosshotel warten wollte. Er ließ sich sämtliche Personaldaten von allen acht Gästen auf sein Smartphone mailen, um sie ungestört studieren zu können. Bei der Analyse stellte er schnell fest, dass tatsächlich die schillerndsten Vögel aus der Gruppe die Herren van Mol, Paul Emil Ziller und Willem Bekker waren. Diese drei hatten früher sogar einmal international zusammengearbeitet, offiziell als Geschäftspartner, aber auch inoffiziell in der geheimnisumwitterten, wahrscheinlich mafiagesteuerten, südafrikanischen „Edelstein-Szene". Sämtliche Behörden in den betroffenen Ländern hielten sie für Hehler. Trotz zeitgleich durchgeführter Hausdurchsuchungen durch die Polizei in Amsterdam, Berlin und Kapstadt konnte ihnen weder der Schmuggel von rohen oder geschliffenen Diamanten noch Devisenschiebereien nachgewiesen werden. Allerdings fanden diese Ermittlungen schon vor ungefähr zehn Jahren statt. Mittlerweile hatte sich eine ganze Menge geändert. Erneut auffällig waren sie nicht mehr geworden.

Aus den internationalen polizeilichen Unterlagen zu den Edelsteinfreunden von heute ging lediglich hervor, dass alle noch immer in einem eigenen Laden oder als freie Händler mit Edelsteinen jedweder Art zu tun hatten. Bis zum Beweis des Gegenteils musste man davon ausgehen, dass sie ihre Geschäfte inzwischen seriös abwickeln. Endlich, es war schon gegen neunzehn Uhr, erschienen Bekker und van Mol. Beide zeigten sich sehr bestürzt, als sie vom Einbruch in ihre Zimmer erfuhren.
In Begleitung eines Kriminalbeamten der SOKO kontrollierten sie sofort, ob etwas fehlte. Bekker gab an, im Safe etwa zehntausend Euro aufbewahrt zu haben, von denen der Dieb jetzt nur, wie zum Hohn, einen einzelnen Hundert-Euro-Schein übriggelassen hatte.

Außerdem vermisste er die Abrechnungen für seine Statuen sowie Bestellunterlagen für neue, mit denen er seine Ausstellung im Park des Jagdschlosses im Laufe des Jahres erweitern wollte. Elf sauber abgeheftete Schuldscheine auf den Namen Ziller lagen unberührt im oberen Fach.

„Herr Bekker: Was kann jemand mit Ihren Abrechnungen, respektive mit ihren Bestellungen, anfangen. Da stand doch bestimmt Ihr Name drauf, oder? Das fehlende Geld weist eher auf den Raubzug eines kleinen Hoteldiebes hin, wie man ihn überall auf der Welt kennt. Aber Sie sagten, in Ihrer Schublade lagen noch eine brillantbesetzte Rolex, eine Krawattennadel mit relativ großem Diamanten und ein Siegelring. Wo sind die geblieben? Vielleicht wollte sich jemand an Ihnen persönlich rächen, oder, wegen des einen zurückgelassenen Geldscheins eher denkbar, Vergeltung für Irgendetwas üben, das Sie ihm angetan haben? Wer fällt Ihnen bei solcherlei Überlegungen ein? Hatten Sie schwerwiegende Divergenzen mit jemandem? Überlegen Sie gut. Ohne Grund bricht niemand in ein renommiertes, recht gut überwachtes Hotel ein."

„Okay! Ich glaube mittlerweile auch, dass es jemand auf mein Geld abgesehen hat. Der Rest ist nur ein Ablenkungsmanöver, weiter nichts. Mit meinen Abrechnungen kann niemand wirklich etwas anfangen, oder? Da ich seit meiner Scheidung mehr oder weniger komplett aus dem Geschäft ausgestiegen bin, könnte es sich nur um einen persönlichen Rachefeldzug für etwas aus früheren Jahren handeln. ...aber von wem und warum?"

„Nun ja, sicher ist, dass dieser imaginäre Mister Unbekannt Sie ebenso gekannt haben muss wie die beiden anderen, von Ihnen eingeladenen Freunde der Edelsteine in diesem Hotel. Die Einbrüche erfolgten bestens vorbereitet und gezielt auf sie drei, so viel steht fest! Außerdem wäre dann noch zu klären, wieso dieser Mensch, oder diese Menschen, die Schuldscheine von Paul Emil

Ziller liegen ließen? Die sind doch so gut wie bares Geld, oder? – Wieso hatten Sie ihm eigentlich elf Mal zehntausend Euro geliehen, eine ungewöhnliche Zahl, … und wofür?“

„Also, Herr Direktor, Paule und ich, wir kennen uns seit vielen Jahren. Er brauchte Geld und ich gab es ihm, So geht das eben unter Freunden. Wir vereinbarten Rückzahlungen in Zehntausender Schritten. (Übrigens waren es mit Zinsen inzwischen zwölf.) Gestern gab er mir schon zehn Mille, die ich in meinen Safe legte. Den zerrissenen Schuldschein könnten Sie eventuell noch in seinem Zimmer finden, oder im Hausmüll des Zimmerservice. Jetzt ist nur ein Hunderter davon übriggeblieben. Man hat mich bestohlen. Unternehmen Sie schleunigst irgendwas, und finden Sie den Dieb!“

Van Mol erschien in Bekkers Suite und berichtete, ihm würde nur „ein bisschen Taschengeld“ fehlen und ein kleines, goldenes Armband von achtzehn Karat. Beides glaubte er, nicht im Safe aufbewahren zu müssen. Weitere Schäden ließen sich auf die Schnelle nicht ausmachen. Motiv? Bis auf Weiteres ungeklärt.

Rottenbach begann zu grübeln. Was würde passieren, wenn seine Vermutungen falsch waren und es sich nicht um einen Diebstahl oder einen Rachefeldzug handelte? Ein weiteres Motiv konnte er sich in diesem Moment einfach nicht vorstellen.

Schließlich hatten der oder die Einbrecher ihr Vorgehen perfekt geplant, keine Spuren hinterlassen und keine Tür aufgebrochen. Niemand hatte sie bemerkt. Die Auswertung der Flurkameras könnte eine Antwort geben. Bis es so weit war, würde er sich noch einmal das diensthabende Personal vorknöpfen, einen nach dem anderen. Die Nachmittagsschicht hielt sich noch im Haus auf. Er verständigte Hoteldirektor Eisen, der seine Leute aufforderte, sich umgehend im sogenannten Boardroom einzufinden. Diese mehr für formale Businesstreffen gedachte Räumlichkeit mit dem ovalen Tisch aus poliertem Edelgehölz und der indirekten Beleuchtung strahlt eine gehörige Portion Atmosphäre aus. In diesem Ambiente würde sich vermutlich jeder umgehend zur Wahrheit durchringen, war seine Spekulation. Er wollte unbedingt dafür sorgen, dass die Polizei so schnell wie möglich sein Haus verlässt. Es plagte ihn die Angst um den guten Leumund seines Hotels und um das wichtige Tagesgeschäft. Zeit ist in diesem Fall nicht nur Geld, sondern auch Zukunft.

Rottenbach, in Gedanken schon bei den Befragungen, nickte geistesabwesend als er diese Erklärung hörte. Er bat den Hotelchef, den von ihm ausgewählten Saal zu verlassen und wartete bis sich alle Angestellten eingefunden hatten. Schnell bemerkte er an den ausgetauschten misstrauischen Blicken, dass man sich gegenseitig nur bedingt vertraute, was eine Gruppenbefragung unmöglich machte. Das gesamte Personal musste den Raum wieder verlassen und in der Nähe so lange warten, bis jeder einzeln aufgerufen wurde. Somit konnte der Polizeichef ungestört mit den Befragungen beginnen. Ihm Auge in Auge Rede und Antwort zu stehen, bewacht von einem Uniformierten, war den meisten unangenehm. Nur zögerlich, stotternd und schwitzend kamen den Befragten Worte und Sätze über die Lippen. Fast alle gaben zu Beginn vor, nichts gesehen zu haben und sowieso nichts zu wissen von einem Fremden, der ihrem Hotel unbemerkt agiert haben musste. Einer jedoch begann während der Abfrage heftiger zu transpirieren als alle anderen.

Das musste einen Grund haben. Rottenbach hakte mehrfach nach. Wahrscheinlich wollte der Mitarbeiter unbedingt etwas Wichtiges verbergen.

„Sie sind bereits seit mehr als zehn Jahren hier im Hotel tätig und wollen nichts bemerkt haben? Das nehme ich Ihnen nicht ab. Raus mit der Sprache: Was haben Sie heute Nachmittag an

Ungewöhnlichem bemerkt? Ich sehe Ihnen an, dass Sie mehr wissen, als Sie mir bisher verrieten. Raus damit!""

„Auf meinen Kontrollgängen, die Sie dann auch in den Aufzeichnungen der Flurkameras sehen werden, hörte ich verdächtige Geräusche aus der Suite von Herrn Bekker dringen. Ich klopfte, nannte meinen Namen und ging hinein, fand dort aber niemand vor. Alles war aufgeräumt. Ich schaute kurz in beide Räume und ins Bad und fand alles in Ordnung. – In dem Zimmer von Herrn Ziller allerdings war so viel Unordnung, dass ich unseren Chef informierte und eine weitere Kontrolle abbrach. Er kam dann etwa zehn Minuten später. Gemeinsam durchsuchten wir die restlichen Räumlichkeiten hier im Kavaliersbau. Dabei stellten wir fest, dass auch das Zimmer von Herrn van Mol durchwühlt worden war. Die Suite von Bekker hatten wir uns bis zum Schluss aufgehoben, da ich sie ja schon kontrolliert hatte. Vor wenigen Minuten quasi noch unberührt, lag jetzt seine Wäsche überall auf dem Boden verstreut, der Safe stand offen und die herausgerissene Matratze mit Bettdecke und Kopfkissen lag quer über dem Bettgestell. Wir fragten uns, wann jemand das Durcheinander gemacht haben könnte? Eigentlich wäre das nur möglich gewesen, während ich im hinteren Teil des Flurs auf Herrn Eisen wartete. Ein Einbrecher hätte genügend Zeit gehabt zu verschwinden, da wir beide mit dem Zimmer von Ziller am Ende des Flurs begonnen hatten und erst dann die anderen der Reihe nach kontrollierten. Das wollte ich Ihnen gesagt haben. Mehr gibt es nicht zu berichten."

Als er aufstehen wollte, um zu gehen, bat Rottenbach ihn, noch einmal Platz zu nehmen. Ihm war aufgefallen, dass dem Angestellten während seiner Beichte häufiger die Gesichtszüge entgleisten und dass er sich unaufhörlich seine feuchten Hände an der Hose abrieb. Ein untrügliches Zeichen dafür, dass er log.

„Lieber Herr Bulic, habe ich Ihren Namen richtig ausgesprochen? Ja, also, noch einmal: Lieber Herr Bulic. Sie wollten mir vermutlich doch noch etwas sagen, oder? Etwas richtigstellen? Auch wenn es unangenehm ist, spucken Sie es aus. Ich werde Ihnen schon nicht den Kopf abreißen. Denken Sie immer daran: Es geht hier nicht nur um einen einfachen Einbruch, es könnte sich auch um Mord, eventuell sogar Doppelmord handeln. Sie müssen mir erzählen, was Sie wissen, sonst machen Sie sich der Behinderung von Ermittlungen schuldig. Und ins Gefängnis wollen Sie doch nicht, oder?"

„Herr Kommissar, ich werde meinen Kollegen bestimmt nicht verpetzen. Am besten, Sie fragen ihn selbst. Den Azubi, meine ich. Bitte verraten Sie ihm nicht, von wem Sie diese Information haben, sonst verliere ich bei allen Mitarbeitern mein Gesicht als Supervisor. Kann ich mich darauf verlassen, dass sie niemandem von meinem Verrat erzählen?"

„Gut! Ja! Versprochen! Schicken Sie mir den neuen Kollegen als nächsten herein."

„Das ist leider nicht möglich. Sie hatten ihn bereits hier zum Verhör. Er ist jetzt bestimmt schon auf dem Weg nach Hause."

Rottenbach wandte sich dem Mann im Hintergrund zu und gab ihm den Auftrag, sofort nach dem Azubi Albert suchen zu lassen und ihn trotz vorgerückter Stunde, hierher zu bringen. Bulic erlaubte er, zurück in den Aufenthaltsraum zu gehen. „Dort halten Sie sich weiter zu unserer Verfügung. Ist das klar? – Es sei denn, Sie sagen mir sofort, was Sie nicht sagen wollten: Die Wahrheit nämlich. Dann dürfen Sie sich in den verdienten Feierabend verabschieden. Also, wie sieht es aus, wollen Sie nach Hause fahren oder wollen Sie lieber hier warten ...und warten, bis ...ich weiß nicht wie lange? Es liegt ganz bei Ihnen."

„Natürlich würde ich gerne nach Hause fahren, Herr Chefkommissar. Ich schlage Ihnen einen Kompromiss vor: Ich verrate Ihnen, was ich weiß, und darf gehen. Sie versprechen mir in die Hand, niemandem zu verraten, woher Sie ihr Wissen haben.“

Rottenbach zögerte. Auf der einen Seite durfte er sich keinesfalls erpressen lassen, auf der anderen war Schnelligkeit der größte Verbündete für einen Ermittler. Er schaltete das Tischmikrofon ab und nickte. Er benötigte diese Information, auch wenn in seinem Kopf sämtliche Warnlampen begannen zu leuchten.

„Wirklich? Fest versprochen?“

„Versprochen!“

„Gut! Ich vertraue Ihnen. Im hinteren Zimmer von Bekkers Suite fand ich den Generalschlüssel zu allen Hotelräumen. Die seitlich aufgedruckte Nummer verriet mir den Namen des Eigentümers. Er gehört unserem Azubi Albert, ein wirklich netter Junge, den ich einfach gerne leiden mag. Ich steckte ihn ein, ohne dass mein Chef etwas davon bemerkte. Später gab ich ihn dem noch unerfahrenen Kollegen ohne große Worte zurück. Damit war eigentlich die Sache für mich erledigt. Jeder vergisst mal was, oder? Sie etwa nicht?“

„Ja, ja, natürlich. Wo ist dieser Schlüssel jetzt?“

„Der müsste im Schrank des Büros sein, in den wir alle unsere Schlüssel hängen, bevor wir gehen. Dort ist jeder einzelne mit einem speziellen Code gesichert. Mit nach Hause nehmen dürfen wir ihn nicht. Jetzt gehe ich. Tschüss!“

Per Smartphone bestellte der Polizeidirektor einen Mitarbeiter der SPUSI noch einmal ins Hotel. Er sollte von sämtlichen Generalschlüsseln des Hotelpersonals die Fingerabdrücke nehmen.

Wahrscheinlich nur ein Strohhalm, aber irgendwie musste nachgewiesen werden, dass der Azubi seinen Schlüssel verschlampt, der Einbrecher ihn gefunden und damit quasi ungehinderten Zugang zu allen Gästezimmern hatte. Somit wäre auch geklärt, wieso keinerlei Einbruchsspuren zu finden waren. Wenn ihn ein Fremder in der Hand hatte, mussten noch Spuren von ihm darauf zu finden sein. Trotz vorgerückter Stunde beorderte er seinen Stellvertreter, EKHK Ernst Ludwig, ins Hotel nach Kranichstein. Es durfte keine Zeit verloren gehen.

In kurzen Worten erläuterte er ihm den neuen Sachverhalt:

„Wahrscheinlich müssen wir die \`Bekker-Bande´ noch einmal wecken und erneut verhören. Dabei benötige ich Ihre Erfahrung und Hilfe. Wie erklären Sie sich, dass die Schlüsselkarte im letzten Raum vom Einbrecher bewusst liegengelassen wurde. Ist das eventuell ein Fingerzeig für uns, ein Hinweis? Denken Sie darüber nach. Ich habe mir über diese Frage bereits den Kopf zermartert, bin aber zu keiner logischen Schlussfolgerung gekommen. Vielleicht haben Sie ja die rettende Idee."

Wer traut wem?

Azubi Albert hatten die Kollegen von der Streife schnell ausfindig gemacht und direkt ins Hotel zurückgefahren. Irritiert fragte er immer wieder, warum er um diese Uhrzeit unbedingt noch einmal ins Hotel zurück müsse. Er bekam keine Antwort. Erst PD Rottenbach klärte ihn auf: „Sie haben uns einen wichtigen Punkt verheimlicht, oder uns wissentlich belogen. Ja? Überlegen Sie gut! Wir haben nämlich einen Zeugen, der aussagen wird, dass Sie Ihren Generalschlüssel verloren hatten, stimmt das? Sie zögern noch? Ja? – Nein? Was nun? Das ist eine dermaßen wichtige Sache, dass Sie sie uns unbedingt schon während ihrer ersten Befragung hätten sagen müssen, genau genommen sogar unaufgefordert. Ist das klar?“

„Ja, ich weiß, ...aber ich...“

Er begann zu weinen. Das ärgerte Ludwig, der forsch das Gespräch an sich riss.

„Sie sind ein junger Mann mit wahrscheinlich großer Zukunft. Geben Sie es doch zu. Jeder verliert mal was. Also, lieber jetzt als gleich. Und hören Sie endlich mit dem Flennen auf!“

Doch dem jungen Mann liefen weiter die Tränen an den Wangen herunter. Ludwig reichte ihm ein Papiertaschentuch. Er bedankte sich, wischte grob das Feuchte aus den Augen und begann stammelnd zu erzählen:

„Ich weiß, ich habe Mist gebaut. Wissen Sie, der Herr Bekker ist immer so nett zu mir, gab mir auch hie und da schon mal Trinkgeld und so. Und da hat er mich gestern gefragt, ob ich ihm meinen Generalschlüssel mal kurz leihen könnte. Er würde mir auch eine Leihgebühr von einhundert Euro dafür geben. Das ist viel Geld für einen Azubi wie mich. Er wollte ihn mir noch am gleichen Tag in seine Suite legen, auf den Beistelltisch im Nebenzimmer unter dem Lampenfuß. Doch dort suchte ich ihn zur vereinbarten Zeit vergebens. Bitte, bitte, sagen Sie nichts davon meinem Chef. – Woher haben Sie eigentlich von meinem Deal erfahren? Davon wusste niemand. Bulic glaubt, ich hätte ihn genau an dem bewussten Ort aus Versehen liegen gelassen und gab ihn mir zurück. War er es?“

„Herr Albert, ich darf Sie doch so nennen, das tut jetzt nichts zur Sache. Ich danke Ihnen sehr für Ihre Ehrlichkeit und werde Ihr Vergehen geheim halten, solange es möglich ist. Fest versprechen kann ich allerdings nichts. Wie kamen Sie eigentlich ohne eigenen Schlüssel in die Zimmer zum Aufräumen?“

„Das geht, weil wir den Service zu zweit erledigen. Meine Kollegin benutzte heute ihren Öffner. Wenn ich allein bin, klopfe ich an und melde mich mit `Room-Service´. Wenn jemand im Raum ist, wird mir geöffnet. Auch das kurzzeitige Ausleihen bei einem Kollegen oder bei einer Kollegin ist fast schon tägliche Praxis. Man benötigt nicht immer einen eigenen Schlüssel. Verstehen Sie?“

Ludwig nickte nachdenklich. Er stellte sich einen munteren Schlüsseltausch vor, eigentlich verboten, aber, es ist nun mal so, wie es ist.

„Sie dürfen nach Hause gehen.“

Der SPUSI-Kollege kam ziemlich schnell zu einem Ergebnis. Auf jeder Plastikschlüsselkarte befanden sich zumindest zwei, manchmal drei, verschiedene Fingerabdrücke. Auf der des Azubis waren es sogar vier. Einer von ihm selbst, der zweite von Bulic, der dritte von einem Zimmermädchen und der vierte von einem Unbekannten. Dieser wurde zum Teil durch einen von Albert verdeckt, der den Generalschlüssel als letzter in der Hand gehabt haben musste, als er ihn ordnungsgemäß in den Schrank hängte. Glücklicherweise war er für die fällige Abfrage noch verwertbar.

Rottenbach drängte auf eine schnelle Klärung, bevor er sich verabschiedete. Ludwig fuhr hinter dem Mitarbeiter von der SPUSI zurück ins Präsidium. Neugierig folgte er ihm ins Labor, wo dieser mit Hilfe mehrerer Kriminaltechnik-Systeme sofort eine große Vergleichsprüfung startete.

„Jetzt muss einfach etwas Verwertbares dabei herauskommen, nach so vielen Fehlversuchen“ dachte er. Leider gab es wieder keinen

Treffer im System. Also: „No match“, wie gehabt. Der schon früher als besonders pfiffig aufgefallene Kollege Emil Karus hatte sich frühzeitig wortlos in sein Zimmer zurückgezogen. Vorher schickte er noch eine Kopie des Teilabdrucks auf seinen Computer. Als die Anwesenden schon resigniert aufgeben wollten, erschien er mit einem breiten Grinsen im Gesicht.

„Hallo, Leute, ich hab`s mir gleich gedacht, dass ihr in unseren Karteien nichts findet. Deshalb griff ich auf die Polizei aus Kapstadt zurück, die mir Fingerprints von mehreren Personen zusandten, darunter die von Willem Bekker, die von einem Steinkünstler und die von Abraham Lincoln, der, wie Ihr alle....“

„Jetzt reicht`s! Los, sag´ uns endlich das Ergebnis! Wir platzen geradezu vor Neugier. Zu wem gehört dieser Abdruck?“

„Langsam, langsam, Kollegen. Diesen Moment will ich auskosten. Mit einer mehr als achtundachtzig prozentigen Wahrscheinlichkeit gehört er... na? Wem wohl? Hä? Natürlich ... Traraaa, diesem Abraham Lincoln, genannt ALi. Er muss sich demnach in Deutschland aufhalten. Toll, einfach prima, findet ihr nicht auch?“

Verdutzt und etwas ungläubig sahen sich die Beamten gegenseitig an. Wenn das Ergebnis richtig war, müssten sie alle bisherigen Untersuchungen neu überdenken. Dann käme er eventuell auch als potenzieller Mörder von zumindest einem der Toten in Frage und nicht Bekker. Trotz später Stunde rief Ludwig sofort bei seinem Chef an. Der murrte deutlich hörbar über die mitternächtliche Störung, war aber sofort hellwach als er den Grund des Anrufs erfuhr. Obwohl jetzt mehr denn je Schnelligkeit gefragt war, forderte er Ludwig auf, alle noch anwesenden Mitarbeiter nach Hause zu schicken und beraumte über den speziell eingerichteten Smartphone-Sammelruf ein Treffen für den morgigen Tag um acht Uhr an. Was er jetzt mehr als alles andere brauchte, waren möglichst gut ausgeruhte, hellwache Mitarbeiter mit scharfem Verstand. An Einschlafen war für ihn selbst nicht zu denken. Diese Information hatte sein Kopfkino dermaßen in Gang gesetzt, dass er sich nur ungestüm im Bett umher wälzte. Sein Kopf war hellwach. In seinem Gehirn schossen die Gedanken nur so durch die grauen Zellen und formten die absurdesten Lösungsansätze. Wenn dies, dann das ...oder doch nicht, vielleicht gerade dann wäre das..., aber niemals...Naja! Und immer so weiter und so weiter durch die Nacht. Kein Schlaf und folglich am Morgen viel starken, schwarzen Kaffee ohne Milch und ohne Zucker.

Noch bevor die Mitarbeiter der SOKO im Präsidium pünktlich zu ihrer täglichen Arbeit erschienen, stand Rottenbach in seinem Büro vor der großen Übersichtstafel mit einem aufgeschlagenen Aktenordner in der Hand. Er sog förmlich alle ihm eigentlich schon bekannten Informationen zu Abraham Lincoln erneut in sich auf. Kurz und schnell wollte er sämtliche Punkte in der gleich folgenden Besprechung abhandeln, und keine Zeit mit langen Reden verplempern. Müde, aber konzentriert, ging er in den Konferenzraum, wo man bereits auf ihn wartete.

„Meine Damen und Herren, wer von Ihnen hat mit dieser unerwarteten Entwicklung gerechnet. Ich jedenfalls nicht. ALi ist ein schlimmer Finger, um einmal das Wort Verbrecher nicht zu nutzen. Denunziationen, schwere Körperverletzungen, Diebstähle und Erpressungen gehören zu seinem Leben wie Essen und Trinken. Dabei erwischt wurde er bisher nie. Nachweisversuche unserer südafrikanischen Kollegen verpufften unter den Worten von gewieften Paragrafenreitern. Ihn vertraten immer nur die Besten.
Ich würde gerne beweisen, natürlich mit Ihrer Hilfe, dass wir besser sind als sie. Das jedoch wird schwer werden. Dieser durchtriebene Mensch läuft hier einfach zwischen uns herum und wir haben nichts von ihm bemerkt. Vielleicht hat er sich auch zwischenzeitlich eine neue Identität zugelegt und/oder mit Hilfe einer kosmetischen

Operation so verwandelt, dass er nicht mehr aussieht wie auf dem alten Polizeifoto. Ganz egal: Wir kommen ihm auf die Schliche! – Das ist unser aller Job, nicht wahr? Wir kämpfen erfolgreich bis zum Umfallen und lassen uns nicht entmutigen“

Dem anschließenden halblauten Gemurmel der Anwesenden ließ sich unschwer entnehmen, dass die meisten ihrem Chef zustimmten. Rottenbach blickte zufrieden in die Runde. Ein besonders Eifriger rief noch laut, bevor er den Raum verließ:

„Los geht`s Leute. Wir sind schon mit ganz anderen schwierigen Fragestellungen fertig geworden. Den schnappen wir uns.“

Rottenbach war, trotz der von seinen Mitarbeitern begeistert angekündigten Aktivitäten, mit sich selbst unzufrieden. Er hatte niemandem Anhaltspunkte zum gezielten Start der neuen Ermittlungen gegeben. Wahrscheinlich machen jetzt alle das Gleiche, also alles doppelt und dreifach, was einer Zeitverschwendung gleichkommt. Er wollte indes keine weitere Verwirrung stiften und beließ es bei dem von ihm selbst verursachten Manko.

Schließlich hatte er die erfahrensten Kriminalbeamten aus dem Großraum Darmstadt für die SOKO ausgewählt, die locker damit umgehen konnten. Sein Interesse galt jetzt der Frage nach dem Berliner Juwelier, der immer noch nicht aufgetaucht war. Er rief sicherheitshalber noch einmal im Hotel an. Keine Änderung, außer dass die SPUSI in den Augen von Hoteldirektor Eisen schon wieder den Betriebsablauf im Hotel störte. Sie suchte mit drei Mann in den durchwühlten Räumen gezielt nach weiteren Fingerabdrücken von ALi. Diese ungebetenen Besucher ärgerten Eisen sehr. Sie behinderten das ansonsten perfekte Tagesgeschehen im Hotel.
Nachdem er Rottenbach wieder einmal diese unabwendbare Gegebenheit ausführlich erklärt hatte, ließ er endlich die Dame von der Rezeption die telefonische Verbindung zu Bekkers Zimmer

herstellen: „Guten Morgen, Mijnheer! Können Sie mir jetzt hier am Telefon ein paar Auskünfte über Ihren Schuldner aus Berlin, Paul Emil Ziller, genannt Paule, geben? Er ist noch immer verschwunden. Sie kennen sich schon lange, sind wahrscheinlich sogar Freunde. Was können Sie mir über ihn erzählen?“

„Ja, wo fange ich an. Wir lernten uns in Kapstadt kennen, wo er nach seinem Berliner Studium der Medizin gelandet war, um sich als freier Gynäkologe zu verwirklichen, was immer er damit gemeint haben mag. Auf den verschiedensten Veranstaltungen, meist karitativen, sahen wir uns häufig, redeten miteinander und fanden uns gegenseitig gut, segelten gewissermaßen auf einer Wellenlänge. Man muss sich das Ganze so vorstellen: Arzt aus Deutschland, weißer Anzug mit offenem Hemd, der in einem teuren, weißen Cabrio mit knallblauen Sitzen vorfährt und souverän auftritt. Das gefiel mir. Schließlich trafen wir uns auch schon mal privat, einmal sogar mit unseren Frauen zum Abendessen an der `Waterfront´. Jedes Mal wollte er möglichst viel über meine Geschäfte erfahren. Schnell wurde mir klar, dass meine Art zu leben sehr gut zu seiner Vorstellung von Selbstverwirklichung passte. Schließlich bot er sich als mein Kompagnon an, was ich ablehnte. Doch er blieb stur. Das ist er übrigens heute noch. Ein Jahr später hatte er seinen eigenen `Laden für Edelsteine´. Er nannte ihn `Gem Shop´, abgekürzt `GS´. In Wirklichkeit war es nur ein winziges, gut verstecktes Büro im hinteren Teil einer Lagerhalle am Rande von Kapstadt. Okay! Eines Tages bat er mich um eine finanzielle Spritze, weil er `vorübergehend außer Form´ wäre. Ich gab ihm Fünfzigtausend, wenig später die gleiche Summe noch einmal. Das genaue Datum können Sie den Schuldscheinen entnehmen, die ich damals auf seinen besonderen Wunsch stückelte.
Mehr gibt es eigentlich dazu nicht zu sagen. Wie gut, dass ich die Transaktionen schriftlich festgehalten hatte, denn kurz darauf war der liebe Herr Ziller verschwunden, ohne sich bei mir oder sonst wem abzumelden.“

„Lassen Sie mich raten. Er flog nach Deutschland und machte hier einen Juwelierladen auf. Stimmt`s?“

„Herr Direktor, das war nun kein schweres Rätsel. Trotzdem hatte ich damals diese Eingebung nicht. Deshalb bemühte ich einen Privatdetektiv, der mich einige Tausend Rand kostete. Er fand Paul Emil Zillers Adresse schließlich in Berlin ganz einfach im Telefonverzeichnis. Ich rief ihn an. Er wirkte sehr hektisch und vertröstete mich auf seinen Rückruf, der tatsächlich am nächsten Tag stattfand. Zu dem von mir geliehenen Geld fiel kein Wort. Das ist jetzt schon mindestens sechs Jahre her. Mit großer Regelmäßigkeit versprach er mir seitdem, die Hunderttausend auf einen Schlag samt Zinsen zurückzuzahlen. Sie verstehen? Jahr um Jahr dasselbe. Jedes Mal erhöhte ich die Zinsen, doch das schien ihm egal zu sein. Schließlich beliefen sie sich auf Zwanzigtausend Euro. Als ich ihn vor etwa einem halben Jahr zur Edelsteinbörse einlud, sagte er fast schon beglückt zu. Diesen Eindruck vermittelte er mir am Telefon. Ich sah förmlich, wie er sich freute. Er versprach mir noch, die ganze Summe in bar mitzubringen, um endlich seine Schulden loszuwerden. Aber, wie Sie wissen: Pustekuchen! Zehntausend gab er mir vorgestern mit dem Hinweis, `den kleinen Rest bis zum nächsten Montag nachzureichen´. Woher das Geld kommen würde, verriet er mir nicht. Ich bin sicher, er hatte es in seinem Reisegepäck, wollte mich nur mit seiner Hinhaltetaktik ärgern, weil ich auf den von ihm selbst verschuldeten Aufschlägen bestand. – Jetzt Okay?“

„Herr Bekker, bitte überlegen Sie mit mir gemeinsam, wo Ziller abgeblieben sein könnte. Meine Leute haben genau hingesehen: In seinem vor dem Einbruch fest verschlossenen Safe befanden sich keine Hinweise auf Wertgegenstände oder Bares. Ist er eventuell mit seinem Geld verschwunden, um nicht an Sie zahlen zu müssen? Oder hatte er, entgegen Ihrer Vermutungen, überhaupt kein Geld mitgebracht? Dass der oder die Einbrecher den Geldschrank geleert haben könnten, erscheint mir sehr unwahrscheinlich, ist aber möglich. Was meinen Sie?“

„Wenn ich das wüsste. Komisch finde ich nur, dass er selbst per Smartphone schon seit vorgestern Nacht nicht zu erreichen ist. Er nickte mir freundlich zu, als er aufstand, um noch vor dem Dessert das Dinner zu verlassen, nicht so wie jemand, der sich auf Nimmerwiedersehen verabschiedet. Ich befürchte, ihm ist etwas Schlimmes zugestoßen.“

„Ja, da bin ich ausnahmsweise einmal Ihrer Meinung. Ich lasse ihn zur Fahndung ausschreiben. Fragen Sie bitte bei Ihren anderen Freunden nach, ob ihn jemand gesehen hat und wann. Dann teilen Sie mir umgehend das Resultat mit. Wir sind auf Mithilfe angewiesen, sagen Sie das jedem von ihnen. Tschüss!“

Fahndungen

Fahndungen sind für polizeiliche Ermittler eine Selbstverständlichkeit. Sie umfassen alle Maßnahmen und Einrichtungen zur planmäßigen und gezielten Suche nach Personen und Sachen im Rahmen einer Strafverfolgung. Sie dienen der Aufklärung von Straftaten, sowie zum Schutz der öffentlichen Sicherheit und Ordnung. Bevor das gesuchte Individuum ausgeschrieben wird, werden die Fahndungslisten des BKA und manchmal auch die von Europol ganz genau unter die Lupe genommen. In der ersten sind die Daten der meistgesuchten Personen von Deutschland aufgelistet, in der anderen die von ehemaligen und heutigen Verdächtigen aus ganz Europa. Für Rottenbach ging es heute darum, möglichst schnell eine lokale Fahndung für den Berliner Juwelier, Paul Emil Ziller, einzuleiten. Danach hatte er vor, auch den

Südafrikaner ALi ausschreiben zu lassen. Diesen Auftrag wollte er an Interpol übergeben. Beide Vorgänge sind für ihn Routinearbeit.

Jedes Mal, wenn er formulierte: „Wer sachdienliche Hinweise zur Identität des Gesuchten geben kann, wende sich bitte an das Polizeipräsidium Südhessen, oder eine andere polizeiliche Dienstelle", musste er schmunzeln, weil er immer an die Nadel im Heuhaufen dachte. So war es auch in diesen beiden Fällen. Ein dritter Fahndungsaufruf stand noch aus. Wenn die Spezialisten nur endlich das Gesicht der Wasserleiche aus dem Backhausteich fototechnisch verwertbar rekonstruiert hätten. Für den Toten aus der Steinskulptur, das war inzwischen eindeutig geklärt, konnte leider ein vergleichbares Vorgehen nicht durchgeführt werden. Sein Verwesungsgrad war schon zu sehr fortgeschritten. Insgeheim war man zuerst davon ausgegangen, dass aufgrund des relativen Vakuums im Innern des Kunstwerkes, die Fäulnisentwicklung gehemmt worden wäre. Doch leider gibt es für einen solchen oder einen ähnlichen Aufbewahrungsort keine Vergleichsdaten. Keiner konnte somit einigermaßen genau sagen, seit wann die Leiche sich im Stein befand und schon gar nicht, seit wann der bedauernswerte Mensch tot war.

Zufälligerweise ergab sich für Rottenbach eines Abends beim Stammtisch, dass exakt das Thema Verwesung die Runde sehr interessierte. Ein Redakteur hatte es vor einigen Tagen in der Lokalpresse seitenlang diskutiert. Der zum Stammtisch gehörender Mikrobiologe vom „Biologischen Institut der TH-Darmstadt" entpuppte sich als perfekter Ansprechpartner. Er erklärte: „Fäulnis ist eigentlich ein aerober Prozess, das heißt, er benötigt Sauerstoff. Das wissen die Fachleute aus eurer Gerichtsmedizin. Die Gewebeauflösung beginnt demnach auf der Körperoberfläche. Ein Leichnam wird deswegen langsam lila und dann später schwarz. Totale Verwesung in der Erde, außer Knochen, dauert etwa ein bis zwei Jahre.

Der Fäulnisprozess startet, parallel zur Haut, im Darm. Die Bakterien dort sind selbst nach dem Tod noch aktiv. Statt jedoch Nahrung im Darm zu verdauen, beginnen sie, die organischen Verbindungen in den körpereigenen Zellen zu zersetzen. Komischerweise werden die Adern unter der Haut zu Beginn dadurch grünlich. Fazit: Fäulnis und Verwesung überlagern sich bei einem Leichnam einfach, auch wenn nur wenig Luft existiert und bewirken auf diese Weise einen gründlichen Zerfall der verschiedenen Gewebe. Das erschwert eine saubere Untersuchung immens. Meines Wissens gibt es keine richtig guten Vergleichsdaten unter fehlendem Sauerstoff. Man ist demnach mehr oder weniger auf Spekulationen angewiesen, oder, besser gesagt, man nutzt eine dieser speziellen Situation angepasste Arbeitshypothese. Mehr zum Thema weiß ich so aus dem Stehgreif nicht. Ich hoffe, ihr habt diesen biologischen Vorgang trotzdem einigermaßen verstanden.“

Man bedankte sich für seine Ausführungen mit heftigem Klopfen auf den Wirtshaustisch. – Dass die Rechtsmedizin unter Missachtung aller Probleme mit allen Mitteln versuchte, möglichst viele Fakten zu retten, wurde unterstrichen durch einen persönlichen Anruf von Dr. Zeil, dem Chef der Abteilung. Er konnte seinem Freund Dieter berichten, dass seine Mitarbeiter in diesem zum Teil sehr verfaulten Körper unerwartet eine ziemliche Menge Alkohol nachweisen konnten.

„Das bedeutet für deine Ermittlungen: Der Ermordete war sicher etwas benebelt, vielleicht sogar eingeschränkt in seiner Bewegung, bevor man ihn hinrichtete. Du verstehst? Mit Rohypnol zum Beispiel, einem starken Schlafmittel, auch bekannt als KO-Tropfen, hätte er nicht mehr fahren können. Schon bei vier Milligramm im Blut wäre er umgefallen. Von dem Teufelszeug dieser Art konnten wir keine Reste finden. Wir suchen weiter nach Besonderheiten und du lieferst mir gleich Morgen in der Früh den Mörder! Ha, ha! Witz, Witz!“

Zur Ermittlung des Aufenthaltsortes von Abraham Lincoln, genannt ALi, wurde das miserable Foto verteilt, das die Kollegen aus Kapstadt gemailt hatten. Es gab nur dieses eine von ihm. Jeder musste es nutzen, um den Flüchtigen ausfindig zu machen. Für alle verblüffend ging bereits kurz nach dessen Versand an Europol ein Fax aus Paris bei Rottenbach ein. Ein französischer Kollege mutmaßte, im Flughafen Orly auf seine Spur gestoßen zu sein. Er war sich ziemlich sicher, diesen Mann vor etwa einer Woche am Einreiseschalter abgefertigt zu haben. Die Gendarmerie hatte schon damit begonnen, in und um Paris verstärkt nach ihm zu suchen. In dem fälligen Rückschreiben bedankte sich Rottenbach und unterstrich noch einmal die Wichtigkeit dieser Person für seine Ermittlungen. Schon während er schrieb, begann er zu grübeln:

„Wenn ALi vor etwa sieben Tagen in Paris war, konnte er nichts mit der Wasserleiche zu tun gehabt haben, es sei denn, er wäre schon viel früher mehrmals nach Deutschland ein- und wieder ausgereist. Ja, so musste es gewesen sein. Wie sonst hätte man seine Fingerabdrücke vorgestern im Hotel finden können. Vielleicht bereitet er gerade sein nächstes Verbrechen vor? – Oder hatte er mit dem Verschwinden von Paule zu tun? Dann hätten sich beide am Abend des Dinners, zu dem Bekker eingeladen hatte, noch treffen müssen. Weshalb sonst ging er bereits vor dem Dessert. Jetzt ist mir der Zeitstrahl klar.“

Um seinen neuen Gedankengang zu diskutieren und um sich ein wenig abzulenken, ging er zu seinem Stellvertreter Ludwig. Dieser schien schon auf ihn gewartet zu haben und empfing ihn mit den Worten: „Es geht voran, Chef. Stellen Sie sich vor, Ziller, der Juwelier aus Berlin, liegt in Frankfurt in der Uniklinik und ist derzeit nicht vernehmungsfähig. Irgendjemand hat ihn aufs Übelste zugerichtet. Es ist ein Wunder, dass er überhaupt noch lebt. Der Hund eines zufällig vorbeigehenden Spaziergängers witterte das Blut, das sein Gesicht überströmte und bis zu Unkenntlichkeit maskierte. Er lag in einem verwilderten Waldstück im hohen Gras nördlich der Autobahnraststätte Gräfenhausen Ost. Ohne diesen Hund würde er heute noch dort liegen und wäre wahrscheinlich tot."

„Weiß man, wie er dorthin gelangte? Von Kranichstein aus fährt man eher selten an diesen Ort. – Was sagen die Ärzte? Wird er wieder?"

„Die Ärzte sagten ja! Innere Organe wurden nicht lebensbedrohlich verletzt. Sicher ist, dass er nicht aus einem fahrenden Wagen geworfen wurde. Dafür lag er zu weit weg vom Seitenstreifen der Autobahn. Der Fahrer hatte wohl an einer Notrufsäule angehalten und einen Anruf vorgetäuscht. In Wirklichkeit aber muss er den Verletzten unter der Leitplanke hindurch in den Wald gezogen haben. Die Autobahnpolizisten fanden eindeutige Schleifspuren. Der Fundort ist somit sicher nicht der Tatort. Nach dem suchen wir jetzt unter anderem auch im Park des Jagdschlosses. Man fand unter seinem Körper nur wenig geronnenes Blut. Ich gehe davon aus, der Täter hielt ihn für tot. Wenn er erfährt, dass er sich geirrt hat, wird er bestimmt versuchen, seinen Fehler zu korrigieren. Wir sollten einen Polizisten zur Bewachung von Ziller vor seiner Tür im Krankenhaus postieren?"

„Einverstanden. Sofort veranlassen!" Noch während EKHK Ludwig zum Telefon griff, um die Anweisung auszuführen, fing PD Rottenbach an, in bekannter Manier, laut vor sich hin zu überlegen:

„Die Fahndung nach ALi führte vergleichsweise schnell zu einem Teilerfolg. Hm... Ja! Ein Pariser Polizeikollege glaubt, ihn vor etwa einer Woche bei der Einreise am Flughafen Orly gesehen zu haben. Leider erinnert er sich nicht mehr an den Namen in seinem Pass. Abraham Lincoln hieß er aber bestimmt nicht. Das wäre ihm aufgefallen. Die französische Polizei sucht nach ihm. Mal abwarten, ob sie ihn finden. Auch wir müssen unsere Treibjagd nach ihm intensivieren. Wenn er vor zwei Tagen im Hotel Jagdschloss

Kranichstein war, wie die Fingerprints beweisen, dann hält er sich wahrscheinlich noch im Umkreis von Darmstadt auf. Befragen wir doch mal die Portiers der einschlägigen Hotels hier in der Gegend. Wir müssen ihnen sein Bild aus Kapstadt zeigen, denn seinen wahren Namen wird er beim Einchecken sicher nicht preisgegeben haben. Er ist viel zu auffällig. Ich schlage vor, die Oberkommissare Kraft und Mehl beginnen sofort mit der Tour. Sie kennen sich im Darmstädter Raum bestens aus, sind überhaupt zwei ziemlich gute Leute. Los, jetzt gleich!"

„Gute Idee, Mehl stammt nämlich aus Darmstadt, kennt somit die Hotels und andere in Frage kommende Lokalitäten bestens. Na die werden sich freuen, ha, ha!"

Rottenbach hörte nicht hin, denn er entwickelte bereits seine Gedanken weiter.

„Doch, was könnte er in den drei Zimmern im Jagdschloss gesucht haben? Gehen Sie mit einem Kollegen der SPUSI noch einmal die versiegelten Zimmer durch. Sollten sie nichts Belastendes mehr finden, können Sie Bekker und van Mol ihre Zimmer zurückgeben. Das von Ziller bleibt gesperrt. Die anderen interessieren uns nicht weiter. Es wäre für unsere Erfolgsbilanz einfach wichtig, wenn wir auch ohne die Hilfe von \`Paule´ (O-Ton Bekker) herausfinden würden, warum diese Einbrüche getätigt wurden. Im Edelsteingeschäft kenne ich mich nicht aus, kann mir aber gut vorstellen, dass ein Schmuggel dieser Klunker nur Sinn ergibt, wenn sie von hohem Wert sind. Um genau solche muss es sich in unserem Fall handeln. Es wurden schließlich Menschen dafür ermordet. Ich behaupte nach wie vor, dass es bei den Gräueltaten um außerordentlich viel bares Geld, oder um sehr teuren Schmuck ging. Und was denken Sie, Ludwig?"

„Das glaube ich inzwischen auch. Allerdings steht die Frage weiter im Raum, um wessen Geld es sich handelt. Bekker fällt für mich aus. Er sagte uns die Wahrheit, weil er sauber bleiben will, beziehungsweise muss, um unbelastet in Deutschland seinen Geschäften nachgehen und die Skulpturen verkaufen zu können. Dem Holländer hat man angeblich nichts gestohlen. Er ist auf eine für mich nicht verstehbare Weise irgendwie von gar nichts betroffen. Hat er denn keine Achillesferse? Ihn sollten wir uns noch einmal vornehmen. Warum ist er hier? Bestimmt nicht nur, weil Bekker ihn einlud. Es muss noch einen anderen Grund dafür geben. Ich werde jetzt gleich seine Geschäftsdaten noch einmal genau unter die Lupe nehmen und die SOKO alleine ins Hotel fahren lassen. – Den Berliner haben wir ja schon im Visier. Er ist eigentlich prädestiniert dafür, die Rolle des geborenen Gauners zu spielen. Ich würde gerne dabei sein, wenn Sie ihn zum ersten Mal befragen."

„Ja, natürlich! `Paule´ - der Name gefällt mir einfach - ist als studierter Arzt ein von oben kommender, dann abgesunkener und heute wieder ein nach oben strebender respektabler Unternehmer, zumindest aus der Entfernung betrachtet. Er handelt nicht mit Killerdrogen oder Waffen, sondern mit legalisierter, hochwertiger Ware, mit Juwelen und Edelsteinen. Seine Geldgeschäfte sind trotzdem etwas undurchsichtig. Aber, dass er unbedingt nach oben will, ist offensichtlich. Wie viel wäre er bereit, für seinen Aufstieg zu einem Mitglied der oberen Gesellschaft zu tun?"

„Chef, Sie erinnern sich? Unsere Ermittlungen ergaben, dass er in Südafrika nicht von selbst auf die Idee kam, sich neu zu orientieren. Er betrieb illegale Abtreibungen gegen Cash, sinnigerweise in einer stillgelegten Metzgerei und wurde erwischt. Inwieweit er auch einige Gestalten der Unterwelt von lästigem Blei befreite, ist nicht sicher zu beantworten. Ich vermute, er tat beides, gut getarnt unter dem Deckmantel seiner Frauen-Praxis. So kam er zu Geld und konnte sich offiziell ins Edelsteingeschäft einkaufen. Dieser Berufswechsel wurde nötig, weil man ihn als Gynäkologe rechtskräftig verurteilt hatte. Er darf als Arzt im Süden Afrikas nicht mehr praktizieren. Ob dieses Verbot auch in Deutschland gilt, werde ich ziemlich bald herausgefunden haben. Weil es ihm in Kapstadt zu heiß wurde, lieh er sich Geld von Bekker, der von seinen kriminellen, medizinischen Machenschaften wahrscheinlich nichts wusste. Eine von uns durchgeführte Überprüfung seines Bankkontos ergab, dass seine Aktivitäten in Berlin bis heute niemals so wirklich viel Geld abwarfen. Sein Konto steht aktuell im Minus. Die Rückzahlung des Kredits für sein Haus frisst fast die gesamten Mieteinnahmen auf. Das Finanzamt erledigt dann den Rest. Sein Gesamtvermögen ist überschaubar: Altbau in Ostberlin mit seinem Laden, seiner Wohnung und drei Mietparteien. Ein Zweitkonto oder Aktienpakete haben wir nicht gefunden. Etwas Ähnliches müsste er aber besitzen. Wovon sonst könnte er seine hundertzwanzigtausend Euro jetzt zurückzahlen, frage ich Sie?“

„Ich verstehe: Sie meinen er hat mit der Leiche im Steinkleid etwas zu tun, kassierte dafür ab? Hm, Hm.... Dann müsste er von der Ankunftszeit Bekkers und seiner Ware gewusst haben. Hm... Ich weiß nicht recht. Außerdem scheint er mir nicht geeignet für einen Auftragsmord mit einer Pistole. Als ehemaliger Arzt hätte er die Leiche wahrscheinlich eher vergiftet. Besitzt er überhaupt einen Waffenschein? Für ihn als Mörder spricht allerdings, dass er das Opfer vorher mit Alkohol etwas in seiner Bewegungsfähigkeit einschränkte und die beiden Schüsse an der optimalen Stelle platzierte. In der Anatomie kennt er sich aus. Von einem Mediziner hätte ich allerdings angenommen, dass er ein richtiges Medikament zur Betäubung benutzt und nicht nur dem Alkohol vertraut. Etwas Ähnliches vermutete übrigens auch der Chef der Rechtsmedizin. Komisch, dass er den Mann erschoss, ohne ein echtes Schlaf- oder Beruhigungsmittel einzusetzen. Passt nicht so ganz, oder? Andererseits, wer weiß schon, wozu ein Mensch fähig ist, dem das Wasser bis zum Hals steht?“

„Mag sein, dass ich mich da in was verrenne. Aber wir haben noch unseren `fliegenden Holländer´. Er flog von Amsterdam nach Frankfurt und fuhr dann mit dem Taxi weiter nach Darmstadt. Vorher gab es unseres Wissens keine Besuche von ihm im Lieblingsland der Wohnwagenbenutzer. Ich habe gerade erst in dem Bericht eines Kollegen gelesen, dass Hendrik van Mol es zu einem beträchtlichen Wohlstand gebracht hat. Seine Bankauszüge belegen das eindeutig. Er trinkt und sammelt über tausend Euro teure Whiskys, gleich, ob sie in Schottland, Irland, Japan oder Amerika hergestellt wurden. Er scheint an die Übersetzung des Wortes Whisky zu glauben, (mit oder ohne `e´ ist egal). Es bedeutet so viel wie Lebenswasser. Außerdem betreibt er auf großflächigen Wiesen in Flevoland eine Zucht der überaus wertvollen japanischen Wagyu-Rinder. Er hat es im Leben zu etwas gebracht, wie man so schön bei uns sagt. Freizeitgestaltung ist seine Hauptbeschäftigung oder wie die Holländer sagen: er pflegt das `Niksen´, das süße Nichtstun. Eine schöne Lautmalerei, die in unserer Sprache fehlt. Warum sollte einer wie er das alles aufs Spiel setzen? Jetzt müsste ich eigentlich nicht mehr nachforschen. Wir können ihn außen vorlassen. Er scheint in jeder Hinsicht untadelig zu sein. Ich habe aber so eine Ahnung, ein Bauchgefühl, wissen Sie?! Deshalb werde ich doch noch einmal nachbohren."

„Gute Idee! Die ersten Informationen von ihm in allen Ehren. Vielleicht sind sie nicht komplett, spiegeln ihn nicht wirklich wieder. Wir durchleuchten ihn noch einmal, insbesondere im Hinblick auf größere Geldbewegungen in den letzten drei Monaten. Vergessen Sie bitte nicht: Die zwei Morde waren genau geplant und sind sicher keine Affekthandlungen. Auch die bösartigen, schweren Verletzungen von Herrn Ziller geschahen mit Vorsatz. Sollten Sie Recht haben, dann hatte man aber keinen erneuten, dann dritten Mord vorgesehen. Welcher Anlass rechtfertigt zweieinhalb Morde? Wie immer: Geld? ...oder vielleicht doch Liebe? Um eine Machtfrage kann es nach allem, was wir bisher wissen, keinesfalls gehen. Es könnte aber auch sein, dass wir auf einer völlig falschen Spur sind. Nein, nein! Geld oder Liebe, das bleibt für mich die Gretchenfrage. Eines von beiden ist in den meisten Kriminal-Fällen das Motiv für ein Verbrechen.

Teilerfolge

Wieder einmal war es ein Mitarbeiter der Rechtsmedizin, der dem Leiter der SOKO seine neuesten Erkenntnisse zur Leiche aus dem Backhausteich persönlich vorbeibrachte. In ihr wurden winzige Reste von bereits abgebautem Rohypnol gefunden. Das nährte die Wahrscheinlichkeit, dass vielleicht doch in beiden Fällen derselbe Mörder aktiv war. Um diese Frage zu klären, bestellte Frau Schöffele im Auftrag ihres Chefs die Herren Liesegang, Kullmann und Ludwig ins Chefbüro.

„Meine Herren, sagen Sie mir, dass Sie Neuigkeiten haben. Wir benötigen dringend zumindest ein paar Teilerfolge. Wie Sie wissen, ist geklärt, dass es sich beim Hersteller der Steinhülle für die erste Leiche und dem Toten aus dem Backhausteich um ein und dieselbe Person handelt. Sie muss sich demnach hier im Jagdschloss oder überhaupt im Großraum Darmstadt aufgehalten haben. Und zwar erst vor ein paar Tagen. Woher stammt diese Person und wie kam sie hierher?“

„Moment, Chef, dazu kann ich etwas sagen.“, warf KOK Kullmann ein. „Die Kollegen von der Streife fanden auf dem Parkplatz der Firma Merck, Darmstadt, einen seit Tagen nicht bewegten, älteren Kombi der Marke Skoda mit einem Kennzeichen aus Kassel, ohne Firmen-Parkschein im Frontfenster. Man vergleicht gerade die Fingerabdrücke. Der Wagen ist zugelassen auf einen Peter Pischkowsky. Wir sollten schon mal davon ausgehen, dass der \`Stein-Schneider´ damit angereist ist und dort ein Treffen mit seinem späteren Mörder hatte. Er wohnt demnach immer noch im Landkreis Kassel. Im Auto befanden sich Kleidungsstücke und Koffer, die auf eine geplante Übernachtung schließen lassen, aber leider keine Papiere."

„Gut, der Hinweis hilft weiter. Weitere Erfolgsmeldungen erwünscht."

Gernot Liesegang meldete sich in der kleinen Runde mit erhobenem Zeigefinger, was die anderen ebenso amüsierte wie seine abgefahrene Theorie zur Sage von der schönen Helena und Troja aus dem griechischen Altertum. Seine Vergleiche auf diesem Gebiet hatten etwas Rührendes.

„Also, ihr Lieben, wir wissen inzwischen, dass die Plane, in die der Seesack mit dem Toten vom Teich eingewickelt war, ebenso wie das Drahtseil in einem hiesigen Baumarkt gekauft wurden. Kollegen fragen gerade nach, ob sich jemand an den Käufer erinnern kann. Ein Strohhalm nur, aber, wer weiß? – Eine Anmerkung noch zu meiner Parallele mit dem Krieg um Troja: Als ich erfuhr, dass Bekker seine Juwelenfreunde wegen der Edelsteinbörse ins Jagdschloss eingeladen hatte, glaubte ich zuerst, sie würden den Kriegern entsprechen, die sich vor Troja versammelten, um die schöne Helena für ihren Mann zu befreien. In Analogie hätten sie ihm demnach helfen sollen, die attraktive Brigitte ins gelobte Südafrika zu entführen, und sei es unter Zwang. Nur dann wäre eine Übereinstimmung beider Geschichten gegeben. Aber nichts dergleichen geschah. Somit ist mein schöner Vergleich gestorben. Immerhin bat Bekker drei Bekannte, den Holländer, die Nachbarin und den Reier, ohne `h´, ihm bei der Vermittlung eines Kontaktes zu seiner Ex behilflich zu sein. – Danke! Das war`s."

„Also, wir warten auf Zeugen aus dem Baumarkt. Das kann es aber noch nicht gewesen sein. Hakt nach! Anderes Thema: Ludwig, wann treffen Sie sich mit diesem Flugkapitän. Er müsste doch längst wieder zu Hause in Kelsterbach sein."

„Stimmt, nur leider flog er via Berlin zurück. Dort wollte er einen alten Freund zum Geburtstag mit seinem Besuch überraschen, wie er mir am Phone erklärte. Ich habe ihn für morgen früh einbestellt."

„Er kommt nach Darmstadt? Freiwillig?"

„Ja, natürlich! Quasi als Gegenleistung für mein Verständnis in Sachen Geburtstag. Er ist an einer schnellen Klärung der Morde interessiert und uneingeschränkt bereit, uns zu helfen. Allerdings frage ich mich, wie er das anstellen will. Er weiß nichts von guten oder bösen Personen im Umfeld seiner Geliebten, rein gar nichts, behauptete er zumindest am Telefon. Ihr Ex-Ehemann interessiert ihn nicht. Er möchte uns lediglich helfen, um seine Geliebte von einer schweren Last zu befreien. Sie soll wieder so unbeschwert werden wie damals, als er sie kennenlernte. Ich werde ihn an seine Absprache mit Willem Bekker und das geplante Treffen in Zürich erinnern. Uns ist immer noch unklar, warum ein Treffen im Ausland nötig war, um ein Gespräch zu führen. Wieso nahm er damals seine Geliebte mit. Wenn die Aussprache so wichtig war, wie Bekker behauptete, dann störte sie einen Versöhnungsprozess mehr als sie hilft. So gesehen, erscheint mir nun doch vorstellbar, dass er etwas zur Wahrheitsfindung beitragen kann. Beide Morde passierten während seiner Abwesenheit. Hat er trotzdem damit zu tun? Wenn er nicht kooperiert, sehe ich mich gezwungen, seine Freundin einzuschalten. Vielleicht hüten diese beiden aber auch gemeinsam ein uns bisher unbekanntes Geheimnis von Bekker. Je gefährlicher es für ihn werden könnte, desto wahrscheinlicher würde, dass er einen von beiden beseitigen muss, ...und das wäre nicht seine Ex. Mit diesen Überlegungen habe ich gerade erst begonnen. Mir fehlen allerdings noch wichtige Fakten."

Kullmann ergriff das Wort: „Ja, Herr Direktor, ich hatte mit drei weiteren Kollegen Beschattungsdienst auf der Edelsteinbörse. Wir mussten acht Personen im Auge behalten. Der Berliner fehlte, wie Sie wissen. Alle waren wir mit Bildern ausgestattet worden. Zwei von uns gehörten am Vorabend zum Bedienungspersonal, kannten die Gesichter demnach besser als wir anderen. Mein Schwerpunkt lag auf der Beobachtung von Willem Bekker. Er traf sich mit einem Unbekannten, der morgens noch mit Oberlippenbart gesehen worden war, mittags aber ohne einen solchen. Ich nehme an, er liebt es, sich zu verkleiden. Die beiden wirkten auf mich sehr vertraut. Um das zu vertuschen, fragte er ihn nach seinem Namen. Der Fremde stellte sich ihm vor als Otto Reier, ohne `h´, aus Basel. Ich habe bereits recherchiert. Dort gibt es niemand mit einem solchen Namen. Ich konnte deutlich hören, wie Bekker ihn bat, ihm bei der Suche nach seiner Ex-Ehefrau zu helfen, die er auf der Börse vermutete. Angeblich verkaufte Bekker ihm vor vielen Jahren einen großen rosafarbenen Klunker, den er eigentlich für seine Frau reserviert hatte. Das müssten damals sehr intensive Verhandlungen gewesen sein. Wie sonst könnte er sich heute noch an Frau Bekker erinnern, frage ich euch? Leider ist er mir nach dem Gespräch entwischt. Wir waren einfach zu wenig Observierer. Da Bekker mit dem Holländer in die eine und Reier, im weißen Hemd und ohne Bärtchen in die andere Richtung ging, konnte ich nicht beiden folgen. Kein Kollege war frei, der mir hätte helfen können. Dass wir unsere Aufgabe überhaupt einigermaßen erledigen konnten, war der Tatsache geschuldet, dass sich vier Gruppen gebildet hatten, die jeweils zu zweit über die Edelsteinbörse schlenderten. Drei `Pärchen´ zeigten sich an jedem Stand sehr anspruchsvoll interessiert, machten hie und da eine Bestellung, waren ansonsten aber unauffällig. Wenn einer von den sechs etwas Kriminelles geplant hatte, dann hat er das geschickt verborgen. Van Mol und Bekker gingen zuerst gemeinsam, später getrennt ihres Weges, wahrscheinlich um nach der schönen Brigitte zu suchen. Für die ausgelegten Edelsteine interessierte sich nicht wirklich. Ab und zu nickten sie einem Bekannten zu oder blieben stehen, tranken ein Glas Schampus und drückten die Hand. Mehrfach hörte ich sie dabei nach Frau Bekker fragen. Sie ist wahrscheinlich in diesen Kreisen sehr bekannt. Das wundert mich nicht, bei dem Aussehen. Wir haben sie allerdings nirgends zu Gesicht bekommen. Vermutlich war sie gar nicht auf der Börse. Am Kartenschalter hatten wir schon beim Betreten der Messe erfahren, dass eine Frau Bekker keine Eintrittskarten vorbestellt hatte. Doch das will nicht viel heißen. Sie könnte ja von jemandem mitgenommen worden sein oder inkognito dort gewesen sein. Tja, viel Aufwand, wenig beziehungsweise gar keinen Ertrag. Leider!"

„Gut! Nein, nicht gut! Was wissen wir über diesen Pischkowsky?"

„Wir lassen seine Identität von einer Kasseler Bürgermeisterei prüfen und haben die dortigen Kollegen der SPUSI in seine Wohnung geschickt. Mal abwarten, was sie zu berichten wissen."

In diesem Moment klingelte das Telefon. Frau Schöffele hatte einen Polizeidirektor namens Schröder aus Kassel an der Strippe. Rottenbach freute sich, den Kollegen sprechen zu können, mit dem er gemeinsam drei Wochen lang den Lehrgang für den gehobenen Polizeidienst absolviert hatte. Beide schätzten sich seitdem sehr, auch ohne intensive Kontaktpflege.

„Halloooo, Hans! Schön mal wieder etwas von dir zu hören. Was gibt`s Neues?"

„Hi, Dieter, das beruht auf Gegenseitigkeit. Leider habe ich nicht genügend Zeit, sonst würde ich gern ein wenig mit dir in alten Erinnerungen schwelgen. Kurzum: Meine Mitarbeiter haben die gut eingerichtete relativ große Wohnung des Peter Pischkowsky untersucht. Er lebt dort alleine und ist polizeilich gemeldet. Sie fanden nichts wirklich Erwähnenswertes. Schade, oder?"

„Das ist wirklich schade, aber da kann man nichts machen."

„Moment noch, da ist doch noch was. Vor mir liegt das Sparbuch dieses Herrn, das mindestens zehn Jahre alt ist. Alle Kontobewegungen sind penibel darin aufgeführt. Ich habe es kurz mal durchgeblättert und festgestellt, dass sowohl Ende April dieses Jahres als auch im Mai größere Zuwendungen erfolgten. Diese kamen aus dem Ausland zuerst auf sein Girokonto und wurden dann von ihm selbst auf sein eigenes Sparbuch überwiesen, im April waren es dreitausend und im Mai nochmals fünfzigtausend Euro. Hilft dir das weiter?"

„Das tut es wirklich. Jetzt müssen wir nur noch klären, woher der Geldregen kam. Kannst du dazu schon etwas sagen?"

„Nein, mein Lieber, ein bisschen was musst du schon selbst machen. Ich lasse dir das Sparbuch und die Girokontoauszüge des Toten zusenden. Das habe ich doch richtig verstanden? Er ist tot, nicht wahr?"

„Ja, das ist er. Er lag in eine Plane gewickelt und mit einer Gartenbank beschwert in einem Teich hier in der Nähe. Weißt du, ob er Verwandte hat? Oder anders gefragt: Wer beerdigt ihn? Ich wäre dir auf ewig dankbar, lieber Hans, wenn du dich darum kümmern könntest. Schließlich stammt er aus deinem Zuständigkeitsbereich. Suche seine Verwandten und regele seine Beerdigung, wenn er dann freigegeben wurde. Ich veranlasse die Überführung und übernehme die Kosten dafür. Dann bleiben für dich, im Fall des Falles, nur die Kosten für die Beisetzung übrig. Ich danke dir noch einmal für deine Hilfe! Tschüss, bis zum nächsten Mal mit mehr Zeit. Ich rufe dich wieder von zu Hause an. Grüße bitte deine Frau von mir!"

Gedankenverloren lehnte sich Rottenbach zurück. Er schien vergessen zu haben, dass drei seiner Mitarbeiter vor ihm saßen. Doch dann raffte er sich auf und fragte so unvermittelt nach weiteren Ergebnissen, dass sich alle erschrocken ansahen, aber nichts sagten. Ludwig ergriff als Stellvertreter Rottenbachs das Wort, um ein Resümee zu geben und die Aufgaben zu verteilen.

„Was wir bisher ermittelt haben, reicht nicht aus, um einen der Verdächtigen festzusetzen. Allerdings wissen wir jetzt, wie wir weiter verfahren sollten. Ich schlage folgende Aufteilung vor:

1.) Wenn der Ziller vernommen werden kann, fahren der Direktor und ich sofort zu ihm in die Uniklinik nach Frankfurt.

2.) Den Flugkapitän Warnisch, morgen früh hier im Vernehmungsraum, übernehme ich. Es wäre schön, wenn du, \`Liese´ dabei sein könntest.

3.) Kulle, du prüfst die Konten der Leiche aus dem Backhausteich, von denen der Kasseler Polizeidirektor gerade berichtete. Spätestens übermorgen liegen sie dir vor.

Vielleicht findest du den Absender. Außerdem frage bitte in Südafrika nach, ob der ominöse ALi bei den Banken bekannt ist und ob sie uns seine Konto-Daten zumailen können. Lass dich nicht abwimmeln. Keine Angst, man spricht dort auch deutsch.

4.) \`Liese´, du machst dich noch einmal über die Geschäftspapiere von diesem van Mol her. Man kann selbst in Holland nicht vom Nichtstun leben, oder? Irgendetwas Ungesetzliches ist bei ihm bestimmt am Laufen. Er ist mir zu aalglatt.

5.) Jeder legt einen eigenen Ordner ALi an. Wenn neue Erkenntnisse vorliegen, informieren wir uns gegenseitig schnell, also nicht auf dem Dienstweg. Er ist unser Verdächtiger Nummer eins. Vielleicht habt ihr von ihm schon eine kleinere Datensammlung vorliegen.

6.) Jetzt gerade kommt mir noch eine Idee: \`Kulle´ könnte umgehend nach Basel fahren und prüfen, ob es dort vielleicht doch einen Otto Reier in einem Hotel oder in einer Pension gibt. Er hat ihn auf der

Börse schon einmal gesehen. Das Bild von ALi genügte offenbar den Schweizer Kollegen nicht zur Identifizierung.
Herr Direktor, sind sie mit meinen Vorschlägen einverstanden? Prima! Dann war`s das für heute oder gibt es noch weitere Punkte?"

„Ja, natürlich, soweit in Ordnung! Ich habe da nur noch einen weiteren Punkt: Wir wissen bisher nicht, was die Ärzte über die Verletzungen von Ziller bei seiner Aufnahme in die Uniklinik herausgefunden haben. Am besten wird sein, wenn ich jetzt gleich schon selbst dorthin fahre, auch wenn er noch nicht vernehmungsfähig sein sollte. Die Ärzte der Station werden es sein. – Ich erwarte von Ihnen allen vollen Einsatz, das ist doch so klar wie Kloßbrühe, oder? Danke!"

Die Schweizer

Früh, noch vor dem Morgengrauen, noch bevor Würmer Angst vor Vögeln haben müssen, klingelte der Wecker. Kullmann wollte unbedingt vor sechs Uhr starten, um der Rushhour auf der Autobahn zu entfliehen. Mit seinem Privatwagen, einem Opel Meriva, machte er sich pünktlich auf den Weg. Sein Navi zeigte ihm, dass er zwei Stunden und dreißig Minuten benötigen würde. In Kenntnis dessen hatte er bereits am Abend zuvor bei den Schweizer Kollegen der Kantonspolizei in Basel sein Kommen avisiert. Seine Dienstpistole ließ er zu Hause. Ihm war bewusst, dass er nur mit einer begrenzten Amtshilfe rechnen durfte. Er ging aber fest davon aus, dass man ihn als Exoten aus dem Süden von Hessen gerne empfangen würde. Schließlich verirrt sich selten einer seiner Gattung dorthin. Eventuell vielleicht einmal privat, aber dienstlich? Wohl eher nicht! Bereits am Zoll wurde er eines Besseren belehrt. Einer der helvetischen Zöllner in mausgrauer Uniform winkte ihn freundlich heraus, kontrollierte seine Papiere und stellte fest:

„Ah, ein Kollege, oderrr?“

„Ja, das bin ich. Kann ich weiterfahren?“

„Nein, mein Lieber. Bei uns in der Schwyz gelten für alle die gleichen Gesetze und die besagen, dass mir Sie überprüfen müsset. Alles nur Routine, Sie verstehen?! Zuerscht kommet Sie mal schön langsam auf diese gute Seite hier zu meinem Kameraden und erzählen ihm ausführlich, was Sie in unserem Land zu suchen haben. Das interessiert alle, wisset Sie. Wir müsset dann alles fein säuberlich in ein Formblatt eintragen. Ein bisschen Bürokratie muss sein. Sie kennen das.“

Kullmann ärgerte sich. Wozu diese Schikanen. Er verstand die schweizerische Mentalität nicht. Hätte er gewusst, dass die Schweiz aus Angst, jetzt würden die „Dütsche“ wieder in die Historie zurückverfallen, sofort nach der Wiedervereinigung Deutschlands sämtliche Rheinbrücken und Pässe nahe der Grenze mit zusätzlicher Sprengmasse verstärkt hatten, dann hätte er sich nicht so sehr gewundert.

Allerdings war ihm seit vielen Jahren bekannt, dass man sich von der Freundlichkeit eines Zollbeamten generell nicht übertölpeln lassen durfte. Sie ist nur vorgespielt oder angelernt, mehr nicht. Auf keinen Fall entspringt sie einer ehrlichen Denkweise.

„Grüezi, Herr Polizischt! Habet Sie vor, in der Schwyz ze bliewe? Wenn ja, dann wie lange und aus welchem Grund? Antworten Sie langsam, mein Kollege schreibt mit.“

„Zuerst das Wichtigste: Ich bin in dienstlichem Auftrag hier und bei Ihren Kollegen von der Basler Kripo schon angemeldet. Wir müssen gemeinsam nach einem Mordverdächtigen suchen, von dem wir annehmen, dass er sich in Basel, beziehungsweise in dieser Region, aufhält. Es gibt von ihm nur eine alte, schlechte Fotografie in schwarzweiß aus einer Zeitung. Ich habe ihn persönlich gesehen und würde ihn wiedererkennen. Sie verstehen, dass ich daher unbedingt selbst in Ihr schönes Land kommen muss, um ihn zu finden. Ich bin vielleicht der Einzige, der ihn erkennen kann. Bereits morgen fahre ich wieder zurück in das Polizeipräsidium Südhessen in Darmstadt. Mehr Urlaub im Dienst hat man mir nicht gewährt. Ha, ha!“

„Also notieren wir als Grund: Hilfe für unsere Polizei bei der Suche nach einem Mordverdächtigen. Ist das richtig zusammengefasst?“

„Ja! Perfekt! Kann ich jetzt weiterfahren?“

Mit einem letzten Blick auf den Personalausweis verabschiedete sich der Uniformierte überaus freundlich mit den Worten: „Auf Wiederluege, Herr Detlev Kullmann. Bis morgen, oderrr. Dann sehen wir uns hier gegenüber bei der Ausfahrt schon wieder. Ich freue mich darauf.“

Der deutsche Oberkommissar zuckte zusammen. Er konnte sich einfach nicht mehr erinnern, wann ihn zum letzten Mal jemand mit seinem Vornamen angesprochen hatte. Er hieß für jedermann schon immer nur `Kulle´ und das sollte auch so bleiben. Zu seiner großen Freude empfing ihn sein Schweizer Kriminalkollege in Zivil mit einem breiten Lachen, das eindeutig nicht nur vorgetäuscht war. Darüber freute er sich sehr, denn schließlich mussten beide auftragsgemäß, heute und eventuell auch noch morgen, gemeinsam durch viele Hotels und andere Herbergen Basels ziehen. Da war es schon besser, man versteht sich. Sie schüttelten sich kräftig die Hände.

„Mein Name ist Urs Rütherli. Nennen Sie mich Urs. Ich bin fünfunddreißig Jahre alt, bin verheiratet. Ich habe zwei Kinder von acht und zehn Jahren. Und Sie?“

„Eigentlich heiße ich De... ahem, Kullmann, aber meine Freunde nennen mich alle `Kulle´. Ich bin ein eingefleischter Junggeselle und habe keine Kinder, zumindest keine, von denen ich weiß. Na ja, das sagt man so, gell?“

„Das wäre geklärt. Ein Hinweis zu unserem Vorgehen gleich zu Beginn. Ich führe die Gespräche. Sie reden nur, wenn Sie gefragt werden. So funktioniert für mich professionelles Vorgehen. Ich hoffe, Sie haben Ihre Waffe zu Hause gelassen?“

„Selbstverständlich! – Sehen Sie hier: In einem der Hotels auf dieser Liste müsste sich der Gesuchte aufhalten, wenn unsere Vermutungen richtig sind.“

„Das trifft sich gut. Auch ich habe ein Verzeichnis aller Herbergen Basels dabei. Jetzt sollten wir zuerst einmal beide Auflistungen abgleichen. Danach legen wir unsere Route fest, damit wir nicht den gleichen Weg zwei Mal fahren, oderrr?“

Sein Lachen klang dieses Mal wie eine Verlegenheitsaktion. Anscheinend hatte er sich doch nicht wirklich auf diese Zusammenarbeit gefreut. Man hatte ihn dazu verdonnert und er gehorchte. Zumindest dieser Punkt war für beide identisch. Im Besitz eines zivilen Dienstwagens mit Baseler Stadtnummer begannen sie ihre Arbeit im Hotel Royal, das sich nicht mitten in der Stadt, sondern in der Nähe zum Badischen Bahnhof befindet, der ideale Einsteigeort für Menschen, die mit dem ICE schnell nach Deutschland entwischen wollen. Und genau das hätte ALi, also Abraham Lincoln, getan haben müssen, um erst vor Kurzem seine Fingerabdrücke in mehreren Zimmern des Hotels Jagdschloss Kranichstein bei Darmstadt hinterlassen zu können. Wenn er demnach, wie er es auf der Edelsteinbörse gegenüber Willem Bekker behauptet hatte, tatsächlich in der Schweizer Kantonsstadt wohnt, dann höchstwahrscheinlich hier in der Nähe des Bahnhofs. Einen Schweizer

Mietwagen hatte er mit an Sicherheit grenzender Wahrscheinlichkeit nicht benutzt. Die fremde Autonummer wäre in Deutschland zu auffällig gewesen. Dieses Risiko würde kein von der Polizei gesuchter Krimineller bewusst eingehen. In diesem Punkt waren sich beide Ermittler einig. Sie gingen geradewegs zur Rezeption, wo bereits eine überaus charmante und sehr gut aussehende Empfangsdame auf sie wartete:

„Grüezi miteinand! Kriminalpolizei Basel. Wir suchet einen weißen Mann, Mitte fünfzig, der in den letzten Tagen oder auch früher aus Südafrika eingereist sein müsste. Gibt es einen solchen Gast in Ihrem Hotel?“

„Moment, meine Herren, ich schaue nach.“

Die Hübsche verschwand in einem der hinteren Räume, während die beiden Polizisten warteten und warteten. Das fing ja vielversprechend an. `Kulle´ war schon wieder auf achtzig, gab in Gedanken seinem helvetischen `Leithammel´ dafür die Schuld. Gut, dass er jetzt nicht reden musste. Als endlich der Hoteldirektor persönlich erschien, blieb sein Kollege die Ruhe selbst und das, obwohl der etwas überstürzt und übereifrig Herbeigeeilte in unhöflichem Ton wissen wollte, warum diese Suche ausgerechnet in seinem Hotel erfolgte. Das schade seinem Ruf. Als daraufhin der Schweizer Kollege auf Schwyzerdütsch begann, ihm zu erklären, worum es geht, verstand `Kulle´ fast nichts. Seine innere Empörung nahm zu. Hatten die Polizisten in unserem Nachbarland etwa völlig andere Vorstellungen von der Schweigepflicht in einem schwebenden Verfahren? Oder hatte nur Urs noch nie etwas davon gehört? Er redete und redete, bedächtig und mit klarem Gesichtsausdruck. Er wollte etwas in Erfahrung bringen, egal wie lange es dauern würde. Dass Zeit gleich Geld ist, schien hier niemanden bekannt zu sein.

Kopfnickend hörte der Hotelchef zuerst einmal geduldig seinen Ausführungen zu, sah nur ein paar Mal kurz zur Decke. Dann unterbrach er die nicht enden wollenden Erklärungen: „Leider, meine Herren, gibt es derzeit bei uns keinen Gast aus dem Süden Afrikas. Bedaure. Ich hätte Ihnen gerne geholfen. Gehen Sie doch mal ins Hotel Hyperion. Dort steigen meines Wissens die meisten Internationalen derzeit ab."

Das konnte ja heiter werden. Langatmige Vorträge waren noch nie Kulles Sache. Kurz und knapp sollten sie sein. Und jetzt das hier? Oh weh! Ohne Erfolgserlebnis fuhren die beiden stumm vor sich hinstarrend zu dem nahegelegenen Hotel, das ihnen von der Konkurrenz, sicher nur als Ablenkungsmanöver, empfohlen wurde. Luftlinie fünfhundert Meter rund um den Badischen Bahnhof gab es noch einige mehr auf ihrer Liste. Kulle dachte daran, den Wagen stehen zu lassen und von Haus zu Haus zu laufen, verwarf diesen Gedanken jedoch als er hörte, dass sein Kollege mächtig stolz auf seinen Wagen war, der ihm erst gestern neu zugeteilt wurde. Am Empfang stellte Urs sich nur kurz vor, zückte flüchtig seinen Ausweis und begann ohne Umschweife mit der Abfrage. Ob er Kulles Gedanken lesen konnte?

„Sie führen ein sehr gefragtes, renommiertes Hotel. Gibt es zurzeit bei Ihnen Besucher aus Südafrika, Namibia, Lesotho oder überhaupt aus diesem Teil der Welt? Wir sind auf der Suche nach einem Weißen, der so etwa fünfundfünfzig Jahre alt sein dürfte."

„Moment bitte, ich sehe nach."

Diesen Satz sollten die beiden in den nächsten Stunden noch häufiger hören. Meist verstrich danach eine längere Zeit des Suchens, bis eine Antwort erfolgte. Dieses Mal jedoch kam sie prompt, schnell und diensteifrig. Für ihn war ein Polizist eine Respektperson, die man nicht warten lassen durfte:

„In unserem Meldebuch ist niemand aus dieser Gegend der Welt vermerkt. Kann ich sonst noch etwas für Sie tun?“

Schon nach zwei Hotels hatten die beiden Kommissare eine gewisse Routine darin, die zielführendsten Fragen sofort zu stellen. Sie fuhren zum Messegelände. Dort im Alex-Hotel, gegenüber der Messe, sollten sich ebenfalls viele internationale Gäste tummeln. Ihre Stimmung war bislang nur wenig getrübt. Sie hatten mit „Leerlauf“ gerechnet. Als sie auch zehn Hotels später immer noch keinen Besucher aus Südafrika gefunden hatten, beschlossen sie leicht genervt, in der Gaststätte ihres nächsten Prüfobjekts essen zu gehen. Unterdessen waren sie schon wieder in der Nähe der Messe gelandet. Das dortige Dorant-Hotel war ihr Ziel.

„Kollege Urs, ich glaube, dieses Mal haben wir Glück. Hotels dieser international bekannten Kette findet man auf der ganzen Welt. Sie alle sind bestrebt, jedem Vielreisenden ein Gefühl von zu Hause zu vermitteln. Einerseits bin ich mir sicher, andererseits beschleichen mich Zweifel an unserer Vorgehensweise. Unser Verdächtiger wird seine Herkunft nicht freiwillig preisgeben, oder? Er benutzt bestimmt einen falschen Pass. Deswegen haben wir bisher keinen Erfolg, weil wir nach den falschen Nationalitäten gesucht haben. Was meinen Sie?““

„Gut möglich, dann probieren wir eben mal eine neue Taktik aus. Wir lassen uns die Meldeformulare von allen nicht europäischen Gästen der letzten Tage vorlegen, und, wenn möglich, auch deren Credit-Cards. Meines Wissens ziehen Hotels diese beim Einchecken ein, oder machen zumindest eine Kopie. Ritsch - Ratsch, Sie verstehen? Dieses Manöver kostet uns zwar eine Menge Zeit, aber sie zu investieren könnte sich lohnen. Einverstanden?“

Urs sonnte sich in der Vorstellung, dass seine Anregung zum Sieg führen würde. Kulle dachte an das längst überfällige Mittagessen.

Sie baten den Mann an der Rezeption, die von ihnen gewünschten Unterlagen der letzten drei oder vier Wochen vorzubereiten, während sie zum Essen gingen.

„Sollten wir jetzt einen Hinweis finden, fahre ich sofort zurück und überlasse Ihnen die weiteren Verfolgungen. Urs, Sie schaffen das doch auch ohne mich, odderrr?“

Der derart wichtig Genommene nickte nur. Er sichtete in Gedanken bereits die Personalunterlagen sämtlicher Gäste des Hotels. Viel zu hastig schlangen beide, aus völlig unterschiedlichen Gründen, ihre Rösti hinunter und gingen in das ihnen vorher zugewiesene Büro. Dort hatte man auf einem ovalen Tisch extra für sie unzählige Meldezettel mit angehefteten Sicherungskopien der Kreditkarten ausgebreitet. Auch artverwandte Unterlagen, wie zum Beispiel Reservierungen aller Art, befanden sich darunter. Kulle stöhnte bei diesem Anblick. Er hatte offensichtlich keine Lust auf lästigen „Papierkram“, wie er es nannte. Auch Urs war nicht gerade erfreut über die Mengen von Anmeldungen. Er stand unschlüssig vor dem Berg aus Papier und überlegte, auf welcher Seite er am besten mit dem Graben beginnen sollte, als eine zierliche weibliche Person mit außergewöhnlich positiver Ausstrahlung erschien, die sich als Chefsekretärin vorstellte. Sie tauschten ihre Visitenkarten. Danach orderte sie Kaffee für alle und zeigte auf einen winzigen Stoß von Meldebögen, die seitlich auf einem kleinen Rollwagen lagen. Die beiden Kriminalbeamten schauten sich fragend an und zuckten mit den Schultern. Sie erklärte:

„Meine Herren, ich habe mir erlaubt, schon mal vor zu sortieren. Hier hat sich zum Beispiel vorgestern ein weißer Mann aus Lesotho eingetragen. Ich dachte immer, wer von dort kommt ist schwarzhäutig. Aber dieser ist eindeutig weiß. Wohnt in Zimmer 501. – Und hier ein dunkler Typ aus Kenia, der wohl weniger in ihr Beuteschema passt. – Außerdem hätte ich noch einen Weißen aus

Namibia zu bieten. Er heißt Horst Werner. Kennen Sie diesen Namen?"

Kulle antwortete, entgegen der vorherigen Absprache, prompt: „Nein dieser Name tauchte bisher nicht auf. Haben Sie ein Passbild oder so was Ähnliches von ihm? Wenn nicht, dann würde ich Sie bitten, uns beiden die in Frage kommenden Zimmer zu zeigen. Übrigens, der Herr Rütherli hier ist der Verantwortliche. Ich bin nur sein Gast aus Deutschland und heiße Kullmann."

Die Chefsekretärin grinste und begleitete beide mit dem Aufzug bis in den sechsten Stock. Sie klopfte mehrfach an die Tür vor Zimmer 655. Als keine Antwort kam, öffnete sie mit dem Generalschlüssel. Beide Polizisten dachten, dass dieser simple Name, Horst Werner, nur ein alias sein konnte. Sie versprachen, in wenigen Minuten wieder herauszukommen. Es galt lediglich ein paar Fingerprints zu sichern. Tatsächlich gab es solche in Hülle und Fülle, obwohl das Zimmer angeblich bereits gereinigt worden war. Ihnen war es recht, doch wie konnte das einem so renommierten Hotel passieren? Die Möbel, die Toilette und sämtliches weitere Inventar werden immer penibel genau abgewischt. War das Kontrollorgan vielleicht krank? Egal. Den schönsten, weil vollständigsten, Abdruck sandte Kulle mit Text direkt nach Darmstadt an die SPUSI zur Spurensicherung.
Wieder einmal hatte er das Gefühl, diese Abdrücke würden jetzt endlich seine Ermittlungen zum Mord an der Person im Steinkleid vorantreiben. Er textete:

„Bitte sofort mit denen vergleichen, die uns die Kapstädter von Abraham Lincoln, also ALi, zugeschickt haben. Bauchgefühl, ihr wisst ja. Und teilt mir schnellstens das Ergebnis mit. Ich will heute noch zurück nach Hause fahren."

Die beiden ungleichen Oberkommissare Urs und Kulle nahmen in der Hotellobby Platz und warteten. Sie beobachteten die Gäste, die sich von Drehtür zum Tresen und weiter zum Lift oder in die Hotelbar bewegten. Vielleicht sah ja einer von ihnen dem Gesuchten ähnlich. Doch sie hatten kein Glück. Denn weder aus dem Aufzug noch aus der Garage kam ein bekanntes Gesicht. Schon nach knapp einer Stunde erhielt Kulle Antwort aus Deutschland. Die Fingerabdrücke gehörten tatsächlich eindeutig zu Abraham Lincoln. Seine Ahnung hatte sich bestätigt.

„Hallo, hallo, Leute! Danke! Auf dieses Ergebnis haben wir gewartet."

Kulle legte sich im Sessel zurück und streckte Bauch und Beine in die Luft.

„Kollege, jetzt müssen wir nur noch ausharren, bis er hier auf der Bildfläche erscheint. Also sitzen bleiben, Zeitung vors Gesicht halten und durch ein Loch in der Mitte die Szenerie beobachten. Das ist natürlich nur Quatsch! ALi kennt weder Sie noch mich. Wir müssen uns nicht verstecken. Ich bitte jetzt den Concierge, uns per Fingerzeig zu informieren, wenn unser mutmaßlicher Mörder auftaucht. Ich glaube zwar, dass ich ihn sofort erkennen würde, aber...sicher ist sicher. Gell?!"

Rumsitzen, nichts tun und Maulaffen feil halten ist für jeden Ermittler grauer Alltag, den sie nur widerwillig akzeptieren. Erfreulich war jedoch, dass sie zu zweit mehr Unterhaltung hatten als einer alleine. Jeder erzählte von seiner täglichen Arbeit, von Familie und Hobbies. Dessen ungeachtet wollte die Zeit nicht vergehen. Endlich ertönte die Handglocke von der Rezeption vier Mal. Das verabredete Zeichen! Mit seinem Kinn deutete der Diensthabende in Richtung Lift, in den soeben ein Mann einsteigen wollte. Beide folgten ihm in den Aufzug und drückten vorsichtshalber den siebten Stock. Kulle war sich sicher, diesen Mann noch nie zuvor gesehen zu haben. Sie folgten ihm, bis er im Zimmer 655 verschwunden war, um sicher sein zu können, dass die gefundenen Fingerprints nur von diesem Herrn sein konnten. Dann klopften sie mit den Worten:

„Aufmachen! Polizei! Öffnen Sie sofort."

Im Raum raschelte etwas. Die Tür ging auf. Der Herr aus dem Aufzug schaute sie mit großen Augen erstaunt an.

„Ja, bitte, was gibt es?"

„Kommissare Rütherli, Schwyz und Kullermann aus Dütschland. Wie ist Ihr Name?"

„Ich heiße Horst Werner und komme aus Namibia. Was habe ich verbrochen? Oder falsch gemacht? Ich bin mir keiner Schuld bewusst. Ich bin zum dritten Mal in der Schweiz auf Geschäftsreise. Ich arbeite in der Pharmabranche. Also, was ist los?"

„Entschuldigen Sie die Unannehmlichkeiten. Sind Sie damit einverstanden, dass wir Ihnen einen Mundabstrich nehmen, um einen DNA-Test durchzuführen? Gut! – Außerdem benötigen wir noch Ihre Fingerabdrücke?"

„Ich weiß zwar nicht, wofür Sie das alles brauchen, aber bitte, nehmen Sie, was Sie brauchen. Ich bin ganz bestimmt kein Straftäter. Fragen Sie in meiner Firma nach. Dort wird man Ihnen bestätigen, dass ich seit vielen Jahren ein erfolgreicher und untadeliger Mitarbeiter bin."

Beide Proben gingen trotz später Stunde in die Analyse. Die Abdrücke nach Darmstadt, wo das Vergleichsmuster gespeichert war, und das Röhrchen mit dem Mundabstrich, dem abgebrochenen Wattestäbchen, in ein Baseler Labor. Schon wieder hieß es für die beiden Beamten zu warten. Den verdächtigen Herrn Werner, der dem Mann von der Edelsteinbörse überhaupt nicht ähnelte, baten sie derweil zum Verhör in ein separates Zimmer. Kulle betrachtete ihre Bemühungen unverhohlen als verlorene Liebesmüh. Immerhin ergab sich auf diese Weise eine angenehme Abwechslung. Bei ihm konnte es sich einfach nicht um den gesuchten ALi handeln. Aber, wenn er nicht der Jugendfreund von Bekker ist, wie kamen dann seine Fingerabdrücke in das Hotelzimmer 655? Wieso waren sie genau in diesem Zimmer und wieso hatte sie niemand abgewischt? Wer außer ihm war gestern oder heute in diesem Raum? Urs hatte schon vor der Befragung die Liste der Gäste besorgt, die an den Tagen zuvor das Zimmer gemietet hatten. Das Personal vom zuständigen Room-Service wurde für den nächsten Morgen einbestellt. Langsam stieg beim deutschen Oberkommissar die Gewissheit, dass er, entgegen seinem Willen, doch wird hier übernachten müssen. Seine Stimmung näherte sich zunehmend einem für ihn ungewohnten Tief. Dabei hätte er als erfahrener Kriminalbeamter wissen müssen, dass plötzlich auftretende Veränderungen seit Jahren zu seinem Job gehören. Gerade jetzt aber passten sie ihm überhaupt nicht in den Kram. „Betreff Horst Werner: kein Fund im Datenregister“, wurde aus Darmstadt mitgeteilt. Die DNA-Ergebnisse könnten frühestens morgen vorliegen. Kulle buchte, der Notwendigkeit gehorchend, ein Zimmer. Urs fuhr nach Hause.

Baseler Morgenstreich

Die besondere Stellung der Stadt Basel wird, neben vielen anderen Punkten, auch unterstrichen durch den beinahe weltbekannten Basler Morgenstreich, der eigentlich nach der Melodie, die dabei intoniert wird, korrekterweise „Morgenstraich“ heißen sollte. Diese nur dort praktizierte Form der Fastnacht beginnt erst am Montag nach dem Aschermittwoch, der auf dem Konzil von Benevent im Jahr 1091 verpflichtend als erster Tag der Fastenzeit festgelegt worden war. Im Badischen und insbesondere in Basel aber setzte sich dieser Termin nicht durch. Deshalb feiert Basel bis heute die Fastnacht

noch immer später als überall sonst auf der Welt. Selbst ihr pünktlicher Beginn um Glockenschlag vier Uhr morgens im Stockdunklen ist ungewöhnlich. Bereits Stunden vorher warten Tausende mit kunstvollen Laternen und fantasievoll maskiert auf den erlösenden Glockenschlag. Dieser eigenwilligen Zeit der Einstimmung liegt ein besonderer Zauber inne. „Glai schlogt`s vieri." Dann werden auch die wenigen noch brennenden Lichter der Innenstadt gelöscht und tausende Trommler und Pfeifer beginnen mit der ohrenbetäubenden Intonation des Marschstückes. Der „Morgenstraich" war einst ein militärisches Sammlungssignal, bestehend aus zwei Versen. Sie werden an diesem dunklen, nur durch kleine Stock- und Kopflaternen beleuchteten Morgen in den alten Gassen der Stadt andauernd wiederholt. Unwillkürlich verfallen alle in einen langsamen Gleichschritt. Man trottelt voll kostümiert langsam vor sich hin. Das wirkt auf Fremde ziemlich bald sehr eintönig. Auch die schönen bunten Laternen und andere kleine Lichter tragen nicht unbedingt zur Erheiterung bei. Für die Einheimischen freilich ist es ein besonderes Spektakel, das offiziell bis zum Tagesanbruch dauert. Inoffiziell machen einige Gruppen und Cliquen aber weiter bis zum Mittagsumzug, dem Cortège. Bei diesem dominieren dann die Guggemusiker, perfekt ausgebildete Musiker, die bewusst schräg spielen. Charivari nannte man im Mittelalter auch Katzenmusik. Und genau daran erinnern einige Gruppen bewusst heute noch.
Der Rhythmus ist dabei angelehnt an den der südamerikanischen Samba, die alle Zuhörer zum Mittanzen anregt. Man muss sein Musikinstrument sehr gut beherrschen, um es wirklich so schön `falsch´ spielen zu können. Mit musikalischem Unvermögen hat das nichts zu tun.

Es gibt keine Kleiderordnung für Kostüme und Masken. Charivari ist auch hier angesagt. Jeder wählt sein Kostüm selbst aus. Charivari bedeutet eben auch so viel wie: Verrücktheit oder Durcheinander. Wer plant, im Baseler Raum sesshaft zu werden, sollte sich vorher gut über dieses ungewöhnliche Brauchtum informieren. Manchmal beschleicht einen Neubürger schon mal das Gefühl, dass das Charivari in Basel nicht nur zur Fastnachtszeit praktiziert wird. Ja, warum eigentlich nicht? Die Einzelstellung der Schweiz ist sowohl in der Politik als auch bei den Finanzen sowieso gegeben.

Hätte Kulle dies alles gewusst, es hätte ihn nicht allzu sehr erstaunt, dass um vier Uhr früh, zur Stunde des Morgenstreichs, sein Zimmertelefon klingelte und eine Männerstimme die Melodie dieses Marsches summte. Als auch wiederholte Rückfragen nach dem Namen des Anrufers nichts brachten, legte er knurrend auf. Danach war es mit dem Schlafen vorbei. Die Melodie hing wie ein Ohrwurm in seinem Kopf fest. Worauf sollte sie ihn aufmerksam machen? Wollte ihn vielleicht jemand nur veräppeln, auf den Arm nehmen? Und wenn, aus welchem Grund? Schließlich kannte ihn doch niemand in der helvetischen Metropole. Hin und her wälzte er seinen Körper im Gleichklang mit seinen Gedanken. Geräusche, die er bisher noch nie wahrgenommen hatte, störten ihn plötzlich und nagten an seinem Nervenkostüm. Verzweifelt rief er seinen Schweizer Kollegen an.

„Lieber Urs, entschuldigen Sie bitte! Kulle hier. Können Sie mir das vorhin Erlebte erklären? Welche Bedeutung hat diese Melodie für Sie? Ist das vielleicht nur ein nichtssagender \`schwyzer Gag´? (zu sprechen mit a, wie er tags zuvor gelernt hatte) Was meinen Sie? –
Ach so, wem haben Sie die Nummer meines Smartphones gegeben und warum? Vielleicht der Hotel-Rezeption oder einem Kollegen. Die Ungewissheit macht mich kirre. Was schlagen Sie vor, sollte ich tun?“

„Lieber Kollege, wisset Sie denn, wie viel Uhr es ist? Wir sind für acht Uhr dreißig verabredet. Jetzt ist es gerade einmal fünf Uhr vorbei. Ihr Problem sollte Zeit haben bis morgen. Schlafen Sie noch ein wenig!“

Kulle schüttelte immer wieder seinen Kopf und ging langsam ins Bad. Schlafen? Ha! Der hat gut reden. Nicht dran zu denken. Wenn er nur die seltsame, tröge Melodie vergessen könnte. Später, wenn er sich angekleidet hatte, wollte er bei den Kollegen in Darmstadt anrufen. Vielleicht weiß man dort mehr von dieser Melodie. So gegen sieben Uhr müsste der Frühaufsteher Liesegang eigentlich schon an seinem Arbeitsplatz sitzen. Er wäre der ideale Ansprechpartner zu diesem Thema, denn er machte schon einige Male Urlaub im Berner Oberland, wie Kulle wusste. Mit einem Freund und Kenner der Schweiz über diese zu reden, war sicher informativ. Gerade als er sich die passenden Formulierungen für das Gespräch mit ihm in Gedanken zurechtgelegt hatte, klingelte sein Smartphone. Mit einem Bein schon in der Hose, klemmte er auf dem anderen hickelnd sein Smartphone mit der Schulter ans Ohr.

„Kullmann, guten Morgen!“

„Whow, Kulle, du bist schon wach. Donnerwetter. Eigentlich wollte ich dich nur ein bisschen foppen, dich früh wecken, um zu erfahren, was ihr Neues zum Fall herausgefunden habt.“

Dass „Liese“ am Phone war, hatte er sofort erkannt. Keiner, außer ihm, würde es wagen, ihn um diese nachtschlafende Zeit anzurufen. Er berichtete ihm von dem Weckruf ohne Worte und der eigenartigen Melodie.

„Jouh, da hat sich jemand einen Scherz mit dir erlaubt. Vier Uhr, sagtest du? Um diese Zeit beginnt die Basler Fastnacht. Jemand sang dir den Morgenstraich vor. Er war einst ein militärischer Sammel- oder Weckruf. Vielleicht solltest du einfach geweckt werden, weil gerade etwas für dich Wichtiges passierte, auf das dich jemand um diese Uhrzeit aufmerksam machen musste.“

„Na ja, vielleicht, vielleicht auch nicht. Die Rezeption hat mich jedenfalls nicht geweckt. So viel steht fest. Sie gab auch keinem meine Zimmernummer und meine Telefonnummer schon lange nicht. Also, dann sag du mir bitte, wer wusste, dass ich in Basel in diesem Hotel und in diesem Zimmer übernachte? Die Nummer meines Smartphones habe ich außer dem Kollegen Urs niemandem hier verraten. Der Weckrufer muss demnach ein Insider des Hotels oder ein Kollege der Polizei sein. Was meinst du, ob sich ALi noch hier im Haus befindet? Irgendeine Idee? Ich bin gerade nicht in der Lage vernünftig zu denken."

„Dein Denkansatz ist nicht schlecht. Er sitzt wahrscheinlich irgendwo in deiner Nähe und freut sich spitzbübisch, wie wir uns von ihm an einem Nasenring durch die Manege führen lassen. Doch denke positiv: Hochmut kommt vor dem Fall. Seine selbstgefällige Sicherheit wird ihn unvorsichtig werden lassen und ihn uns in die Hände spielen. Da bin ich mir sicher. Sag mir, wie lange hast du vor noch bei den Eidgenossen zu bleiben?"

„Ich bin unschlüssig. Dieser Anruf heute Nacht könnte auch ein Zufall und kein Hinweis auf etwas sein. Vielleicht galt die Melodie einem Anderen? Für mich ist sie jedenfalls ohne jedwede Bedeutung? Sie klingt so komisch. Bist du sicher, dass sie aus der Basler Fastnacht stammt? Ist auch schon egal. Ich gehe jetzt zum Frühstück und dann hole ich mir die Namen und Dienstpläne aller Angestellten dieses Hauses. Außerdem kontrolliere ich noch einmal die Liste der Hotelgäste. Vielleicht hat die immer strahlende Chefsekretärin die falsche Auswahl getroffen. Rufe mich zurück, wenn du eine neue Idee hast. Ich komme schnellstmöglich nach Hause, wenn es ginge, am liebsten jetzt gleich. Ich habe die Nase voll. Tschüss und Danke!"

Einhundertundsechs Zimmer waren derzeit belegt. Die Namen der Gäste sagten Kulle nicht allzu viel, eher schon deren Herkunft. Je häufiger er sich die vorgelegte Liste ansah, desto weniger glaubte er daran, dass alle ihre wahren Kenndaten eintragen ließen. Jeder hatte allerdings mit dem angegebenen Namen unterschrieben. Auch ihm fiel der weiße Mann aus Lesotho aus Zimmer 501 auf. Sein Name ließ vermuten, dass seine Vorfahren früher aus „Good-Old-Scottland" eingewandert waren. Wie Karl Müller in Deutschland, so ist Norman McLean gleichermaßen landestypisch wie nichtssagend. So heißen wahrscheinlich viele Menschen im Norden von Groß-britannien. Diesen Herren musste er sich unbedingt genauer ansehen. Urs erschien, lachte über den nächtlichen „Uzanruf", schloss sich ansonsten aber Kulles Meinung an. Er beauftragte den Concierge in 501 anzurufen und den Gast ins Foyer zu bestellen. Sie warteten. Als nach mehrmaligem Anläuten immer noch niemand den Hörer abnahm, fuhren sie in Begleitung eines Hotelangestellten in den fünften Stock. Vermehrtes Anklopfen rief keinerlei Reaktion hervor. So gingen die drei mit dem Generalschlüssel hinein. Der Vogel war ausgeflogen. Hier hatte jemand sein komplettes Hab und Gut eingepackt und war verschwunden.

„Jetzt wissen wir, dass ALi im Hotel übernachtet hat. Wer sonst würde fliehen und absichtlich die Zeche prellen? Da hatte es jemand besonders eilig. Ich bin mir absolut sicher, die Fingerabdrücke, die wir hier in diesem Zimmer finden werden, sind auch von ihm. Endlich haben wir seine Spur."

Urs war begeistert, wirkte auf seine Art schon überschwänglich. Er veranlasste sofort eine Großfahndung, nur basierend auf den Meldedaten und der groben Beschreibung durch zwei Mitarbeiter von der Rezeption. Beide glaubten, sich genau an diesen Herren erinnern zu können, da sie seine Anmeldung aufgenommen hatten.
Ihre Beschreibung klang etwas anders als die, die Kulle nach seinem Erlebnis auf der Edelstein-Börse gegeben hätte. Vielleicht war der Mann, den er dort für ALi gehalten hatte, gar nicht der Gesuchte. Auf einmal war er sich nicht mehr sicher. Wenn es stimmt, dass der

Südafrikaner sich gerne perfekt bis zur Unkenntlichkeit verkleidet, ist jedes andere Aussehen denkbar. Trat er im Hotel etwa kostümiert auf? So musste es sein, denn zwei Personen mit gleichen Fingerprints gibt es nicht. Er bedankte sich bei Urs für die von ihm schnell und unbürokratisch in Gang gesetzten Aktionen. In den Fahndungsunterlagen für die Kollegen von der Kantonspolizei war zu lesen:

„Dringend gesucht wird ein etwa 1,70m großer, schlanker Mann, Mitte fünfzig, weiß, hellblonde, lockige Haare, glattrasiert, blass, mit langweiligem, nichtssagendem Gesichtsausdruck. Keine besonderen Merkmale bekannt. Stammt aus Kapstadt und ist Bure. Deckname Norman McLean. Wohnte die letzten Tage im Dorant-Hotel, Basel. Nutzt öffentliche Verkehrsmittel wie Taxi, Bus oder Bahn. Will sich eventuell nach Deutschland absetzen. Vorsicht! Bewaffnet!"

Bereits kurze Zeit später meldete die Basler SPUSI, die Fingerabdrücke aus 501 seien identisch mit den im Darmstädter Hotel gefundenen. Also handelte es sich, wie vermutet, um die von ALi. Weitere Hinweise irgendwelcher Art waren nicht aufgetaucht. Er musste das Hotel durch den Lieferanteneingang oder durch den Keller zu Fuß verlassen haben. Dass er in perfekter Verkleidung den Hauptausgang benutzt haben könnte, erschien beiden unmöglich. Der Nachtwächter an der Rezeption hätte ihn mit Sicherheit gesehen. Sie beschlossen, auf den Polizeiposten in der Hauptstraße zu fahren, um dort die Ergebnisse der Fahndung nach ALi aus erster Hand zu erfahren. Doch das war Kulle nicht genug. Er bestellte sich bei einem Schweizer Kollegen das Kursbuch der Deutschen Bahn Darin begann er sofort, nach Zugverbindungen vom Badischen Bahnhof nach Frankfurt/Main zu suchen. Wenn der Gesuchte nach Frankfurt fahren würde, könnte sein Weckruf ein Hinweis auf den Zug um 04:12 Uhr gewesen sein. Um ihn zu erreichen, müsste er sehr schnell gelaufen oder gerannt sein. Abfahrt 05:15 Uhr schien ihm wahrscheinlicher. Nach reiflicher Überlegung rief er die

Bahnpolizei in Freiburg an, die die Identität von jedem aus der Schweiz in die Bundesrepublik Eireisenden zwischen Basel und Freiburg per Personalpapiere genau überprüft. Auch der Grund der Reise und das Reiseziel werden abgefragt. Keiner, der an diesem Morgen Dienst habenden, konnte sich an eine Person erinnern, die der Beschreibung in der Fahndung entsprach. Auch die Namen Abraham Lincoln oder Norman McLean waren ihnen nicht aufgefallen. Sie versprachen aber, den Zugführer sofort zu informieren und um Mithilfe zu bitten, sollte das Reinigungspersonal ungewöhnliche Fundstücke gemacht und sie am Ende der Tour bei ihm abgeben.

Bei den Freiburger Kollegen bedankte sich Kulle mit den Worten: „Etwas wie diese Fahndung nenne ich puren Optimismus. Trotzdem ist sie einen Versuch wert. Wir freuen uns über jeden Strohhalm“. Noch während er auf die ersten Fahndungsergebnisse aus der Schweiz wartete, summte das Smartphone in seiner Hosentasche. Auf dem Display erschien eine deutsche Nummer. Er drückte auf „empfangen“ und erschrak über die laute Stimme, die ihm ins Ohr dröhnte.

„Hei, Kollege Kulle! Du wolltest wissen, ob dein komischer Südafrikaner mit dem ICE nach Frankfurt gefahren ist. Kurz gesagt: Er ist! Man fand eine blonde Perücke, die deiner Beschreibung entspricht, im Baseler Fünf-Uhr-Zug heute Morgen um 08:10 Uhr in Frankfurt. Sie lag im Abfallbehälter der Toilette von Wagen 156. Leider zu spät, sonst hätte die Bahnpolizei ihn noch abfangen können. Schade, aber der ist jetzt über alle Berge. Schöne Zeit noch in der Schwyz erhol dich gut!“

Kulle war wieder einmal sauer. Leise schimpfte er vor sich hin: „Diese Idioten, nur weil sie wahrscheinlich ein Beweisstück gefunden hatten, mussten sie nicht gleich hochnäsig werden. Ich bin hier nicht in Urlaub. Urs, denken deine Basler Kollegen das auch von mir?

Dann breche ich sofort meine Zelte ab und fahre zurück nach Darmstadt. – Hey, sag mir, spricht eigentlich irgendetwas dagegen?“

Der Angesprochene riss beide Augenbrauen hoch, überrascht durch die nicht erwartete Frage. Er stutzte nur für einen Moment, dann hatte er seinen Kollegen verstanden. Beide sahen sich an. Urs grinste breit. Man spürte förmlich die Befreiung von einer unsichtbaren Last in seiner Stimme als er antwortete:

„Kein Problem, lieber Herr Kollege aus Deutschland. Ich kümmere mich gerne für Sie weiter um den Fall. Seit gestern sind wir zwei gemeinsam ein gehöriges Stück weitergekommen, oder etwa nicht?“

Kulle nickte ihm freundlich zu, schnappte seinen Mantel, schüttelte ihm die Hand und hörte noch im Weggehen:

„Mir bliewe mit dem Smart i Kontakt, oderrr? Fahret Sie nur! Auf Wiederluege!“

Aufgewacht

Unglaublich, wie schnell die Mediziner der Uni Frankfurt PD Rottenbach in Darmstadt mitteilen konnten, dass der schwer Verletzte, den man erst zwei Tage zuvor halbtot neben der Autobahn A5 gefunden hatte, vernehmungsfähig war. Er und Ludwig fuhren auf dem schnellsten Weg zu ihm. Um Zeit zu gewinnen, nutzten sie das Blaulicht, aber nicht das Horn. Paul Ziller lag halb aufgerichtet in seinem Bett und sah mit seinen von Grind überdeckten Abschürfungen im Gesicht noch immer ziemlich ramponiert aus. Ein dicker, weißer Verband verbarg seine gesamte Haarpracht und die aufgeplatzte Kopfhaut darunter. Von dort stammte das meiste Blut, das sein Gesicht entstellte, als man ihn fand. Sie erfuhren, dass er

Glück im Unglück hatte, da seine Organe nur wenig beschädigt worden waren. Man konnte, gegen alle Erwartungen, keinerlei innere Blutungen ausmachen.

„Guten Morgen Herr Ziller! Rottenbach und Ludwig! Wir sind von der Mordkommission Darmstadt. Schön, dass Sie wieder unter den Lebenden weilen. Offensichtlich hat Ihnen jemand sehr übel mitgespielt. Als man Sie fand, waren Sie dem Tod näher als dem Leben. Wer hat Ihnen das angetan?"

Mit leiser, zittriger Stimme versuchte der Schwerverletzte zu antworten. Er war schlecht zu verstehen, mühte sich aber aus Kräften eine für die beiden Polizisten verwertbare Aussage zu formulieren. Doch seine Geschichte wirkte auf die Beamten ziemlich konstruiert.

„Meine Herren! Gestern Abend wollte ich mich, wie vereinbart, spät noch mit einem Geschäftsfreund treffen. Ich verließ das Dinner im Hotel noch vor dem Dessert und fuhr mit meinem Mietwagen auf den Parkplatz vor dem Hauptbahnhof. Auf der Brücke im Inneren des Bahnhofs war der vereinbarte Treffpunkt.
Fast eine geschlagene Stunde lief ich dort hin und her und versuchte dabei immer wieder den Kunden per Smartphone zu erreichen. Ohne Erfolg! Als ich dann frustriert mit meinem Auto wegfuhr, spürte ich plötzlich einen kalten Gegenstand in meinem Nacken. Eine mir nicht bekannte Stimme befahl in herrischem Ton, auf die Autobahn A5 in Richtung Frankfurt zu fahren. An der Raststätte Gräfenhausen-Ost musste ich die A5 verlassen. Kurz vor dem Ende des großen PKW-Parkplatzes durfte ich anhalten. Doch, bevor ich etwas sagen konnte, erhielt ich einen heftigen Schlag auf meinen Kopf. Dann wurde es schwarz vor meinen Augen. Erkannt hatte ich den Kerl vorher leider nicht, obwohl ich mich sehr bemühte. Es war dunkel und er trug ein Tuch vor seinem Gesicht, wie früher die Cowboys. Können Sie mir erklären, warum ich jetzt in der Uniklinik liege?"

„Vielen Dank für Ihre Erinnerungen. Sie haben uns leider bisher nicht verraten, was der Grund für Ihr Treffen war? Es muss ja einen sehr triftigen geben. Aus heutiger Sicht war es ein schlimmer Fehler von Ihnen, dass sie stillklammheimlich das Abendessen verließen und keinen Ihrer Kollegen über Ihr Vorhaben informierten. Unsere Mitarbeiter konnten daher nicht erfahren, wo sie mit der Suche nach Ihnen beginnen könnten. Wir mussten Sie zur Fahndung ausschreiben. Dass Sie noch rechtzeitig gefunden wurden, verdanken Sie letztlich nur einem Hund."

„Tja, hab` ich schon gehört. Und wenn Sie mich jetzt fragen, aus welchem Grund genau ich zum Darmstädter Hauptbahnhof fuhr: Ich hab`s vergessen. Mir fällt nur der Kunde ein, aber nicht, was dieser von mir wollte."

Ludwig schaltet sich ein: „Wir helfen Ihnen auf die Sprünge. Ihr Safe im Hotelzimmer des Jagdschlosses in Darmstadt wurde aufgebrochen. Jetzt ist er leer. Was hatten Sie darin aufbewahrt? Strengen Sie Ihr Köpfchen an, denken Sie gründlich nach. Wir haben Zeit!"
„Leer ist er, sagten Sie, leer? Mein ganzes Geld ist weg? Das waren einhundertzehn tausend Euro, die ich meinem alten Freund Bekker schulde. Gestohlen? Nein, nein, nein, das darf nicht sein. Jetzt bin ich trotz Lotteriegewinn so gut wie pleite."

„Lottogewinn? Wann und Wo, bitte?"

„Vor etwa sechs Wochen hatte ich fünf Richtige mit Superzahl. Dafür zahlte man mir 136.244, 50 Euro aus. 120.000.- € davon nahm ich in bar mit zu Bekker, um meine Schuldscheine auszulösen. Einen von den zwölf habe ich ausgelöst und danach zerrissen. Ich hielt den Rest zurück, nur um zu sehen, wie Bekker mit der Situation umgeht, dass ich wieder nicht bezahle. Das musste ich auskosten, verstehen Sie. Ich wollte zuerst sicher sein, dass er noch mein Freund ist, und danach ihm das restliche Geld theatralisch auf seinem Tisch abzählen und die Schuldscheine vor seinen Augen zerfetzen. Jetzt ist nicht nur mein toller Plan futsch, sondern auch mein ganzes Geld."

„Herr Ziller, geben Sie mir Ihr Handy."

„Klar, liegt in der Schublade neben meinem Bett. Außerdem alle Sachen, die ich bei mir trug. Nehmen Sie sich alles, was Sie zur Aufklärung des Überfalls auf mich und zum Fassen des Diebes benötigen!"

„Hier liegt kein Smartphone oder Ähnliches. Nur ein leeres Portemonnaie, Tempos, ein Taschenmesserchen und eine leere, luxuriöse Schmuckschachtel, wahrscheinlich von einem Ring. Kein Führerschein, kein Ausweis und keine Autoschlüssel. Nichts. Haben Sie dafür eine Erklärung?"

„Moment, ich überlege noch. Hm, Ring, ein Ring, kein Ring, Berlin, Handyanruf, Rückbestätigung per Bild vom Ring, Preisvorstellung am Telefon... Ich glaube, jetzt weiß ich`s wieder. Meine Herren, ich wollte mich mit einem Interessenten für einen einzigartigen Diamantring treffen: Großer Mittelstein in Tropfenschliff, gelber fancy Diamant, umgeben von fünfundzwanzig kleinen Altschliffdiamanten in vorzüglicher Qualität, lupenrein, insgesamt fast 3,5 Karat, 750er Gold. Einen wie diesen haben Sie bestimmt noch nie gesehen. Er ist sehr selten. Nur einer von einhundert tausend Diamanten ist farbig. Ich selbst hatte ein Treffen im Darmstädter Hauptbahnhof vorgeschlagen. Das passte ihm gut, da er mit dem Zug kommen wollte. Ich dachte mir nichts dabei, da der Kunde in Wiesbaden wohnt. Rufen Sie ihn an, er wird es bestätigen."

„Wie soll das gehen, ohne Handy? Haben Sie seine Nummer etwa im Kopf?"

„Nein, habe ich nicht. Aber ich weiß, wie er heißt. Sein Name ist Hähnchen, nein, Henel, nein, Hähnklein. Ja, Uwe Hähnklein heißt er."

„Wir werden es prüfen. Was fällt Ihnen außerdem zu den letzten Tagen ein?"

„Tagen, wieso Tagen? Wann wurde ich hier eingeliefert?"

„Das war vorvorgestern, also vor zwei Tagen."

Ludwig gab seinem Vorgesetzten ein Zeichen. Nach seiner Ansicht machten weitere Fragen heute, hier und jetzt wenig Sinn. Rottenbach hatte verstanden. Er sah den Mann im Bett mit eindringlichem Blick an und sagte zu ihm:

„Morgen kommen wir wieder. Erholen Sie sich. Wir sind uns übrigens ziemlich sicher, dass Sie ermordet werden sollten. Man wird es wahrscheinlich noch einmal versuchen.
Deshalb sitzt ab sofort eine Wache vor Ihrer Tür. Irgendjemand will Sie mundtot machen und wir werden das zu verhindern wissen. Denken Sie gut darüber nach, wer Ihnen ans Leder will, beziehungsweise, wem Ihr Tod etwas nutzen würde. Uns sehen Sie bestimmt bald wieder."

Die beiden Kommissare verließen das Krankenzimmer. Ein für die Sicherheit Zillers verantwortlicher Beamter saß bereits vor der Tür. Er grüßte in militärischer Haltung. Auf dem Weg zum Auto begann Rottenbach zu analysieren:

„Wenn dieser Ziller früher ein so harter Hund war, wie Bekker ihn beschrieb, dann sind für ihn dunkle Geschäfte an der Tagesordnung. So schwer, wie er verwundet wurde, ist seine Geschichte vom Überfall sicher nicht komplett erfunden. Allerdings möchte ich den

Juwelier sehen, der einen so wertvollen Ring auf einem zugigen Bahnhof an einen Unbekannten verhökert. Wohin steckt er das viele Geld? Hatte er etwa einen Rucksack dabei? Nein! – Ich glaube ihm nicht."

„Also, Chef, wissen Sie, ich bezweifle seine Geschichte komplett. Alles gelogen. Es geht um mehr als um einen Ring und um das Einlösen von Schuldscheinen. Man wollte ihn aus dem Weg schaffen, soviel steht fest. Was aber könnte seinen Mord rechtfertigen? (Was richtig ist, weiß man erst, wenn man weiß, was falsch ist.) Wir sollten die Berliner Kriminalkollegen einschalten. Wenn die ihn wegen anderer Delikte bereits im Visier haben, bleibt uns viel Arbeit erspart. Einen Versuch ist es wert, oder?"

„Was? – Nein, nein! Ohne zulänglichen Grund rufe ich nicht in unserer Bundeshauptstadt an. Wir konnten Ziller bisher kein Verbrechen nachweisen. Er ist deutlich sichtbar das Opfer einer Straftat. Wie sollten uns daher die Berliner helfen? Den ominösen Lottogewinn prüfen wir selbst. Und…"

„…was ist mit seinen geschäftlichen Gepflogenheiten? Wir benötigen externe Hilfe… oder ich fahre in die Hauptstadt und übernehme die Recherchen selbst."

„Kommt überhaupt nicht in Frage. Sie bleiben hier und helfen in der SOKO mit. Damit das klar ist. Dass wir Kulle nach Basel geschickt haben, war schon grenzwertig. Was macht er eigentlich gerade?"

„Ich rufe ihn an."

Erstaunlicherweise war die Rückfahrt von Basel nach Darmstadt für Kulle trotz hohem Verkehrsaufkommen beglückend. Er freute sich sogar auf seine bisher unerledigten Arbeiten. Immerhin gab es einen kleinen Erfolg zu berichten. Für ihn stand fest, dass ALi in Basel abgestiegen war und von dort aus sein Unwesen rund um Darmstadt trieb. Die im ICE gefundene, hellblonde Perücke von ihm bewies, mehr oder weniger, dass er sich derzeit in Deutschland aufhält. An diesem Punkt wollte er mit seinen Kollegen nachhaken und eine Fahndung einleiten. Die Konten des Pischkowsky würde er sich später vornehmen. Deren Analyse konnte warten. Das Wichtigste daraus hatte der Kasseler Polizei-Direktor ihnen sowieso schon mitgeteilt.

Mittlerweile stapelten sich neue Erkenntnisse und Berichte der SOKO auf dem Schreibtisch des Polizeidirektors. Zurück aus Frankfurt begann er sofort mit deren Studium. Dabei fiel ihm eine handschriftliche Notiz zuerst nicht auf. Er suchte nach Hinweisen zu den Einbrüchen im Jagdschloss. Leider gaben die bisherigen Ermittlungen nicht viel her. Schon etwas resigniert fiel sein Blick erneut auf den Schmierzettel. Einer seiner Mitarbeiter hatte darauf vermerkt, dass er die Befragung der Bürger von Erfelden zu eventuellen Auffälligkeiten rund um die Feldscheune nach vier Tagen ergebnislos abgebrochen hatte. Drei Familien, die wie die anderen am Feldrain ihr Haus haben, waren bisher nicht erreichbar. Bei einer bellte lediglich der Hund, wenn er an die Haustür klopfte. Klingel gab es keine. Auf seine schriftlichen Bitten, sich bei ihm im Präsidium zu melden, hatten bisher nur zwei reagiert. Den Dritten wollte er gestern Abend zum letzten Mal besuchen. Datum auf dem Zettel: Vorgestern, 18:30 Uhr. Rottenbach bat Frau Schöffele, den Kollegen umgehend in sein Büro zu bestellen.

„Guten Tag, Herr Kollege! Vorgestern schrieben Sie mir, sie würden noch einmal nach Erfelden fahren. um die fehlenden drei Familien zu befragen. Wieso höre ich seitdem nichts mehr von Ihnen?“

„Entschuldigen Sie bitte, Chef! Ich konnte gestern noch kein Ergebnis melden. Es fehlten mir noch immer die Aussagen der dritten Familie. Die zwei Bewohner dieses Hauses befinden sich oft unterwegs im Außendienst für eine Versicherung. Ihr Hund wird in Abwesenheit von der Nachbarin versorgt. Warum sie mir das verschwieg, entzieht sich meiner Kenntnis. Gestern Abend hatte ich endlich Erfolg. Beide waren zu Hause. Ich erfuhr, dass sie, immer wenn sie gleichzeitig zu Hause sind, meistens spät abends noch mit dem Hund an die frische Luft gehen. Zu den `Tagesthemen´ sind sie wieder zurück. Dabei war ihnen schon vor ein paar Monaten aufgefallen, dass in der Feldscheune Licht brannte. Ein- oder zweimal hörten sie zudem das laute Brummen eines Generators und Geräusche einer Säge oder eines Bohrers, dachten sich aber nichts dabei. Der Schober gehört einem sehr fleißigen Bauern im Dorf, den sie gut kennen. Warum sollte er nicht nachts seine dort untergestellten Maschinen warten? Wenn er dazu Strom benötigt, muss er ihn irgendwie selbst erzeugen. Die Lautstärke der Maschinen stört ja auch niemand in dieser abgelegenen Gegend. Bei Tageslicht hätte er auf seinen Äckern genug zu tun, meinten sie. Also blieb ihm nur die Nacht. Am nächsten Tag und auch ein paar Tage später sahen sie wieder Licht durch die Holzlatten blitzen, ohne darüber nachzudenken. Erst durch meine Befragung gestern kam es ihnen seltsam vor. Weiterführende Erklärungen dafür hatten sie allerdings keine neuen. Sie empfahlen mir, den Eigentümer persönlich zu befragen. Das wollte ich heute Morgen tun und Sie danach mit dem kompletten Resultat überraschen. Doch das konnte ich leider nicht. Auf dem Bauernhof gegenüber der Kirche in Erfelden habe ich niemand angetroffen. Ich gehe später noch einmal hin."

„Wann genau haben die beiden mit ihrem Hund das Licht bemerkt? Sie haben doch bestimmt danach gefragt, oder?"

„Ja, natürlich, Chef. Die Antwort fiel ihnen etwas schwer. Schließlich einigten sie sich auf Mitte/Ende Mai. Das würde bedeuten, es war vor vier Monaten. Gab es damals schon die Skulpturen an diesem Ort?"

Rottenbach griff zum Telefon und bat seinen Stellvertreter EKHK Ludwig zu ihm zu kommen. Er überfiel ihn mit den Worten: „Erinnern Sie sich noch an die Aussagen des Bauern aus Erfelden und von Bekker auf die Frage, wie häufig die Feldscheune geöffnet wurde? Wann hat man damals die veredelten Steinbrocken angeliefert und wann wieder abgeholt?“

Ludwig murmelte so etwas wie „Entschuldigung“ und rannte aus dem Zimmer. Sekunden später kam er mit einem Ordner unter dem Arm zurück und begann sofort laut vorzulesen:

„Also, hier steht wörtlich, nach Aussage von Bekker: Abgeholt im Freihafen Hamburg am 07. Mai 2019. Nach Bauer Dörr und seiner Frau erfolgte die Einlagerung in der Feldscheuer zwei Monate später, etwa Mitte Juni bis Juli.“

„Jetzt wissen Sie, warum ich bezüglich des Lichtes skeptisch war. Drei Personen bezeugen, dass die Steinfiguren erst Mitte Juli geliefert worden waren. Demnach führte der Bauer tatsächlich Reparaturen an seinen Feldmaschinen durch. ...oder er hat uns belogen. Das muss schnellstmöglich geklärt werden. Ludwig, Sie fahren mit diesem Kollegen hier sofort zu dem Bauern und seiner Frau und bezichtigen ihn der Lüge. Ich traue den von ihnen genannten Terminen nicht mehr. Unterstützt werden meine Zweifel durch die Kollegen, die sämtliche Autowerkstätten entlang der Autobahn von Hamburg bis Frankfurt abgefragt haben. In keiner konnte sich jemand an die LKW-Reparatur eines Magirus 650 erinnern. Auch Aufarbeitungen anderer Art bei großen LKW-ähnlichen Fahrzeugen mit Kran-Aufbau gab es in dem genannten Zeitraum bei ihnen nicht. Je mehr ich darüber nachdenke, umso sicherer bin ich mir, dass beide Dörrs uns nicht die Wahrheit gesagt haben. Vielleicht stimmen dann auch Wagentyp und Farbe nicht. Ich gehe jetzt davon aus, dass in deren Scheuer die Skulptur zersägt, der Mörtel gemischt und die Leiche des Unbekannten eingemauert wurde. Ha, jetzt haben wir die Verschwörer am Kragen. Bekker hat sie für ihr Schweigen bezahlt. Die Bauernschlauen wurden bestochen und haben seitdem die Hosen voll. Klärt das! Sofort!“

Den Bauer fanden sie in der Hofscheune. Er bastelte an seinem Mähdrescher, der sich im hinteren Teil der Tenne befand. Davor standen ein Traktor, mit Podest für den Transport von Kartoffelsäcken und ein zweiter mit einem großen Pflug. Außerdem eine Egge, eine Sämaschine und eine große Balkenwaage. Die Halle war überfüllt mit Geräten, die vermutlich ursprünglich alle einmal in der Feldscheuer eingelagert waren. Es war demzufolge fast unmöglich, zu dem Bauer zu gehen, ohne sich die Kleidung zu beschmutzen oder gar zu beschädigen. Er musste rauskommen. Ungehalten rief einer der Beamten ihm lauthals zu:

„Herr Dörr! Sind Sie hier? Wir sind Kriminalhauptkommissar Ludwig und Kommissar Beckmann von der Sonderkommission SOKO-Stein. Wir müssen mit Ihnen ungestört sprechen. Kommen Sie zu uns vor das Tor. Aber ein bisschen dalli, wenn ich bitten darf! Wir warten!“

Der Bauer sah kurz von seiner Arbeit auf und wandte sich dann erneut seinem Ackergerät zu, ohne einen Ton zu antworten. In scharfem Befehlston forderte nun Ludwig ihn auf, sofort vor das Tor zu kommen. Er drohte ihm sogar mit Verhaftung, sollte er sich nicht augenblicklich die Scheune verlassen und zu ihm kommen.

„Jaaaa, is ja gut. Isch kumm jo schun!“

„Herr Dörr, machen wir es kurz: Warum haben Sie uns belogen? Wir wissen inzwischen sicher, dass die Einlagerung der zehn Steinskulpturen in Ihre Feldscheuer viel früher stattfand, als Sie und Ihre Frau uns glauben machen wollten. War das so? Stimmt das?“

„Das weiß ich nicht mehr so genau. Was sagt denn meine Frau?“

„Das spielt keine Rolle. Ich habe Sie gefragt, nur Sie! Also: Geben Sie zu, dass Sie ihren Schuppen im Feld schon seit den ersten Maitagen an Herrn Bekker vermietet hatten und dass die Lieferung etwa am achten oder neunten erfolgte?
Überlegen Sie genau. Leugnen ist zwecklos. Wir haben einen, beziehungsweise zwei Zeugen."

„Machen Sie jetzt mal kein Fass auf. Da hab isch misch eben geirrt. Ist das so schlimm, Hä? Wenn Sie`s besser wisse als wie isch, warum frage Sie misch dann?"

„Unterlassen Sie bitte Ihren hochnäsigen Ton. Habe ich Recht mit dem Termin?"

„Wird schun stimme, wenn Sie es sage. Moi Fraa führt unsern Kalenner. Fragen Sie doch die und lasse Sie mich gefälligst in Ruh moi Aweit mache."

„Das werden wir nicht tun. Wir nehmen Sie jetzt mit ins Präsidium. Der Leiter der Mordkommission will Sie nämlich sprechen. Kollege, haben Sie `Abführmittel´ dabei? Ja, gut, dann legen Sie sie ihm an."

„Meine Herren, so geht das auf `em Bauernhof aber net. Wenn Sie mich mitnehmen, wer füttert dann das Vieh, säubert den Stall und melkt die Küh? Wollen Sie das übernehmen? Das glaab isch kaum! Ihr Chef kann jederzeit herkomme un misch befrage. Isch kann jedenfalls net weg!"

Unerwartet erschien die Bäuerin auf der Bildfläche. Sie hatte das bisher in strengem Ton geführte ziemlich laute Gespräch heimlich verfolgt. Ohne lange zu fragen, begann sie sofort mit Zeter und Mordio:

„Die Kühe, die Hühner die Schweine und die anderen Viecher müssen versorgt werden. Wer soll das denn machen, wenn er nicht da ist? Schicken Sie mir vielleicht einen Knecht? Bestimmt nicht. Der Hof kann auf ihn nicht verzichten. Wir sind nur ein Zwei-Personen-Betrieb und keine Firma mit Angestellten. Er bleibt hier!“

„Frau Dörr, das hätten Sie und ihr Mann sich früher überlegen müssen. Sie haben mit Ihren Falschaussagen unsere Mordermittlungen deutlich verzögert. Das ist ein Straftatbestand. Seien Sie froh, dass wir Sie jetzt nicht auch noch einladen mitzukommen. Ihren Mann nehmen wir gerade sicherheitshalber schon mal in Gewahrsam. Sollte er sich nicht kooperativ zeigen, holen wir Sie nach.“

Die Bäuerin erstarrte zur Salzsäule. Ihr Blick drückte Vorwurf, Wut, Verständnis und Unverständnis zugleich aus. Während Ludwig und sein Kollege mit dem straffällig Gewordenen davonfuhren, gewissermaßen direkt in den Vernehmungsraum, in dem kurz darauf der Leiter der SOKO selbst die Befragung begann.

„Ja, Herr Dörr, wir legen Ihnen zur Last, dass Sie und Ihr Ehefrau meine Kollegen und mich wissentlich belogen haben. Sie haben sogar bestätigt, dass Bekker keine eigenen Schlüssel ausgehändigt wurden. Wollen Sie Ihre Aussagen vielleicht noch einmal überdenken? Wer war nachts, etwa Mitte Mai, in Ihrer Feldscheuer und hat dort gearbeitet? Wer hat ihm oder anderen das große Tor mit dem neuen Schloss geöffnet? Wo befand sich sein Auto? Sagen Sie es mir!“

„Was weiß denn isch. Isch hab` dem Herrn Bekker nur die Scheuer vermietet. Die Tenne hab` isch, so wie der wollt, total ganz leergeräumt und all meine Geräte uff moin Hof gebracht. Dort stehn se mir zwar im Weg rum, aber des macht nix. Er bezahlt gut, hat gewissermaße für meine annere Scheuer noch mit berappt. Sie verstehen? Es war mir total egal, was er dort genau gemacht hat. Haben Sie misch jetzt verstanne? Er hat mir viel Geld gegeben und isch hab` nix gesehe und gehört. Isch hab` überhaupt net emoal ebbes dafür mache müsse. Warum wolle Sie mich für etwas verantwortlich mache, was isch net gemacht hab`, hä? Isch muss schnellstens zurück uff moin Hof."

„Herr Dörr, Sie kennen den Spruch: ‚Die dümmsten Bauern haben die dicksten Kartoffeln' – Er ist absolut falsch. Wer gute Kartoffeln produziert, muss eine Menge Dinge berücksichtigen, kann demnach nicht dumm sein. Stellen Sie sich bitte selbst nicht begriffsstutziger als Sie sind. Sie haben wesentliche Dinge verschwiegen, die uns eine Menge Zeit und Geld gekostet haben. Würde man Ihnen sämtliche durch Sie verursachten Ausgaben in Rechnung stellen, könnten Sie zwar den Schaden auf Heller und Pfennig nachrechnen, aber die durch Sie verursachten physischen und psychischen Belastungen unserer Kollegen nicht. Meine Mitarbeiter und ich sind sehr verärgert über Ihr Verhalten. Sie haben wissentlich unsere Ermittlungen behindert. Dafür werden Sie und auch Ihre Frau angeklagt. Die Staatsanwaltschaft ist bereits informiert. Jetzt frage ich Sie zum letzten Mal: Wer hat Anfang oder Mitte Mai dieses Jahres in Ihrer Feldscheuer nachts gearbeitet? Und was haben der- oder diejenigen Menschen dort getan?"

„Herr Polizeidirektor, wenn isch gewusst hätt, dass in meinem alten Geräteschuppen was Ungesetzliches passiert, hätte isch es Ihne bestimmt sofort gesagt. Isch hab` nie jemand noi- oder nausgehe sehen. Glaube Se mir: Isch bin kein Kriminelle, isch bin nur en einfache Landwirt, sonst nix. Isch wusst, dass jemand spät abends dort schafft, hab` misch aber net genauer darüber informieren lasse, und meine Feldscheuer betreten durft isch ja net. Einmal bin isch dort vorbeigegangen und hab den Generator gehört, mit dem jemand Strom produziert hawwe muss. Do hab isch bei mir gedacht: Er repariert mit einer Bohrmaschin und einem Schwingschleifer oder so was Ähnlichem die Transportschäde an dene Steinfiguren und poliert se hinnerher. Was sonst hätt der mache solle, frage isch Sie?“

„Nun, wir gehen davon aus, dass die Nachtschichten benutzt wurden, um eine der Skulpturen auseinander zu sägen und vorsichtig auszuhöhlen. Eine Fisselarbeit, wie Sie sich bestimmt vorstellen können. Dazu waren Spezialwerkzeuge nötig, die mit Strom betrieben werden. In den entstandenen Hohlraum hat man eine Leiche hineingelegt und die Zwischenräume mit Kunststoff-Härter-Mörtel aufgefüllt, weil der in kurzer Zeit aushärtet und wenig Wärme dabei produziert. Außerdem gewährleistet er genügend Stabilität, denn das neue Machwerk musste hinterher, fest auf einem Sockel montiert, Wind und Wetter trotzen können. Dann wurde die Figur mit schnellbindendem Klebstoff wieder so perfekt zusammengesetzt, dass keine Unterschiede zu vorher mehr erkennbar waren. Und Sie, ja Sie, Herr Dörr, haben diese Vertuschung eines schlimmen Mordes erst möglich gemacht. Das nennt man Beihilfe zum Mord. Wie viel Schweigegeld war das dem Herrn Bekker wert?“

„Ui, ui, ui! Zuerst hab isch dreihunnert Euro Miete fier de Monat verlangt. Er fand den Betrag gut. Uff einmal wollt` er mir die erste drei Monatsmiede sofort in bar aushändige. Des fand isch wieder gut. Aber dann versprach er mir, die Scheuermiete bis zum End vum Joahr zu zahle. Er zeigte mir zehntausend Euro, von denen isch fünftausend sofort und die anderen fünftausend am End vum Joahr erhalten sollte, wenn, ja wenn isch, und das war der Haken, wenn isch ihn dort machen lasse, was er wollt. Isch hab misch außerdem verpflichtet, zu keiner Zeit die Lagerhalle für seine Steinfiguren zu betrete un niemand von dem Geschäft zu erzähle. Was hätten Sie gemacht? Fier des viele Geld? Un eigentlich nur dafür, dass isch nix mache muss? Hä? – Isch hab natürlich ja gesagt, un des woar`s dann.“

„Ich hoffe, Sie haben jetzt wenigstens verstanden, dass Sie viel Ungesetzliches ermöglicht haben. – Kollege, Führen Sie ihn ab!“

Rottenbach und Ludwig besprachen noch im Verhörraum die neue Sachlage. Jetzt war Ihnen klar, wo man die Leiche so kunstvoll verstecken konnte, ohne dass jemand etwas davon mitbekam. Bleibt die Frage: Wer hat was getan?

„Nach allem, was wir bisher wissen, muss Pischkowsky der Plastiker gewesen sein. War er auch der Mörder? Das könnte sein, denn der Auftraggeber muss die Zahl der Mitwisser so klein wie möglich halten. Ja, natürlich, weil er alles wusste, wurde er später ermordet. Er war die Schlüsselfigur für beide Morde. Wie viel Guthaben hatte er nochmal auf seinen Konten in Kassel? Würde er dafür einen Mord begehen oder gibt es ein weiteres uns nicht bekanntes Konto mit mehr `Haben´, zum Beispiel bei einer Direktbank? Ludwig, prüfen Sie das bitte nach. Möglichst schnell natürlich, wie üblich. Wir nähern uns der Lösung.“

„Natürlich! Wird sofort erledigt! Bis später!“

Jeder ging in sein Büro und widmete sich den vielen schriftlichen Erkenntnissen der Kollegen. Ludwig hatte durch Rückfrage bei Kulle schnell eruiert, dass, nach Mitteilung der Kasseler Polizei, auf das Konto von Pischkowsky bereits im April dieses Jahres 3.000.- € überwiesen wurden und im Mai noch einmal 50.000.- €. Beide Beträge kamen aus dem Ausland. Sie lagen immer noch unberührt auf dessen Sparkonto. Das war definitiv viel zu wenig für einen Auftragsmord. Noch während er diese Zahlen seinem Chef per Telefon mitteilte, ärgerte er sich über sein Verhalten. Er handelte ohne zu überlegen. Natürlich hätte er vorher abklären müssen, wer als Mörder noch in Frage kommen könnte. Vor lauter Unbehagen begann er erst gar nicht, selbst nach einem anderen potenziellen

Täter zu suchen. Er gab die Aufgabe weiter an die Kommissare Kraft und Mehl, die davon nicht begeistert waren.

Er selbst begann mit dem Studium der von KOK Liesegang ermittelten Daten zu den Finanzen des Herren van Mol. Seinen Konzern hatte dieser über viele Länder gestreut. Unterfirmen, Teilhaberschaften und zwei holländische Banken mit je einem Depot von Aktien in Millionenhöhe. Dieser Mann war wirklich reich, hatte Geld ohne Ende. Warum traf er sich mit der Gruppe von Edelsteinhändlern beziehungsweise Juwelieren? Bestimmt nicht der Börse wegen. Ludwig beschloss, den Niederländer zum Interview ins Präsidium zu bestellen. Parallel fragte er bei den holländischen Kollegen um dessen Führungszeugnis nach. Dabei hörte er schon am Telefon, dass dieser Mann ohne Fehl und Tadel war. Er spendete viel für soziale Einrichtungen im ganzen Land und für ein Waisenhaus in Sri Lanka, das in der Nähe der Edelsteinminen liegt. Auf krumme Geschäfte in der Vergangenheit wies absolut nichts in den Unterlagen hin. Er war gespannt auf das morgige Gespräch mit ihm.

Frau Schöffele hatte inzwischen zu einem Meeting im Großraumbüro mit dem beweglichen Glasparavent gebeten. Kulle blieb noch genügend Zeit, sich bei Urs in Basel nach den neuesten Erkenntnissen zu erkundigen. Im Zimmer 501 hatte man Haare gefunden, die sich als Kunsthaar entpuppten. Leider ist dieses nicht immer spezifisch zu definieren. Sie waren bereits auf dem Weg nach Darmstadt, wo man sie mit denen der gefundenen Perücke abgleichen würde. Später konnte die SPUSI eine hundertprozentige Übereinstimmung nachweisen. Das bedeutet, dass sich ALi höchstwahrscheinlich in Deutschland aufhielt.

Faktencheck

Der Paravent im Seminarraum war mit vielen Fotografien übersät, vereinzelt mit Randbemerkungen versehen. Als alle SOKO-Mitarbeiter Platz genommen und das Gemurmel im Raum sich gelegt hatte, startete Rottenbach seine Abfrage:

„Also: Wer beginnt mit den Fakten zu Bekker, bitte in Stichworten, keine Unterbrechung, Zeit für Nachfragen zum Schluss!“

Sein Stellvertreter begann: „**Bekker, Vorname Willem**; weiß; 56 Jahre; 1,78m groß; Bure aus Südafrika; Juwelen- und Edelsteinhändler; Multimillionär; seit Mai in Deutschland; wohnt im Hotel Jagdschloss Kranichstein; hat dort begonnen, einen Skulpturenpark zu errichten; folgte wahrscheinlich nur seiner wunderschönen Ex-Ehefrau hierher, weil er sie zurückhaben will; ist einer unserer Verdächtigen für den Mord an der Leiche im Stein.“

Kulle schloss sich an: „**Abraham Lincoln: Rufname ALi**; weiß; 55 Jahre 1,71 m; Schulkamerad von Bekker; ihm treu ergeben und dessen Mädchen für Alles; windige Type; wurde in Südafrika schon mehrfach polizeilich auffällig, aber nie verurteilt; Verwandlungskünstler; uns bekannte Decknamen: **Otto Reier**, **Norman McLean**; lebte bis vor Kurzem in der Schweiz; könnte der Auftragsmörder für Bekker sein; hält sich höchstwahrscheinlich seit gestern im Umkreis von Frankfurt auf; Überweisungen von Bekker auf sein Konto in Kapstadt gab es keine; laut Auskunft unserer Kollegen aus Kapstadt, besitzt er nur dieses eine Konto, wohnt in einem kleinen ehemaligen Ferienhaus am Rande von Kirstenbosch; unser zweiter Mord-Verdächtiger.“

Jetzt folgten weitere, besonders kurz gefasste Aussagen:

„**Brigitte Bekker, geborene Preinl:** Ex von Bekker; 45 Jahre; ausgesprochen hübsch; lebte lange Jahre in Kapstadt; wohnt seit vier Monaten wieder in Bensheim, Bergstraße, ihrem Geburtsort; hat ein Verhältnis mit diesem Flugkapitän der Lufthansa.“ Er deutete auf das Bild daneben und fuhr fort:

„**Jochen Warnisch:** 45 Jahre; 1,79 m groß; wohnt in Kelsterbach, neben dem Flughafen; war bis heute im Ausland unterwegs; seine Befragung steht noch aus. Gutaussehender Mann; mit Leib und Seele Pilot; bisher polizeilich unauffällig; konnte seinen Termin heute Morgen bei uns aus beruflichen Gründen nicht wahrnehmen, Kommt morgen früh.“

„**Peter Pischkowsky:** 35 Jahre; Junggeselle; 1,65 m; wohnte in Kassel; ließ die Leiche in der Steinskulptur verschwinden; ist der Tote aus dem Backhausteich; handelte eventuell im Auftrag – ahem, von Bekker?; erhielt bisher nur eine viel zu geringe Bezahlung, die aus dem Ausland kam; könnte von ALi umgebracht worden sein; Beweise stehen noch aus.“

„**Ingeborg Mai:** Nachbarin von Frau Bekker in Bensheim; informierte Bekker über Details zu seiner Ex; verheiratet; ein Sohn.“

„**Stefan Eisen:** Hoteldirektor im Jagdschloss Kranichstein; erlaubte seinem Dauermieter den Skulpturenpark; gab den wichtigen Anstoß zum Fund des Toten im Backhausteich; informierte uns über den Einbruch in drei Hotelzimmern.“

„**Piet van Gilb**: Rechtsanwalt und Notar des Hotels; verfasste den Mietvertrag für den Skulpturenpark auf dem Gelände des Jagdschlosses.“

„**Herr Dörr:** verheiratet; Bauer; wohnt in Erfelden; vermietete seine Feldscheuer an Bekker zu einem horrenden Preis; dort wurde die unbekannte Leiche in den Stein hinein gezaubert; seit kurzem in U-Haft; wird wegen Beihilfe zum Mord angeklagt."

„**Herr Bulic:** Zimmerkellner im Hotel Jagdschloss Kranichstein; fand den Generalschlüssel seines Kollegen Albert, ohne es zu melden; gestand dies freiwillig."

„**Albert:** Azubi im Hotel Jagdschloss Kranichstein; verlieh seinen Generalschlüssel gegen Geld an Bekker."

„**Paul Emil Ziller:** 59 Jahre; war Arzt in Südafrika, erhielt dort Praxisverbot; wohnhaft in Berlin; zwielichtiger Juwelenhändler; als Geldverleiher bekannt wegen seiner Brutalität; aus seinem Safe im Hotel wurden angeblich 110 tausend Euro gestohlen; liegt derzeit in der Uniklinik in Frankfurt, da er bewusstlos und schwer verletzt an der Autobahn gefunden wurde; ein Ring mit sehr wertvollem Diamanten ist seitdem verschwunden; Hintergründe unklar; sein angeblich großer Lottogewinn konnte nicht bestätigt werden. Undurchsichtig."

„**Hendrik van Mol:** 50 Jahre; stets nach neuester Mode gekleidet; sehr, sehr reicher Edelsteinhändler aus Amsterdam; Freund von Bekker; Man stahl ihm aus seinem Hotelzimmer ‚nur ein wenig Geld', wie er sagte, und ein schmales goldenes Armband; hatte früher mal ein Auge auf Frau Bekker geworfen; Finanzen überprüft: viele Konten im In- und Ausland, mehrere Aktiendepots; zwei geheime, große Schließfächer in Amsterdamer Banken; insgesamt, laut holländischer Polizei, seit vielen Jahren ohne Auffälligkeiten; sozial sehr engagiert; im Interview unauffällig."

Der Vorsitzende ergriff das Wort: „Meine Damen und Herren, Liebe Kolleginnen und Kollegen! Ich danke Ihnen für die Ausführungen. Jetzt gilt es nur noch, eine Erklärung für den freien Platz mit dem großen **Fragezeichen** zu finden. Ich fange schon mal damit an und bitte um Ergänzungen Ihrerseits. Der Tote im Stein, männlich; etwa 45 bis 50 Jahre; 1,79 m groß; Haare dunkelblond bis schwarz; durchtrainiert und gesund; zwei Schüsse knapp neben dem Herz sind als todesursächlich zu sehen; Blutgruppe 0 Rh+; relativ stark verwest; keine Fingerabdrücke; keine Papiere; DNA-Vergleich im System ohne Erfolg. Fehlt noch was?“

„Ja, ich habe aufgrund der Aussage unserer Rechtsmediziner, dass der Tod vor etwa vier oder fünf Monaten herbeigeführt wurde, in unserer Vermissten-Kartei des letzten halben Jahres gesucht und keine Hinweise gefunden. Es ist im hessischen Raum kein Mann in vergleichbarem Alter abgängig; trotz relativ guter Beschreibung des Gefundenen unsererseits, gab es keine Hinweise aus der Bevölkerung.“

„Weitere Anmerkung: Fundort ist sicher nicht Tatort! Wir wissen zwar, wie und wo der Tote in den Stein hineinkam und auch, wer das fabriziert hat, aber wir überblicken immer noch nicht, wer ihn ermordete und schon gar nicht, warum. Und außerdem nicht, wieso dieser Leichnam so über alle Maßen aufwändig ausgerechnet in einer Skulptur aus Stein versteckt wurde, die Herrn Willem Bekker gehört. Zufall ist das nicht! Da haben wir noch viel zu tun.
– Herr Direktor, wenn keine weiteren Erkenntnisse vorliegen, sollten wir sofort zurück an unseren Arbeitsplatz eilen und mit unseren Ermittlungen fortfahren.“

„Gut, Herr Ludwig! So machen wir das. Bitte informieren Sie mich, wenn der Lufthansa Pilot zur Aussage kommt. Er scheint mir eine der Schlüsselfiguren in diesem Fall zu sein. Ich werde in ein paar Minuten den krankhaften Lügner, Willem Bekker, zum wiederholten Mal versuchen zu durchleuchten. So wie er sich die Wahrheit zurechtbiegt, könnte man ihn eigentlich auch Lügenbaron Münchhausen nennen. Er ist auf den ersten Blick ein Saubermann, aber mit der Zeit konnte ich doch einige dunkle Flecken bei ihm ausmachen. Vielleicht sind es diejenigen, die zur Trennung von seiner Frau führten. Man muss aufpassen, kritisch sein und seine Ausführungen erst einmal bezweifeln. Er kommt mir vor wie ein Koffer mit doppeltem Boden, von außen perfekt, aber im Inneren höchst verdächtig."

Interviews mit Folgen

Wie erwartet, saß Bekker kurz darauf schon im Verhörraum des Polizeipräsidiums in Darmstadt. Frau Schöffele hatte ihm fürsorglich einen Kaffee serviert, da sie von längerer Wartezeit ausging. Daran, dass zum ersten Mal ein Uniformierter mit im Raum stand, hätte der Südafrikaner erkennen können, dass der Termin echten Verhörcharakter haben würde. Vielleicht ahnte er etwas und versuchte deshalb, den zweiten Mann im Zimmer in ein Gespräch zu verwickeln. Doch all seine Anstrengungen scheiterten am Pokerface des Beamten. So guckten beide nur „Löcher in die Luft". Zu einem Gespräch kam es nicht.

Dieses beklemmende Szenario wurde schließlich von PD Rottenbach beendet, der die Befragung mit folgenden Worten eröffnete: „Herr Bekker! Sie sind ein unverschämter Lügner. Sie geben sich als seriöser Geschäftsmann aus, der gut in der Edelsteinwelt verwurzelt ist. Aber daran muss ich zunehmend Zweifel hegen. Sie schmieden nämlich insgeheim viele Intrigen und führen uns bewusst hinters Licht und..."

„...halt, halt, das ist doch Unsinn. Ich habe Ihnen immer gewissenhaft geantwortet und nicht gelogen. Das zu unterstellen, verbitte ich mir. Ich..."

„Stopp! Halten Sie die Luft an! Sie reden und reden, aber ich habe Beweise für meine Aussagen und zwar von mehreren Zeugen. Hören Sie gut zu!
Lüge eins: Die Scheuer außerhalb von Erfelden auf einem Acker haben Sie vom ortsansässigen Bauer Dörr für das ganze Jahr gemietet und zwar schon Ende April, als Sie nach eigenen Angaben noch gar nicht in Deutschland waren.
Lüge zwei: Sie haben Ihre Steinfiguren dort häufig aufgesucht und umgewidmet oder, zumindest einer davon, einen neuen Sinn gegeben. Von wegen `noch in gleichem Zustand wie im Freihafen Hamburg´.
Lüge drei: Sie wussten sehr genau, was in der Scheune vor sich ging und wer dort arbeitete. Vielleicht waren Sie sogar sein Helfershelfer, besorgten ihm die benötigten Maschinen sowie Essen und Trinken? Das werden wir noch klären.
Lüge vier: Sie wussten, dass mehrere Nächte lang an diesem Ort eine Leiche spektakulär versteckt wurde. Deshalb konnten Sie auch nicht überrascht sein, als durch die ungewollte Beschädigung der Skulptur der Inhalt zum Vorschein kam. Moment! Moment! Es geht noch weiter. Ich bin noch nicht fertig. Bei diesen Arbeiten muss Ihnen ein Fachmann geholfen haben. Wer war das? Sie wissen es und ich weiß, dass Sie es wissen. Nun? Überlegen Sie gut!
Lüge fünf: Ihnen kam die Leiche, die wir aus dem Backhausteich zogen, angeblich nicht bekannt vor? Nein? Ich sage Ihnen: Sie kannten den Toten sehr gut. Stimmt`s? Baron von Münchhausen, genannt der Lügenbaron, ist ein Waisenkind gegen Sie. Was glauben Sie, wird jetzt mit Ihnen passieren?“

„Herr Polizeidirektor, so glauben Sie mir doch. Ich war nur einmal mit dem Bauern in der Scheune, als ich sie mietete und zum zweiten Mal, als wir die Skulpturen abholten. In der Zwischenzeit hielt ich mich nicht einmal dort in der Gegend auf. Ich war mit meinem Mietwagen in ganz Deutschland, in Holland und in der Schweiz unterwegs, in verschiedenen Hotels und auch bei Bekannten. Dafür könnte ich jede Menge Belege vorweisen. Zu allem Überfluss erlaube ich Ihnen, zum Beweis meiner Unschuld, mein Navigationsgerät auszulesen. Und jetzt, hören Sie mal gut zu: die Verpackungen der Skulpturen waren nicht beschädigt. Auch damit habe ich nicht gelogen, niemals! Mich einen Lügen-Dingsbums, oder so ähnlich, zu nennen, entbehrt jeglicher Grundlage. Hören Sie auf damit! Okay?"

„Ja, wenn Sie, wie Sie sagen, viele Alibis haben, dann schießen Sie mal los. Lassen Sie aber all diejenigen weg, für die Sie keine Bürgen oder sonstige Beweise haben. Also, worauf warten Sie?"

Bekker überlegte lange angestrengt. Wie sehr, das sah man seinem Gesicht an. Er wirkte hochkonzentriert und schweißgebadet. Auf diese neue, veränderte Situation war er nicht vorbereitet. Es gab Augenzeugen? Wer könnte das sein? Diese Tatsache verwirrte ihn dermaßen, dass er zu keinem Resultat kam. Seine Finger spielten nervös miteinander, zuerst auf dem Tisch und dann darunter. Rottenbach ließ sich viel Zeit. Er beobachtete den Delinquenten dabei unverhohlen und ließ ihn bewusst zappeln.
Der wand sich inzwischen wie ein Aal und verlangte nach einem Glas Wasser. Das wurde ihm kurzerhand mit den ins Mark treffenden Worten verwehrt: „Wissen Sie was, das benötigen Sie nicht mehr. Wir geben Ihnen für heute ein Zimmer, in dem es kostenlos Wasser und Brot für Sie geben wird. Dort finden Sie auch einen Block mit Bleistift und Radiergummi. Darauf schreiben Sie alle Zeiten mit den Namen der Hotels und den von Ihnen besuchten Personen. Bis vor kurzem kannten Sie noch niemand in Europa und jetzt haben Sie plötzlich Bekannte hier. Ich bin gespannt auf Ihre Auflistung. Allzu lang kann sie nicht werden. – Denken Sie immer daran: Die Wahrheit geht manchmal unter, aber sie ertrinkt nie! Abführen!"

Wieder allein begann Rottenbach laut mit sich selbst zu reden:

„Bah, wie dumm von mir! Vergessen, total verschwitzt. Ich kenne doch noch mehr Beispiele, die inzwischen als reine Erfindungen von Bekker feststehen. Wieso habe ich sie eigentlich nicht genannt? Na, egal, jetzt ist es zu spät, aber morgen werde ich sie ihm auf die Stirn zusagen. Noch bin ich mit ihm nicht fertig. Ich benötige weitere, gerichtlich verwertbare, evidente Beweise für den Staatsanwalt. Seine `einsame Nacht der Überlegungen´ in der Zelle wird sie finden helfen."

EKHK Ludwig hatte sich zu einem Interview ins Uniklinikum Frankfurt begeben. Der Juwelier Ziller aus Berlin, genannt Paule, in diesem Punkt war er sich sicher, hatte ihm die Unwahrheit gesagt, als er von einem potenziellen Käufer namens Hähnklein sprach. Dieser ungewöhnliche Name war selbst bei den belgischen Flamen, in Luxemburg und in Holland unbekannt. Hatte er ihn erfunden, um von sich abzulenken oder hatte er Angst, den wirklichen Namen zu nennen, weil ihm sonst etwas Schreckliches passieren würde. Das musste er schnellstens klären.

„Na, wie geht es Ihnen, Herr Ziller? Wann werden Sie entlassen?"

„Machen Sie keine Witze. Ich bin schwer verwundet worden, habe eine Gehirnerschütterung, einen wackeligen Kreislauf und auch noch eine Amnesie. Wie Sie sehen, hänge ich am Tropf. Damit versucht man, mein verloren gegangenes Blut wieder aufzufüllen und den normalen Herzrhythmus wiederherzustellen. Wenn ich zur Toilette gehen will, muss mich ein Pfleger stützen, um nicht zu sagen, er muss mich tragen. Was gibt`s denn?"

„Nur kurz: Der von Ihnen genannte potenzielle Käufer des wertvollen Ringes ist unauffindbar. Den Namen `Hähnklein´ hat niemand je gehört. Wir haben in Deutschland und in den Benelux-Ländern nachgeforscht. Hieß der Herr vielleicht ganz anders? Denken Sie scharf nach! Wir müssen das heute klären und zwar mit Ihrer Hilfe. Alles klar?“

Seinem Gesichtsausdruck nach, spulte Ziller in Gedanken gerade einen Film ab, in dem dieser Mann eine Hauptrolle spielte. Mit der Antwort ließ er sich Zeit.

„Doch Hähnklein, ja doch, oder so ähnlich hieß er. Ein belgischer Name, nein, ein britischer. Der Mann kam aus Brüssel angereist. Steht in meinem Smartphone. Aber das ist weg. Ich erinnere mich noch, dass ich ihn mir von ihm buchstabieren ließ. Hähnklein: h, a, n, e, c, l, i, n, e `hanecline´, das spricht man Hähnklein. Alles korrekt! Suchen Sie bitte nach dem, der mich mit einem Revolver im Auto bedrohte und mich später, wie man mir erzählte, erst mit diesem und dann mit einem Ast halb totschlug. Ich kann es nicht beschwören, aber irgendwie bin ich mir sicher, dass er nicht derselbe Mann war, der eigentlich meinen Brillantring kaufen wollte.“

„Nehmen wir mal an, dass Sie Recht haben. Sprach er mit Akzent? Wie sah er aus? Irgendwelche Merkmale müssten Sie doch gesehen haben. Wie roch er? Wie war er gekleidet? Können Sie seine Hand beschreiben?“

„Nein! – Nichts davon! – Auf der Autobahn kamen uns natürlich, auch keine Lichter entgegen, die ihn beleuchtet hätten. Der Kerl trug einen Staubschutz wie Cowboys ihn tragen, eine Kappe mit großem Schild und Handschuhe. Ja, dunkle Handschuhe, vermutlich braun und aus Leder. Dauernd sagte er zu mir: `Kopf geradeaus´, vor der Ausfahrt zur Raststätte noch `Rechts raus´, sonst nichts. Nein, doch, als wir losfuhren gab er mir ein Tuch, das ich über den Innenspiegel hängen musste und sagte: `Los, rechts zur BAB´. Ja, er sagte wirklich B A B, da bin ich mir sicher. Hat er denn keine Spuren in meinem Wagen hinterlassen?“

„Nein! Schade. So kommen wir nicht weiter. Von wem stammte der teure Ring, beziehungsweise, von wem haben sie ihn gekauft?“

„Den besitze ich schon seit meiner Zeit in Südafrika. Ich glaube der Willem hatte ihn mir damals für viel zu viel Geld verkauft. Ist aber auch ein besonders schönes Stück, ein Unikat. Fragen Sie ihn mal. Vielleicht stammt er aber auch von jemand anderem. Ich bin mir nicht sicher. Aber jetzt bin ich müde.“

Paul Emil Ziller drehte Ludwig abrupt den Rücken zu. Beide verzichteten auf die üblichen Höflichkeitsfloskeln zum Abschied.

Am nächsten Morgen, pünktlich zum vereinbarten Termin, stand Flugkapitän Jochen Warnisch an der Rezeption des Polizeipräsidiums in Darmstadt und verlangte nach dem **E**rsten**K**riminal**H**aupt**K**ommissar Ludwig. Dieser wurde informiert. Zusammen mit seinem Vorgesetzten ging er zur Befragung des Piloten in den großen Seminarraum.

„Guten Morgen, Herr Warnisch! Schön, dass es heute geklappt hat. Darf ich Ihnen vorstellen: Herr Polizeidirektor Dieter Rottenbach, Leiter der Mordkommission, mein Name ist Ernst Ludwig. Bitte nehmen Sie Platz. Wie ich Ihnen am Telefon schon mitteilte, sind wir sehr an Informationen zu Willem Bekker interessiert, dem früheren Ehemann Ihrer Freundin, beziehungsweise Lebensgefährtin, Brigitte Bekker. Was können Sie uns zu ihm erzählen?“

„Gut, so gefällt mir das. Gleich zur Sache kommen und keine Zeit verschwenden. Also: Willem Bekker ist mir wenig bekannt. Er trat als Gönner und Mäzen für diverse Künstler bei großen Veranstaltungen in Kapstadt und Umgebung auf, die meistens seine Frau organisiert hatte. Dort sah ich ihn mehrmals, habe aber außer den üblichen Begrüßungsformeln nie ein Wort mit ihm gewechselt. Seine Frau gefiel mir bereits beim ersten Mal ausnehmend gut. Ich weiß noch genau, dass sie damals ein atemberaubendes rotes Abendkleid mit einem Brillantcollier trug. So sehr es auch glitzerte und funkelte, ich hatte nur noch Augen für sie. Da ihr Mann sich nicht um sie bemühte, sondern lieber mit anderen Männern redete und trank, forderte ich sie zum Tanz auf. Wir verstanden uns sofort, fast blind, könnte man sagen. Ja und da war es um mich geschehen. Ich verliebte mich vom Fleck weg in sie. Seit diesem Tag übernahm ich jeden Flug nach Kapstadt, den ich kriegen konnte. Die Kollegen begannen schon, über mein hartnäckiges Fragen nach diesen Flügen zu tuscheln. Doch das störte mich nicht im Geringsten."

„Und Bekker? Fiel dem nichts auf, ärgerte er sich nicht über ihr Verhalten, beziehungsweise über das seiner Frau?"

„Mag sein, dass er seine Frau deswegen beschimpfte. Sie redete mit mir jedoch nicht darüber. ...und er sprach mich sowieso nie an, wenn wir uns sahen. Später, als die Scheidung schon lange offiziell ausgesprochen war, wollte er die Trennung auf einmal nicht mehr wahrhaben. Da lebte er schon drei Monate solo, also ohne Brigitte, die bereits zwei Monate nach unserem Kennenlernen bei ihm ausgezogen war. Vielleicht fiel ihm in seinem riesigen, herrschaftlichen Haus mit mehreren Bediensteten und großem Fuhrpark die Decke auf den Kopf. Vielleicht hatte er aber auch auf eine baldige Rückkehr seiner Frau in den goldenen Käfig gewartet? Wer weiß das schon? Seitdem Brigitte hier an der Bergstraße wohnt, bin ich nicht mehr nach Südafrika geflogen."

„Ihre Geschichte bringt mich unweigerlich zu der Frage: Warum leben Sie in Kelsterbach und Ihre große Liebe in Bensheim, getrennt von Tisch und Bett, gewissermaßen?"

„Das würden Sie sofort verstehen, wenn Sie die Flugpläne der Lufthansa aus Sicht des fliegenden Personals lesen würden. Oft muss ich mich nach einem anstrengenden Flug erst einmal regenerieren, weil ich am nächsten Tag wieder ‚in die Luft gehe'. Eine stressige Fahrt auf der stets übervollen A5 steht für mich in keinem Verhältnis zu der gewonnenen Zeit der Entspannung. Deshalb fliege ich in den letzten Monaten am liebsten die Langstrecken nach Mittel- und Südamerika, Rio, Sao Paulo und so weiter. Wenn ich von dort zurückkomme, habe ich zwei, manchmal drei Tage frei. Dann wohne ich natürlich bei ihr in Bensheim, genieße die Ruhe in ihrem Garten bei einem guten Glas Bergsträßer Wein."

Rottenbach schaltete sich ein: „Wieso Sie sich dann aber ausgerechnet in Kelsterbach aufs Ohr hauen, direkt neben dem Flughafen mit ziemlich viel Lärm, das erschließt sich mir immer noch nicht?"

„Ja, das ist so. Die Wohnung dort mit ihren schalldichten Fenstern hat mein Freund Hans-Werner gemietet. Er ist ebenfalls Pilot bei der Lufthansa, so wie ich und besitzt eine zweite Wohnung in Darmstadt. Wir sind nahezu gleich alt und verstehen uns sehr gut. Deshalb konnte ich problemlos schon im Oktober 2018, als Brigitte an die Bergstraße umsiedelte, meine eigene Wohnung in Neuenhain im Taunus kündigen und bei ihm einziehen. Obwohl wir uns nur selten sehen, bilden wir dort quasi eine Wohngemeinschaft, eine WG, zusammen mit einem Purser von Condor. Wir beide sind die Untermieter von Hans-Werner. Jeder hat sein eigenes, relativ großes Zimmer. Wir teilen uns neben Küche, Bad und WC natürlich auch die Miete. Dort spanne ich nach einem langen Flug gerne aus, schlafe meistens vor dem Fernseher ein. Später fahre ich dann, wenn es der Dienstplan erlaubt, gut ausgeruht und frisch zu meiner Brigitte. Manchmal bleibe ich auch, weil ich Flugbereitschaft habe oder bereits kurze Zeit später wieder fliegen muss. So, oder so ähnlich machen das viele Piloten, Flugbegleiterinnen und Flugbegleiter aller Fluglinien."

„Und Sie haben nie mit Bekker ein Wort gewechselt?“

„Nein! Nicht, dass ich wüsste. Er mag mich nicht und ich mag ihn auch nicht. Warum sollten wir einen gemütlichen Kaffeeplausch halten? Ich habe gerade erst von Brigitte erfahren, dass er sich seit Mai dieses Jahres in Deutschland aufhält, und dass er schon in Bensheim bei ihrer Nachbarin vorgesprochen hat. Sein Image in Kapstadt war, meines Wissens, gut bis sehr gut. Warum sollte er hier in Deutschland einen Mord begehen? Welches Motiv er haben könnte, kann ich mir auch nicht vorstellen. Er war doch zuvor nur ein einziges Mal in Deutschland. Ich würde ihm, by the way, keinesfalls einen Mord zutrauen. Wie ich von meiner Lebensgefährtin weiß, verabscheute er schon immer körperliche Arbeiten jeder Art. Dafür sah er sich stundenlang Edelsteine an und vergaß dabei, sich um seine Frau zu kümmern. Dann wieder fuhr er mehrere Tage fort, ohne ihr zu sagen wohin. Wenn er von einer solchen Tour nach Hause kam, warf er schon mal mit Geld nur so um sich. Einmal schüttete er einen ganzen Koffer voller Scheine auf seine schlafende Frau aus und amüsierte sich köstlich über ihre erschrockene Reaktion. Er jubelte ihr vor: ‚Sag mir, wie viel du an Taschengeld haben willst, hunderttausend oder zweihundert, völlig egal‘. Mehrfach soll er sie aber auch geschlagen haben – sagt sie. Das passt nicht zu der Tatsache, dass er sich öffentlich brüstete, ihr fast jeden Wunsch von den Augen abzulesen, weil er sie über alle Maßen liebe. Seine schlechte Laune hie und da hatte, nach meinem Wissen, immer mit finanziellen Verlusten zu tun. Bei ihm ging es andauernd nur um das liebe Geld, obwohl, oder gerade, weil er darin schwamm. Auf der einen Seite will er die teuersten Autos und die größten Schiffe besitzen, die dicksten Goldketten tragen und die neuesten Anzüge, auf der anderen Seite kontrolliert er die Einkaufsrechnungen des Küchenpersonals und brüllt jeden von ihnen an, wenn auch nur ein Cent fehlt. Das nennt man Bigotterie, oder?“

„Herr Warnisch, wir gehen davon aus, dass Sie die Umstände kennen, unter denen wir die Leiche fanden, dass sie in eine Skulptur eingemauert war, meine ich. Ja?! Wir wissen leider noch nicht, um wen es sich handelt. Der Tote war nackt und so ungefähr in Ihrem Alter. Er könnte auch Ihre Statur gehabt haben, durchtrainiert und kerngesund. Auf wen in Bekkers Umfeld passt diese Beschreibung?“

„Ja, wenn Sie es nicht wissen. Ich kann Ihnen leider nicht weiterhelfen. Sollten Sie noch Fragen an mich haben, ich werde die nächsten drei Tage an der Bergstraße verbringen. Ach so, natürlich, sprechen Sie doch noch einmal mit Frau Bekker. Sie weiß sicher eine Menge über die Feinde ihres Ex zu erzählen. Auch die Nachbarin, Frau Ingeborg Mai, versteht sich, soviel ich weiß, gut mit ihm. Wenn jemand zu den Hintergründen des Mordes irgendeine Idee haben könnte, dann eine von diesen beiden Damen. Rufen Sie sie einfach an. Auf Wiedersehen!“

„Tschüss! Bis bald in Bensheim.“

Die Kommissare sahen sich an. Ihnen stand die Enttäuschung ins Gesicht geschrieben. Keine einzige verwertbare Aussage. Dabei waren sich beide schon vorher ganz sicher, mit dem Lufthansapiloten jemanden zu haben, der ihnen zeigen könnte, wie und an welcher Stelle man ins besagte Wespennest stechen müsste. Dass er selbst in diesen Mord verwickelt sein könnte, war nach diesem Gespräch völlig auszuschließen. Wenn man zudem noch die Aussagen des Personalchefs der Lufthansa berücksichtigt, hatte dieser Mann einen mehr als tadellosen Leumund. Er lebte für seinen Beruf und für sein gutes Renommee, soviel stand fest.

„Ergo fahren wir beide am besten sofort nach Bensheim und befragen die beiden von Warnisch genannten Frauen noch einmal. Morgen früh haben wir dafür keine Zeit, denn Bekker muss erneut vorgeführt werden. Ziller ist für mich ebenfalls ein Wackelkandidat, dem ich einen Mord zutrauen würde. Außerdem sollte die Suche nach diesem ominösen ALi inzwischen Fortschritte gemacht haben."

„Einverstanden, ich geh nur kurz bei Frau Schöffele vorbei. Sie hält die Stellung und ist unser Verbindungsmann, ahem ...-frau natürlich. Sie sollte unseren Besuch bei beiden Damen ankündigen."

Die Fahrt an die Bergstraße verging wie im Flug. Die Kommissare reüssierten ihre bisherigen Ergebnisse im Mordfall „Steinkleid", wie er inzwischen offiziell genannt wurde. Auf diese Weise bestens vorbereitet klingelten sie zuerst bei Frau Brigitte Bekker. Sie wurden schon erwartet.

„Gnädige Frau, wir bitten Sie, uns ein paar noch offenen Fragen zu beantworten. Ihr Lebensgefährte meinte vor etwa einer Stunde im Präsidium in Darmstadt, Sie könnten uns weitere wertvolle Informationen und Hintergrundwissen zu den Feinden Ihres Ex-Ehemannes in Südafrika liefern. Wen könnte er gemeint haben?"

„Ja, da gab es etliche. Insbesondere fallen mir da Lieferanten für Brillanten aus einer Mine in Botswana ein, die einmal unseren Empfangsraum im Wohnhaus zerlegten. Sie brüllten, er hätte sie um viel Geld betrogen. Er war sich natürlich keiner Schuld bewusst. Irgendwie schaffte er es damals, sie zu besänftigen. Sie zogen unverrichteter Dinge wieder ab. Doch noch im Hinausgehen schworen sie ihm ewige Rache. Das war damals für mich sehr furchteinflößend."

„Können Sie sich vorstellen, dass der lange Arm dieser ach so ehrenwerten Herren bis nach Deutschland reicht? Hier wurde der Mann nämlich umgebracht, nach dessen Identität wir forschen. Allerdings wissen wir nicht, wo der Mord geschah. Der Fundort ist, wie Ihnen bekannt, nicht der Tatort."

„Herr Kommissar, ich würde Ihnen gerne helfen, aber die Antwort weiß ich nicht. Dieser Mord könnte ja auch im Auftrag verübt worden sein. Dann wäre nur das Geld hierhergereist und nicht die Personen. Allerdings, ein Toter zahlt nicht zurück, oder?“

„Da haben Sie Recht. Bitte denken Sie noch einmal nach. Wen könnte Herr Warnisch noch gemeint haben, als er uns an Sie verwies?“

„Na ja, da gab es mal einen gemeinen Privatdetektiv in Kapstadt, der uns Tag für Tag überwachte. Seine Bilder von Jochen und mir landeten schließlich auf dem Schreibtisch meines damaligen Noch-Ehemannes. Er sollte zahlen, damit diese kompromittierenden Bilder von seiner Frau nicht in der Klatschpresse landen. Doch er lehnte ab, weil er zu diesem Zeitpunkt bereits wusste, dass ich die Scheidung eingereicht hatte. Mit diesem, angeblich seriösen Detektiv hatte Willem schon früher einmal Zoff. Er hatte etliche Fotos geschossen, die den illegalen Handel Willems mit falschen Diamantenhändlern belegen sollten. Doch bereits kurze Zeit später zeigte mein Mann die Bilder mir mit lautem Lachen und erklärte, die Sache sei ein für allemal ausgestanden. Ich erinnere mich, dass er danach zu ALi fuhr. Was die beiden Wichtiges zu besprechen hatten, weiß ich nicht. Jedenfalls wirkte er hinterher wie befreit von einer schweren Last. Schon bevor ich ihn heiratete, hatte ich erfahren, dass er seine Autos regelmäßig vor dem Wegfahren von einem Angestellten auf Bomben untersuchen ließ. Er lebte nämlich in der ständigen Furcht, eines Tages in die Luft gesprengt zu werden. In diese Gedanken steigerte er sich immer mehr hinein. Sie wurden mit den Jahren zu einer echten Manie. Es ist nie etwas passiert.“

„Kennen Sie vielleicht jemanden, der ihm erbarmungslos Schaden zufügen würde? Von seiner plötzlichen Abreise aus Südafrika überrascht, könnte er ihm aus Rache gefolgt sein. Das ist sicher weit hergeholt, aber möglich. Auch dass er der Steinskulptur bewusst einen Fuß abbrach, ist denk- und machbar. Spinnen wir den Gedanken weiter, so wollte der Unbekannte mit Hilfe der nackten Leiche im Inneren, möglichst viel Interesse bei der Presse erzielen und Bekker als potenziellen Mörder brandmarken. Reportagen über diese Sensation würden seinem Image, auch international, sehr schaden. Sie würden ihn ruinieren. Wer könnte ihn dermaßen hassen? Kommen Ihnen Gesichter oder Namen in den Sinn? Ich könnte es auch anders formulieren: Wer profitiert, wenn sein Geschäft kaputt gehen würde?"

„Sie machen sich zu viele Gedanken, Herr Direktor. Willem hat sein Geschäft eigentlich schon aufgegeben, spielt heute nur noch aus Gewohnheit ein bisschen mit, oder aus Langeweile oder so was Ähnlichem. Wer sollte ihm jetzt noch Böses antun wollen? Eine feindliche Übernahme seines Geschäfts würde sich meines Erachtens niemals lohnen und exorbitant viele Euros kosten. Würde ein Gericht ihn aber verurteilen, wäre sein Geschäft für einen `Appel und ein Ei´ zu haben. Wer könnte an einem Kauf so stark interessiert sein, frage ich Sie? Da fällt mir spontan nur sein Freund aus den Niederlanden ein, Hendrik ... van Mol. Doch der hat sich auf der Edelsteinbörse beziehungsweise im Hotel Jagdschloss Kranichstein in Darmstadt gerade neu mit ihm verbrüdert, wie ich hörte. Sonst niemand. Ohne Not würde Bekker niemals verkaufen. Nie! Dazu ist er viel zu geizig."

„Sie haben Recht. Vielleicht geht es gar nicht ums Geschäft. Aber welche Möglichkeiten gäbe es noch? Sollte Ihnen noch Neues einfallen, rufen Sie uns an. Jedes noch so kleine Teilchen hilft uns Ermittlern, das Puzzle fertig zu stellen."

Es klingelte. Herr Warnisch wurde stürmisch von seiner Freundin begrüßt. Beide waren froh, als die Kommissare rücksichtsvoll die Gelegenheit nutzten, um zu gehen. Zum Nachbarhaus waren es nur ein paar Schritte. Vor einer hohen Hecke blieben beide stehen, um weitere Maßnahmen zu besprechen. Rottenbach machte sich Notizen. – Die Hausbesitzerin öffnete mit mürrischem Gesicht. Sie liebte keine außergewöhnlichen Aktionen, selbst wenn sie angekündigt waren – schon gar nicht von der Polizei. Ihr Mann war nicht zu Hause und ihr Sohn hatte, wie im ganzen Haus nicht zu überhören, sein Empfangsgerät auf Techno-Musik eingestellt.

„Frau Mai, wir müssen mit Ihnen noch einmal über Herrn Bekker reden. Was hatte er Ihnen bei seinem letzten Besuch zu berichten? Insbesondere interessiert uns, warum er wirklich nach Deutschland kam. Kennen Sie seine wahren Beweggründe?"

„Die wissen Sie doch auch! Wegen ihr!" Sie deutete mit ihrem Kinn in Richtung Nebenhaus. „Er hat sie anscheinend immer noch zum Fressen gern. Redet laufend nur von ihr, von ihrer guten Ehe und dem unbeschwerten Leben in Kapstadt. Sonst sagte er eigentlich nix. War`s das?"

„Liebe Frau Mai, bitte seien Sie nicht so abweisend. Wir wollen Ihnen nicht böse. Sie können uns helfen den oder besser gesagt die Morde in Kranichstein zu lösen. Es muss weitere Gründe für seine nicht vorhersehbare Anwesenheit hier geben. Wir haben nachgerechnet. Könnte es eventuell sein, dass Ihr Sohn auch seiner ist?"

„Ich hab`s doch gewusst. Kriminalbeamte sind für mich genau wie Juristen nichts weiter als Rechtsverdreher. Also, scharfe Denker, die sich auch durch Tatsachen nicht verwirren lassen. Sie hatten von Anfang an vor, mich bloßzustellen, ohne Rücksicht auf meine Gefühle. Das lasse ich mir von Ihnen nicht bieten… von Ihnen nicht. Er ist der Sohn meines Mannes Edgar und mir. Basta! Gehen Sie jetzt!"

„Gnädige Frau, wenn Sie sich so sicher sind, haben Sie doch bestimmt nichts gegen einen Abstrich für den DNA-Test einzuwenden, oder? Nur durch diesen erhalten wir Klarheit in dieser verzwickten Lage.“

Nur äußerst widerwillig öffnete sie ihren Mund. Mit dem Wattestäbchen entnahm Ludwig eine Probe und steckte sie in ein Röhrchen. Die Haare aus dem Kamm ihres Sohnes, der zufällig auf der Flurgarderobe lag, lieferten das dringend benötigte Vergleichsmaterial. Der bereits vorher in ihrem Gesicht erkennbaren Wut passten sich jetzt auch ihre Blicke an. Sie war hochgradig aufgebracht über die zwei Kriminalbeamten und vielleicht auch über sich selbst. Wütend knallte sie die Tür hinter den beiden Darmstädter Ermittlern so laut zu, dass für Bruchteile von Sekunden selbst die dröhnende Techno-Musik ihres Sohnes nicht zu hören war. Ludwig stammelte:

„Puh, das war knapp, sehr knapp – aber erfolgreich. Ich persönlich glaube, dass er nur hier ist, weil er von seinem Sohn erfahren hat. Wäre er seiner großen Liebe wegen hier, dann wäre er ihr sofort nach deren Ausreise aus Südafrika gefolgt und hätte nicht noch von Oktober 2018 bis Mai 2019 gewartet. Aber was, in drei Gottes Namen hat dies mit den Morden zu tun? Können Sie sich einen Reim darauf machen? – Nein? – Ich auch nicht. Wir werden sehen! Irgendwann zerren wir die Wahrheit ans Licht!“

„Irgendwann ist aber zu spät. Das Jetzt ist gefragt. Merken Sie sich schon mal: Jede Tätigkeit, bei der es nicht um die Gegenwart im weitesten Sinne geht, ist eigentlich nur Zeitverschwendung. – Natürlich lernen wir aus der Vergangenheit. Klar! – Natürlich haben wir Ziele für die Zukunft. Auch klar! – Aber was wirklich zählt, ist immer nur das Hier und Jetzt. Einverstanden?“

Ludwig nickte gedankenverloren.

Bekkers Argumente

Noch bevor er am nächsten Morgen zum Verhör Bekkers ging, beauftragte Rottenbach einen Mitarbeiter, von diesem noch in der Zelle einen Abstrich für den DNA-Abgleich mit den Proben aus Bensheim zu nehmen. Diese lagen dem Labor bereits seit gestern vor. Bekker sollte deutlich merken, dass es ernst für ihn wurde. Nur wenn sich genügend Angst bei ihm aufgestaut hatte, bestand eine Chance, die Wahrheit zu erfahren. Er war immer noch der Hauptverdächtige, der wahrscheinlich einen oder beide Morde in Auftrag gegeben hatte. Nur: welches Motiv hatte ihn dazu veranlasst? Das musste sich unbedingt im gleich folgenden Gespräch klären.

„Nur, wenn wir endlich seine Beweggründe kennen, können wir auch beweisen, dass er seinen Freund ALi, den in der Vergangenheit stets zuverlässigen Ausführer all seiner Befehle, für den Mord angeheuert hatte. Wen sonst? Wo er doch vorgibt, hier niemanden zu kennen? Wieso haben wir keine neue Spur von ihm? Wir waren ihm so dicht auf den Fersen. Klar ist jedenfalls, dass ihn keiner auf dem alten Bild aus Südafrika erkennen kann. Wie er jetzt aussieht, weiß auch niemand. Möglicherweise kommt er ja aus der Deckung, wenn er hört, dass wir seinen Mentor und Freund aus Kindertagen festgesetzt haben. Auf geht`s, Ludwig! Wir greifen an!“

Vor dem Betreten des Verhörraumes kontrollierten beide, wie üblich, mit einem kurzen Blick auf den Delinquenten dessen Verfassung. Der nur von einer Seite durchsichtige Spiegel im Nebenraum machte es unbemerkt möglich. Sie sahen einen Mann, der wenig ausgeruht, müde und blass wirkte. Das war nicht verwunderlich, denn er musste die letzte Nacht in einer unbequemen Einzelzelle verbringen. Von seinem ansonsten aufbrausenden Wesen war nichts zu sehen. Selbst sein Versuch, die eintretenden Beamten mit stechenden

Blicken eines Besseren zu belehren, scheiterte kläglich. Auf dem Stuhl sitzend, fehlte ihm dazu die Strahlkraft.

„Hallo, wie war die Nacht?“, fragte Ludwig grinsend. „Nicht sehr schön, wie ich vermute. Aber das hätten Sie sich alles sparen können. Sie sind selbst daran schuld. Hätten Sie uns nicht belogen, hätten wir Sie letzte Nacht nicht hier einquartiert. Sie haben Ihren Freund und Vasallen ALi nach Deutschland beordert, damit er Sie hier von einem Ihnen lästigen Menschen befreit. Stimmt`s? Wer war der Mann? Wie heißt er? Warum musste er weg? Wobei hat er Sie gestört? Mann, so reden Sie doch endlich oder wollen Sie noch eine Nacht in unserer ‚Luxussuite‘ verbringen?“

„Lieber nicht! Ich würde gerne all Ihre Fragen beantworten, wenn ich nur wüsste, warum ich ALi den Befehl gegeben haben sollte, nach Deutschland zu kommen. Ich kenne hier keine Menschenseele, von Frau Mai, ihrem Mann und Brigitte einmal abgesehen. Wer also sollte mich hier so sehr stören, dass er beseitigt werden müsste? Das ist eine fixe Idee von Ihnen, weiter nichts. Sie entbehrt jeder Grundlage. Tausend andere könnten die Tat verübt haben. In Deutschland leben genügend Verbrecher. Ich weiß nicht einmal, wo sich Abraham derzeit aufhalten könnte.“

„Nun, diesbezüglich können wir Ihnen helfen. Wir fanden Herrn Lincoln mit Hilfe der Schweizer Kollegen in einem Hotel in Basel und …ahem, folgten ihm bis nach Frankfurt. Seine Fingerabdrücke entdeckten wir dann im Hotel Jagdschloss Kranichstein in drei durchwühlten Zimmern, wie Sie sich bestimmt erinnern werden. Ihres war schließlich auch dabei. Wie viele Beweise benötigen Sie noch für seine Anwesenheit? Dass er Ihnen seit frühester Jugend aufs Wort folgt, ist bekannt. Sie holten ihn nur hierher, weil er für Sie eine strafbare Handlung besonderer Art verüben sollte. Aus eigenem Antrieb wäre er nie hierhergekommen. Sie baten ihn, nach Deutschland zu kommen. Geben Sie es zu!“

„Wie kann ich etwas zugeben, was ich nicht getan habe? Er ist also auch in Deutschland? Na und? Ich jedenfalls habe ihn nicht bestellt. Nur weil er mich kennt und sich zufällig hier aufhält, ist er noch lange kein Mörder. Okay?“

Rottenbach schaltet sich ein: „Ich verliere langsam die Geduld. Wenn ich all unser Wissen über Sie an den Staatsanwalt gebe, buchtet er Sie sofort in Untersuchungshaft ein. ...Und die kann lange dauern, wie Sie wissen.“

Es klopfte an der Tür. Frau Schöffele trat ein und überreichte mit vielsagendem Blick ihrem Vorgesetzten einen Zettel. Dann verschwand sie wieder, ohne ein Wort zu sagen. Die Nachricht auf dem Papier beflügelte das Verhör immens. Auch Ludwig las sie und zog eine seiner Augenbrauen in die Höhe.

„So, jetzt aber, da haben wir den Beweis. Sie sind nur hier, um einmal Ihren Sohn zu sehen und vielleicht sogar, um ihn zu überreden, mit Ihnen nach Kapstadt zu reisen. Ihr kleines Tete-à-tete mit Frau Mai vor vielen Jahren blieb nicht ohne Folgen. Sie schauen sehr erstaunt. Wussten Sie etwa nicht, dass Sie einen Sohn haben?“

„Meine Herren, Sie sehen mich sprachlos. Ich selbst hatte früher schon darüber spekuliert. Ingeborg hat mir damals am Telefon steif und fest versichert, dass der Junge, wie heißt er noch gleich, ach ja, Florian, nachweislich von ihrem Ehemann stammt. Ihre Mediziner müssen sich vertan haben. Ich bin nicht der Vater von Florian! Gaaanz sicher nicht! Eine Mutter hat das im Gespür.“

„Aber Herr Bekker, hier steht es schwarz auf weiß. Lesen Sie: ...ist mit über 95-prozentiger Wahrscheinlichkeit Sohn des Inhaftierten. Und der sind Sie. Die DNA lügt nicht. Unsere Medizin macht keine Fehler. Herzlichen Glückwunsch! Ich frage mich allerdings, wie Sie ihm erklären wollen, dass Sie sein Vater sind und dass Sie einen

Mord begangen haben. Wer will schon einen Verbrecher zum Vater. Das lässt sich nur schwer und eigentlich noch viel schwerer als schwer vermitteln. Insbesondere, wenn Sie ihm das in Gefängniskleidung und hinter schwedischen Gardinen sitzend erklären müssen. Bedenken Sie, dass er Sie nur akzeptieren wird, wenn Sie ab jetzt mit uns kooperieren. Er ist gerade mal dreizehn Jahre alt und hat noch sein ganzes Leben vor sich. Sie entscheiden hier und jetzt, ob er einen großen Teil davon mit Ihnen oder ohne Sie verbringen kann. Das ist Ihnen doch klar, oder?"

„Okay, Okay, ich denke darüber nach. Jetzt bitte ich Sie, mir eine Auszeit zu genehmigen. Ich muss alles erst verdauen. Deswegen würde ich gerne mit Ingeborg telefonieren, geht das?"

„Gut, die Auszeit geht in Ordnung, das Telefonat nicht, und zwar so lange nicht, bis Sie uns die Wahrheit gesagt haben. Wir suchen nach wie vor einen Mörder und glauben, dass Sie ihn kennen. – Erwin, bringen Sie ihn zurück in die Zelle. – Dort können Sie versuchen, die Angst zu überwinden, die ich gerade in Ihren Augen sehe. Sie fühlen sich nämlich momentan wie auf einem Zahnarztstuhl, spüren den Schmerz des Bohrers schon, obwohl er noch gar nicht da ist. Durch die Vorwegnahme dieses Gefühls steigern Sie sich in eine Angst hinein, die Sie völlig überwältigen wird. Erst wenn Sie diese Prozedur überstanden haben, wenn Sie also zu unserem Fall eine Beichte abgelegt haben, schafft sich in Ihnen das GefühlPlatz, alle Probleme endgültig bewältigt zu haben. Die Welt wird wieder frisch und jung und Sie spüren plötzlich wieder einen Tatendrang wie früher, als Sie noch voller Optimismus waren. Wollen Sie das nicht erleben? Ich verspreche Ihnen, Sie werden das Gefühl, etwas ganz Großes bewältigt zu haben, niemals vergessen. So, und jetzt können Sie meine philosophische Abhandlung in aller Ruhe in Ihrer Zelle überdenken. Wir sind für Sie bis auf Weiteres nicht zu sprechen. Abführen!"

Das Verhör war fürs Erste beendet, nicht aber die Diskussion um den oder die Mörder. Vielleicht war Bekker tatsächlich selbst einer, obwohl ihm die Tat keiner seiner Bekannten zutraut. Warum schiebt er nicht die ganze Schuld auf ALi? Wusste er bis jetzt wirklich nicht, dass er einen Sohn hat? Es gab noch unzählige offene Fragen, die auf evidente Antworten warteten, ohne die jeder Versuch scheitern würde, die Staatsanwaltschaft zu einer Anklage zu bewegen. Rottenbach und Ludwig sahen sich minutenlang ratlos an, ohne ein Wort zu wechseln. Eine zündende Idee kam gerade keinem in den Sinn.

Der Gerichtsmediziner

„Guten Morgen, Chef! Sie sollen in der Rechtsmedizin anrufen, genauer gesagt, bei Ihrem Freund, Dr. med., Dr. h. c. Rainer Zeil. Er hat ein Problem, das er nicht mit mir teilen wollte. Er klang äußerst dringend. Am besten, Sie rufen ihn sofort zurück, bevor Sie durch irgendetwas anderes abgelenkt werden."

„Gut, verbinden Sie mich bitte mit ihm. – Hallo mein lieber Rainer. Was gibt es so Wichtiges am frühen Morgen? Konntet Ihr endlich den genauen Todeszeitpunkt der Steinleiche ermitteln? Alles andere interessiert mich derzeit herzlich wenig."

„Nun mal sachte, mein Freund. Hast du heute Zeit, mit mir Mittagessen zu gehen? Ich schlage vor, wir gehen in die `Bockshaut´ am Marktplatz und essen gut bürgerlich. Ich bezahle. Also, kommst du mit? Sagen wir zwölf Uhr?"

„Was soll das jetzt? Wenn du freiwillig bezahlst, dann ist doch etwas faul, oder?"

„Nun ja, ich müsste mit dir über eine fast, beinahe schon dienstliche Angelegenheit sprechen. Abgemacht?"

„Du Schlitzohr. Du weißt genau, was für ein neugieriger Mensch ich bin und nutzt das für deine Zwecke. So wie ich dich kenne, wirst du mir nicht verraten, welches Anliegen du hast, wenn ich nicht auf deinen Vorschlag explizit eingehe. – Natürlich komme ich."

Seine Gedanken kreisten so sehr um das Problem seines Freundes, dass er fast Willem Bekker in der U-Haft vergessen hätte. Da die bisherigen Ergebnisse der Ermittlungen keinesfalls ausreichen würden, um ihn in Haft nehmen zu können, musste er wieder frei gelassen werden. Vorher wollte Rottenbach ihn sich aber noch einmal zur Brust nehmen.

„Herr Bekker, Sie hatten nach der wahrscheinlich gedankenschwangeren und auch körperlich leidvollen Nacht reichlich Zeit, über die heute Morgen erfahrenen Neuigkeiten nachzudenken. Zu welchem Ergebnis sind Sie gekommen?"

„Ich werde nichts sagen, selbst wenn Sie mich noch so sehr mit Fragen quälen. Daran, dass ich jetzt plötzlich einen Sohn habe, muss ich mich erst noch gewöhnen. Mit einem solchen, letztlich wahrscheinlich guten Schicksalsschlag konnte ich nicht rechnen. Ihre Prophezeiungen, mein Sohn müsse sich für mich schämen und so weiter, machten auf mich keinen nachhaltigen Eindruck. Ich habe in meinem ganzen Leben noch nie jemand ermordet, so viel steht fest und werde das auch niemals tun. Wofür genau wollen Sie mich verhaften? Genau genommen haben Sie dafür keinen triftigen Grund, oder?" Bekker erkannte die fehlende Entschlossenheit im Gesicht Rottenbachs und schob nach: „Nein!? – Dann kann ich ja gehen."

„Warten Sie, bitte! Ich hoffe, Sie sind sich darüber im Klaren, dass Ihre Aussicht auf einen verständnisvollen Sohn an einem seidenen Faden hängt, über dessen Reißfestigkeit erst die Zukunft entscheiden wird. Bringen Sie zuerst Ihr Gewissen in Ordnung, bevor

Sie ihm die Wahrheit sagen. Wir haben seine Mutter bereits per Telefon informiert. Sie war am Boden zerstört und noch nicht bereit, den Fakten ins Auge zu sehen. Befolgen Sie daher unbedingt meinen gut gemeinten Rat und sprechen zuerst unter vier Augen mit ihr. Ansonsten halten Sie sich bitte zu unserer Verfügung. Wir treffen uns mit Sicherheit bald noch einmal. Auf Wiedersehen!“

Um auf andere Gedanken zu kommen, ging Rottenbach von Zimmer zu Zimmer und redete mit einzelnen Mitarbeitern der SOKO. Detailverliebt brachte er alle möglichen Kleinigkeiten zum weiteren Vorgehen im Falle beider Morde zur Sprache. Dabei störte ihn sehr, dass er permanent an seine Verabredung zum Mittagessen denken musste. Was Rainer ihm wohl Ungewöhnliches zu sagen hatte? Er freute sich auf die nette Abwechslung, gleichzeitig aber trauerte er der verlorenen Zeit nach.

„Hi, Dieter“, begrüßte ihn sein Freund schon von weitem. „Bitte nimm Platz. Hier im hintersten Eck können wir ungestört miteinander plaudern. Geht es dir gut?“

„Natürlich, was sonst? Und dir?“

„Mir auch. Meine Frau lässt dich schön grüßen. Ich hatte ihr gestern Abend von unserem heutigen Treffen erzählt.“

„Toll, du hast demnach gestern Abend schon gewusst, dass ich zusage? Wie konnte das sein? Von mir ist eine Absage eigentlich eher anzunehmen als eine Zustimmung. Also red` schon, was gibt`s?“

„Zuerst bestellen wir unsere Getränke und dann essen wir ohne Hast. Ich hoffe, du hast etwas Zeit mitgebracht.
Nach dem Menü werde ich berichten. Das ist zweifellos besser für unseren gestressten Magen und für unsere Gesundheit sowieso.“

Während des Essens sprachen sie nur über belangloses, unwichtiges, langweiliges, aber zeitfüllendes Zeugs. Nachdem endlich das ganze Blut zwecks Verdauung aus dem Hirn gewichen war und sich im Magen versammelt hatte, begann Rainer über sein Anliegen zu sprechen:

„Lieber Dieter! Du kennst doch das wunderschöne Darmstädter Jugendstilbad neben dem Finanzamt. Dort im ehemaligen Herrenbad treffe ich mich schon seit September letzten Jahres fast jeden Dienstag um neunzehn Uhr mit Bekannten zum Schwimmen. Sie kommen alle aus den verschiedensten Berufsrichtungen. Gemeinsam ziehen wir gemütlich Bahn für Bahn und fordern unsere Muskeln heraus. Nackenduschen und warme Bodensprudler sorgen für die dringend benötigte Entspannung und auch für ein angenehmes Wohlgefühl. – Du solltest dir diese Sinnesreize auch einmal gönnen. Unbedingt! – Danach gehen wir manchmal in die Sauna und zuweilen auch für einen oder zwei Absacker hier in die \`Bockshaut´. Soviel zur Vorgeschichte. In dieser Truppe gibt es auch den Flugkapitän Hans-Werner. Er ist ein sehr netter Mensch, der unterhaltsam plaudern kann. Mit ihm verbindet mich so etwas wie eine gemeinsame Wellenlänge oder sogar eine Seelenverwandtschaft. Auf das Treffen mit ihm freue ich mich immer schon vor der Wasserkur, wie ich unser Treiben gerne nenne. Er erzählte mir irgendwann im April, dass er vorhat, eine Auszeit von fünf Monaten zu nehmen, um einem Burnout vorzubeugen. Eine Gruppe von erfahrenen Bergwanderern würde ihn zu einer richtigen Expedition durch Nepal mit Sherpas und allem Drum und Dran mitnehmen. In der ersten Septemberwoche wollten wir uns dann im Jugendstilbad wieder treffen. Doch er kam nicht. Gestern fehlte er nun schon wieder. Keiner aus der Gruppe weiß, wo er abgeblieben sein könnte. Das bereitet mir Kopfzerbrechen. Ich mache mir Sorgen um seinen Verbleib. Soweit verstanden? Gut! Könntest du vielleicht deinen Polizeiapparat benutzen, um herauszufinden, ob ihm etwas zugestoßen ist? Mein Bauch sagt mir, dass etwas Schreckliches passiert sein muss. Diese Art Gedanken verfolgen mich jetzt schon seit geraumer Zeit. Meine Frau wird nachts wach, weil ich irgendetwas Unverständliches laut vor mich hinträume. Entsprechend unausgeschlafen und müde bin ich dann am folgenden Morgen. So darf das nicht weitergehen. Es ist mir sehr daran gelegen, ihm selbstlos zu helfen. Das geht aber nur mit deiner Unterstützung. Kannst du mir diesen Gefallen tun?"

„Wow, Rainer, eine so lange Rede hörte ich dich schon lange nicht mehr schwingen. Dieser Pilot ist dir wohl sehr wichtig? Für mich geht es nur um die Frage, wann ich Zeit dafür habe? Als Leiter der Mordkommission suche ich eher selten nach Vermissten, eher nach... du weißt es. Mit unbegründeten Ermittlungen, die zudem nicht zu einem Fall gehören, setze ich meinen Job aufs Spiel, das ist dir doch klar?"

„Ja, natürlich, deshalb habe ich dich doch hierhergebeten, um in quasi privater Atmosphäre eine fast außerdienstliche Sache zu besprechen. Ich bitte dich hiermit noch einmal, alles über das Schicksal meines Schwimmfreundes herauszufinden. Es liegt mir sehr am Herzen"

„Gut gehen wir einmal davon aus, dass ich für dich recherchiere. Bei welcher Fluglinie ist er denn Kapitän? Wo wohnt er? Wie alt ist er, wie groß, wie dick, wie breit? Los erzähle, ich schreibe mit."

„Damit geht es schon los. Ich weiß nicht einmal, für welche Fluggesellschaft er fliegt. Er wohnt in Darmstadt im `Watzeviertel´, genauer: in der Mauerstraße. Hausnummer? Fehlanzeige! Die anderen Daten sind mir besser geläufig. Er ist fünfundvierzig Jahre alt, ledig, dunkelblond, 1,80 Meter groß, gutaussehend, ein wenig gebräunt und durchtrainiert. Von einem Body, wie er ihn hat, kann man als Mann nur träumen. Leider wissen die anderen `Wasservögel´ noch weniger von ihm. Ich habe sie bereits gefragt. Offenbar hat sich keiner mit ihm so lange und so oft unterhalten wie ich. Das liegt mit Sicherheit an unseren gemeinsamen Interessen: Gebirge, Wandern, Reisen in fremde Länder und Fotografieren. Ich würde mir nie verzeihen, wenn ich ihm nicht helfe. Je mehr ich darüber grübele, umso sicherer bin ich, dass er irgendwo auf der Welt, in einem Krankenhaus oder in einem Gefängnis liegt und meine Hilfe dringend benötigt. Da fällt mir ein: Er heißt mit Nachnamen Weis, wie Schnee mit nur einem `s´, sagte er, als wir uns kennen lernten. Vielen Dank für deine Bereitschaft, für mich nachzuforschen. Wenn du die Ermittlung in die Hand nimmst, da bin ich mir sicher, kann ich bald wieder gut schlafen. Vielen, vielen Dank!"

„Nun mal langsam. Ich habe noch nicht fest zugesagt! Derzeit haben wir zwei Morde aufzuklären, wie du weißt. Die Frage nach dem Motiv ist im Falle des Toten aus dem Backhausteich geklärt, aber nicht, wer der Mörder war. Bei der in die Skulptur aus Stein eingepassten Leiche tappen wir nach wie vor mit Täter und Motiv im Dunkel. Du kannst mir ja nicht einmal sagen, wann der Mann getötet wurde."

„Verstanden. Du hast wie immer Recht. Dass wir uns mit der Bestimmung des Todeszeitpunktes schwertun, lässt sich relativ einfach erklären: Ich persönlich glaube nämlich, dass man den Toten erst in den Stein einbrachte, nachdem er einige Tage in einer Gefriertruhe lag. Seine Extremitäten wurden danach gebrochen. Auch einige der Kollegen schließen vorheriges Einfrieren nicht aus, weil sie keine Alternative sehen. Die Zeit im Eis erschwert eine genaue Diagnose enorm. Im Stein kommt wenig bis gar keine Luft an das Gewebe. Vergleichsdaten liegen mir noch nicht vor. Wie aus seinem Verwesungsgrad abzuleiten, lag der Tote schon Wochen, eher Monate, im Speis. Das ist wieder nur spekulativ. In diesem `Sarg´ konnten wir auch keine Schmeißfliegen oder andere Insekten finden, was ebenfalls für das Tiefgefrieren spricht. Die Anzahl von Eiern und/oder Maden auf einer Leiche ergäben normalerweise fast gleich gute Werte für die genaue Bestimmung des Todeszeitpunktes wie die allseits bekannten Temperaturmessungen und das Wetter. Alle drei Methoden ließen sich dieses Mal nicht anwenden. Du siehst, wir waren aktiv und sind es natürlich noch. Es soll neuere Erkenntnisse zum Alter von Leichen unter Luftabschluss geben. Die haben wir angefordert. Aber, das dauert. Sag, was macht das für einen Unterschied, ob der Tote nun vor vier oder fünf Monaten umgebracht wurde. Der Tatort würde meine Mitarbeiter und mich viel mehr interessieren. Konntet ihr den inzwischen eingrenzen?“

„Nein, leider nein! Aber die Scheune auf dem Feld vor Erfelden, in der der Tote umgebettet wurde, ist uns bekannt. Hm...hm, wieso haben unsere Spezialisten von der SPUSI eigentlich dort nichts Brauchbares gefunden? Etwas Benzin vom Generator, ein Stückchen Schnur, Draht, Zementreste, Wasserkanister und so weiter, auch keine Finger- oder Fußabdrücke im Staub ...und schon gar keine DNA. Das ist definitiv beinahe noch weniger als nichts.“

„Was meinst du: Würde es unsere Kollegen von der SPUSI ärgern, wenn ich meine Leute aus der Gerichtsmedizin in die Feldscheuer schicke und sie das Unterste zu Oberst kehren ließe? Einen Versuch wäre es bestimmt wert. Spurensuche ist zwar deren Ding, aber... Ich bin sicher, wir können besser untersuchen als die. Ich weiß, ich weiß, dieser Vorschlag klingt nach Konkurrenzkampf zwischen den Abteilungen. Aber dem ist eigentlich nicht so. Nein, jetzt habe ich gelogen. Dem ist so! Wenn du es anordnest, werde ich selbst mitgehen und meinen `Schweif blicken lassen´, ha, ha, oder so ähnlich. Einverstanden?“

„Vielen Dank, mein lieber Rainer. Ich sehe, du willst, ebenso wie ich, dafür sorgen, dass die Fragen ab- und die Antworten zunehmen. Nur durch Zuschauen hat weder im Spiel noch im richtigen Leben je einer gewonnen. Um nun deine Frage auf die Schnelle zu beantworten: Ich könnte mir schon gut vorstellen, dass beide Abteilungen je zwei Mann dorthin senden, um die Scheune inklusive

Umfeld noch einmal genau in Augenschein zu nehmen. Diese Entscheidung ad hoc werde ich aber vorher noch einmal überschlafen. Unternehme deshalb nichts und warte auf meine Anweisungen."

„Sag, was wurde eigentlich aus dem Schwerverletzten, den ihr an der Autobahn gefunden habt? Hat er vielleicht auch etwas mit dem Südafrikaner zu tun?"

„Natürlich hat er, aber nicht wie du jetzt gerade denkst. Bekker hat ihn lediglich zur Edelsteinbörse in Frankfurt eingeladen und im Hotel Jagdschloss Kranichstein einquartiert. Er befindet sich auf dem Weg der Besserung."

„Das höre ich gerne. Wir durften seinen Fundort damals nicht untersuchen, denn die Autobahnpolizei hatte zuerst die lieben Kollegen aus Frankfurt informiert. Sie waren vor uns schon bei dem Schwerverletzten. Als wir kamen, hatten sie, beziehungsweise der Arbeitersamariterbund (ASB), ihn schnell, schnell in die Unikliniken geschickt. Siehst du, auch hier wird gekämpft. Wer zuerst kommt, kriegt den Patienten und die zugehörige Klinik die Einnahmen. Ganz einfach! Ob zu allem Überfluss auch noch Vermittlungsgebühren fließen, wie einige behaupten, entzieht sich meiner Kenntnis. Habt ihr irgendeine Idee, wer ihn so böse zugerichtet haben könnte und warum?"

„Nein, genau genommen nicht. Er behauptet, dass ihm jemand wegen eines sehr wertvollen Diamantrings auflauerte und zusammenschlug. Dann wäre es ein Raubüberfall. Kann stimmen, muss aber nicht. Der Ring jedenfalls ist verschwunden. Ungeklärt bleibt, ob jemand seinen Mord geplant hatte. Warum fragst du?"

„Nun, ich denke darüber nach, ob man vielleicht den lästigen Mitwisser einer schweren Straftat beseitigen musste. Stell dir vor, er weiß, wer die beiden Männer, den im Teich und den im Stein, umgebracht hat. Das wäre für den Auftraggeber sehr gefährlich. Er könnte ihn jahrelang mit diesem Wissen erpressen. Der Ring wäre dann nur ein vorgetäuschtes Ablenkungsmanöver gewesen. Gute Idee?“

„Ja, doch, das könnte auch ein Motiv sein... Hm, hm, du bringst einen völlig neuen Gesichtspunkt ins Spiel. Ich muss umgehend noch einmal mit ihm reden. Hast du noch weitere überlegenswerte Ansätze? Auch völlig verrückte sind gefragt. Ein Kollege von dir sagte einmal den Satz, der mir gerade in den Sinn kommt: `Nichts ist so krank, als dass es nicht Wirklichkeit werden könnte´. Ich glaube, er hat Recht, insbesondere mit Blick auf diesen Fall.“

Rainer Zeil nickte, während er angestrengt nachdachte. Doch unter diesem selbst auferlegten Erfolgsdruck fiel ihm nichts Cleveres mehr ein. Sie verabredeten ein Plauderstündchen mit Ehefrauen fürs nächste Wochenende und fuhren dann zurück an ihre Arbeitsplätze im Präsidium beziehungsweise in der Gerichtsmedizin, immer das unmittelbar zuvor Diskutierte im Kopf.

Aufarbeitung

Zu seinem langjährigen Stellvertreter, EKHK Ernst Ludwig, hatte Rottenbach schon seit sie sich kennen ein gutes Verhältnis. Des Öfteren bat er ihn um Rat, nicht nur bei Zweifeln an seiner eigenen Meinung. Seine Zweitmeinung war ihm einmal mehr wichtig. Konnte es sein, dass sie wirklich einige Beweise in der Feldscheuer übersehen hatten, wie sein Freund aus der Rechtsmedizin annahm? War er nicht konsequent genug in der Nachbearbeitung? Gab er seinen Mitarbeitern zu viele Freiräume? Oder war er im Laufe der Jahre nachlässig geworden, eventuell auch bei der Befragung des Schwerverletzten in der Uniklinik? Und etwa auch bei Bekker? Er stellte kurzum sich, seine Mordkommission und alles Ermittelte in Frage. Doch ehe er weitere Schritte unternahm, war er neugierig, auf die Ansichten seines erfahrenen Zimmernachbarn. Er schildert ihm offen seine derzeitigen Probleme, vermied es aber, die wahren Hintergründe für seine plötzlich aufgetretenen Selbstzweifel zu nennen.

„Am besten, Chef, wir gehen ganz pragmatisch vor, ohne zerstörerische Skrupel. Wir lassen die `Mediküsse´ und die `Spuren-Scouts´ die Feldscheune und die Äcker drum herum noch einmal gründlich absuchen. Das Ganze dauert seine Zeit und wir, wir müssen nur abwarten, weiter nichts. Was die einen nicht finden, entdecken vielleicht die anderen. Ich fahre derweil gemütlich nach Frankfurt in die Uniklinik und befrage noch einmal den Berliner Juwelenhändler Ziller. Sie könnten die Zeit nutzen und noch einmal frontal auf Bekker losgehen. Im letzten Verhör stand er kurz davor, ein Geständnis abzulegen. Er weiß genau, was Sie von ihm halten und hat Angst vor Ihnen. Sie können ihm gefährlich werden, weil Sie vorgeben zu wissen, welche Motive ihn zu den Taten veranlasst haben. Dass er als selbst Betroffener nicht bereit ist, über mögliche Hintergründe zu den beiden Verbrechen nachzudenken oder zumindest darüber zu spekulieren, ist ungewöhnlich und macht ihn für mich verdächtig. Da sind wir uns doch einig, oder? Nur er kennt den oder die Mörder, weil er sie selbst angeheuert hat. Jetzt gilt es, den Druck auf ihn so zu verstärken, dass er Farbe bekennen muss. Da haben wir noch ein hartes Stück Arbeit vor uns. – Ach ja, da fällt mir noch das besondere Ereignis schlechthin ein, seine plötzliche Vaterschaft, meine ich. Ob er seinen Sohn inzwischen akzeptiert oder zumindest toleriert hat, beeinflusst sicher auch seine Bereitschaft zur Kooperation mit uns.“

„Einverstanden. Am besten, wir legen beide sofort los. Sie in Frankfurt, ich hier.“

Er drückte einen Knopf auf seinem Telefon und bat seine Sekretärin, in sein Büro zu kommen. Gerade noch rechtzeitig war ihm eingefallen, dass er seinem Freund ein Versprechen gegeben hatte. Um das einhalten zu können, musste er möglichst schnell mit den Ermittlungen beginnen.

„Liebe Frau Schöffele! Ich…"

„…wenn Sie mit diesen Worten beginnen, Chef, haben Sie meistens einen Anschlag auf mich beziehungsweise meine Arbeitszeit vor. Stimmt`s? Sollte ich mich schon mal auf Überstunden gefasst machen?"

„Nun ja, wie man`s nimmt. Zuerst einmal bestellen Sie den Bekker für morgen früh um acht Uhr in den Vernehmungsraum."

„Ach du jemine, schon wieder!? Na der wird sich aber freuen. Haben wir denn etwas Neues gegen ihn in der Hand? Ich frag ja nur mal so, weil er doch gerade erst hier bei uns war, mit Übernachtung und Vollpension.

„Trotzdem! Muss sein!! Außerdem forschen Sie bitte für mich nach – und zwar nur für mich – bei welcher Airline ein gewisser Hans–Werner Weis Flugkapitän ist. Erzählen Sie bitte niemandem davon. Der einzige Pilot, den ich persönlich kenne, heißt Jochen Warnisch, der Freund und derzeitige Lebensgefährte von Frau Bekker. Er fliegt für die Kranich-Airline. Sie erinnern sich an ihn?"

„Selbstverständlich. Ein so gutaussehendes Mannsbild hatte ich vorher noch nie an der Rezeption abholen und in den Seminarraum bringen dürfen. Meinen Sie, ich könnte ihn in Ihrem Namen anrufen und fragen?"

„Hmm, hmm, das wäre mir nicht recht. Stellen Sie sich vor, wenn der Gesuchte ein Kollege von ihm wäre, sich beide demnach gut kennen würden, würde er ihn mit hoher Wahrscheinlichkeit über unser plötzliches Interesse informieren und eine Verbindung zu der oder gar den Leichen herstellen, über die wir bei seiner Befragung gesprochen hatten. Ich bin schließlich der Leiter der Mordkommission. Wenn Sie offiziell für mich nachfragen, hört er sofort alle Glocken läuten. Nein, nein! Melden Sie sich deswegen am Telefon einfach mit: `Hier spricht die Polizei, Darmstadt. Es geht um ein besonderes Verkehrsdelikt und wir benötigen den derzeitigen Aufenthaltsort von Hans-Werner Weis´. Mehr sollten wir zum jetzigen Zeitpunkt nicht riskieren. Ich weiß ja nicht einmal, ob ihm wirklich etwas zugestoßen ist, wie Zeil vermutet."

Er legte den Zeigefinger auf seinen Mund und zwinkerte seiner Vorzimmerdame sehr freundlich zu. Sie hatte schon oft für ihn vertraulich ermittelt und kannte das Prozedere. Sie mochte ihren Vorgesetzten gut leiden und er wusste, dass er sich bedingungslos auf sie verlassen konnte.

„Okay, Chef, damit fange ich gleich an, ...nachdem ich im Jagdschloss angerufen habe. Gell!?"

Rottenbach grinste sie freundlich an, nickte und bedankte sich für ihr Verständnis.

Doktor Zeil, seines Zeichens der Chef der Gerichtsmedizin, freute sich, dass seine Mitarbeiter im Auftrag Rottenbachs die Feldscheuer bei Erfelden noch einmal genauestens untersuchen sollten. Er murrte allerdings sehr vernehmlich über die angeblich unbedingt notwendige Zusammenarbeit mit der SPUSI. Beide Abteilungen wandeln schon seit mehreren Jahren auf dem Kriegspfad.

Noch bevor die Spurensicherung ein Team zur Nachkontrolle des Ortes zusammenstellen konnte, an dem man der Leiche kunstvoll ein Steinkleid angezogen hatte, waren zwei Gerichtsmediziner unter der Führung ihres Chefs schon vor Ort. Er hatte seine Leute, gleich nach seiner Rückkehr vom Mittagstisch in der Bockshaut, gebeten, sich entsprechend vorzubereiten. Als Rottenbach anrief und offiziell um Unterstützung bat, stand die Abteilung schon abfahrtbereit in den Startlöchern. Er konnte nicht ahnen, dass es für seinen Freund ein paar im Grunde unwichtige Beweggründe gab, selbst mitzugehen. Unter anderem hatte er mit dem Leiter der Abteilung Spurensicherung ganz aktuell noch ein Hühnchen zu rupfen. Der erste am Fundort zu sein war deshalb für ihn ein innerer Reichsparteitag und zudem die Möglichkeit schlechthin, dem anderen eine Nase zu drehen. Entsprechend aufgeräumt empfing er die Nachzügler.

„Na Kollegen, auch schon da? Wo sind Sie abgeblieben? Haben Sie etwa auf dem Weg hierher die Spur verloren? Soll ja in Ihrer Abteilung schon des Öfteren vorgekommen sein, wie der Flurfunk mir berichtete."

„Reden Sie keinen Quatsch und machen Sie Ihre Arbeit. Wir machen unsere. Und hören Sie auf zu lästern. Das können Sie wieder machen, wenn unser Chef dabei ist. Verleumdungen können auch schnell mal zu einem Bumerang für Sie werden."

Die Mediziner hatten sich bei der Suche nach bisher nicht aufgespürten Beweisen zwar einen Zeitvorsprung aber sonst keine Vorteile erarbeitet. Sie entdeckten keine neuen Belastungsmomente. Offenbar waren Scheune und Umfeld schon beim ersten Mal gründlich durchleuchtet worden. Sehr zum Ärger von Dr. Dr. Zeil entdeckte ein Mitarbeiter der ungeliebten Konkurrenzabteilung bereits kurz nach seinem Eintreffen auf der rechten Seite der Tenne hinter einigen schräg stehenden, alten Brettern auf dem ansonsten perfekt gefegten Betonboden ein kleines Häufchen von weißer Substanz, deren Farbe in der SPUSI zu wilden Spekulationen Anlass gab.

„Weiß, wie Schnee, oder? Die Menge wäre für einen echten Junkie allerdings zu wenig. Ist vielleicht auch was ganz Anderes. Was denken Sie, Herr Spurenleser?"

Während Zeil das sagte, kamen seine Mundwinkel den Ohren verdächtig nahe, so breit war sein Grinsen. Jetzt fand er offensichtlich Spaß am Ablauf des Geschehens.

„Das sehen wir dann schon im Labor. Haben Ihre Leute vielleicht auch ein paar Details gefunden, die Sie uns unbedingt verheimlichen wollen? Sie waren schon lange vor uns hier und haben zweifellos einige wichtige Spuren verwischt. Ha, ha, so wie ich Ihre Abteilung kenne, ganz bestimmt sogar. Hier, quasi in der freien Natur, genau hinzusehen und etwas zu finden, ist doch um Einiges schwerer als bei Spezialbeleuchtung auf einem blitzblank geputzten Seziertisch unter Zuhilfenahme großer Technik Neues zu entdecken, oder?"

„Jetzt werden Sie mal nicht unverschämt. Wir sind nur hier, weil Sie Ihre Aufgabe beim ersten Mal nicht zufriedenstellend erledigt haben. Aus reiner Gefälligkeit machen wir gerade Ihren Job, das ist Ihnen doch klar? Und jetzt Schluss damit. Sie haben uns bei der Leiche aus dem Backhausteich schlampige Arbeit unterstellt. Das war eine Böswilligkeit erster Güte. Jetzt fangen Sie schon wieder mit Vermutungen an. Wenn Sie jetzt das weiße Zeug hier zu weiteren Attacken gegen mich und meine Mitarbeiter benutzen, werde auch ich ins Nähkästchen greifen müssen. Sagen Sie das Ihrem Chef. Er sollte sich fair verhalten, sonst packe ich aus. – Ja, Dr. Kraft, was gibt`s noch? Sagen Sie nur, wir haben etwas Verdächtiges gefunden, etwas, das auf keinen Fall hierhergehört?"

„Ja! Hier, Chef, sehen Sie! Das lag seitlich links von der Scheune im Unkraut, direkt neben dem verrosteten Heuwender. Was ist das?“

„Ein komisches Teilchen, oder? Hier können die Spurenleute sich beweisen. Was meinen Sie zu diesem kleinen, verbogenen, rostigen Objekt? Sehen Sie mal, Teile davon sind angemalt, Herrr Kolleesche?“

„Ja, da scheint auch ein Stück abgebrochen zu sein. Ich entziffere mit bloßem Auge `Knabenschies... – 20... Man muss nur genau hinsehen. Das ganze Gebilde könnte ein ausgestanztes Eichenblatt aus Blech sein, auf das eine mittlerweile zerbrochene Armbrust aus Plastik aufgeklebt ist. Zum Anstecken oder so ähnlich. Aber was bedeutet dieses `Knabenschies...?“

„Das weiß ich leider nicht, aber die Armbrust deutet für mich auf die Schweiz hin. Ich bin gespannt, ob Ihre Kollegen im Labor mehr herausfinden. Informieren Sie mich bitte sofort. – Leute, wir brechen ab. Auf Wiedersehen!“

Am nächsten Morgen begann der Aufarbeitung zweiter Teil. Bekker saß stinksauer, aufgebracht wie jedes Mal, im Verhörraum als Rottenbach mit mürrischem Gesicht und einer dampfenden Tasse Kaffee in der Hand eintrat. Er knurrte nur ein unfreundliches „Guten Morgen“ und begann lustlos und ungewöhnlich mies gelaunt mit seinen Fragen.

„Sagen Sie, Herr Willem Bekker, aus Südafrika, wir kennen uns jetzt schon relativ lange. Haben Sie denn kein Vertrauen zu mir? Ich könnte Ihnen helfen, aus dieser Misere herauszukommen. Sie befinden sich nämlich in einer. Das ist Ihnen inzwischen doch klar geworden, oder?“

„Herr Polizeidirektor, Sie behandeln mich wie einen Straftäter, obwohl ich nichts verbrochen habe und dann haben Sie noch die Stirn, mir mangelndes Vertrauen vorzuwerfen. Sie ließen mich nicht einmal mit meinem Sohn telefonieren. Vertrauen? Zu Ihnen? Dass ich nicht lache. Das war einmal."

„Gut, das wäre geklärt. – Sie hätten fast Ihren Gast Paul Emil Ziller aus Berlin umgebracht. Dass er noch lebt, grenzt an ein Wunder. Warum haben Sie ihn dermaßen zugerichtet ...und zudem noch bestohlen?"

„Da! Schon wieder diese Verdächtigungen von Ihnen. Ich – waaar – es – nicht! Ich habe auch niemanden damit beauftragt und schon gar nicht bezahlt. Im Gegenteil, ich wollte von Paule mein Geld zurückhaben, viel Geld, wie Sie wissen. Da bringe ich ihn doch nicht um. Zudem hat man mir im Jagdschloss-Hotel Wertsachen gestohlen. Ich bin der Geschädigte und nicht der Täter. Irgendjemand hat mich zum Opfer auserkoren, will mich ruinieren und Sie? Sie unmöglicher Mensch, Sie... Vergessen Sie es! Ich habe überhaupt nichts zu gestehen. Okay!"

„Doch, das haben Sie! Zeugen haben beobachtet, wie in der von Ihnen exklusiv gemieteten Scheune mehrere Nächte lang gearbeitet wurde. Wer war dort offenbar heimlich tätig? In wessen Auftrag wurde dieses komplizierte und teure Versteck für eine Leiche gebastelt? Das war Ihr Lagerplatz für die Skulpturen, Ihre Verantwortung, kein Alibi, und zu allem Überfluss dann noch der Tote, den man im Backhausteich fand. Er war es, der das staubige Zersägen des Steines, das Einbetonieren und das kunstvolle Zusammenkleben für Sie erledigt hat. Stimmt`s? Für wen denn sonst? – Deswegen musste er sterben. Zum letzten Mal: Wer ist der Tote im Stein und wer hat ihn umgebracht? Sein Mörder war vielleicht auch der Killer von Peter Pischkowsky. Kennen Sie den?

Hier sehen Sie sich sein Bild genau an. Raus mit der Sprache, bevor es die Zeugen tun, die ich für heute noch eingeladen habe.“

„Wer soll das denn sein? Diesen Mann habe ich nie gesehen. Es kann auch keine Zeugen geben, die gegen mich aussagen, weil ich nichts getan habe. Wenn Sie mir ihre Namen nennen, könnte ich bestenfalls über deren Beweggründe spekulieren. Aus mir unbekannten Gründen hat es jemand auf mich, meine Firma und meine Familie abgesehen. ‚By the way…‘ Ich habe bislang weder Ingeborg noch meinem Sohn telefonisch erreichen können? Und zurückgerufen haben sie auch nicht. ‚Damn it!‘ Dürfen Sie mich bei dieser Beweislage eigentlich noch länger festhalten? Ich rufe meinen Anwalt an. Jetzt, hier, per Smartphone oder egal wie. Okay! – Hallo, Herr van Gilb, ich brauche sofort Ihre Hilfe. Kommen Sie zur Polizeidirektion in der Klappbacher Straße. Man unterstellt mir hier schlimme Verbrechen, ohne auch nur einen echten Beweis vorzulegen. Holen Sie mich hier raus. Schnell!“

Triumphierend blickte der Anrufer sein Gegenüber an. Er war der Überzeugung, endlich, gewonnen zu haben. Rottenbach missbilligte zwar diesen Eindruck, doch er hatte gerade überhaupt keine Lust auf eine erneute Kontroverse. Trotz reichlich Kaffeegenuss war er immer noch sehr müde.

„Gut, Herr Bekker, Sie können selbst zu Ihrem Anwalt fahren. Sie sind entlassen. Bitte halten Sie sich zu unserer Verfügung. Ich hoffe immer noch, dass Sie einsichtig werden und mit Ihrem Wissen zur Aufklärung beitragen. Bis bald!“

Als der Bure völlig überhastet die Tür aufriss, um diesen schrecklichen neonbeleuchteten Raum schnellstens zu verlassen, stieß er mit Ludwig zusammen, der hineingehen wollte. Erschrocken blieb dieser stehen und bat seinen Chef, noch die Tür in der Hand, mit ihm in sein Büro zu kommen. Auf dem Weg dorthin begann er, von seiner Befragung in der Frankfurter Uniklinik zu berichten. Ziller hatte bei der Vereinbarung des Termins fest zugesagt, endlich auszupacken, reinen Tisch zu machen und die ganze Wahrheit preiszugeben. Aber er versprühte nur wüste Theorien, wie einer, der unbedingt von sich ablenken will.

„Wissen Sie, Chef, er hatte sich auf krumme Geschäfte eingelassen und wurde dafür bestraft. Ich spekuliere mal drauflos: Der überaus wertvolle Ring war nur ein Duplikat. Das bemerkte der Kaufwillige und reagierte entsprechend. Ich gehe davon aus, dass der Mann, der ihn zusammenschlug und übel zurichtete, nichts mit dem parallel im Hotel stattfindenden Raub zu tun hatte. Wir kennen seinen Namen und werden ihn finden. Ziller hatte seinen eigenen Zimmerschlüssel noch in der Tasche. Angeblich wurde ihm der Ring im Auto entwendet als er bewusstlos war. Komisch ist die Geschichte schon. War es etwa nur ein Gefälligkeitsraub? …und die schweren Verletzungen nur ein Bluff? Er gab an, den Ring bei der ‚Berlina' versichert zu haben. Ich bin sehr gespannt, ob sie ihm den Wert ausgleichen. Insgesamt hilft er uns sicher nicht bei der Ermittlung des oder der Mörder. Wir sollten uns mehr auf den Vasallen von Bekker konzentrieren, den Ziller übrigens aus seiner Zeit in Kapstadt kennt, von dem er aber seit vielen Jahren nichts gehört haben will."

„Einverstanden. Holen Sie sich noch zwei Mann dazu und nehmen seine Verfolgung selbst in die Hand. Wenn wir nur sein derzeitiges Pseudonym kennen würden. Haben uns die Kollegen aus Südafrika inzwischen die bekannten Decknamen von ihm zugemailt? Wir kennen ja nur zwei: Otto Reier und Norman McLean. Er hält sich bestimmt hier im Umkreis von Darmstadt auf, da bin ich mir sicher. Ich werde die sofortige Beschattung von Bekker veranlassen, vierundzwanzig Stunden, rund um die Uhr. Vielleicht führt er uns zu ihm. Sollten sich beide treffen, haben wir ihn."

Rottenbach ging, seinem Bewegungsdrang folgend, zu Frau Schöffele. Er lief in ihrem Zimmer hin und her während er sie fragte, ob sie zum verschwundenen Bekannten seines Freundes Dr. Rainer Zeil Brauchbares herausgefunden hätte.

„Ja, das habe ich. Ich musste bei mindestens zehn Fluglinien anfragen, um schließlich bei Condor Erfolg zu haben. Dort kannte man diesen Herrn. Er hatte aber vor etwa zwei Jahren schon die Gesellschaft verlassen. Um herauszufinden, wo er abgeblieben war, wurde ich freundlich mehrere Male weiterverbunden. Das Personal war sehr nett zu mir, hatte viel…"

„Gut, bitte kurz! Kommen Sie auf den Punkt. Wo ist er beschäftigt?"

Frau Schöffele war wegen der unerwarteten Unterbrechung sichtlich verärgert, kannte ihren Chef aber gut genug, um seine Art richtig einzuordnen. Trotzdem klang ihr Ton leicht pikiert als sie fortfuhr:

„Sie werden es nicht glauben. Er ist Flugkapitän bei der Lufthansa, also Kollege von Herrn Warnisch. Und es kommt noch besser. Beide wohnen in Kelsterbach unter der gleichen Adresse. Das hätte ich auch einfacher ermitteln können, wenn Sie mich gelassen hätten. Wo er sich derzeit aufhält, konnte mir niemand sagen. Die Leute von Lufthansa waren sowieso viel unfreundlicher als die von Condor. Sie gaben mir aus Datenschutzgründen keine Antwort, die uns weiterhelfen könnte."

„Vielen Dank, Sie haben sehr gut ermittelt. Dann werde ich das Ganze ab jetzt selbst in die Hand nehmen. Die Geheimhaltung von persönlichen Daten gilt nicht bei Mordverdacht. Ich werde so tun, als wäre er in einen verwickelt. Vielleicht ist das auch gar nicht nötig, da ich den dortigen Personalchef kenne. Genau den rufe ich jetzt gleich an. Nochmals danke, Frau Schöffele."

Der Anruf bei Lufthansa entwickelte sich nur schleppend. Zuerst ließ sich der Leiter der Personalabteilung verleugnen, dann gab er sich ausgesprochen jovial. Er kannte den Gesuchten, wusste aber nicht, wo er sich derzeit aufhielt. Das sollte aber dessen Vorgesetzter wissen, der Flottenchef der A340 Flieger. Dieser machte sich die Antwort leicht. Ohne groß zu überlegen, verband er Rottenbach mit einer Sachbearbeiterin aus dem Personalbüro, über deren Tisch die endgültige Genehmigung für längere Urlaube auf jeden Fall gegangen sein musste. Eine nette Frau Schaaf mit sympathischer Telefonstimme erklärte sich sofort bereit, ihm die gewünschten Auskünfte zu geben, ohne die von dieser Abteilung auf der ganzen Welt gefürchteten langwierigen Rückfragen zu stellen.

„Ja, Herrn Kapitän Weis kenne ich persönlich recht gut. Er befindet sich derzeit im Urlaub auf einer Trekkingtour in Nepal und kommt am …“, ihr Redefluss stockte. „Moment bitte, ich lege nur kurz den Hörer weg. – So, jetzt aber: Er müsste bereits seit gut zwei Wochen wieder im Land sein. Wieso hat er sich nicht zurückgemeldet? Das ist ungewöhnlich für ihn, Herr Polizeidirektor, sehr ungewöhnlich. Ich erkundige mich nach seinem Verbleib. Wenn ich genaueres in Erfahrung gebracht habe, rufe ich Sie zurück. Noch heute hoffe ich. Vielen Dank für Ihr Verständnis.“

Das war zwar nicht die Antwort, die Rottenbach erhofft hatte. Aber immerhin gab es jemanden, der ihm bei der Ermittlung helfen wollte. Vielleicht würde die liebenswürdige Dame tatsächlich Licht ins Dunkel bringen. Ihm blieb nichts anderes übrig als auf ihren Rückruf zu warten. Dieser kam schneller als gedacht.

„Herr Direktor, das ist wirklich ein undenkbares Ding. Ich habe bei allen in Frage kommenden Abteilungen nachgeforscht, sogar bei den Fliegerärzten. Keiner hat von Herrn Weis etwas gehört oder gesehen. Kurioserweise hat man ihn weder auf dem allgemeinen Dienstplan berücksichtigt noch auf dem vom Bereitschaftsdienst.

Dass er fast sechs Monate weg war, ist keine Entschuldigung. Was kann ich noch für Sie und meinen Lufthansa-Kollegen tun?“

„Liebe Frau Schaaf, das weiß ich auf die Schnelle auch nicht. Was halten Sie davon, wenn wir ihn auf die Fahndungsliste setzen? Dann benötige ich aber von Ihnen eine Vermisstenmeldung mit allen Angaben zu seiner Person.“

„Diese Idee finde ich gut. Ich muss sie dennoch zuerst mit meinem Chef besprechen. Er ist für Mitteilungen dieser Art verantwortlich. Ich kann es noch immer nicht fassen, dass der korrekte Hans-Werner Weis vergessen haben könnte, sich aus seinem Urlaub zurückzumelden. Ich befürchte das Schlimmste.“

„Na gut! Bitte benachrichtigen Sie Ihren Vorgesetzten und teilen mir umgehend mit, ob er eine Fahndung in Deutschland für gerechtfertigt hält. Tschüss!“

Rottenbach griff erneut zum Smartphone und teilte seinem Freund die unschöne Nachricht mit. Er ging davon aus, dass eine polizeidienstliche Nachforschung unmittelbar bevorstand. Dr. Zeil war äußerst bestürzt: „Siehst du, ich hab`s dir gleich gesagt. Ihm ist etwas zugestoßen. Ist er überhaupt aus Nepal zurückgekommen? Vielleicht hält man ihn dort in einem dunklen Verließ fest und er konnte gar nicht zurückreisen. Du musst das prüfen lassen. Er hätte bereits in den ersten Septembertagen zurück sein müssen. Dass sein Fehlen in einem Konzern wie der Lufthansa nicht bemerkt wurde, verstehe ich nicht!“

„Jawoll, wird gemacht, Herr Hauptfeldwebel. Und du, du erzählst niemand, was ich für dich während meiner Dienstzeit so alles erledige. Mach`s gut.“

Der Personalchef der Lufthansa erkannte den Ernst der Lage sofort. Den seit mehr als zwei Wochen überfälligen Kollegen wollte er selbstverständlich polizeilich suchen lassen. Seine Personaldaten waren schnell gefaxt. Die Überprüfung der in diesen Tagen aus Katmandu angekommenen Fluggäste dauerte etwas länger. Danach stand aber einwandfrei fest: Ein Herr Weis war am Montag, dem 02.09.2019 um 19:24 Uhr in Frankfurt gelandet. Die Fahndung nach ihm konnte beginnen.

Jetzt fand Rottenbach endlich Zeit, sich erneut seinem aktuellen Fall zuzuwenden. Ihm fehlte die Meldung über den Verbleib von ALi. Er rief seinen Stellvertreter an. Der jedoch konnte keinen Erfolg mitteilen. Dieses Phantom war schlicht nicht auffindbar. Wenn jetzt kein Zufall zu Hilfe kam, war die Lösung des Falles in weite Ferne gerückt. Genau genommen bewies nur die blonde Perücke aus Kunsthaar die derzeitige Anwesenheit von ALi in Frankfurt. Was hatte die Untersuchung dieses Utensils der Fastnachtszeit eigentlich ergeben? Die Kollegen der KTU hüllten sich verdächtig lange schon in Schweigen.

Ihre Untersuchungen hatten ergeben, dass dieser Allerweltartikel, mangels echter Haare des Trägers, keine Zuordnung zu irgendeiner Person oder einem Kaufhaus zuließ. Auch die Hautschuppen und die winzigen Mehlpartikel, die am Haar klebten, halfen nicht viel weiter. Ein findiger Kollege kam auf die Idee, die ganze Perücke zur Kripo in Basel zu senden und um Amtshilfe bei der Analyse des mutmaßlichen Beweisstückes zu bitten.

Er versprach sich zwar nicht viel davon, wollte aber dem Leiter der Mordkommission und der ganzen SOKO unbedingt zeigen, dass er alles nur denkbar Mögliche in der Beweisführung ausschöpfen würde. Als Rottenbach beim Chef der Kriminaltechnik anrief, wartete dieser ebenfalls noch auf eine andere Aussage aus der Schweiz. Zum Beispiel wäre die Erfassung einer ALi zuordenbaren DNA eine große Hilfe für die Zukunft gewesen. Deren genauere Analyse hatte man gerne an die Schweizer Ermittler abgegeben, da sie viel mehr untersuchen lassen dürfen als die Deutschen. Gerade wichtige Indizien wie die Herkunft, die Hautfarbe, das Alter, die Augenfarbe und den Gesundheitszustand des Trägers können sie aus dieser genetischen Doppelhelix ablesen. Doch im zuständigen Labor in Zürich ließ man sich Zeit, viel zu viel Zeit in den Augen der ungeduldigen Darmstädter Kollegen.

Als sein Smartphone klingelte, dachte Rottenbach, dass endlich die Resultate aus Zürich eingetroffen seien. Aber es war sein Mitarbeiter Gernot Liesegang. Er hatte sich die Feldscheuer noch einmal vorgenommen. Insbesondere interessierte ihn der Fundort der mysteriösen weißen Substanz. Im Staub der Jahre glaubte er noch mehr ausfindig machen zu können. Außerdem erinnerte er sich an den nur schlampig geglätteten Betonboden in der Tenne.

Noch bevor er anfing, diesen nach Hohlräumen abzuklopfen, fiel ihm auf, dass die rote Sämaschine, die er bei seinem ersten Besuch dieses Ortes noch links im Koben hatte stehen sehen, inzwischen verschwunden war.

„Herr Direktor, hat man Ihnen mitgeteilt, wo dieses Gerät gelandet ist?"

„Nein, hat man nicht. Logischerweise sollte das aber der Bauer wissen, wie heißt er noch? Döll, nein Dörr, ja genau.
Er sitzt bei uns in der U-Haft. Ich werde ihn sogleich danach fragen lassen und Ihnen das Ergebnis mitteilen."

Tatsächlich berichtete der Inhaftierte dem Aufseher, er habe diese Maschine an dem Tag abtransportiert, an dem vorher auch die Steinfiguren abgeholt worden waren. Zu Hause wollte er sie während der Wintermonate für die Aussaat im Frühjahr gebrauchsfertig machen. Sie steht jetzt auf seinem Hof, beziehungsweise in dem völlig überfüllten Nebengebäude.

„Liesegang, Sie haben ein gutes Gedächtnis. Fahren Sie sofort dorthin und sehen Sie sich das Teil genau an. Informieren Sie auch die SPUSI. Vielleicht gibt es endlich ein paar andere Fingerabdrücke außer denen des Landwirts und seiner Frau."

Diese neue Spur verlor gleich nach dem Anruf schon wieder an Bedeutung, denn die KTU hatte herausgefunden und gemeldet, dass die weiße Substanz aus der Feldscheuer nur ganz einfach Weizenmehl war. Die Beamten glaubten, dessen Herkunftsort leicht aufklären zu können und damit einen weiteren Anhaltspunkt zu erhalten. Doch was einfach aussieht, entpuppt sich oft als schwierig. Es schien der falsche Weg zu sein. Überall auf der Welt werden Mehle aus verschiedensten Getreidesorten entsprechend der Typenregel mit einer Zahl gekennzeichnet. Sie beschreibt die Mineralstoffmenge in Milligramm, die in hundert Gramm Mehl gefunden wird. Bei dem hier gefundenen handelte es sich um Type 550, wie es für helle Brote und Brötchen verwendet wird. Die Qualität eines Mehls definiert sich aus der Getreideauswahl, Herkunft und Verarbeitung. Aus diesen drei Parametern konnte die KTU die Herkunft des Mehls allerdings nur grob ableiten. Sie waren sich sicher, dass es aus dem Voralpenland oder aus den Alpenregionen stammt. Genauer ging es leider nicht. Blieb noch die Frage, wie es an diesen ungewöhnlichen Platz in der Oberrheinischen Tiefebene gekommen sein könnte.

Um die richtige Antwort zu finden, benötigten die Kollegen der SOKO sowohl eine blühende Fantasie als auch viel praktisches Wissen und Erfahrung. Beides hatten schlicht alle, wie jeder sofort beweisen wollte. Es begann ein fulminanter Ideen-Wettstreit. Mitarbeiter- und Ideenanzahl entsprachen einander. Man diskutierte am Telefon so heiß miteinander, dass die Drähte glühten.

1.) „Jemand hatte allerlei Lebensmittel, inklusive einer Tüte Mehl an die Wand gestellt, um sie später mit nach Hause zu nehmen. Dabei wurde die Verpackung leicht beschädigt und etwas Mehl rieselte heraus. Deswegen haben unsere Kollegen nur so wenig Material gefunden.“

2.) „Quatsch, wer kauft Lebensmittel und stellt sie an die Seitenwand einer Scheuer. Es stammt von jemand, der mit Mehl backt, ich weiß das. Mein Onkel war Bäcker. Er hatte immer etwas Mehl an seiner Hose, an seinem Hemd oder in den Haaren. Der hier hatte vielleicht welches in seinen Schuhen. Es fiel heraus, als er seine Straßenschuhe gegen Gummistiefel tauschte. Da später Bretter davorgestellt wurden, ist es beim finalen Ausfegen einfach übersehen worden.“

3.) „Vielleicht hat man den Leichnam aber auch mit Mehl eingepudert, weil er dann besser im Speis bearbeitet werden konnte.“

4.) „Sehr unwahrscheinlich. Mehl ist leicht und verteilt sich schnell im ganzen Raum. Man hätte in den Ritzen der Bodenplatte ebenfalls dieses weiße Pulver finden müssen. Ich glaube vielmehr, dass an dieser Stelle jemand seine Hosen beim Umziehen ausschüttelte und dabei das Mehl aus dem Aufschlag oder aus der Hosentasche fiel.“

5.) „Jetzt fehlt nur noch, dass behauptet wird, jemand hätte in der Scheune Brot oder Brötchen gebacken. Das wäre zwar möglich, aber wenig überzeugend, oder?“

Rottenbach sah sich schließlich genötigt, einen klärenden Sammelruf zu tätigen: „Danke, meine Damen und Herren, da waren einige gute Ansätze dabei. De facto haben wir jetzt einen neuen Aspekt: Wir müssen unsere Suche nach dem Mörder auf Süddeutschland,

Österreich oder die Schweiz ausweiten. Zu letzterer haben wir bereits gute Kontakte, die wir zu Herkunftsbestimmung des Mehls nutzen sollten. Das Züricher Labor könnte uns helfen die Frage zu beantworten, wie dieses Getreidemehl nach Erfelden gekommen sein könnte.“

Ludwig traf seinen Vorgesetzten im Flur. Er hatte zwei Punkte im Kopf, die nach seiner Meinung vorrangig einer Klärung bedurften.

„Chef, mit Ihrem Vorschlag zu Zürich bin ich komplett einverstanden. Die Schweizer sind uns sowieso noch eine Antwort schuldig. Vielleicht hilft uns auch deren Analyse der Perücke weiter. In der hatten unsere Techniker neben den Hautschuppen auch einige mikroskopisch kleine Mehlkörnchen gefunden. Rufen Sie deswegen bitte noch einmal dort an. – Ich sende in der Zwischenzeit eine ‚WhatsApp‘ an Liese und frage, warum er sich bisher nicht gemeldet hat?“

Zürich ist die Bankenstadt Nummer eins in der Schweiz. Auch Deutsche fahren häufiger hin, nur um ihr Geld dort zu besuchen. Dass es nahe der Universität ein hervorragendes kriminaltechnisches Labor gibt, wissen die wenigsten.

Rottenbachs Anruf verlief emotionaler als gedacht.

Die dortigen Kollegen waren, über die von ihnen gerade erst gefundenen Ergebnisse so begeistert, dass sogar am Smartphone ihr überschwängliches Lachen animierend klang.

„Grüezi, Kollege, Grüezi! Zuallererst einmal die Genetik: Der Träger der Perücke war ein Weißer mit braunen Augen, etwa fünfzig bis sechzig Jahre alt, kerngesund und wahrscheinlich aus dem Süden Afrikas. Wir dachten nicht im Entferntesten, dass die winzige Menge Gewebe von der Kopfhaut so viele Infos möglich machen würde.

Doch es hat geklappt. Prima, nicht wahr? Einen Abgleich des genetischen Materials mit Schweizer Datenbanken haben wir nicht vorgenommen. Wahrscheinlicher ist ohnehin, dass Sie ihn in einer deutschen finden werden, oderrr? Wir senden Ihnen seine DNA-Analyse einfach nur formlos zu, damit Ihnen auch noch etwas zu tun bleibt. Ha, ha! – Und dann zum nächsten Punkt: Außer den klitzekleinen Hautresten fanden wir noch viele, winzige, weiße Stoffe, die sich nach intensiven Vergleichen alle als Mehl aus dem Basler Raum darstellten. Super, haben wir das gemacht, oder etwa nicht? Sie dürfen uns loben. Danke!"

Rottenbach staunte nicht schlecht. Unsere Labore in Deutschland hätten die vorliegenden Gewebereste niemals legal auf all diese Faktoren untersuchen dürfen. Er antwortete ehrlich begeistert:

„Klasse! Einfach Mega! Ihre Resultate bestätigen eindeutig unsere Vermutung, dass Abraham Lincoln der Träger der Perücke war. Dass Sie und Ihre Leute auch noch die Herkunft der Mehlkörnchen definieren konnten, grenzt an ein Wunder. Sagen Sie mir bitte noch, woher Sie wissen, dass das Mehl aus der Basler Region stammt? Bei der Menge an verschiedenen Mehlen, die es gibt, ist das genau genommen unmöglich. Bitte, nehmen Sie sich noch die Zeit und klären mich auf. Dann kann ich meinen Mitarbeitern Ihr Ergebnis auch besser vermitteln."

„Ja, wisset Sie, das war einfach Glück. Für einen anderen Kunden untersuchten wir vor geraumer Zeit Weizen-, Roggen- und Dinkelmehl auf Qualität. Dabei fiel uns auf, dass Großhersteller ihre Mehle künstlich haltbar machen. Die dazu verwendeten Substanzen lassen sich in diesem Fall eindeutig dem Gebiet zuordnen. Sie sehen: Manchmal haben wir auch einen Angestellten, den wir für seine Hilfen nicht einmal bezahlen müssen, den `Kommissar Zufall´. Ich bin sicher, Sie kennen Ihn in Deutschland auch, oderrrr?"

„Natürlich, selbstverständlich! Ha, der Zufall! Natürlich, wer sonst?“

Rottenbach schüttelte noch immer ungläubig seinen Kopf. Er freute sich schon darauf, seinem SOKO-Team die gute Botschaft aus dem Züricher Labor mitteilen zu können.

„Vielen Dank für Ihre unschätzbare Hilfe. Ich hoffe, ich kann mich bei Gelegenheit revanchieren und darf mich wieder an Sie wenden. Tschüss!“

Nach diesen unerwarteten Ergebnissen merkte er deutlich, wie eine innere Spannung von ihm abfiel. Er lehnte sich in seinem Schreibtischsessel weit zurück und stieß einen derart martialischen Schrei aus, dass selbst Tarzan vor Neid erblasst wäre. Davon angelockt, erschienen Elke Schöffele und EKHK Ernst Ludwig in seinem Büro. Er erklärte ihnen, was die Züricher Kriminaltechniker herausgefunden hatten. In kurzen Worten diktierte er seiner Sekretärin ein Rundschreiben an die Kollegen der SOKO, der SPUSI und der KTU, das diese sofort tippte und per Email verteilte. Schließlich sollten alle den neuesten Stand der Ermittlungen kennen.

Auch Liesegang konnte Neuigkeiten vorweisen. Er hatte im Saatkasten der Sämaschine vom Bauer Döll ein Paar Latexhandschuhe gefunden, die weder dem Landwirt noch seiner Frau gehörten. Deshalb nahm er an, sie müssten von einer fremden Person stammen, die sich in dieser Scheune die Finger nicht schmutzig machen wollte. In der KTU stürzte ein Mitarbeiter sich sofort übereifrig auf dieses Beweismittel. Konnte er doch endlich eine neuere Ermittlungsmethode für Fingerprints ausprobieren. Dazu wird der Handschuh vorsichtig umgestülpt, in ein Dampfbad mit Alu-minium oder einer anderen metallhaltigen Substanz gehängt und gewartet. Sollten sich in den Fingern Säurereste von der Haut des Trägers befinden, würden sie gefärbt. Ein außerordentlich wichtiger Beweis kann eventuell mit dieser neuen Methode sichtbar gemacht werden.

Aufgeregt rief er bei Liesegang an, der ihm die Beweis-stücke geliefert hatte:

„Kollege, das Abnehmen der Fingerprints von der Innenseite der Handschuhe hat geklappt. Wir müssen uns jetzt noch etwas gedulden. In etwa drei bis vier Stunden liegt das Ergebnis vor, so Gott will. Dann benutze ich das AFIS (**A**utomatisiertes**F**inger-**I**ndentifikatios**S**ystem) und schwuppdiwupp haben wir ihn, oder sie. Danach rufe ich Sie sofort an."

Währenddessen meldete sich der Chef der KTU bei Rottenbach, um ihm hochnäsig mitzuteilen, was die Untersuchung des halbverrosteten Teils, das neben dem Heuwender bei der Feldscheuer in Erfelden gefunden wurde, ergeben hatte.

„Hallo, Herr Kollleeesche! Das grüne Blechding mit der Armbrust aus Plastik ist kein Andenken-Kitsch, wie er in unzähligen Gift-Shops für Touristen angeboten wird, sondern eine Anstecknadel, die beim Züricher ‚Knabenschießen' erworben wurde. Die Jahreszahl, so vermuten wir, ist 2018. Dieses Knabenschießen, an dem seit 1991 komischerweise auch Mädchen mitmachen dürfen, findet jedes Jahr in der ersten Septemberwoche statt. Es ist eines der berühmtesten Volksfeste in der Schweiz. Dabei wird auch mit dem Armeesturmgewehr geschossen. Stellen Sie sich vor, da schießen dreizehn- bis sechzehnjährige mit einem Gewehr auf dreihundert Meter ihren Schützenkönig aus. So etwas gibt es bei uns nicht. Um es zu sehen, müssen Sie schon mal in unser schönes, bergiges Nachbarland fahren. Aber soooo weit fahren Sie ja nicht in Urlaub, gell!"

„Was Sie so alles von mir wissen. Sei`s drum! Vielen Dank für die Expertise. Ich gehe davon aus, dass dieses Fest für denjenigen, der auch später noch den Anstecker aufbewahrte, ein besonderes Erlebnis war. Was aber macht jemand aus dem Großraum Zürich im Hessischen Ried, frage ich Sie?"

„Nun ja, hm, dieser jemand muss nicht aus Zürich stammen. Er könnte letztes Jahr einfach nur für ein/zwei Tage das Volksfest besucht haben. Wo er wohnt, wissen wir nicht. Auf einer späteren Reise benutzte er irgendwann die Feldscheuer als Schlupfwinkel. Auf Heu oder Stroh schläft es sich prima, wie ich aus eigener Erfahrung weiß. Da bleibt noch genügend Freiraum für Ihre Ermittlungen. Benötigen Sie dieses Utensil vielleicht schnell? Nein? Dann Adscheee!"

Obwohl im Grunde nicht anders erwartet, ärgerte sich Rottenbach wieder einmal über die Redeweise von diesem „Schnösel", mit dem er sich nur sehr ungern austauschte. Er hoffte inständig, einmal die Möglichkeit zu bekommen, dieses Großmaul richtig vorführen zu können. Am besten wäre, er könnte ihn in aller Öffentlichkeit bloßstellen. Getreu dem alten Grundsatz: „Kommt Zeit, kommt Rat!" nahm er sich fest vor, geduldig auf diesen maximalen Moment zu warten.

Basel, Darmstadt und zurück

Die neuartige Untersuchung der Latexhandschuhe hatte tatsächlich mehrere Fingerabdrücke einer Person hervorgezaubert. Leider war sie bisher in Deutschland polizeilich nicht auffällig geworden. Sämtliche Vergleiche mit Datenbanken ergaben keine Treffer. Jetzt konnte man sich nur in einem Punkt sicher sein: Außer Pischkowsky, der die Statue zerlegte und die Leiche einmauerte, war noch eine weitere, bisher unbekannte Person in der Feldscheuer. War das vielleicht der gesuchte Doppelmörder?

„Wir wissen jetzt, dass das Mehl, welches auf der Tenne hinter den Brettern gefunden wurde, eindeutig identisch ist mit dem aus der Perücke", stand in der soeben im Sekretariat eingetroffenen Mail der

KTU. Rottenbach brummte der Kopf vor vielen durch diesen Satz aufgeworfenen Fragen. Seine Gedankenmaschine lief auf Hochtouren. Er brummte leise in sich hinein:

„Auch wenn das weiße Zeug in ALis Perücke das gleiche war, wie das auf dem Boden, bedeutet das nicht, dass er persönlich in der Feldscheune war. Nein, nicht unbedingt. Vielleicht hatte ja der Mann im Feldschuppen diese Perücke selbst getragen, bevor er sie ALi gab? Dann müssen sich beide schon einmal begegnet sein. Vielleicht hatte man das Haarteil aber auch nur in einem Schrank gelagert, in dem sich vorher Mehl befand. ALi fand es dort und setzte es auf. Damit steht aber nur fest, dass sich der Gesuchte derzeit im Großraum Frankfurt aufhält. Wir haben ihn nur noch nicht ausfindig machen können. Der zweite Mann ist unbekannt, hat aber, nach der ersten Theorie, ALi schon mal getroffen. Woher? Warum? Wieso? Weshalb? Wenn sich diese beiden kennen, dann sollte der Unbekannte, einem mathematischen Grundsatz entsprechend, auch Willem Bekker bekannt sein.
(Sind zwei Größen einer dritten gleich, so sind sie auch untereinander gleich.) Eventuell sind alle drei Südafrikaner oder sie hatten im Edelsteingeschäft schon miteinander zu tun."

Mit seinem Dienstwagen fuhr er direkt ins Hotel Jagdschloss Kranichstein. Bekker saß alleine in seiner Suite und lauschte per Kopfhörer der volltönenden Melodie einer Operette. Dass jemand mehrfach geklopft hatte, konnte er deshalb nicht gehört haben. Demzufolge war er sehr erschrocken, als plötzlich der Zimmerkellner im Raum stand und Herrn PD Rottenbach avisierte. Missmutig riss er sich mit einem Ruck die Kopfhörer von den Ohren. Jetzt ähnelte er mit seinen zerzausten, rotblonden Haaren sehr dem weltbekannten Struwwelpeter, den der Frankfurter Arzt und Psychiater Heinrich Hoffmann 1844 verfasst hatte. Mit mürrischem Gesicht stand er auf und bat den ungebetenen Störenfried deutlich ungehalten herein.

„Entschuldigen Sie bitte die erneute Störung, Sir! Keine Angst, ich habe nur zwei kurze Fragen an Sie, dann sind Sie mich wieder los. – Frage eins: Welcher Bekannte Ihres Freundes ALi hielt oder hält sich derzeit im Rhein-Main-Gebiet auf? Ich könnte auch direkter formulieren: Wer, außer dem Bauer, seiner Frau, Pischkowsky und Ihnen war noch in der Feldscheuer in Erfelden? Es muss dort noch eine vierte Person gewesen sein, soviel steht fest."

„Das weiß ich doch nicht. Ich kenne keine Freunde von ALi, schon gar nicht hier in Deutschland. Hat der überhaupt welche? Ich glaube eher nicht! Er war schon immer ein unterkühlter, ängstlicher Einzelgänger und, bevor Sie mich erneut fragen, er hat sich bisher immer noch nicht bei mir gemeldet. Okay? Haben Sie auch an die Handwerker gedacht, die die Steinskulpturen abholten? Die haben bestimmt massenhaft Fingerabdrücke hinterlassen, der Bauer und sein Weib sowieso."

„Ja, natürlich, die konnten wir bereits alle ohne Ausnahme ausschließen. – Frage zwei: Was hat Ihr Freund ALi mit dem Bäckereigewerbe zu tun? Geht er gerne in Backstuben oder ist er vielleicht selbst begeisterter Bäcker oder verbindet ihn vielleicht heftige Leidenschaft mit einer Frau, die viel und gerne backt?"

„Jetzt reden Sie wieder einmal absolut wirres Zeug, Herr Direktor. Woher kommt Ihr plötzliches Interesse am Backen? In Südafrika kochen und backen nur die Frauen, nicht die Männer. Okay?"

„Vielen Dank für Ihre erschöpfenden Auskünfte. Sollte Ihnen noch irgendetwas zum Thema Brot- oder Kuchen-Backen in Zusammenhang mit ALi einfallen, melden Sie sich umgehend bei mir. Sie haben meine Nummer. Tschüss!"

Ludwig rief an: „Chef, wir müssen schon wieder in die Schweiz fahren. Wenn wir die Mühle im Raum Basel finden, die das Mehl produzierte, stoßen wir vielleicht auch auf den Menschen, der unfreiwillig das weiße Zeug in die Feldscheuer transportierte. Sind Sie einverstanden? Ich nehme Kulle in meinem Wagen mit. Dass er die Schweizer Kollegen kennt, könnte von Vorteil sein. Wir kündigen unsere Ankunft an und fahren sofort los, sobald er mit seinem Reisekoffer zurück ist. Meine Ersatzkleidung liegt, wie üblich, schon im Wagen bereit. Ich rechne mit mindestens einer Übernachtung. Wir stecken, wie bekannt, mit unseren Ermittlungen in einer Sackgasse. Jede noch so unwichtig erscheinende Kleinigkeit kann uns helfen, den Mörder zu fassen."

Rottenbach stimmte zu. Bei fast jedem anderen Fall in der Vergangenheit hatte er früh eine kleine Ahnung davon, wer der Mörder sein könnte. Selbst schon zu Anfang der Ermittlungen, wenn sich noch nichts wirklich beweisen ließ, meinte er zu wissen, wer in die engere Wahl der Verdächtigen kam.
Bei dem Toten aus dem Stein und bei der Leiche aus dem Backhausteich blieb sein sonst verlässlicher Instinkt aus. Er fühlte sich ausgebrannt, kraftlos und leer. Ungewöhnlich war zudem, dass die SOKO, die in Fällen wie diesen üblicherweise von tausenden Hinweisen überrollt wird, dieses Mal so gut wie keine erhalten hatte. Auch Aussagen von direkt Befragten waren dürftig und allenfalls Pseudofakten. Wo es ansonsten schwierig war, die Übersicht zu behalten, gab es dieses Mal statt Beweisen oder Vermutungen nichts als gähnende Leere. Er vermisste die offensichtlichen Lügen von Wichtigtuern regelrecht. So entschied er kurzerhand, seine Tätigkeit für heute einzustellen.

„Ich komme jetzt nachhause, mein Engel. Mach dir keine Arbeit mit dem Abendessen. Ich muss mich sofort hinlegen. Am helllichten Tag einmal kurz die Augen schließen, kann ich nicht. Das würde von den Kollegen bestimmt als Kontrollverlust gewertet. In Japan, da wollten wir doch schon immer mal im Urlaub hin, du erinnerst dich? Also in Japan schauen wache Menschen wohlwollend auf einen

Schlafenden. Dort gilt Müdigkeit als Beweis für eine vorangegangene Leistung, gleich welcher Art. Eigentlich seltsam, dass das hochtechnisierte Industrieland Japan das Schlafen nicht als Produktionsbremse sieht. In unserer Leistungsgesellschaft muss man ein Nickerchen in der Öffentlichkeit als `Power-Napping´ verkaufen und auf Verständnis hoffen. Aber selbst, wenn man das wohlüberlegt vorgibt, wird man belächelt, du verstehst, wie ich das meine? Ich bin heute sehr müde und verehre gerade den Gott der Hindus mit Namen Vishnu, der sogar im Schlaf zur Schöpfung fähig ist. In etwa fünfzehn Minuten bin ich daheim bei dir. Bis dahin!"

Am Baseler Grenzübergang wiederholten sich die Kulle bereits bestens bekannten Rituale. Auf diese hatte er Ludwig schon während der Fahrt vorbereitet. Trotzdem konnte er aus dessen Mimik lesen, wie sehr ihm die Machenschaften der Schweizer Zöllner missfielen.
Auf der Polizeistation, die sie dank Kulles Ortskenntnis schnell fanden, begrüßten sie die Kriminalkollegen herzlich. Sie hatten sich auf ihren Besuch vorbereitet und präsentierten einen Lageplan, auf dem mit einem roten Kreis eine Position markiert war. Diese lag auf halber Strecke zwischen Basel und Zürich. Der Begriff „Region" war von ihnen viel großzügiger ausgelegt worden als die beiden Deutschen erwarteten.

„So, da liegt die von Ihnen gewollte Mühle. Nach unseren Recherchen kommt keine andere in Frage. Wir fahren morgen in der Früh gemeinsam dorthin. Jetzt beziehen Sie zuallererscht einmal ihr Hottel."

Nachdem die Versuche Ludwigs, seinen Chef anzurufen mehrmals, sowohl im Büro als auch am Smartphone, fehlgeschlagen waren, sprach er kurz auf dessen AB:

„Hallo, Chef. Fahren morgen früh mit den Schweizern zum Jurapark Aargau in die Mühle. Angeblich, die Einzige, die für uns in Frage kommt. G`Nacht!“

Pünktlich um acht Uhr standen die Baseler Kollegen vor Ludwig und Kulle und eröffneten ihnen, dass sie alle vier zusammen in einem Wagen zur Mühle fahren sollten. Kurz nachdem sie das Hotel verlassen hatten, unmittelbar gegenüber des Badischen Bahnhofs, zwang sie das rote Licht einer Ampel zum Anhalten, als Kulle plötzlich einen lauten Schrei ausstieß:

„Da, da, da läuft er. Ich habe ihn genau erkannt. Es war der Mann, den ich auf der Edelsteinbörse mit Willem Bekker reden sah. Ich bin mir ganz sicher. Kollegen ich steige aus und folge ihm. Das bisschen Korn könnt ihr auch alleine mahlen.“

Sagte es, öffnete die Seitentür und verschwand in der Menschenmenge, die sich Richtung Bahnhof bewegte. Gerade noch rechtzeitig, bevor die Ampel für Autos auf Grün sprang. Die Anfahrt zu der ausgewählten Mühle dauerte nur dreißig Minuten. Sie liegt unweit der Autobahn und ist nicht zu übersehen. Eine beeindruckende, riesige Fabrik, deren Edelstahltürme in der Morgensonne golden blitzten. Wie sich sogleich herausstellte, war man hier bestens auf Gästeführungen eingestellt. Es dauerte eine Weile, bis das Sicherheitspersonal am Werkstor begriff, dass diese Besucher keine Firmenbesichtigung vorhatten, sondern die Personalabteilung zu sehen wünschten. Man brachte die drei in einen mit hochwertigen Eichenmöbeln ausgestatteten Besprechungsraum. Diese Firma besaß offenbar viel Geld und zeigte das auch.

„Meine Herren Kommissare, was kann ich für Sie tun? Ich habe wenig Zeit, also fassen Sie sich kurz. Ich heiße Müller und bin der Juniorchef in diesem Laden?“

„Ja, Herr Müller, das ist so: Der Kollege Ludwig kam aus Deutschland zu uns, weil er einen Schwerverbrecher in Ihrem Unternehmen vermutet. Wir möchten wissen, ob einer Ihrer Mitarbeiter oder eine Mitarbeiterin häufiger nach Deutschland ins Rhein-Main-Gebiet, genauer gesagt in den Großraum Darmstadt, fährt. Können Sie uns in dieser Frage weiterhelfen?“

„Davon weiß ich nichts. Wieso suchen Sie diese Person gerade in unserem Betrieb? Wir sind ein Traditionsunternehmen. Unsere Mühlen stellen mittlerweile mehr als dreihundert Mehlmischungen her. Schon seit dem Jahr 1997 verwenden wir dazu kein Auslandsgetreide mehr, auch keines aus unserem Nachbarland, sondern nur regionale, einheimische Produkte.“

Er wandte sich Ludwig zu und fragte in etwas härterem Ton: „Wie also kommen Sie ausgerechnet auf die Idee, dass einer meiner Mitarbeiter an einem Verbrechen in Deutschland beteiligt sein könnte?“

„Das will ich Ihnen gerne erklären: In Zusammenhang mit einem Mordfall fanden wir in einer alten Feldscheuer ein klein wenig Mehl, das nach genauer Analyse der Universität Zürich in Ihrem Betrieb hergestellt wurde. Demzufolge müssen wir davon ausgehen, dass jemand, der mit Ihrem Produkt arbeitet, es dorthin brachte. Da wir außerdem Reste davon in einer Perücke fanden, dachten wir, es könne von einer Arbeiterin oder einem Arbeiter aus Ihrem Betrieb unwissentlich dorthin transportiert worden sein. Das Ganze ist bisher nur eine Vermutung, der wir nachgehen müssen. Es könnte natürlich auch von einem Bäcker stammen, der Ihre Ware verwendet. Bei der gefundenen Mehlsorte handelt es sich um ein Standardmehl, Weizenmehl Typ 550, so wie Sie es herstellen. Können Sie uns helfen?“

„Pfft…und ich soll jetzt einen Menschen aus meinem Unternehmen definieren, der schon mal in der Nähe von Darmstadt gewesen wär? Habe ich das so richtig verstanden?“

„Ja genau! Nur ein Strohhalm zwar, aber ungemein hilfreich für uns, wenn wir ihn finden. Die gesuchte Person müsste im Mai oder im Juni dieses Jahres dort gewesen sein. Es geht um einen, nein eigentlich zwei Morde. Beschäftigen Sie vielleicht auch ehemalige Strafgefangene?“

„Ja, das tun wir. Wir sind Teilnehmer an einem Resozialisierungsprogramm unserer Regierung in Bern, wisset Sie. Am beschte, Sie gehet jetzt mit mir in die Personalabteilung.“

„Vielen Dank für Ihre Unterstützung. Wir versprechen Ihnen, alle Daten so diskret wie irgend möglich zu behandeln.“

Die stellvertretende Leiterin dieser Abteilung war ein echter Glücksgriff, wie sich bald herausstellen sollte. Dem Anschein nach kannte sie alle, sicher mehr als einhundert, Angestellte dieser Firma persönlich. Es dauerte allerdings eine Weile, bis sie sich bereit erklärte zu helfen. Sie wollte zuvor ganz genau wissen, aus welchem Grund sie von der Polizei belästigt wird. Ihr Misstrauen war unverkennbar zu spüren. Dann endlich, nach minutenlangen Erklärungen, rollte sie eine Schublade aus dem hinter ihr stehenden Schrank, blätterte die Hängekartei von Reiter zu Reiter sorgsam durch und legte schließlich, ohne weitere Worte zu verschwenden, vier Personalbögen auf den Tisch. Dann setzte sie sich auf ihren dick gepolsterten Schreibtischstuhl und schaute die drei Beamten erwartungsvoll an.

„Bitte, meine Herren, nehmen Sie Platz. Von diesen vier Angestellten hier weiß ich, dass sie an vielen Wochenenden Städtereisen unternehmen oder zu Fußballspielen auch ins Ausland fahren.

Dieser hier hat eine Freundin in Bad Säckingen, soweit mir bekannt, die er fast täglich besucht. Der Zweite, ganz oben auf dem Stapel, hat bis vor fünf Jahren eine dreijährige Haftstrafe verbüßt. Warum? Das weiß ich nicht mehr. Da müssten Sie unseren Firmenbesitzer fragen, Herrn Müller Senior. Er stellt \`die Sozialen´ ein. Der Dritte ist geborener Deutscher. Jetzt zu diesem Herrn hier namens Riggellen. Er entwickelte sich, nach kleinen Anlaufschwierigkeiten, mit den Jahren zu einem wirklich zuverlässigen, freundlichen Mitarbeiter, der nie einen Grund zur Beanstandung gab. Er wird immer ein einfacher Arbeiter bleiben, da er, sagen wir es einmal ehrlich, intellektuell unterdurchschnittlich veranlagt ist. Er ist häufig in Sportstudios zu finden und macht Krafttraining, wie Sie an seiner Figur unschwer erkennen werden."

Hocherfreut griffen die drei Ermittler gleichzeitig je einen der Bögen. Wer mit seinem fertig war, gab ihn kommentarlos zum Nachbar weiter. Obwohl diese Art zu lesen Zeit sparte, dauerte es eine Weile, bis sie mit ihrem Gedankenaustausch starten konnten. Unerwartet rief Kollege Kulle aus Basel an.

„Hei, Ernst. Ich glaube ich habe ihn verloren. Zweimal bin ich schon durch den gesamten Zug gegangen. Bevor wir Frankfurt erreicht haben, muss ich ihn schnappen, sonst ist er weg. Aber ich habe ihn zweifelsfrei in Basel einsteigen sehen. Vielleicht versteckt er sich auch auf einer Toilette? Jetzt durchkämme ich noch einmal langsam Wagen für Wagen. Irgendwo muss der Kerl doch sein! Wie weit seid ihr eigentlich gekommen."

„Noch nicht weit. Später mehr."

EKHK Ludwig wandte sich seinen Schweizer Kollegen zu. Sie hatten inzwischen den in ihren Augen Verdächtigsten herausgepickt. Er sollte als erster befragt werden. Die stellvertretende Leiterin der

Personalabteilung dämpfte allerdings sofort ihren aufkeimenden Tatendrang mit dem Hinweis:

„Meine Herren, Sie können nicht einfach in unsere Produktion spazieren, wo Herr Riggellen beschäftigt ist. Unsere Hygienebestimmungen sind streng. Am besten, ich bestelle ihn per Telefon hierher. Dann muss nur er sich umkleiden und Sie können derweil bei mir in Ruhe einen Schümli trinken."

Ihr darauffolgender Telefonanruf machte jedoch die Planung zunichte. Johan Riggellen hatte wegen Unwohlsein vor etwa einer Stunde die Firma verlassen. Sein Vorgesetzter vermutete ihn zuhause. Nicht so die drei Herren Kommissare. Sie glaubten übereinstimmend, dass er Lunte gerochen hatte und abgetaucht war. Um sicher zu gehen, fuhr Ludwig zusammen mit einem der Schweizer Kollegen zu seinem Domizil. Der Andere kümmerte sich mittlerweile um die Befragung der übrigen drei verdächtigen Facharbeiter.

Trotz mehrfachem Klingeln und Klopfen mit Händen und Fäusten öffnete ihnen niemand. Ludwig befürchtete mit nicht zu übersehendem, breitem Grinsen, dass der Gesuchte, von seiner Krankheit geschwächt, nicht in der Lage wäre aufzustehen, um ihnen die Tür zu öffnen. Das bedeutete, dass er ihre Hilfe benötigte, ergo ‚Gefahr im Verzug' vorlag. Mit Hilfe eines Dietrichs schlossen sie die Tür auf. Wie in dem Lehrbuch für angehende Polizeibeamte vorgegeben, zückten sie vor dem Eintreten vorsorglich ihre Pistolen. Im Appartement befand sich niemand. Die Unordnung auf dem Fussboden ließ vermuten, dass der Vogel noch hastig Reiseutensilien eingepackt hatte, bevor er ausgeflogen war. Ludwig wollte unbedingt ein paar Fingerabdrücke mitnehmen, um sie mit anderen, insbesondere mit denen aus den Latexhandschuhen, vergleichen zu können.

„Das müssen wir Schweizer nicht machen. Da er bei uns schon einmal straffällig geworden ist, haben wir seine blitzsauber in unserer Kartei. Ich schlage vor, mit der Ausschreibung seiner Fahndung noch etwas zu warten und zuerst zurückzufahren zu unserem lieben Kollegen. Wenn mittlerweile die Kriminaltechniker festgestellt haben, dass das Profil aus unserer Datei ihrem entspricht, wird eine Befragung weiterer Personen überhaupt nicht mehr nötig sein. Ich gehe davon aus, dass wir den Richtigen gefunden haben und beantrage die Durchsuchung seiner Wohnung."

Zurück in der Mehlfabrik dauerte es noch eine volle Stunde, bis das geradezu sehnsüchtig erwartete Ergebnis vorlag. Sowohl die Schweizer als auch die Deutschen teilten gleichzeitig das Resultat ihrer Vergleiche mit. Die Fingerabdrücke im Handschuh waren mit denen des geflüchteten Kranken aus der Schweizer Datenbank zweifelsfrei identisch.

„Klasse, liebe Kollegen! Vielen Dank für Eure Unterstützung. Somit bleibt uns noch, dass wir der Abteilungsleiterin, Frau Rosen, unseren Dank aussprechen. Sie hat uns den Verdächtigen quasi frei Haus geliefert. Jetzt wissen wir definitiv, dass Riggellen in der Scheune bei Erfelden war. Prima! Nachdem dies geklärt ist, bitte ich Sie und Ihre Kollegen von der Streife, weiter nach ihm zu fahnden. Hoffentlich haben Sie den von uns allen erhofften Erfolg. Ich reise zurück nach Darmstadt. Nochmals Dank an alle!"

Wieder in seinem Auto klingelte Ludwigs Smartphone. Es gibt Zeiten, da weiß man vorher schon: Das ist ein unangenehmer Anruf. Und so war es dieses Mal auch.

„Hei, Kulle! Alles klar? Was gibt´s?"

„Ja, Ernst, du wirst es nicht glauben, aber ich bin auf dem Weg zurück nach Basel. Der von mir Beschattete hat mich wohl bemerkt.

Plötzlich rannte er im Frankfurter Hauptbahnhof, für mich völlig unerwartet, in Richtung Hauptausgang. Doch dieses Ziel war nichts weiter als sein kläglicher Versuch, mich zu täuschen. Ich fand ihn im Gewusel der vielen Menschen wieder und sah, wie er auf dem Nachbarbahnsteig in den ICE einstieg, der zurück in die Schweiz fährt. Er rechnete nicht damit, dass ich ihm folgen konnte. Wir sind gerade kurz vor Freiburg. Das heißt: Ich muss die ganze Strecke wieder zurückfahren, oderrr? (wie die Schweizer zu sagen pflegen!) Ha, ha! Ich hefte mich an seine Fersen und dieses Mal entwischt er mir nicht. Versprochen!"

Ludwigs Versuch, sofort etwas richtig zu stellen, scheiterte kläglich. Kulle hatte sein Phone, ohne auf Antwort zu warten, einfach ausgeschaltet, ging nicht mehr dran und hörte auch keine Nachricht mehr ab. Offenbar befand er sich sehr im Stress. Er hatte seine Verdachtsperson verloren und wiedergefunden. Jetzt war er auf dem Rückweg nach Basel. Das bedeutete für Ludwig, der sich in Gedanken schon auf dem Weg nach Hause befand, dass er im Badischen Bahnhof auf den ICE aus Frankfurt warten musste, um seinen Freund und Kollegen mitsamt seinem Fang wieder mit zurück nach Darmstadt zu nehmen. Auf dem Bahnsteig wehte ein zugiger, kalter Wind. Außerdem trieben vorbeifahrende Züge immer noch mehr eisige Luft vor sich her direkt auf die Wartenden. Er überlegte: „Ob das Wort ‚zugig' von Zug kommt?" ...und fand keine Antwort. Es fröstelte ihn erbärmlich. So kam ihm die Idee, sich im Bahnhofsrestaurant einen echten Schweizer Kaffee zu genehmigen.

Schon kurze Zeit später erschien Kulle. Von weitem zeigte er mit hochgezogenen Schultern seine beiden Handinnenflächen. Der Gesuchte war ihm wieder durch die Lappen gegangen. Er ärgerte sich über sich selbst. Einem so erfahrenen Kripomann wie ihm hätte das niemals passieren dürfen. Während der Rückfahrt im Auto hellte sich seine negative Stimmung ein wenig auf, als er hörte, dass tatsächlich der Name des mutmaßlichen Mörders in der Mehlfabrik ermittelt werden konnte. Jetzt endlich wussten alle in der SOKO, nach wem sie suchen mussten.

„Wollen wir mal hoffen, dass die Fahndung in der Schweiz nichts ergibt, sonst müssen wir noch einmal in das Land der Rachenkrankheiten. So wie die untereinander reden, könnte man doch denken, sie hätten eine Halsentzündung, oddderrr? Wusstest du, dass in der Schweiz offiziell vier Sprachen gesprochen werden, wenn man unter sich ist und wenn nicht, dann noch ein paar mehr. Ein Wunder, dass sich dort alle verstehen. Jetzt schlafe ich ein wenig."

Zurück im Polizeipräsidium in Darmstadt erfuhren die beiden von Ihrem Vorgesetzten, dass ihr neuer Hauptverdächtiger nach Deutschland entwischt ist.

„Er benutzte den Grenzübergang in Waldshut und ist seitdem spurlos verschwunden. Immerhin liegen jetzt die exakten Profildaten von ihm vor. Johan Riggellen ist achtundzwanzig Jahre alt, etwa eins fünfundsechzig groß, sehr muskulös, blond. Er wurde in Südafrika geboren. Schon als Baby kam er mit seinen Eltern, Vater Schweizer, Mutter Bure, nach Zürich, wo er unregelmäßig zur Schule ging. Er besitzt die doppelte Staatsbürgerschaft. Einen Beruf hat er nie erlernt, ist demnach Hilfsarbeiter. Vor etwa acht Jahren hat man ihn zu drei Jahren Jugendhaft verurteilt, da er mehrmals beim Dealen mit Drogen erwischt worden war. Im Knast fiel er durch extremes Bodybuilding-Training und durch einige Schlägereien auf. Eine vorzeitige Entlassung machte er damit unmöglich. Ob seine Resozialisierung klappen würde, war mehr als fraglich. Nur der gutmütigen, sozialen Einstellung des Mehlfabrikanten hat er es zu verdanken, dass er überhaupt eine neue Chance bekam. Seitdem ist er nicht mehr polizeilich auffällig geworden. Das Beste zum Schluss: Meine Herren, wir haben ein relativ neues Foto von diesem Mann, seine Fingerprints und seine DNA. Jetzt können wir loslegen. Kopien wurden bereits an alle Mitglieder der SOKO verteilt. Eine deutschlandweite Fahndung halte ich derzeit noch für verfrüht. Ich nehme an, dass er bei der nächsten sich bietenden Gelegenheit wieder zurück in die Schweiz gewechselt ist. Warten wir also ab, was die Schweizer Kollegen bis morgen herausgefunden haben. Sollte er wirklich in sein vertrautes Umfeld gefahren sein, werden sie ihn ausfindig machen, da bin ich mir sicher. Mit dem sogenannten \`kleinen Grenzverkehr´ kennen die sich dort sowieso besser aus als wir.“

Zufrieden, aber müde von der Fahrt, gingen die beiden Kommissare in ihre Büros. Sie wollten kurz ihre Unterlagen sichten und dann auf dem schnellsten Weg ab nach Hause ins Bett flüchten. Dass noch jemand anrufen würde, hatte keiner auf dem Plan.

„Grüezi, Kollege Ludwig“! Hätten Sie vielleicht Luscht, noch einmal bei uns vorbeizuschaue? Wir haben da etwas, das Sie interessieren könnte. Nein nicht den Riggellen, nein, sondern vielleicht den Herren, den Euer Kulle verfolgte. Er besitzt einen südafrikanischen Pass und fiel uns genau deswegen im Zug nach Basel auf. Unser Kollege rief sofort beim Direktor des von dem Verdächtigen angegebenen Hotels an und ließ dessen Identität prüfen. Ein Mann aus Botswana oder Südafrika hatte dort nicht eingecheckt. Da wir nicht wissen, ob wir wirklich den von Ihnen Gesuchten geschnappt haben, sende ich Ihnen ein Foto von ihm per App. Oder haben Sie Sehnsucht nach uns und kommen vorbei? Der Verdächtige wohnt jetzt wirklich in einem Baseler Hotel, nämlich in unserem.“

„Kollege, lassen Sie diese Witzchen sein. Ich bin erst vor etwa einer Stunde hier eingetrudelt und hundemüde. Schicken Sie mir einfach sein Lichtbild und gut ist\`s. Nein, besser, Sie schicken es an Kulle. Er weiß, im Gegensatz zu mir, genau, wie der Gesuchte heute aussieht. Danke und Tschüss!“

Mit wehendem Mantel verließ Ludwig kurz darauf das Präsidium. Sein Smartphone hatte er ausgeschaltet. Jegliche Störung wollte er ab jetzt unbedingt vermeiden. Sein Bett rief nämlich laut nach ihm. Vor der Ausgangstür traf er den gleich ihm eilig zu seinem Wagen strebenden Kulle. Beide rannten als wäre der Leibhaftige hinter ihnen her. Nix wie weg hier und nach Hause in die Koje.

Auch das noch

Rottenbach hatte inzwischen erfahren, dass besagter Herr Hanecline tatsächlich existierte. Er befand sich schon seit Monaten in London und hatte für die Tatzeit, wie die britischen Polizei-Kollegen bestätigten, ein hieb- und stichfestes Alibi. So bestand die Vermutung, dass es diesen Namen häufiger gab oder, dass ein anderer sich dieses Namens bedient hatte. Er fuhr zu Ziller ins Uniklinikum. Mit schnellen Schritten stürmte er an sein Bett im Krankenzimmer, ohne die Tür hinter sich zu schließen.

„So, heute machen wir Nägel mit Köpfen. Sie schildern mir noch einmal, dieses Mal aber sehr präzise, das Geschehene im Detail, bevor es zu Ihrer schweren Verletzung kam. Am besten, Sie starten schon vorher mit dem Tag, an dem ihr fantastischer Ring von einem Fremden bestellt wurde. Er war Ihnen doch zuvor nicht bekannt, oder? Ich habe Zeit. Legen Sie los!“

„Aber das habe ich Ihnen doch alles schon mehrfach erzählt. Was soll diese dauernde Wiederholung bringen, frage ich Sie? – Also gut, wenn Sie es unbedingt wollen. Auf ein Neues: Vor ungefähr vier bis fünf Wochen rief mich ein Mann an, der von meinem einmaligen, gelben fancy Diamanten in der Fachpresse gelesen hatte. Er fragte mich, ob ich bereit wäre, den Ring, nach entsprechender Prüfung, an ihn zu verkaufen. Er gab mir seine Handynummer und sagte, er hieße Hähnklein. Als ich ihn einige Tage später zurückrief, um mitzuteilen, dass ich zu einem Deal bereit wäre, ließ ich mir den Namen buchstabieren. Er sagte, dass er in Belgien wohne und deshalb nicht ganz sauberes Deutsch spreche. Außerdem hob er hervor, dass ihm einige Leute aus dem Brillanten-Business gut bekannt seien. Unter den genannten Namen befand sich auch Willem Bekker, den er vorgab besonders gut zu kennen. Er nannte Details und auch, dass ich durch ihn mit dem Edelsteingeschäft damals in Kapstadt begonnen hatte. Dann erzählte er mehr oder weniger bekannte Anekdoten, die ihn als Insider ausweisen sollten. Warum also hätte ich Bedenken hegen müssen? Im nächsten Telefonat vereinbarten wir einen Treffpunkt für den Deal. Er hatte mein Vertrauen gewonnen, auch weil er bei der Übergabe bar bezahlen wollte."

„Moment, bitte! Wieso entstand überhaupt der Wunsch nach einer geheimen Übergabe? Warum lief das Geschäft nicht ganz offiziell mit Rechnung und Quittung ab? Hier hätten Sie, nach meinem Dafürhalten, unbedingt stutzig werden müssen."

„Na, ja, Herr Polizeidirektor. Ihr Verständnis fürs Edelsteingeschäft in Ehren, aber diese Händel laufen immer sehr diskret ab. Der Handschlag als Besiegelung eines Geschäfts hat da noch seinen Wert. Papiere sind zudem wegen der Steuer gefährlich für beide Seiten. Man kennt sich und das reicht. Dazu kommt der Fakt, dass jeder glaubt, Auge in Auge einen besseren Preis aushandeln zu können. Außerdem weiß jeder, dass Bargeld lacht und handelt entsprechend. Das ist doch logisch, oder? Hähnklein deutete an, zum Zeitpunkt der Edelsteinbörse in Wiesbaden einen Termin wahrnehmen zu müssen. Ich hatte, wie Sie wissen, schon ein Hotel in Darmstadt gebucht und schlug deshalb als Ort für die Transaktion den Hauptbahnhof selbst vor. Dort tummeln sich viele Menschen. Augenzeugen für das Geschäft finden sich selten, sind eher unwahrscheinlich. Alle hasten zu ihren Zügen und sehen weder rechts noch links Unsere Waren sind klein. Sie passen in jede

Hosentasche. Koffer, auch größere für das benötigte Geld, fallen nicht auf.“

„Gut! Verstanden! Wieso haben Sie sich das Treffen nicht noch kurz vorher final bestätigen lassen? Und wieso erschien niemand am vereinbarten Ort?“

„Das frage ich mich auch. Als der Schurke dann mit Cowboytuch vorm Gesicht plötzlich hinter mir im Auto saß, hatte ich das Gefühl, von diesem freundlichen Belgier betrogen worden zu sein oder, wie ein Darmstädter sich ausdrücken würden: er hatte mich nicht belogen, sondern nur `hinters Licht geführt´. Wie dem auch sei, sein Gesicht konnte ich nicht erkennen. Auf dem Parkplatz der Raststätte in Gräfenhausen schlug er mir noch im Auto so hart von hinten auf den Kopf, dass ich die Besinnung verlor. Gesteuert von der Gier nach Geld, raubte er den sehr teuren, schweren Ring mit dem in Tropfenform geschliffenen gelben Diamanten und verschwand mit meinem Mietwagen. Haben Sie ihn inzwischen aufgespürt?“

„Wen jetzt, den Mann oder den Ring oder den Wagen? Der Schläger ließ sich ohne Personen-Beschreibung und ohne Fingerabdrücke aus dem inzwischen am Frankfurter Flughafen sichergestellten Wagen nicht definieren. Ich benötige von Ihnen jetzt mehr Detailinformationen zu dieser Person, sonst finden wir weder Dieb noch Gut wieder. Apropos, wie viel war er bereit, für den Diamantring zu zahlen?“

„Wie ich Ihnen schon mehrfach gesagt habe, ist der Ring sehr wertvoll. Er wiegt sechzehn Gramm und besteht aus 750er Gold. Der Diamant und die 25 kleinen Altschliff-Brillanten rundherum kommen auf fast vier Karat. Ein wirklich sehr seltenes Exemplar. Entsprechend zäh entwickelten sich unsere Vorverhandlungen am Telefon. Ich wollte 50.000.- Euro haben, ein Schnapper. Er wollte nur 40.000.- Euro berappen. Wir einigten uns auf 45.000.- Euro in bar zahlbar bei Übergabe. Er ist schließlich Händler wie ich, hat aber, im Gegensatz zu mir, einen zahlungsfähigen Kunden an der Angel. Ich kann mir beim besten Willen immer noch nicht vorstellen, dass es dieser Mann gewesen sein soll, der mich zuerst entführt und dann fast getötet hat. Da muss es den berühmten imaginären Dritten geben. Ganz bestimmt! Aber, wo finden wir den? – Und was machen wir jetzt?“

„Was Sie jetzt machen werden, das weiß ich. Sie werden schnellstens gesund. Vom Bett aus lassen Sie Ihre Beziehungen spielen und finden heraus, wo Ihr Ring sich derzeit befindet. Oder zumindest, wo dieser angebliche Belgier abgeblieben ist.
Ich werde inzwischen mit meiner Sonderkommission weiter nach dem Mörder für die Leichen vom Jagdschloss suchen. Danach kümmern wir uns um Ihr Anliegen.“

Zurück im Büro, sah sich Rottenbach den Akt, einen Ordner für die Hängekartei, erneut an, den er zum Verschwinden von Zeils Bekannten aus dem Jugendstilbad vorausschauend angelegt hatte. Die Beschreibung der Person Hans-Peter Weis kam ihm seltsam bekannt vor. Er betrachtet das Passfoto von ihm eingehend. Daran gab es nichts Besonderes zu erkennen, ein gutaussehender Flugkapitän in Uniform der Lufthansa eben.

EKHK Ludwig war am nächsten Morgen nicht so flott auf den Beinen wie sonst. Gemeinsam mit KOK Kulle rätselte er, was ihn am Vortag eventuell so in Anspruch genommen haben könnte. Er fühlte sich, als hätte er am ganzen Körper Muskelkater. Frau Schöffele brachte eine Tablette, die ihrer Ansicht nach, in solchen Lagen immer hilft. Damit würde er binnen zwanzig Minuten wieder voll belastbar werden. Auch Kulle schluckte eine, mehr aus Sympathie als aus Einsicht. Beide bedankten sich und warteten darauf, dass die Wirkung endlich eintrat. Dabei blätterten sie lustlos in den vor Ihnen liegenden Unterlagen. Rottenbach trat ein und überfiel die beiden mit

Informationen, die er zum Mitbewohner der WG von Flugkapitän Warnisch neu zusammengestellt hatte. Er begann mit der Bitte seines Freundes Dr. Zeil, ging über die Expedition in Nepal und den Sonderurlaub von Weis bis hin zu seinem Verschwinden kurz nachdem er in Frankfurt vom Rollfeld kam. Er legte den Akt so aufgeschlagen vor Ludwig auf den Tisch, dass dieser die Personenbeschreibung unschwer lesen konnte. Ein Foto des Vermissten hatte jemand gut sichtbar mit einer Klammer am oberen Rand des ersten Blattes fixiert.

„Also jetzt bitte, meine Herrn: Was fällt Ihnen zu diesem ungewöhnlichen Fall ein? Es hilft sicher, dass ich sie soeben mit der Geschichte um Nepal abgelenkt habe.“

Ludwig sah sich mit noch immer müden Augen eingehend die persönlichen Daten des Flugkapitäns der Lufthansa, Hans-Werner Weis, an. Dann reichte er sie an Kulle weiter, stierte aber weiter über seinen Schreibtisch hinweg, auf das vergrößert vorliegende Passfoto des Gesuchten. Man konnte förmlich hören, wie er vor sich hin grübelte. Plötzlich ließ er seinen Kugelschreiber fallen, griff über den Tisch und entriss seinem Kollegen die Akte. Irritiert schaute dieser auf und zuckte mit seinen Schultern, während er hilflos seinen Chef ansah. Ludwig gab einen lauten Freudenschrei von sich, ballte seine Hand zur Faust und reckte sie Richtung Decke:

„Ja! Jawoll! Das ist es, das ist es! Leute, ich habe die Lösung gefunden, oder sagen wir einmal eine Teillösung. Jetzt geht's voran. Meine Herren schauen Sie mal genau hin! Die Beschreibung des einen Piloten entspricht fast genau der des anderen. In Uniform gleichen sich die Lufthansapiloten meistens sowieso wie ein Ei dem anderen. Der Killer hat die beiden verwechselt. Eigentlich sollte dieser Jochen Warnisch umgebracht werden und nicht sein Wohnungspartner Weis. Kapischko? Kapiert?“

„Wie bitte meinen Sie? Verwechselt worden? Unglaublich, aber…“

„Entschuldigung, Chef! Wenn die beiden in Uniform gleich aussahen und der Mörder sein Opfer nicht persönlich kannte, sondern nur ein Bild von ihm besaß, wie dieses hier, dann dachte er, den richtigen erwischt zu haben. Er hatte seinen Auftrag quasi erledigt. Wie muss er dann aber geguckt haben, als ihm sein Irrtum bewusst wurde. Wenn wir nun davon ausgehen, dass Weis der tote Mann in der Steinskulptur ist, dann ist er auch niemals nach Nepal geflogen. Anfang Mai wurde die große Skulptur aufgeschlitzt und der Tote hineingelegt, so war`s doch, oder? Ja, sicher, er hat Frankfurt niemals verlassen. Ein anderer muss mit seinem Pass geflogen sein, denn bei einem `No Show´ wäre eine Meldung an die Zentrale der Fluggesellschaft und/oder an sein Reisebüro ergangen. Wir sollten in Kathmandu die Expeditionsleitung ausfindig machen, um zu erfahren, wer dort als Hans-Werner Weis tatsächlich aktiv war. Ich gebe den Auftrag sofort weiter.“

Plötzlich wieder hellwach, mit vor Begeisterung leicht geröteten Wangen, griff er zum Telefon und gab entsprechende Anweisungen. Rottenbach und Kulle versuchten Ruhe auszustrahlen, in dem sie in den Akten blätterten. Sie hatten noch Mühe, das soeben Gehörte ins rechte Licht zu rücken.

Ludwig knallte seinen Telefonhörer auf die Gabel: „So, weiter geht's! Jetzt fragt sich nur, wo er erschossen wurde. War der Tatort eventuell direkt vor seiner Haustür in Kelsterbach? – Ich bin mir so gut wie sicher, dort ist es passiert. Auf der Rückseite des Fotos stand wahrscheinlich nur die Adresse von Weis. Sie gab dem Täter zusätzlich Sicherheit für eine zweifelsfreie Identifikation seines Opfers. Wenn er direkt vor seiner Haustür erschossen wurde, dann nicht aus größerer Entfernung. Das passt zu den Ergebnissen der Gerichtsmedizin, die die zwei neun Millimeter Projektile im Rippenbogen hinter dem Herzen fanden. Sie gingen von einem

Nahschuss aus. Danach wurde der Erschossene mit den Autoschlüsseln aus seiner Hosentasche in seinem eigenen Fahrzeug weggefahren. Doch dieses haben wir immer noch nicht gefunden. Vielleicht wurde es genauso versenkt wie unser zweites Opfer, wer weiß? Apropos, wurde die Tatwaffe schon gefunden? Nein? Dass wir diese oder seine Kleidung mit Pulverrückständen und Blut dran bei seinem Wohnsitz mitten im Ort finden werden, ist eher unwahrscheinlich. Aber vielleicht gibt es dort andere Hinweise. Dieser Ort ist für uns komplettes Neuland. Komm, Kulle, wir brausen sofort dorthin.“

Alle drei waren wie elektrisiert von der neuen Idee. Sie klang zu schön, um wahr zu sein. Die bisher nicht gefundenen Beweise lagen jetzt gewissermaßen auf der Hand. Rottenbach schaute kopfschüttelnd hinter seinen beiden Mitarbeitern her, die mit der Suche nach dem Tatort sofort begannen. Er selbst ging in sein Büro und verglich alle Daten rund um Kapitän Warnisch noch einmal genauestens. Dass bisher keiner der mehr als zwanzig SOKO-Mitarbeiter auf diese Spur gekommen war, wollte er nicht glauben. Allmählich aber leuchtete ihm ein, dass erst die streng geheime, verbotene Suche nach dem Schwimmfreund vom Leiter der Gerichtsmedizin diesen Vergleich möglich gemacht hatte. Hätte er nur... ja, hätte... Seine eigene ängstliche Haltung verzögerte die Lösungsfindung unnötig. Aber noch war es ja nicht zu spät. Ungeduldig wartete er, ob sein Stellvertreter mit der Wahl des Tatorts den richtigen Riecher hatte. Er rief in der KTU an und fragte nach dem Verbleib der Mordwaffe. Die beiden Geschosse in der Steinleiche und die beiden aus dem Körper im Backhausteich stammten aus derselben Waffe, soviel stand bereits seit langem fest. Inzwischen war man auf der Suche nach der Mordwaffe aber nur wenig weitergekommen. Die bisherigen Ermittlungen hatten ergeben, dass es sich bei der todbringenden Pistole um ein sehr seltenes tschechisches Model handeln musste. Die Geschossreste ließen sich ziemlich gut zuordnen, wenn auch nicht eindeutig. Noch bestand bei allen Mitarbeitern der SOKO Hoffnung, sie zu finden. Rottenbach hakte auch bei der SPUSI noch einmal nach:

„Wenn wir Glück haben, können wir ein vergleichbares Stück vielleicht auf dem Schwarzmarkt oder im `Darknet´ auftreiben. Einer Identifikationsnummer konnte man sie verständlicherweise nicht zuordnen. Wir suchen jetzt einfach weiter. Liegen bei Ihnen eventuell andere tötungsrelevante Erkenntnisse vor, die wir bisher nicht wissen durften? War nur so eine Frage. Tschüssikowsky!"

Obwohl er fest vorhatte, sich von dieser Abteilung nie mehr ärgern zu lassen, gelang es ihm auch dieses Mal nicht wirklich. Wieso hatte er seine Anfrage eigentlich nicht delegiert? Auch ohne psychologische Vorkenntnisse erkannte er selbstkritisch, dass er, offensichtlich unbewusst, diesen Streit suchte. Er schien richtig wild auf einen vorhersehbaren Nervenkitzel zu sein. Man könnte fast sagen: Ärgern machte ihm Freude. Wieso? Warum eigentlich? Er erinnerte sich an ein Seminar vor einem Jahr, in dem es um Personalführung ging. Klappt etwas nicht wie geplant, ist etwas oder jemand nicht wie es oder er sein sollte, sendet unser Körper starke Signale. Der Puls steigt, die Körperspannung zieht an und die aufgerissenen Augen fokussieren einen meist imaginären Punkt. Das sollte ein Vorgesetzter immer berücksichtigen, insbesondere in emotional angespannten Situationen. Wut und Ärger gehören zum Menschen wie der Schweif zu einem Kometen. Leider haben sie in unserer Gesellschaft, im Gegensatz zu Freude, Glück oder auch Trauer, einen schlechten Ruf. Er beschloss, sein Tun und Handeln in Zukunft häufiger zu reflektieren und sich nicht mehr über seine hie und da aufkeimende Sucht nach Streit zu wundern. Er ärgerte sich sozusagen über sein Verlangen nach Ärger.

Die Untersucher des möglichen Tatortes in Kelsterbach meldeten sich nicht bei ihrem Vorgesetzten. Wahrscheinlich konnten sie nichts finden. Es war anzunehmen, dass nach etwa fünf Monaten durch

Regen, Sonne und Wind alle Spuren vernichtet waren, einfach, im Sinne des Wortes, „weggefegt“.

„Hallo, da sind wir wieder, Chef! Diese Straße in Kelsterbach ist eine typische Dorfstraße mit Häusern direkt an der Straße. In einem solchen Umfeld, wo aus jedem Fenster einer den anderen beobachtet, bleibt für mich nur ein Szenario denkbar, immer vorausgesetzt, der Mord geschah tatsächlich dort. Wenn, dann hat der Mörder den Flugkapitän von der Kranich-Airline eines Abends mit unverständlichen Worten angesprochen, so dass dieser erstaunt stehen blieb und nachfragte. Diesen Moment nutzte er geschickt, ging nahe zu ihm hin und umarmte ihn wie einen alten Freund. Natürlich reagierte dieser verdutzt. Die kurze Zeit reichte dem Mörder, um die beiden Schüsse aus der unter seinem Mantel versteckten Waffe abzufeuern. Eine Mündungsfeuer hätte keiner sehen können und dank eines Schalldämpfers auch nur wenig Geräusch hören. Gleichzeitig fing er den zusammensackenden Körper geschickt auf und geleitete ihn, für einen beliebigen Beobachter völlig unauffällig Arm in Arm zu dessen gerade geparkten Wagen. Irgendwie muss er dort eine Seitentür geöffnet, ihn auf den Beifahrersitz gesetzt und festgegurtet haben. Jeder würde ihn für einen Fahrgast halten. Nun konnte er in Seelenruhe um den Wagen gehen, selbst einsteigen und wegfahren. Nur so ist nach unseren beiden Verständnissen eine verdeckte Tötung mit nachfolgender Verbringung der Leiche an den uns bekannten Ort vorstellbar. Was halten Sie von unserer Bilanz?“

„Meine Herren, alles schön und gut, aber es bleibt leider nur eine Theorie zum Tathergang. Zugegeben eine faszinierende. Denn, konnten Sie irgendwelche Beweismittel sicherstellen? Nein! Oder haben die Befragungen in der Nachbarschaft etwas Faktisches ergeben? Nein! Was wir dringend benötigen sind Fakten, immer wieder Fakten, Fakten, Fakten!“

Kulle schaltete sich ein. Auch er war begeistert von der Idee seines Kollegen:

„Nun Chef, Fakt ist für mich inzwischen, dass die beiden Piloten vom Mörder verwechselt wurden. Wir wissen jetzt, wer der Tote im Steinkleid ist. Den aus dem Teich kannten wir vorher schon. Ich schlage vor, dass wir mit geballter Kraft eine intensive Befragung der Nachbarschaft von Kapitän Weis in Kelsterbach durchführen. Außerdem müssten uns auch die beiden Mitbewohner aus der WG noch Einiges über den Toten zu sagen haben. Dann kriegen Sie so viele Tatsachen, wie Sie wollen, ganz bestimmt. Ich selbst würde mich gerne für heute verabschieden und in den Feierabend flüchten. Mein monatlicher Kegelabend steht an, Sie verstehen? Darf ich mich absetzen, Herr Polizeidirektor?"

„Ja, natürlich, gehen Sie endlich. Ludwig, Sie stellen das Umfrage-Team für morgen früh zusammen. Ich hake bezüglich des Fluges von Herrn Weis nach Kathmandu noch einmal nach. Wieso dauert es so lange, diese einfachen Informationen einzuholen? Dafür habe ich gerade kein Verständnis. Mir reicht`s!"

Frau Schöffele erschien mit strahlendem Lächeln und ihrem immer griffbereiten Stenoblock. Sie riss das obere Blatt davon ab und reichte es ihrem Vorgesetzten.

„Hier, bitte! Die Antwort von den Kollegen zum Flug des Herrn Hans-Werner Weis. Dass er, entgegen ihrer eigenen Angaben, in Wahrheit gar nicht geflogen sein sollte, wollte mir bei der zuständigen Fluglinie THAI-Airways zunächst keiner glauben. Auf dem Flug mit Zwischenstopp in Bangkok hätte ein Ersatzmann mit Sicherheit mehrfach auffallen müssen, meinten sie. Dann aber, nach eingehender Prüfung der Überwachungskameras vom Schalter am Check-In-Tag, mussten sie mir Recht geben. Sie schickten mir umgehend das Foto von dem Herrn, der als Hans-Werner Weis eingecheckt hatte und baten mich, ihnen umgehend mitzuteilen, wer der Stellvertreter ist. Man überlegt noch, ihn anzuzeigen. Ich ließ sein Bild sofort durch unsere Datenbank laufen und hatte einen Treffer. Der Mensch, der an seiner Stelle das Ticket einlöste, ist ein uns gut bekannter, zwielichtiger Typ. Spätestens beim genauen Ansehen des Passbildes im gestohlenen Ausweis von Weis hätte auffallen müssen, dass er nicht der von uns Gesuchte sein kann. Dasselbe gilt, logisch, auch für den Rückflug. Aber weder beim Einchecken noch bei den diversen Passkontrollen ist jemand etwas aufgefallen. Sehen Sie hier, meine Notiz, Chef. Ich habe ihn für morgen um neun Uhr zur Befragung einbestellt. Ach so, bei der relativ großen Expedition mit neun Teilnehmern und doppelt so vielen Sherpas blieb der Platz für den Piloten Weis einfach leer. Wer nicht da ist, ist nicht da, warum auch immer. Das kommt schon häufiger mal vor in einem Land mit noch schlechterem Internet als bei uns in Deutschland. Niemand schien Zeit zu haben, sich um den fehlenden, aber fest gebuchten, also zahlenden Teilnehmer zu kümmern. Es scheint schon hie und da vorzukommen, dass jemand noch kurz vor dem Start der Forschungsreise plötzlich Bammel bekommt. Grund: Plötzliche Expeditionsangst, wie man mir sagte. Oder jemand wird krank. Dass sein Fehlen auch bei der Lufthansa nicht bemerkt wurde, verbietet uns überkorrekten Deutschen allerdings jede Form von Kritik, meine ich.“

Am nächsten Morgen, die Umfrage bei den Nachbarn der Wohngemeinschaft in der Dorfmitte von Kelsterbach hatte pünktlich begonnen, meldete sich der vorgeladene Ersatzmann von Hans-Werner Weis im Sekretariat des Polizeidirektors. Er war der Darmstädter Polizei bereits als Gelegenheitsdieb, Schnorrer, Heiratsschwindler und Großtuer bekannt. Auf Anweisung von Rottenbach setzte man ihn in den abgedunkelten Verhörraum. Obwohl es nur eine Befragung werden würde, wollte dieser ihn einige Zeit schwitzen lassen und somit weit möglichst einschüchtern. Etwa zehn Minuten später trat er selbst mit lautem Knallen der Türklinke ein und überfiel, ohne zu grüßen, den Verdächtigen sofort überlaut mit einem Redeschwall. Der Plan ging auf. Er wirkte verängstigt.

„Wie konnten Sie es sich leisten, nach Kathmandu zu fliegen? Ohne Geld geht das nicht. Demnach meine wichtigste Frage zuerst: Wer hat Ihnen den Flug nach Nepal geschenkt? Antworten Sie schnell, ich habe keine Zeit. Also?“

„Was meinen Sie, Meister? Welchen Flug? Ich bin nicht geflogen.“

„Nicht geflogen, sagen Sie? Das ist eine unverschämte Lüge. Und wer bitte schön ist der Mann auf diesem Foto? Sie sind das, einwandfrei, beim Einchecken am Schalter der THAI-Airways. Strapazieren Sie nicht unnötig meine Nerven. Von wem?“

„Ist ja schon gut. Ich bin geflogen: Eines Tages sprach ich einen jungen Mann auf dem Luisenplatz an und bat ihn um etwas Unterstützung. Er blieb stehen und musterte mich eingehend von oben bis unten. Ich trage immer einen Anzug, müssen Sie wissen, so wie jetzt auch und sehe nicht aus wie ein armer Bettler, eher wie ein Geschäftsmann. Ich merkte sofort, dass ihn mein Outfit ansprach. Er verwickelte mich in ein längeres Gespräch und fragte schließlich, ob ich Englisch sprechen könnte. Das konnte ich bejahen. Da hakte er mich unter und bat sehr bewegend um mein Vertrauen. Er habe mir ein gutes Geschäft anzubieten, das mich garantiert nichts kosten würde. Mehr gezwungen als freiwillig ging ich mit ihm ins Eiscafé im Luisencenter. Dort platzierte er uns in die hinterste Ecke und bestellte zwei Wasser. Ohne Umschweife begann er umständlich mit seinem Vorschlag. Vorausgesetzt, ich hätte Zeit und Lust, etwa vier Monate ins Ausland zu gehen. Natürlich hatte ich beides im Überfluss. Er nickte mir zu und ließ endlich die Katze aus dem Sack: Ich musste mich für einen anderen ausgeben. Das war nicht legal, gell?“

„Das weiß doch jedes Kind. Identitätsdiebstahl geht zudem oft einher mit Betrug und Lügen. Ihnen muss damals bewusst gewesen sein, dass Sie eine strafbare Handlung planten. Dazu noch völlig ohne Zwang, wie Sie sagen.“

„Ja, aber doch nur ein bisschen illegal, oder? Ist auch jetzt schon Wurst! Nachdem ich noch etwas verunsichert zugestimmt hatte, überreichte er mir das Ticket für einen Hin- und Rückflug nach Kathmandu, ausgestellt auf den Namen Hans-Werner Weis. Während ich die Flugkarte genau auf Echtheit überprüfte, fühlte ich deutlich, wie er mich studierte. Er selbst war kleiner als ich und muskulös mit blonden Haaren. Es dauerte danach fast eine Stunde, bis er mir den ganzen Vorgang im Detail erklärt hatte, wiederholt und mein neues Wissen abgefragt hatte. Zwischenfragen überhörte er geflissentlich. Dann überreichte er mir den zum Namen gehörigen deutschen Reisepass mit leichten Gebrauchsspuren und zweitausend Euro in Hundertern als Spesengeld für die Zeit meines Aufenthalts dort. Ich weiß noch, wie er sagte: ‚Damit können Sie in Nepal leben wie ein König‘. Ich musste ihm versprechen, sämtliche persönlichen Daten von Herrn Weis auswendig zu lernen, inklusive Einzelheiten wie Ausstellungsort des Passes und durch Stempel belegte Destinationen. Der wahre Besitzer, ein Mann in meinem Alter, mit meiner Haarfarbe und mit schlankem Gesicht wie ich, musste viel geflogen sein. Das wurde mir beim groben Durchblättern klar. Glücklicherweise war das Papier erst vor ein paar Monaten neu ausgestellt worden und somit nicht voller Stempel. Ich musste ihm den Namen jedes einzelnen Flughafens vorlesen und mehrfach inklusive Punkt und Komma repetieren. Zum Schluss drohte er mir, falls ich das Besprochene nicht genau wie verabredet ausführen oder jemandem davon erzählen würde, wäre ich tot. Das glaubte ich ihm aufs Wort. Er trug nämlich eine Waffe. Die war mir vorher schon durch die Ausbeulung seines Hemds aufgefallen, obwohl ein Pullover sie kaschieren sollte. Jetzt frage ich Sie, Herr Polizeichef:

Wann bekommt man schon mal einen so tollen Flug geschenkt und Spesen obendrein? Ich musste einfach zusagen."

„Sie, Sie mussten gar nichts. Dieser Mensch hat Ihre Notlage ausgenutzt und Sie zum Gesetzesbruch verleitet. Beschreiben Sie ihn mir noch einmal genauer. Welche Kleidung trug er, welche Schuhe? Wirkte er auf Sie gepflegt?"

„Was soll ich noch sagen. Er hatte eine auffallend weiße Gesichtsfarbe, blonde glatt gekämmte Haare, trug blaue Jeans und ein Polo-Shirt mit langen Armen, Tennisschuhe oder so was Ähnliches. Um die Schultern hatte er einen übergroßen beigen Pulli gewunden. Ich schätze seine Körpergröße auf etwa 1,60 bis 1,70 Meter, bullig untersetzt, mit deutlich sichtbaren Muskeln, ein Bodybuilder, denke ich. Als ich zwei Tage später durch die Security auf dem Frankfurter Flughafen ging, fühlte ich mich von ihm beobachtet. Vielleicht hat mir auch nur meine riesige Angst, entdeckt zu werden, einen Streich gespielt. Ich weiß es nicht. Meine Nerven waren gehörig am Flattern. Ich befürchtete minütlich aufzufliegen. Danach habe ich ihn nie wieder gesehen, auch nicht bei meiner Rückkehr am zweiten September. Ich habe nichts Verbotenes gemacht, außer, dass ich mich für einen anderen ausgegeben habe. Der Flug war ja schon bezahlt. Kann ich jetzt gehen?"

„Nein, nicht so schnell. Ich muss vorher noch ein Beweismittel aus meinem Büro holen. Sie bleiben hier sitzen und rühren sich nicht. Klar?!"

Rottenbach eilte in sein Büro. Fieberhaft suchte er nach einem Foto aus der Schweiz. Die bleiche Gesichtsfarbe hatte ihn an den Herrn aus der Mehlfabrik erinnert. Frau Schöffele kam und half, was die Suchzeit erheblich verkürzte. Gemeinsam gingen sie zurück in den Verhörraum und legten dem Schnorrer das Bild vor.

„Sagen Sie, ist das ein Foto von dem Mann, mit dem Sie Anfang Mai das Geschäft Ihres Lebens gemacht haben? Schauen Sie es sich ganz in Ruhe an. Ist er es?"

„Das ist jetzt aber irgendwie blöd, Meister. Sie quälen mich die ganze Zeit mit Fragen und verfügen über ein Bild von ihm. Ja, der war es, genau der! Ich habe nicht einmal eine Telefonnummer von ihm. Auch seinen Namen kenne ich nicht. Er meinte, es würde genügen, wenn er meine persönlichen Daten hätte, meinen Wohnort und meine Handynummer. Sagen Sie mir bitte, wie er heißt? Wenn er erfährt, dass ich ihn verraten habe, schießt er mir bestimmt noch im Nachhinein eine Kugel in den Kopf. Das macht mir Angst. Ich brauche Polizeischutz und zwar sofort. Das sind Sie mir schuldig, weil ich ein Verbrechen aufgeklärt habe."

„Jetzt halten wir den Ball erst einmal gaaanz, ganz flach. Meine Sekretärin wird Ihre Aussagen zu Protokoll nehmen, Sie unterschreiben und dann dürfen Sie gehen. Seien Sie froh, dass wir hier die Mordkommission sind und nicht das Betrugsdezernat. Von denen werden Sie in Kürze hören. Sie halten sich sicherheitshalber für weitere Rückfragen zu unserer Verfügung. Das heißt: Sie dürfen Darmstadt nicht verlassen. Auf Wiedersehen!"

Rottenbach ging schnellen Schrittes zurück zu seinem Schreibtisch und rief seine rechte Hand, EKHK Ludwig, an. Aber auch ihm hatte man bislang keinen Fahndungserfolg aus der Schweiz gemeldet. Dieser Johan Riggellen war wie vom Erdboden verschluckt. Auch von ALi gab es weit und breit kein Lebenszeichen. Dabei weiß doch jeder, dass kein Mensch verschwinden kann. Das ist molekulartechnisch einfach unmöglich. Das Auftauchen der beiden war demnach nur eine Frage der Zeit.

„Immerhin wissen wir jetzt, dass dieser unscheinbare Hilfsarbeiter aus der Mehlfabrik in beide Fälle verstrickt war. Wie wir wissen,

Chef, trieb er bereits Anfang Mai in Deutschland sein Unwesen. Unser größtes Problem ist nach wie vor, dass für all unsere Verdächtigen weit und breit kein Motiv für einen Mord zu erkennen ist. Wenn der Bekker nur reden würde."

Kurzerhand entschloss sich Rottenbach, im deutschen Computerfahndungssystem POLAS nach dem Arbeiter mit Doppelpass aus Südafrika und der Schweiz zu suchen. Er hoffte, weiterführende Angaben zu Straftaten zu finden. Ihm war bekannt, dass seit 2018 die Kontrollen auf unzulässige Abfragen in diesem System verschärft worden waren. Aber er hatte ja einen berechtigten Grund, also kein Problem, dachte er. Doch sein Pech, bei jeder zweihundertsten Abfrage werden weitergehende Angaben zum Anlass nötig. Er war der Zweihundertste und konnte nicht alle im Programm gestellten Fragen beantworten. Somit wurden seine Bemühungen, ohne Angaben von Gründen, einfach abgebrochen. Frau Schöffele war wieder einmal der rettende Engel. Auf dem kleinen Dienstweg besorgte sie sich die Akte Riggellen. Für sie war es ein Leichtes, binnen weniger Minuten die gewünschten Auskünfte zu bekommen. Sie grinste breit, während sie ihrem Chef die Informationen höchstpersönlich aushändigte, so als wollte sie sagen: „Frag` doch in Zukunft einfach mich!"

Johan Riggellen war auch den deutschen Polizeibehörden bekannt. Seine Straftaten waren nicht gerade gering zu nennen. Bereits mit achtzehn Jahren wurde er wegen Handel mit Drogen in mehreren Fällen verurteilt. Als Ausländer, Schweizer und südafrikanischer Staatsbürger, zu sechs Monaten auf Bewährung verurteilt zu werden, war ein eher geringes Strafmaß. Er hatte regelmäßig Drogen an Schüler von Gymnasien entlang der Deutsch-Schweizer Grenze vertickt, von Rheinfelden bis zum Bodensee. Dass er zu einer organisierten Dealer-Bande gehörte, ließ sich jedoch nicht nachweisen. Seine Lieferanten müssten im Großraum Basel wohnen, vermutete der urteilende Richter, der als strafmindernd geltend machte, dass Riggellen vorher noch nie mit dem Gesetz in Konflikt geraten war. Anderslautende Beweise gab es in seinem Führungszeugnis nicht.

„Da sehen Sie mal, Frau Schöffele, wie unterschiedlich die Justitia entscheidet, die mit der Waage und den verbundenen Augen, meine ich. Eigentlich sind es aber die Richter, also einzelne Menschen, die sich zu solchen Urteilen hinreißen lassen. Ich sag es ungern, aber immer wieder: Wer sich zu viel mit Paragraphen beschäftigt, der verdirbt seinen Charakter."
„Wow, Chef, das war ein guter Spruch. Er gewinnt zudem an Bedeutung, wenn man den Zeitungsbericht aus dem `Südkurier´ von damals liest. Hier regte sich ein Journalist auf seine Weise über das viel zu milde Urteil für einen gerade noch jugendlichen Rauschgifthändler auf. Überschrift: ‚Drogenhandel leicht gemacht'. Kommentar zu einem Dealer. – Hier bitte, lesen Sie!"

„Am letzten Montag fällte ein Richter des Landgerichts Waldshut-Tiengen ein empörendes Urteil. Der Schweizer Johan R. hatte seit nachweisbar einem Jahr häufig Drogen in geringen Mengen an viele Gymnasiasten in Deutschland verkauft. Neben dem illegalen Handel verstieß er auch gegen das Betäubungsmittelgesetz. Man fand eine Plombe Kokain mit zwanzig Gramm bei ihm. Für beides zusammen bekam er nur sechs Monate Haft auf Bewährung. Er musste keine Sicherheitsleistung zahlen und kam sofort nach der Verhandlung auf freien Fuß. Man kann davon ausgehen, dass er seine schlimmen Taten ungehindert, vom Nachbarland aus, weiter ausübt. Wie der Staatsanwalt in Erläuterung eines psychologischen Gutachtens ausführte, besitzt der Verurteilte ein schwaches Selbstbewusstsein. Seine stoische Fassade ist genau das: Nur eine Fassade eben. Er flüchtet sich in eine Welt, in der seine virtuelle Realität die tatsächlich viel komplexere Wirklichkeit ersetzt. Mit Lügen und Halbwahrheiten vernebelt er auch die Tatsache, dass er mit seiner Ware junge Menschen in den Tod schickt. Dafür lehnt er jedwede Verantwortung ab. Anderslautende Begründungen lässt er nicht gelten. Sie passen nicht in sein selbstgestricktes Weltbild, das wegen des eingenommenen Geldes sehr real für ihn ist. Es ermöglicht ihm unter Anderem kleinere Reisen am Wochenende mit seinem teuren BMW-Motorrad, oder den Besuch von mehreren Fitnesscentern beiderseits der Grenze, in denen man kein Mitglied werden muss, also anonym bleiben kann. Ob er dort auch gedealt hatte, war nicht zu beweisen. Da er häufig den Grenzübergang in Rheinfelden nutzte, kannten die Zöllner ihn und seine Maschine und grüßen ihn schon von weitem. Hat sich denn niemand klargemacht, dass ein solch labiler Charakter einen Guru braucht, dessen Weisheiten er folgen kann? Wer ist dieser Verführer und wo hält er sich versteckt? Diese überaus wichtigen Fragen wurden nicht gestellt, demnach auch nicht beantwortet. Vielleicht steckt dahinter eine ganze Organisation. Das bedeutet, auch Johan R. wird schon bald wieder auf der von seiner Leitfigur geforderten schiefen Bahn landen. Schuldbewusstsein war während der drei Verhandlungstage nicht zu erkennen. So etwas gibt es in seiner Welt offenbar nicht. Wie kann ein erfahrener Richter, zudem in Kenntnis eines niederschmetternden Gutachtens, seinen Beteuerungen, sich bessern zu wollen, glauben? Missetaten, gleich welcher Art, werden durch viel zu milde Urteile bestimmt nicht gestoppt. Mäßige Strafen haben keinen abschreckenden Wert. Dieser aber wäre, nicht nur im Sinne des Allgemeinwohles, auch in diesem Fall dringend geboten gewesen.“

Rottenbach schüttelte schon während des Lesens seinen Kopf, bedankte sich bei seiner Sekretärin. Die Darmstädter SOKO wusste zudem von seinem Arbeitgeber in der Mehlfabrik, dass der heute Achtundzwanzigjährige nicht gerade die hellste Kerze auf der Torte ist. Ob diese Tatsache damals das Urteil des Richters beeinflusste?

Durchbruch oder Unterbruch?

Der Leiter der Mordkommission Südhessen griff zum Telefon. Er wollte seinen Schweizer Kollegen eigentlich nur für ihre Hilfe danken, indem er ihnen von Riggellen und seinen Anwerbeaktivitäten in Darmstadt berichtete. Kaum hatte er sich zu erkennen gegeben, wurde er auch schon weiterverbunden. Man war offenbar bestrebt, ihm schnellstens mitzuteilen, was die Überprüfung der Fingerabdrücke einwandfrei ergeben hatte. Der auf dem an Kulle übermittelten Foto so fremd aussehende Mann aus Botswana ist wirklich Abraham Lincoln. Whow! – Da dieser in der Schweiz keinen Rechtsbruch begangen hatte, demnach nicht polizeilich gesucht war, konnten ihn die Basler Kriminalbeamten auf Verdacht nur vierundzwanzig Stunden festhalten. Die aber waren schon in etwa elf Stunden vorbei. Händeringend bat daraufhin der Darmstädter Chef der SOKO, ihn auf keinen Fall gehen zu lassen. Schließlich steht er in Deutschland nach wie vor unter Mordverdacht. Rottenbach versprach, schnellstens seine Überstellung nach Deutschland zu beantragen, und sei es nur wegen Diebstahl und Raub im Hotel Jagdschloss Kranichstein.

„Liebe Kollegen, ich beschwöre Sie: Halten Sie diesen Halunken fest, damit er einer gerechten Bestrafung zugeführt werden kann. Auch wenn er sich in Ihrem Land bisher nichts zu Schulden kommen ließ, darf er uns nur aus verfahrenstechnischen Gründen dieses Mal keinesfalls entwischen. In seinem bisherigen Leben hatte er unter Mithilfe von zweifelhaften Freunden und ausgebufften Rechtsanwälten immer wieder ein Schlupfloch gefunden, durch das er den geltenden Gesetzen entwischen konnte. Das wissen wir von den lieben Kollegen aus Kapstadt. Sie mutmaßen zudem, dass jedes Mal einige Schmiergelder geflossen sein müssen. Wenn Sie ihn jetzt frei lassen, finden wir ihn bestimmt nie wieder. Er ist ein Verwandlungskünstler, wie Sie bei einem Vergleich seines jetzigen Aussehens mit dem Bild, das uns die Kollegen aus Südafrika zusandten, sicher unschwer erkannt haben. Dass Sie ihn identifizieren konnten, grenzt für mich an ein Wunder. Sie haben etwas nahezu Unmögliches mit Geschick und etwas Fortune möglich gemacht. Wodurch ist er Ihnen eigentlich aufgefallen? Hat unser ehrenamtlicher Mitarbeiter, Kommissar Zufall, wieder zugeschlagen?“

„Ja so könnte man sagen. Im Zug von Freiburg nach Basel kontrollierten die Zollbeamten der Schweiz die Pässe der Reisenden, wie seit Jahren üblich. Wir wollen wissen, wer in unser Land einreist. Da der Badische Bahnhof in Basel über keine Zollstation verfügt, erscheint uns dies der einzige Weg für eine Kontrolle zu sein. Einer der Beamten erinnerte sich, dass wir vor ein paar Tagen einen Mann aus Südafrika suchten. Als nun der weiße Mann mit Pass aus dem überwiegend schwarzen Botswana ein Hotel angab, in dem er gar nicht wohnte, haben wir ihn als Wohnsitzlosen eingestuft und ihn sicherheitshalber erst einmal festgesetzt. Er widersprach kräftig und verlangte seine Botschaft zu sprechen. Doch sein Herkunftsland hat keine in der Schweiz. Wir informierten Ihren Kollegen Ludwig bereits über den Fisch, der uns ins Netz gegangen ist. Sein Passbild gab, genau wie bei seiner damaligen Überprüfung im Hotel, nicht viel her. Dass jetzt aber die Fingerprints seine wahre Identität aufdeckten, überraschte uns alle.“

„Vielen Dank! Bitte halten Sie ihn in Gewahrsam und bewachen ihn gut, damit er nicht entwischt. Ich melde mich umgehend wieder bei Ihnen.“

Wie erwartet, verlangte der Staatsanwalt von seinem Polizeichef, trotz jeder Menge Indizien, einen eindeutigen Beweis für den Mordverdacht. Dieser war jedoch nicht zu liefern. Lediglich seine Fingerabdrücke im Hotel sind unstrittig. Dafür, dass er dem Berliner Juwelier den sündhaft teuren Ring gestohlen haben könnte, gab es nur einen unsicheren Hinweis. Vermutungen aber ließ der Jurist nicht gelten. Sollten binnen dreißig Stunden keine weiteren gerichtsrelevanten Beweise geliefert werden, müssen die Schweizer ihn wieder frei lassen. Mit hängendem Kopf voller kreuz und quer durcheinander wirbelnder Gedanken ging Rottenbach wieder in sein Büro. Immerhin hatte er dem Staatsanwalt noch das Versprechen abringen können, bei seinem Pendant in der Schweiz um eine Verlängerung der Haftzeit von ALi bis zur Auslieferung zu bitten.

Damit hatte er jetzt mehr als vierundzwanzig Stunden Zeit, ihn in die Bundesrepublik zu überführen. Er rief in Basel an, wo man ihn mit Kommissar Urs Rütherli verband.

„Da bin ich wieder. Unser Staatsanwalt glaubt, eine Verlängerung der Untersuchungshaft für ALi um einen Tag bewirken zu können. Ich hoffe, dass das klappt. Dann hätten wir noch zirka dreißig Stunden Zeit, die Begründung für unseren Mordverdacht zu untermauern. Immerhin ein kleiner Erfolg, finden Sie nicht auch?"

„Herr Direktor, wisset Sie, wir waren auch aktiv und haben die Habseligkeiten dieses Herrn eingehend untersucht. Dabei haben wir Abrechnungen für den Kauf von Steinskulpturen gefunden und zudem Bestellungen für weitere, alle ausgestellt auf den Namen Willem Bekker, wohnhaft im Hotel Jagdschloss Kranichstein in Darmstadt."

„Prima, diese Unterlagen wurden bei dem Einbruch in einem der drei Hotelzimmer entwendet. Jetzt haben wir den geforderten Beweis: Er ist ein Dieb!"

„Das ist noch nicht alles. Herr Lincoln hatte 5.500.- Euro in bar im Futter, unter dem kaum zu sehenden Zwischenboden seiner großen Reisetasche versteckt, also elf 500er Scheine. Haben Sie dafür ebenfalls eine Erklärung?"

„Natürlich habe ich die. Das muss der Rest von den 10.000,- Euro sein, die Willem Bekker gestohlen wurden. Eigentlich minus 100,- Euro, denn einen Schein von diesem Wert hatte der Dieb im Hotelsafe zurückgelassen. Auch dieser Fund hilft uns prima weiter. Er wird bestimmt helfen, euren und unseren Staatsanwalt soweit zu überzeugen, dass sie seine Auslieferungs- in eine U-Haft abändern. Hoffentlich kann er danach auch möglichst schnell an uns überstellt werden.“

„Na ja, klingt vielversprechend, oderrrr? Aber da hätte ich noch etwas, das uns Kopfzerbrechen bereitet. Wir fanden einen kleinen Revolver, eingerollt in einen dicken Pullover. Einen wie diesen haben unseren Spezialisten noch nie gesehen. Wir wissen, dass mehrere Jahre nicht damit geschossen wurde und dass er völlig sauber ist. Keine Fingerabdrücke! Auch mit Luminol und weiteren chemischen Tricks fanden wir keine Blut- oder Gewebereste. Das ist bedauerlich. Er behauptete, dieses „Ding“ noch nie gesehen zu haben. Man hätte es ihm untergeschoben. Außerdem sehe eine richtige Waffe ganz anders aus. Ein gründlich misslungener Versuch, sich zu retten, weiter nichts. Wir wissen, dass es eine echte Pistole ist und suchen weiter nach deren Herkunft.“

„Herr Rütherli, Sie machen es aber spannend. Sie reden ohne jede größere Gefühlregung davon, dass Sie eventuell die Mordwaffe gefunden haben. Das ist einfach sensationell. Schicken Sie uns alle Fundstücke möglichst schnell zu. Ich drücke die Daumen, dass die Anklage innerhalb der nächsten Stunden fertig gestellt wird. Tschüss!“

„Auf bald, Herr Direktor. Ich gehe davon aus, dass Sie den Delinquenten persönlich abholen wollen. Grüßen Sie bitte Kulle von mir.“

Rottenbach war überwältigt von den Ergebnissen aus Basel. Alle Mitarbeiter der SOKO-Stein mussten sofort darüber informiert werden. Dass die Großbefragung in Kelsterbach kein vernünftiges Resultat ergeben hatte, störte ihn gerade herzlich wenig. Er war in Hochstimmung, die auch bei dem schnell anberaumten Meeting noch nachhallte. Wenn nur die Beweisstücke endlich hier wären. Ungeduldig ging er auf und ab, bis einer aus der Versammlung „Silentium!“ rief.

„Liebe Kolleginnen und Kollegen! Ich beginne mit den Neuigkeiten wie immer in kurzen Worten. Also:

1.) Abraham Lincoln, genannt ALi, ist gefasst und sitzt in Basel in Gewahrsam.

2.) In seinem Gepäck fand man die neulich bei Bekker aus dem Hotelsafe gestohlenen Abrechnungen, die Bestellungen, einen Rest der fehlenden 10.000.- Euro und, ich kann es kaum glauben, das ist der eigentliche Knüller, eine kleine Pistole.

3.) Ich gehe davon aus, dass jetzt die Staatsanwaltschaft endlich einen Haftbefehl erlässt und wir den lange Gesuchten samt Fundstücken spätestens morgen hier haben werden. Er ist, in meinen Augen unser Tatverdächtige Nummer eins für beide Todesfälle.

4.) Von Johan Riggellen fehlt nach wie vor jede Spur. Die Grenzpolizei und der Zoll in Deutschland und in der Schweiz suchen engmaschig weiter. Nach Aussagen der Waldshuter Polizei klappt die Zusammenarbeit mit unseren Kollegen reibungslos.

5.) Letzter Punkt: Ich hoffe, Sie alle haben inzwischen gehört, dass der Tote aus der Skulptur wahrscheinlich Opfer einer Verwechslung wurde. Dank der Idee vom Kollegen Ludwig, gehen wir jetzt davon aus, dass der Tote aus der Skulptur Hans-Werner Weis heißt. Wie Jochen Warnisch war er Flugkapitän bei der Lufthansa. Ich bin mir sicher, dass weitere Untersuchungen unserer Gerichtsmedizin diesen Sachverhalt bestätigen können.

Hier müssen Sie noch einmal genau im Umfeld ermitteln. Uns fehlt leider immer noch das passende Motiv. Gibt es sonst noch etwas Neues zu berichten?"

Trotz des zum Schluss der Rede genannten ungeklärten Punktes, dem Motiv, war die Begeisterung der Zuhörer zu spüren. Einige klatschten sogar im Hinausgehen, während andere sich zum hundertsten Mal über die mutmaßlichen Beweggründe für beide Morde lauthals äußerten. Jeder war felsenfest davon überzeugt, dass mit der Überführung von ALi dieser Fall endlich gelöst werden könnte. Doch es kam anders.

Die Bemühungen der Darmstädter Staatsanwaltschaft hatten Früchte getragen. Die Verwahrung des Südafrikaners wurde mangels festen Wohnsitzes, also wegen Fluchtgefahr, noch um einen weiteren Tag verlängert. Parallel dazu regelten die Deutschen mit den Schweizer Gerichten eine möglichst baldige Überstellung des vermutlichen Mörders in die Justizvollzugsanstalt in Darmstadt, Fritz-Bauer-Haus. Der Tatverdacht wurde als „sehr begründet" eingestuft.

Rottenbach ließ Willem Bekker ins Polizeipräsidium einbestellen. Dieser war, wie nicht anders zu erwarten, wiederum sehr erbost darüber und gebärdete sich entsprechend. Als er vom Stellvertreter des Polizeidirektors auf Abraham Lincoln angesprochen wurde, stieg ihm die Zornesröte ins Gesicht. Er drohte vor lauter Wut zu platzen und schrie Ludwig an:

„Jetzt ist es aber genug. Deswegen bestellen Sie mich hierher. Sie erwarten doch bestimmt keinen Dank für ihre umwerfend freundliche Behandlung. Ich habe den Herrn seit meinem Weggang aus Kapstadt nicht mehr zu Gesicht bekommen – und das wissen Sie! Was soll also das ganze Theater bringen. Das ist reine Bosheit mir gegenüber. Nichts als Schikane!

Ich werde meinen Anwalt informieren und werde Sie wegen Amtsmissbrauch verklagen. Nein, besser noch: wegen Amtswillkür."

Ludwig wusste, dass hinter dem Spiegel mehrere Beobachter seinem Interview zusahen und –hörten. Auch sie mussten bemerkt haben, dass Bekker kurz vor einem Kollaps stand. Er holte ihm ein Glas Wasser und forderte ihn auf zu trinken. Nachdem sich die rote Färbung im Gesicht seines Gegenübers wieder etwas der Normalfarbe genähert hatte, fuhr er fort:

„Herr Bekker; wir beide wissen, dass ALi ein sehr guter Freund von Ihnen ist. Er befindet sich seit geraumer Zeit in Europa, genauer gesagt: Er sitzt gerade im Untersuchungsgefängnis in Basel. Demnächst wird er uns hier in Darmstadt zur Verfügung stehen. Warum machen Sie nicht endlich reinen Tisch? War er in Ihrem Auftrag unterwegs, um einen unliebsamen Mitmenschen zu beseitigen?"

„Das ist der blanke Unsinn. Wie oft muss ich Ihnen das noch sagen? Okay!"

„Nein, nicht Okay! Sie wissen mehr als Sie mir verraten wollen, da bin ich mir ganz sicher. Mit Ihrem Hintergrundwissen könnten Sie zur Klärung der beiden Morde bestimmt eine Menge wertvolle Informationen beisteuern. Ihnen ist bestimmt bekannt, dass das Vertuschen einer Straftat fast genauso schlimm ist, wie das Verbrechen selbst? Das bedeutet, dass wir Sie wegen Behinderung der Ermittlungen ohne große Probleme jederzeit anklagen können. Wenn Sie sich weiterhin so bockig stellen, werde ich das heute noch anleiern."

„Sie, Sie, Sie unverschämter Mensch, Sie."

Wieder rötete sich sein Gesicht und die Zornesader auf seiner Stirn schwoll bedenklich an. Gespannt sahen alle Beobachter dieser Entwicklung zu. Jetzt musste er endlich mit der Wahrheit herausrücken. Ludwig fixierte unentwegt den Punkt zwischen Bekkers Augenbrauen. Dieser Druck ist erfahrungsgemäß schwer auszuhalten. Jetzt, oder nie! Doch nichts passierte. Bekker wich seinen Blicken aus und zeigte plötzlich keinerlei Gemütsregung mehr, nur ein nichtssagendes Pokerface. Nach etwa fünfminütigem gegenseitigem Anschweigen durfte er gehen. Er ist und bleibt ein schwieriger, cleverer Diskussionspartner, der sich nicht in die Karten blicken lässt. Auch dieses Mal reichte der Beweisdruck nicht, um ihn zu einer einsichtigen Aussage zu bewegen. Selbst die Kollegen im Nebenzimmer wussten keinen Rat, nickten sich nur still im Hinausgehen gegenseitig zu, bevor sie in ihr Büro zurückgingen. Dieser querköpfige Bure war härter als eine Paranuss.

Die von den beiden Kriminalkommissaren Kraft und Mehl durchgeführte Befragung des Pursers von der Condor-Airline, der mit Weis und Warnisch zusammen die WG in Kelsterbach bildete, war abgeschlossen. Kraft berichtete seinem Vorgesetzten:

„Der Chef der Flugbegleiter und Flugbegleiterinnen von der Condor heißt: Karsten Ostermann. Er ist 33 Jahre alt und wohnt schon seit mehr als einem Jahr zusammen mit dem Toten aus der Skulptur in der Wohnung in Kelsterbach. – Warnisch kam erst vor etwa sieben Monaten dazu. – Die beiden hatten sich bei ihrem letzten Treffen sehr heftig gestritten. Ostermann wollte unbedingt eine Teilnahme von Weis an der Expedition in Nepal verhindern. Als ihm das nicht gelang, kündigte er kurzerhand die Freundschaft auf. Erst um Einiges später gab er zu, dass sie beide als ein Paar ohne Trauschein zusammengelebt hatten. Insgeheim hoffte er noch bis zu unserer Befragung, dass sein Partner nach dem Ende dieser unseligen `Reise ins Niemandsland´ wieder zu ihm zurückkommen würde. Er konnte bis heute nicht nachvollziehen, warum diese Suche nach einem Yetihaar von einem Skalp aus einem Himalaja-Kloster für seinen Partner wichtiger war als er. Die Nachricht vom Tod seines Lebensgefährten warf ihn völlig aus der Bahn. In unserem Beisein begann er hemmungslos zu weinen. Wir sind sicher, dass er nichts mit der Ermordung zu tun hat. Er wollte ihn nach dem Streit nicht mehr sehen und war deshalb zu seiner Mutter in die Nähe von Hannover gereist. Das ist glaubhaft. Condor war mit seinem Umzug einverstanden, denn der Ort passte gut zu seinem Flugplan. Ihn können wir bedenkenlos von der Liste der Verdächtigen streichen."

Mehl ergänzte dienstbeflissen: „Er gab uns zudem noch einmal die Möglichkeit, alle Zimmer der Wohnung, außer dem privaten von Warnisch, eingehend unter die Lupe zu nehmen. Dabei fanden wir mehrere Fotografien von beiden, auf denen sie sich verliebt ansahen. Überhaupt kannte er sämtliche Stücke in der von Souvenirs völlig überladenen Wohnung bis ins Detail und erklärte uns bereitwillig ihre Herkunft. Wir spürten deutlich, dass er alles Erforderliche für eine möglichst schnelle Aufklärung der Geschehnisse tun würde. Er ist unschuldig! Chef, er war es nicht!"

„Gut, wann kommt Warnisch hierher? Oder müssen wir etwa noch einmal nach Kelsterbach?"

„Wir haben per SMS vereinbart, dass er heute, auf der Fahrt zu seiner Lebensgefährtin nach Bensheim kurz nach Mittag bei uns vorbeischauen wird."

Frau Schöffele eilte herbei, um mitzuteilen, dass die Herrin des Verfahrens, wie Sie die Staatsanwaltschaft gerne nennt, um Rückruf bat.

„Es geht um den Südafrikaner ALi, sagte man mir."

Hoffnungsfroh tat Rottenbach sofort wie ihm geheißen. Er war felsenfest davon überzeugt, dass der besagte in Basel zur sofortigen Überführung nach Darmstadt bereitstehen würde. Staatsanwalt Müller meldete sich:

„Also: Schweizer Richter haben schnell und unbürokratisch der Auslieferung zugestimmt. Danach musste ich all meine Überredungskünste aufwenden, um zu verhindern, dass Sie, beziehungsweise ein oder zwei Ihrer Leute, den Delinquenten persönlich in Basel abholen müssen. Einen mit Handschellen an einen Polizisten gefesselten Straftäter durch den Bahnhof und dann im Zug bis Darmstadt zu führen, ist für jeden eine Zumutung. Außerdem besteht in einem solchen Fall erhöhte Fluchtgefahr. Da geben Sie mir doch Recht?! Es wäre unentschuldbar, wenn wir diesen Verdächtigen auf den letzten Metern verlieren."

„Ja, natürlich. Ich danke Ihnen. Und was machen wir jetzt?"

„Auch einen Transport per Dienstwagen oder gar mit der `grünen Minna´ konnte ich verhindern. Jetzt haben der Schweizer Kollege und ich entschieden, dass zwei Kriminalbeamte aus Basel ihn per Flieger zum Flughafen nach Egelsbach bringen, wo wir ihn um 15:35 Uhr in Empfang nehmen. Die Flugkosten dürfen wir beide uns teilen, Sie und ich, halbe, halbe. Das ist doch fair, gell!"

Rottenbach bedankte sich für das große Engagement des Staatsanwalts hauptsächlich, weil er durch diese Prozedur Zeit sparte. In Erwartung einer baldigen Lösung des beziehungsweise der Mordfälle juckten ihn die Kosten gerade eben mal nicht im Geringsten. Vor seinem Eintreffen hatte er fest vor, das Interview mit dem Lufthansakapitän am frühen Nachmittag selbst durchzuführen. Gut gelaunt fing er sogar an, ein Liedchen zu trällern.

Frau Schöffele „durfte“, im Sinne des Wortes, den blendend aussehenden Herrn Warnisch an der Pforte abholen. Sie freute sich darauf, wie auf das Bonbon, das sie als Kind bei einem Einkauf im Tante-Emma-Laden ihres Heimatortes geschenkt bekam. Auch ihm war die Freude anzumerken, als er ein bekanntes, lachendes Gesicht in diesem grauen, kalten Bürogebäude auf sich zukommen sah. Sie begrüßten sich herzlich. Trotz ungestümer Fragen seitens des Piloten gab sie keine Vorinformationen zu der nachfolgenden Befragung preis. Dafür war sie zu sehr der Profi, der seine Gefühle dem Gast gegenüber im Griff hat. Auch die Begrüßung des Polizeidirektors war fast schon herzlich zu nennen.

„Herr Direktor, schön Sie zu sehen. Wie kann ich helfen?“

„Oh, da wäre Einiges zu nennen. Sie wissen wahrscheinlich schon von Ihrem Mitbewohner in Kelsterbach, dass Ihrer beider Vermieter, Hans-Werner Weis, tot ist. Er wurde ermordet. Um diesen Mord aufzuklären, benötigen wir Ihre Aussagen. Hatte Ihr Fliegerkollege vielleicht Feinde? Oder gab es einen heftigen Streit, von dem Sie wissen? Durchaus auch privater Natur. Wer könnte Interesse daran gehabt haben, ihn für immer verschwinden zu lassen?“

„So eng bin ich mit ihm nicht gewesen, als dass ich Ihre Fragen bis in die Tiefe beantworten könnte. Da weiß unser Ostermann sicher mehr. Die beiden waren bis vor Kurzem ein Paar, sollten Sie wissen.“

„Das ist uns bekannt. Wir wissen auch, dass die beiden vor seiner Abreise nach Nepal einen heftigen Wortwechsel hatten. Bitte sagen Sie uns, worum es dabei ging?“

„Ja, klar! Karsten wollte nicht, dass sich Hans-Werner unnötigerweise in Gefahr begibt. Er hatte Angst um ihn. Weil der sich aber nicht überzeugen ließ, sondern auf ‚seiner Expedition‘ beharrte, wollte sich sein Partner von ihm so was wie ‚scheiden lassen' und verabschiedete sich unter Tränen. Diese Informationen erhielt ich von Hans-Werner höchstpersönlich, etwa drei Tage vor seinem Abflug. Ich saß kurz darauf selbst wieder im Flieger, war also außer Landes und weiß demnach nicht, was außerdem noch geschah."

„Nun wir wissen, dass er nicht gereist ist, weil man ihn kurz vorher erschoss. Wie wir gerade erst rekonstruierten, geschah diese ungeheuerliche Tat unmittelbar vor seiner, respektive Ihrer, Wohnung auf der Straße. Aber das wissen Sie bestimmt schon von Ihrem Mitbewohner in der WG. Aber, kennen Sie das Auto von Weis? Könnte er es, in Vorbereitung seiner Abwesenheit, vielleicht irgendwo untergestellt haben? Wir haben es bislang nicht gefunden."

„Bei dem Auto von Hans-Werner handelt es sich um einen Mercedes 190 SL, ich glaube schon mit H-Nummer, also ein Oldtimer reinsten Wassers, sozusagen. Er steht auf dem Lufthansaparkplatz am Flughafen, wie immer, denke ich."

„Nein, dort haben wir nachgesehen. Da steht er nicht. Und auch nicht in Darmstadt bei seiner Hauptwohnung in der Mauerstraße. Herr Ostermann wollte oder konnte sich ebenfalls nicht an einen anderen Parkplatz für das wertvolle Vehikel erinnern. Er hatte nur Angst, man hätte es vielleicht verschrottet oder in einem der nahgelegenen Baggerseen versenkt. Haben Sie weitere Ideen. Sie sind im Gegensatz zu mir ein weitgereister Mann. Denken Sie noch einmal nach, bitte!"

„Nein, ich bin diesbezüglich mit meinem Latein schon am Ende. Spontan denke ich gerade, dass der Mörder das gute Stück benutzt haben könnte, um damit in aller Seelenruhe nach Hause zu fahren. Aber nein, was für eine blöde Idee. Da wäre er Gefahr gelaufen, entdeckt zu werden. Ein Oldtimer dieser Sorte und Qualität fällt überall auf, oder?"

„Mag sein. – Nun zu seiner Ermordung: Also, denken Sie noch einmal ganz genau nach. Jemand muss ihn unglaublich gehasst haben, oder aber, er war gar nicht als Opfer vorgesehen, und ein anderer war gemeint. Man könnte ihn zum Beispiel mit Ihnen, seinem Zimmernachbarn, verwechselt haben. Das würde bedeuten, man hatte vor, nicht ihn, sondern Sie umzubringen. Was halten Sie von dieser Theorie?"

„Hm, mal nachdenken. – Zu Hans-Werner kann ich nur sagen, dass er ein überaus höflicher, zu allen seinen Mitmenschen freundlicher Zeitgenosse war, den man einfach mögen musste. Feinde, ich glaube, er kannte dieses Wort nicht einmal. – Nun zu Ihrer Annahme, man hätte ihn aus Versehen ermordet. Das klingt nach einem Groschenroman, ist zu billig in meinen Augen. Haben Sie keine bessere Erklärung gefunden? Und außerdem: Er sieht gar nicht so aus wie ich, oder?"

„Da mögen Sie Recht haben, allerdings...schauen Sie sich diese beiden Fotos in Ruhe an. Wer ist nun wer? Auf welchem sind Sie festgehalten?"

Warnisch nahm das erste Bild in die rechte Hand, das zweite in die linke. Schon kurz darauf zeigte sein Blick eine gewisse Verblüffung. Die Ähnlichkeit der beiden Flugkapitäne in Uniform war nicht zu übersehen. Mit ratlosem Blick drehte und wendete er die Vergleichsobjekte hin und her, um dann ziemlich lapidar festzustellen:

„Tatsächlich, wer uns noch nie zuvor zusammen gesehen hat, könnten glauben, wir wären Zwillinge. Sie haben Recht. Der eine könnte gut und gern das Double für den anderen spielen, ohne einen Maskenbildner bemühen zu müssen. Aber, Moment mal, ... das bedeutet ja, dass ich in Gefahr bin. Der erste Versuch ging daneben.

Der Mörder wird es ein weiteres Mal versuchen, das ist Ihnen doch klar?“

„Natürlich! Allerdings hat sich für ihn die Situation stark verändert. Zuerst musste er schnellstens die Leiche entsorgen, dann das Auto, oder umgekehrt. Zweitens reden wir, die Kripo, inzwischen mit. Wir führen detaillierte Ermittlungen in alle Richtungen durch. Damit wird es für ihn um ein Vielfaches schwerer, seinen Fehler zu korrigieren. Außerdem wissen wir nicht, ob Sie tatsächlich gemeint waren. Gäbe es denn jemand, der Sie liebend gerne ins Jenseits befördern möchte?“

„Direkt geantwortet: Nein! Wir Piloten sind die meiste Zeit unterwegs. Wir haben quasi gar keine Möglichkeit, uns zu Hause Feinde zu schaffen. Allerdings, wenn ich recht überlege, könnte ich mir vorstellen, dass mir Bekker immer noch gram ist, weil ich ihm seine Frau gestohlen habe. Obwohl, ...sie betonte mir gegenüber mehrfach, dass nicht ich der Grund für ihre Trennung war, sondern er selbst mit seinem fehlenden Respekt ihr gegenüber und seiner Intoleranz. Ich erinnere mich noch genau an das Bild, das sie für ihn zum besseren Verständnis entwickelte. Sie sagte: ‚Willem, nimm Dir ein Beispiel an den Bäumen. Sie zeigen mehr Toleranz untereinander und Rücksicht als du in letzter Zeit zu mir. Schaut man sich vom Boden aus ihre Wipfel an, dann sieht man, dass Blätter und Äste benachbarter Buchen, zum Beispiel, sich nicht berühren, sich nicht einengen und nicht behindern. Alle streben nach dem Licht, aber wer zuerst da ist, dem gehört der Platz an der Sonne‘. Da diese Einstellung von allen respektiert wird, gibt es keinen Streit. Du aber hast mich all die Jahre immer mehr überwuchert, zur Seite gedrängt und mir die Sonne gestohlen. Das halte ich nicht länger aus. Ich muss mich selbst finden. Jetzt ist damit Schluss! Eigentlich müsste er verstanden haben, dass nicht ich ihn zu einem alleinstehenden, einsamen Mann machte, sondern er sich selbst. Vielleicht ist dieser

Erklärungsversuch auch nur pure Blasiertheit meinerseits. Ich nehme mich wahrscheinlich zu wichtig."

„Nein, keineswegs. Gut, dass Sie mir diese Entwicklung beschrieben haben. Zusammengefasst ließe sich demnach festhalten: Der Einzige, der eventuell einen Grund gehabt haben könnte, Sie zu beseitigen, ist Willem Bekker. Stimmt das?"

„So in etwa. Hat er Ihnen erzählt, warum es ihn ausgerechnet nach Deutschland zog? Aus einem Palast in Kapstadt in ein kleines Hotel mit Doppelzimmer auf dem Land? Für mich ist dieser Schritt schwer zu verstehen. Brigitte erzählte mir, dass er mehrfach versucht hat, sich mit ihr zu treffen. Demnach könnte man spekulieren, dass er alle Mühen einzig wegen ihr auf sich genommen hat. Er scheint zu glauben, Liebe ließe sich erzwingen, oder? Natürlich ist Liebe ein Grundbedürfnis der Menschen, das jeden von uns bewegt, formt und letztlich sogar ausmacht. Um sie zu erlangen, sind Gefühle füreinander ausschlaggebend und nicht Macht oder gar Gewalt. Das weiß doch jedes Kind, wieso nicht er?"

„Nun ja, lieber Herr Warnisch. Willem Bekker zog es aus mehreren Gründen zu uns: **Erstens**, weil er unsere Sprache spricht. **Zweitens**, weil er unsere Art zu leben schätzt. **Drittens**, weil er in diesem Jagdschloss seinen Skulpturenpark aufbauen kann. Und **viertens**, weil er sich aus dem aufreibenden Edelsteingeschäft verabschieden und ins ruhigere aber bestens versorgte Landleben zurückziehen wollte. Das Hotelpersonal ersetzt seine Bediensteten zu Hause und die Menschen, die er hier kennenlernt, verlassen ihn bald wieder, ohne jede Verpflichtung für ihn. So jedenfalls erklärte er mir selbst sein Verhalten. Zu unser aller Erstaunen hat er bisher angeblich nicht versucht, mit seiner Ex-Ehefrau Kontakt aufzunehmen, nein, so stimmt das nicht. Sie hat ein persönliches Zusammentreffen mit ihm immer strikt über ihre Nachbarin ablehnen lassen. Selbst Telefonate würgte sie ab, indem sie den Hörer einfach auflegte, nur den AB abhörte oder das Smartphone ausschaltete. Somit ist klar: Sie möchte nichts mehr von ihm wissen. Er aber würde liebend gerne ihre Gesellschaft genießen. Da bin ich mir ganz sicher. Ihre Person, Herr Warnisch, scheint für ihn nicht wichtig zu sein, spielt unseres Wissens bislang für ihn keine Rolle. Er vermied es bei unseren vielen Gesprächen Ihren Namen auch nur einmal zu erwähnen. Komisch, nicht wahr?"

„Das finde ich auch. In Zukunft werde ich viel vorsichtiger sein müssen, immer auf der Hut vor Fremden mit Beulen unter den Achseln, mit Revolver im Halfter, oder vor Autos, die zielgerichtet auf mich zufahren. Ha, ha, ha-a!"

Das Lachen sollte wohl befreiend klingen, tat es aber nicht. Es wirkte eher aufgesetzt und verlegen. Seine Augenlider flatterten ein wenig. Unsicherheit dominierte seinen Gesichtsausdruck. Er fürchtete um sein Leben. Rottenbach ärgerte sich, weil er ihn derart nervös gemacht hatte. Deshalb fügte er mit freundlichem Lächeln ergänzend hinzu:

„Haben Sie keine Angst. Heute wird uns der treue Gefolgsmann und Handlanger von Bekker, Herr Lincoln, von den Schweizer Kollegen überstellt. Ohne ihn fehlt Bekker jetzt der Mann fürs Grobe, der skrupellos seine Aufträge ausführt. Ihn haben wir jetzt aus dem Verkehr gezogen. Er kommt in Untersuchungshaft. Und die kann dauern. Fazit, bewahren Sie Ruhe, auch wenn es Ihnen schwerfällt. Sie können mich und meine Kollegen jederzeit anrufen, wenn sie irgendetwas Verdächtiges wahrnehmen. Versprechen Sie mir das?"

„Ja, selbstverständlich, ist ja zu meinem Schutz. Ich hoffe, Sie beschützen meine Lebensgefährtin in gleichem Umfang. Auf Wiedersehen!"

Ludwig wartete im Dienstwagen auf seinen Chef. Sie beide hatten die undankbare Aufgabe übernommen, den Transport des Delinquenten vom Flughafen Egelsbach ins Polizeipräsidium Darmstadt zu überwachen. Die Überstellung erfolgte ohne viele Worte. Um die langweilige Fahrt hinter dem grünen Fahrzeug der Polizei zum Gefangenentransport, genannt „grüne Minna“, etwas erträglicher zu gestalten, fragte Rottenbach seinen Mitarbeiter, ob er denn wisse, wo der Name „grüne Minna“ eigentlich herstammt.

„Das ist mir gerade sowas von egal. Ich bin mit diesem ALi in Gedanken beschäftigt. Jetzt haben wir den Mörder. Das werden wir aber nicht so ohne Weiteres beweisen können. Wenn Sie anders denken, dann lassen Sie mich an Ihrem Gedankengut teilhaben. Ich grübele noch.“

„Mensch Ludwig, das wissen Sie doch. Ich bin auch nicht schlauer als Sie. Nur, dass ich gerade mal weiß, woher der Name des Fahrzeugs vor uns kommt. Ganz schnell: Früher hießen Dienstmädchen oft Wilhelmine, kurz Minna. Sie wurden behandelt wie Leibeigene, wie der letzte Dreck. Diese schlechte Behandlung hat sich im Namen Minna verewigt. Sie kennen doch den Spruch: `Jemanden zur Minna machen´, also, zusammenstauchen. Und das machen wir im Präsidium nachher auch mit unserem brisanten Fang. Ich glaube einfach, dass wir beide, wenn wir mit den Kollegen im Hintergrund, beziehungsweise Nebenzimmer, per Funk im Ohr verbunden sind, in der Lage sein werden, ihn so mürbe zu machen, dass er redet. Mit dieser Hoffnung leben wir jetzt. Einverstanden?“

„Ja, ja! Wir haben gar keine andere Wahl. Wissen wir, oder besser, haben Sie einen Beweis für seine Anwesenheit zum Zeitpunkt des ersten Mordes? Ich habe keinen. Und da hilft uns auch kein Knopf im Ohr.“

„Seien Sie doch nicht so abgrundtief pessimistisch. Wir haben dafür andere überzeugende Beweise für seine Tätigkeiten hier im Raum Darmstadt, oder?“

Ludwig nickte. Sie gingen hinter den zwei Uniformierten her, die den Gefangenen in Handschellen direkt in den Verhörraum führten. Da das ganze SOKO-Team von der Ankunft des so lange gesuchten Verkleidungskünstlers wusste, hielten sich einige „rein zufällig“ in dem Flur auf, durch den der Festgenommene kommen musste. Ihr sofort einsetzendes Getuschel bezog sich auf sein Aussehen. Jeder hatte ihn sich anderes vorgestellt. Gerade jetzt und heute sah er eher aus, wie ein spießiger Beamter vom Ordnungsamt, der gelangweilt bereit ist, Knöllchen zu verteilen und sich für sonst nichts interessiert. Wer erwartet hatte, dass man ihm den möglichen Doppelmörder ansehen könnte, der wurde enttäuscht. Zwar ist nicht bei jedem das Gesicht ein offenes Buch, aber ein derart teilnahmsloses, müdes Pokerface wie seines, gibt es selten. War es nur seine heutige Maske, oder sah er immer so aus?

Entsprechende Kommentare waren zu hören: „Guck` dir den mal an. So wie ihn habe ich mir immer einen Untoten vorgestellt.

Kaum war er im Neonzimmer verschwunden, löste sich das Treffen der Sensationslüsternen auf. Das Stockwerk wirkte wieder leer und grau, wie immer.

Konfliktfigur

Entgegen ihren sonstigen Gepflogenheiten gingen die beiden Kriminalbeamten direkt mit hinein in den Verhörraum. Die angeforderte Funkverbindung zum Raum hinter dem venezianischen Spiegel lag schon für Ludwig auf dem Tisch. Ohne Umschweife eröffnete er das Gespräch mit dem dringenden Tatverdächtigen:

„Herr Abraham Lincoln! Sie wissen warum wir Sie aus der Schweiz geholt und hierhergebracht haben?“

Der Angesprochene reagierte nicht. Er starrte, ohne irgendeine Regung, nur geradeaus, schien die anderen Menschen im Raum nicht wahrzunehmen, schaute gewissermaßen durch sie hindurch.

„Hallloooooh, Sie, Herr ALi, hören Sie mich?“

Erneut keinerlei Reaktion. Ein solches Verhalten kannten die Beamten schon von anderen Beschuldigten, die genau um ihre Vergehen wussten, sie aber abstreiten wollten. Jetzt galt es Ruhe zu bewahren, nichts zu sagen und nur zu warten, zu warten und nochmals zu warten. Nach zirka fünf endlos langen Minuten glaubte PD Rottenbach schließlich, dass die Zeit für eine Fortführung des Verhörs reif war. Unerwartet für alle startete er in sehr lautem Ton seine Attacke mit einer direkten Beschuldigung.

„Herr Lincoln, was haben Sie mit dem Mord an dem deutschen Piloten von der Lufthansa zu tun? Wir sind uns ziemlich sicher: Sie sind sein Mörder. Diese nicht von ungefähr stammende Beschuldigung müssen Sie entkräften, sonst landen Sie bis an Ihr Lebensende im Gefängnis. Haben Sie mich verstanden?“

„Ich sage ohne Anwalt gar nichts. Schicken Sie mir einen guten Anwalt oder besser, sagen Sie meinem Freund Willem Bekker, dass er mir einen besorgen soll. Es wird ihm leichtfallen, meine Unschuld zu beweisen.“

„Gut! Und bis er auf unserer Bildfläche erscheint, sind Sie unser derzeit einziger Gast in Zelle vier, dem Raum zum Ausnüchtern. Auch Sie sollten nach gewisser `Verweilzeit´ an diesem Ort ihre Situation nüchterner sehen als Sie es bisher tun. Wenn Sie unseren Anklagepunkten nichts Entkräftendes entgegenzusetzen haben,

stehen Sie in Kürze vor Gericht. Aus dem Englischen kenne ich eine sehr gute Lebensweisheit, die ich Ihnen dringend rate zu beherzigen. Sie lautet:
If it`s not Yours, don`t take it!
If it`s not true, don`t say it!
If it`s not right, don`t do it!
Na ja, vielleicht kannten sie diesen Spruch ja schon. Dann bereitet es Ihnen gewiss keine Schwierigkeiten, sich jedes der Worte gut zu merken, oder?“

„Anwalt!“

„Abführen!“

Allen direkt oder indirekt an der Befragung Beteiligten war die Enttäuschung anzumerken. Nur Rottenbach ging mit fast fröhlichem Gesichtsausdruck in sein Büro, um Bekker anzurufen. Er hatte den Beweis, dass ALi auch hier im fernen Ausland auf seinen alten Schulfreund zählte. Wenn der eine mit den Morden etwas zu tun hatte, hatte es der andere auch. Für ihn war es durchaus vorstellbar, dass die beiden, wie früher während ihrer gemeinsamen Schulzeit dumme Jungenstreiche, auch jetzt gemeinsame Aktionen geplant und durchgeführt hatten. Damals wie heute bereitete es ihnen zweifellos viel Spaß, andere an der Nase herumzuführen. Allerdings, wo damals das heimliche Rauchen von Zigaretten und Zigarren schon ein echter Nervenkitzel war, gab es heute eine höhere Reizschwelle. Morden könnte durchaus zu ihrem neuen Kick geworden sein.

Der Bure war entsetzt, als er von ALis Festnahme hörte. Angeblich wusste er immer noch nicht von dessen Aufenthalt in der Bundesrepublik. War es wieder eine von seinen Münchhausen-Lügen? Man musste bei jedem Atemzug von ihm mit einer Unwahrheit rechnen. Je häufiger er sie anwendete, desto mehr glaubte er selbst, sie entspräche der Wahrheit. Ohne darüber auch nur eine Sekunde nachzudenken, verlangte er die sofortige Freilassung seines Freundes aus Jugendtagen, aus Mangel an Beweisen. Den besten Rechtsanwalt für Strafrecht würde er umgehend auftreiben. Er bat sogar den Darmstädter Polizeichef um einen Tipp, einen Namen. Dieser schüttelte nur seinen Kopf und legte auf.

Bis zum Eintreffen des Juristen wollte Rottenbach eigentlich nichts unternehmen. Er war zuversichtlich, diesen Herrn würde er unter Mithilfe seiner Leute zur Anklage bringen. Die Ruhe bei geschlossenen Augen tat ihm gut. Als das Klingeln des Telefons ihn aus seinem Halbschlaf riss, war er verständlicherweise mies gelaunt.

Sein „Ärger-Freund“, der Chef der KTU, rief an: „Wir haben die bei dem Südafrikaner ALi gefundenen Habseligkeiten untersucht und kamen zu einigen Erkenntnissen. Die fünfeinhalb Tausend Euro gehören zu dem Geld aus dem Hotel-Safe von Willem Bekker. Darauf fanden wir Fingerprints von ihm, von Paul Ziller und von dem Herrn in eurer U-Haft. Das passt gut zu den bisherigen Ermittlungsergebnissen. Auch die Papiere zum Kauf und Verkauf der Steinskulpturen stammen eindeutig dort her. Alles sind gerichtsverwertbare Beweise erster Güte. Leider gab es in seiner großen Reisetasche keinen Hinweis auf den sehr wertvollen Ring mit dem gelben Farbdiamanten, den man dem Juwelier Ziller weggenommen haben soll. Auch fehlte jeglicher Hinweis auf Ausweispapiere, mit denen er seine diversen `alias´ ausüben konnte. Die kleine Pistole mit deutlichen Gebrauchsspuren gab nicht nur unseren Schweizer Kollegen Rätsel auf, sondern auch uns. Mit dieser kleinen, an eine Deringer-Taschenpistole erinnernde, Schusswaffe konnte keine neun Millimeter Munition verschossen worden sein. Das war nicht die Mordwaffe. Warum aber gab Ali vor, dass sie ihm nicht gehöre und dass man sie ihm „untergejubelt“ hätte? Haben Sie darauf eine Antwort, Herr Chef Rottenbach?“

„Nein, selbstverständlich nicht, sonst würden Sie es als Erster wissen."

Emil Karus, der seit seiner perfekten Rekonstruktion der Fingerabdrücke von Peter Pischkowsky aus einem winzigen Folienrest beim Leiter der Mordkommission hohes Ansehen genoss, kam persönlich in dessen Büro vorbei. Er hatte sich eine Erklärung für die kleine Pistole im Gepäck ausgedacht und glaubte trotz auch gegensätzlicher Erfahrung in der Vergangenheit fest, nur der Chef der SOKO würde sie zu würdigen wissen und niemand sonst.

„Herr Direktor, Sie erinnern sich noch an mich? Das ist gut so. Wir suchen derzeit nach einer Erklärung für das verhältnismäßig alte, kleine Pistölchen im Gepäck von ALi. Dazu habe ich den Ansatz für eine Lösung gefunden, und zwar im Internet, wo sonst. Ich würde sie Ihnen gerne vorstellen. Also: Der Politiker, der im Jahr 1865 in den USA mit einer Vorderlader Perkussionspistole von Herrn Deringer, Lauflänge achtunddreißig Millimeter, Kaliber .51, erschossen wurde, hieß, na haben Sie eine Idee? Nein! Abraham Lincoln, genau wie unser Verdächtiger. Ihm will jemand Angst machen. Wer auch immer das sein mag, er geht davon aus, dass ALi diesen Wink mit dem Zaunpfahl versteht. Sie sollten ihn unbedingt danach fragen."

„Aha! Gut! Danke! War`s das?"

„Ja, das war`s. Ist doch ein prima Ansatz, will meinen, dieser Gesetzesbrecher aus Südafrika hat demnach auch hier bei uns Feinde. Es könnte sein, dass er sich, aus Angst vor diesen, vorsätzlich festnehmen ließ. In einer Schweizer Gefängniszelle wäre er jedenfalls vor einem Anschlag genau so sicher gewesen wie jetzt bei Ihnen. Pressen Sie ihn aus wie eine Zitrone. Auf Wiedersehen!"

Mittlerweile hatte Rechtsanwalt und Notar Piet van Gilb als Strafverteidiger per Telefon sein Kommen bei der Chefsekretärin von

Rottenbach angekündigt. Er wies sie dabei auch – wichtig, wichtig – auf die Tatsache hin, dass er als Hausjurist vom Schlosshotel Kranichstein nur aus alter Verbundenheit mit Hoteldirektor Eisen so schnell den Fall übernommen habe und dass er sowohl Herrn Bekker als auch den Polizeidirektor persönlich kenne. Offenbar versprach er sich insbesondere von der letzten Verbindung gewisse Vorteile für die anstehenden Verhandlungen.

Unangemeldet stand Willem Bekker plötzlich vor Rottenbachs Schreibtisch. Frau Schöffele hinter ihm zuckte nur mit den Schultern und verzog ihr Gesicht. Sie hatte den unliebsamen Gast dringend gebeten, auf den Anwalt zu warten. Doch dieser ignorierte ihre Anweisung und stürmte mit schnellen Schritten ins Chefbüro. Er war wieder einmal sehr übelgelaunt. Dass er unhöflich störte und nicht willkommen war, schien ihn nicht zurückzuhalten.

„Herr Direktor! Was soll das? Sie als Leiter der Mordkommission nehmen meinen Schulfreund einfach so fest. Er hat niemanden getötet. Das könnte er gar nicht, denn dazu fehlt ihm das Naturell. Lassen Sie ihn laufen! Okay!“

„Herrrr Bekker! Sie benehmen sich wie die berühmte `Axt im Walde´. Sie wussten angeblich nicht einmal, dass er sich in Deutschland und der Schweiz aufhält, aber Sie geben vor zu wissen, dass er kein Mörder ist. Das ist, vorsichtig ausgedrückt, einfach verrückt! Im Moment spricht Vieles gegen ihn. Wir können eins und eins zusammenzählen und raus kommt dabei, dass er den Flugkapitän ermordet hat. Was uns bisher noch fehlt, ist sein Motiv. Das jedoch ermitteln wir routinemäßig, da können Sie sich drauf verlassen. Sie wollten uns diesbezüglich bisher ja nicht weiterhelfen. So, und jetzt verlassen Sie mein Büro! Sofort!“

Am Telefon meldete sich Ludwig: „Paul Emil Ziller, genannt Paule bat mich, Darmstadt verlassen zu dürfen. Ich dachte, dem steht nichts entgegen und stellte ihn frei. War doch O.K., Chef?"

„Ja, einverstanden, Ludwig. Kommen Sie doch kurz mal in mein Büro und bringen Sie Kullmann mit. Jetzt gleich, bitte!"

Urs Rütherli hatte angerufen und um einen Rückruf von Kulle gebeten. Dieses Gespräch sollten besser alle drei hören. In Erwartung wichtiger Neuigkeiten verstand Rottenbach nicht, warum der Schweizer Kollege, der sich offenbar immer mehr zum Zuständigen für Darmstadt entwickelte, nur mit Kullmann reden wollte.

„Hei, Urs, wie goaht`s, wie stoaht`s?"

„Hallo Kulle! Wenn das dein Versuch sein sollte, mir etwas mit der Sprache entgegenzukommen, dann rate ich dir: Lass das in Zukunft sein! Es klingt einfach fürchterlich aus deinem Mund. Ich wollte dich aus zwei Gründen persönlich sprechen. Erstens würde ich mich sehr freuen, wenn du mich wieder einmal besuchen kämst. Unsere Zusammenarbeit hat mir viel Spaß gemacht. Zweitens habe ich eine kleine Neuigkeit für dich und deine Leute. Bist du daran interessiert?"

„Was soll die Frage? Natürlich bin ich an Allem interessiert, was du zu unserem Fall zu sagen hast. Das ist doch klar. Also, leg los!"

„Wir fahnden für Euch, wie du weißt, nach dem Riggellen. Bisher haben wir ihn nicht finden können. Deswegen besuchte ich gestern zusammen mit einem Kollegen noch einmal die Mehlfabrik, in der wir damals waren. Du erinnerst dich?"

„Ja, selbstverständlich. Eigentlich war nur Kollege Ludwig damals dabei. Aber egal, ich weiß Bescheid. Erzähle weiter!"

„Ich dachte mir nämlich, dass seine dortigen Arbeitskameraden uns eine Menge über ihn erzählen könnten. Insbesondere wollte ich herausfinden, ob er im Betrieb vielleicht so etwas wie einen Freund hat. Tatsächlich stellte sich heraus, dass ihn mit einem Mechatroniker in der Firma, der aus Deutschland jeden Tag herüberkommt, eine Motorradfreundschaft verbindet. Er selbst fährt eine BMW F900, sowas wie eine Geländemaschine, und sein Freund eine KAWASAKI VERSYS 1000. Mit diesen fahren sie des Öfteren durch den Schwarzwald und schwärmen hinterher von den schönen, für Motorradfahrer gut ausgebauten, kurvigen Fahrstrecken. Warum sollten sie nicht auch bis Heidelberg oder weitergefahren sein? Gut zu wissen, oderrr?“

„Ja und nein! Warum sagst du mir das und nicht einem meiner Chefs?“

„Na, das ist doch klar wie Kloßbrühe. Wie ich dir bereits sagte, hätte ich gerne, dass du mich besuchst, wenn du in Herten, in der Nähe des deutschen Rheinfelden nach dem Freund von Riggellen siehst. Dieser hatte sich plötzlich, einen Tag vor meinem angemeldeten Besuch, krank gemeldet, war demnach nicht zu befragen. Mein Vorschlag: Du fährst jetzt dorthin und verhörst ihn. Vielleicht hast du außerdem noch Glück und findest dort den BMW-Fahrer, der sich samt seinem Motorrad immer noch im deutschen Ausland quasi versteckt. Das wäre dann die Krönung.“

Rottenbach nickte Kulle zu. Das sollte wohl bedeuten, dass er fahren kann.

„Gut, mein lieber Urs, ich werde kommen. Aber du musst dann auch erscheinen. Schließlich ist einer der Verdächtigen ein Schweizer Staatsbürger. Ich gehe davon aus, dass ich spätestens in drei Stunden zusammen mit einem Kollegen im deutschen Rheinfelden aufschlagen werde. Wir schließen uns vorher kurz. Einverstanden?“

„Supperr! Ich freue mich. Bis dann!"

„Vielleicht ist das die Lösung für unseren Fall schlechthin. Der Schweizer Verdächtige, der dem armen Darmstädter eine kostenlose Reise nach Nepal gewährte, nur um einen Mord zu vertuschen, hat bestimmt noch mehr Dreck am Stecken. Sehen Sie zu, dass Sie ihn erwischen und am besten gleich hier in Deutschland festsetzen. Wen hatten Sie vor mitzunehmen?"

„Ich dachte an Gernot Liesegang. Einverstanden?"

„Gut, in Ordnung! Informieren Sie vorher noch schnell die Polizei in Rheinfelden, dass sie beide kommen. Und dann, ab mit Ihnen."

Mittlerweile hatte sich Strafverteidiger Piet van Gilb im Präsidium eingefunden undwartete auf seinen Klienten. Mit diesem ging er in einen Besprechungsraum, um sich erst einmal `schlau zu machen´, wie er Frau Schöffele gegenüber betonte. Auch der Kommissionsleiter und sein Stellvertreter bereiteten sich auf die Befragung des Tatverdächtigen vor. Ob sie dieses Mal sein Pokerface würden deuten können?

Dem Dienstgrad entsprechend, eröffnete Rottenbach das Interview: „Meine Herren, Herr van Gilb, ich stelle das Aufnahmegerät ein und wir beginnen sofort. – Herr Lincoln, laut dem mir hier vorliegenden Pass heißen Sie Tim Sabuti und stammen aus Botswana. Wie kann das sein? Erklären Sie es mir."

„Herr Direktor, der Besitz eines Zweitpasses aus einem anderen Land als dem, in dem mein Mandant geboren ist, ist nichts Ungewöhnliches. Von daher..."

„Stopp, dieses Juristengefasel von Ihnen höre ich mir nicht an. Ihr Klient schmückt sich mit vielen Namen, wie Otto Reier in der

Schweiz, mit Norman McLean in Deutschland sowie Holland und jetzt Tim Sabuti aus Botswana. Alle sind, trotz Originalpässen mit variierenden Fotos, eindeutig falsch. Dank der Fingerabdrücke von ihm wissen wir ganz genau, wer er wirklich ist. Leugnen ist sinn- und zwecklos. Ab jetzt also bitte keine Fisimatenten mehr! Haben wir uns verstanden? – Woher haben Sie diesen Pass?“

Der Angesprochene schwieg. Ohne die geringste Empfindung in seinem Gesicht zu zeigen, sah er den Verhörleiter an. Mit seiner Unschuldsmiene bewies er eindrucksvoll auch sein, von Kapstadts Polizei hervorgehobenes, schauspielerisches Talent. Er beherrschte die Kunst des Rollenspiels perfekt. Nicht einmal ein Haar seines Oberlippenbartes zitterte. Seine Täuschungen hatten ihm sicher schon des Öfteren im täglichen Überlebenskampf geholfen. Hier und heute jedoch waren die erfahrenen Kriminalbeamten ein harter Brocken für ihn. Sie ließen sich nicht irritieren und fuhren wie selbstverständlich in ihrer Befragung fort.

„Wenn es so nicht geht, dann eben anders. Herr Lincoln. In Ihrem Gepäck fanden wir die Diebesgüter von den Einbrüchen im Jagdhotel Kranichstein. Von dort haben wir auch Ihre Fingerprints. Sie stimmen exakt mit den von Ihnen in Südafrika gespeicherten überein. Demnach steht fest: Sie sind als Dieb eindeutig überführt. Was können Sie zu Ihrer Entschuldigung vorbringen?“

Wieder antwortete der Rechtsanwalt. Allerdings konnte er mit all seinen juristischen Künsten als Strafverteidiger gegen die übermächtigen Beweise nichts ausrichten. Er gestand, nach kurzem Getuschel mit seinem Klienten, den Raub schließlich ein. Das wollte der Tatverdächtige jedoch so nicht stehen lassen und begann endlich selbst zu reden, indem er ergänzend bemerkte:

„Quatsch, beweisen Sie mir, dass mir dieses Geld nicht geschenkt wurde, samt Papieren. Das können Sie nicht. Somit verwahre ich nur

Präsente im Auftrag für einen anderen auf. Das ist nicht strafbar. Sie sehen, Herr Verteidiger: Diese Anklage habe ich auch ohne Ihren Beistand abgewiesen."

„Wenn Sie sich nur nicht täuschen. Gestohlen haben Sie nicht nur Geld und Papiere, sondern auch Identitäten. Den Herrn, dem dieser Pass aus Botswana gehört, gibt es wirklich. Er will Anzeige gegen Sie erstatten. Sind die anderen ebenfalls gestohlen? Wo bewahren Sie ihre Alias-Pässe auf, den von Norman McLean aus Großbritannien und den aus der Schweiz eines Herrn Otto Reier? Wo? In Ihrem Gepäck haben wir sie nicht gefunden. Wir wissen aber, dass sie diese bei Ihrer Einreise und dem Zoll im Zug gegenüber benutzt haben. Sie existieren, so viel steht fest. Wo sind sie?"

„Papiere dieser Herren besitze ich gar nicht. Das ist ausgesprochen schade für Sie, nicht wahr. Ja, ich habe mich dieser Namen bedient, aber ohne die zugehörigen Pässe. Deshalb konnten Sie keine finden. Okay?"

„Mit welchen Papieren sind Sie stattdessen in unser Nachbarland oder nach Deutschland eingereist. Das geht nicht ohne Passport. Darin steht nämlich auch vermerkt, wann Sie wo eingereist sind. Ohne diese Informationen müssen wir davon ausgehen, dass Sie an den beiden Morden beteiligt gewesen sind. Sie müssen sich nicht selbst belasten, dürfen aber auch keine wichtigen Beweisstücke zurückhalten. Gerade entsteht für mich der Eindruck, Sie haben Angst, uns die Wahrheit zu sagen. Vor wem fürchten Sie sich? Warum haben Sie die beiden Herren umgebracht?"

„Jetzt geht das schon wieder los. Herr Verteidiger, übernehmen Sie! Ich habe keine Lust mehr zu reden. Diese beiden Herren sind einfach nicht zu belehren."

„Gut! Stellen wir diese Aussagen für einen Moment zurück und kommen zu der kleinen Pistole. Wenn es stimmt, dass sie Ihnen zugesteckt wurde und Ihnen nicht gehört, warum haben Sie das belastende Material nicht vernichtet, weggeworfen?“

Ludwig schaltete sich ein. Ihm war aufgefallen, dass der Hinweis auf die Waffe eine Reaktion bei ALi hervorgerufen hatte.

„Herr Lincoln, wo das Gesetz von Fressen und Gefressen werden regiert, sind List, Tarnung, Verstecken und auch Betrügen fast selbstverständlich. Deutschland aber ist ein Rechtsstaat. Und Lügen haben bei uns kurze Beine. Geben Sie zu, dass Sie um den Voodoo-Charakter des Deringer in Ihrem Fall wissen. Sie haben Angst! Jemand will Ihnen das Licht ausblasen, so wie im neunzehnten Jahrhundert Ihrem Namensvetter und Präsidenten der Vereinigten Staaten. Er wurde mit einer Taschenpistole wie dieser ermordet. Das blüht Ihnen auch, wenn Sie… was bitte nicht tun oder tun? Reden Sie oder wir setzen Sie auf freien Fuß. Dann sind Sie für den Jäger eine leicht zu erlegende Beute. Sie haben sich bewusst in Gefahr begeben und drohen nun darin umzukommen. Deswegen schweben Sie in Lebensgefahr. Wir helfen Ihnen, wenn Sie uns behilflich sind. Versprochen!“

„Muss ich mir diesen Unsinn noch länger anhören? Herr van Gilb, führen Sie das Gespräch alleine weiter. Ich gehe zurück in meine Zelle. Sie können mich ja holen lassen, wenn der Sachverhalt eindeutig geklärt ist. Ich habe die Schnauze voll!“

ALi erhob sich, um zu gehen. Das verhinderte der sofort herbeieilende große, kräftige Uniformierte. Ohne ein Wort zu sagen, drückte er den drahtigen, schlanken Mann mit den schmalen Schultern unsanft auf seinen Stuhl zurück. Dann fixierte er ALis Augen und hielt den Zeigefinger vor seinen geschlossenen Mund, was so viel bedeuten sollte wie: Widerworte zwecklos. Mund halten!

„Wir machen noch einen Versuch mit Ihnen. Kennen Sie einen dieser drei Männer auf den Fotos wieder? Oder vielleicht sogar alle?“

Als der Angesprochene keine Anstalten machte, sich die Bilder anzusehen, nahm der Uniformierte erneut Tuchfühlung mit ihm auf. Wie ein Wachposten stand er hautnah neben ihm. ALi sah nur kurz hoch und beeilte sich dann, Foto für Foto zu begutachten.

„Kenne ich nicht! – Kenne ich nicht! – Kenne ich nicht! – Noch nie gesehen. Wer soll das denn sein?“

„Nun, schauen Sie bitte noch einmal genau hin. Da wäre der zuerst ermordete Hans-Werner Weis, Flugkapitän bei der Lufthansa. Ihn ließen Sie von Herrn Peter Pischkowsky, hier auf diesem Foto, in einer ausgehöhlten Steinskulptur für immer verschwinden. Diese gehört seltsamerweise Ihrem Freund Willem Bekker. Wieso musste es ausgerechnet etwas von ihm sein? Was hat er mit dem Mord zu tun? Wieso ließ er diesen Hilfsarbeiter später umbringen und in einem Teich versenken? Und die dritte Fotografie zeigt den Herrn, der Ihnen half, das ein oder andere Fehlerchen wieder auszubügeln. Kennen Sie ihn vielleicht doch?“

„Nein, ist mir bislang noch nicht über den Weg gelaufen!“

„Das sollte er aber. Er ist der Sohn einer früheren Bekannten von Ihnen aus Südafrika, die mit einem Schweizer verheiratet ist. Ihrem Mann zuliebe zog die Familie später nach Zürich. Sie halten Kontakt zu ihm. Denken Sie nach. Sie hatten ihn gebeten, mit dem Flugticket von Herrn Weis, einen Fremden nach Nepal zu schicken und somit den Eindruck zu erwecken, der Getötete hätte tatsächlich an der Yeti-Expedition teilgenommen. Das aber konnte er nicht, denn er war ja schon tot, umgebracht, erschossen von Ihnen höchstpersönlich. Stimmt`s?“

„Jetzt wird es mir zu bunt. Ich sage nichts mehr. Basta!“

„Wir glauben, Sie wollten diesen Flugkapitän gar nicht beseitigen. Ein anderer sollte es sein. Aber, manchmal passieren unvorhersehbare Dinge. Wie viel haben Sie für Ihren Job als Auftragsmörder erhalten? 100.000.- Euro, 200 oder mehr? Wir finden das Geld, dann haben Sie erst recht kein mildes Richterurteil mehr zu erwarten. Nur wenn Sie uns für die Ermittlungen dienliche Hinweise geben, können wir ein gutes Wort bei der Justiz für Sie einlegen. Es ist zu Ihrem eigenen Vorteil, wenn Sie mit uns kooperieren und nicht gegen uns handeln. Als Unschuldiger haben Sie nichts zu befürchten. Bisher allerdings sind und bleiben Sie unser Tatverdächtiger \`Numero uno´.“

„Ich bin nach Deutschland und in die Schweiz gereist, weil es in beiden Ländern Bekannte von mir gibt und Sehenswürdigkeiten, die auf meiner Bucketliste stehen. Wenn man älter wird, legt man sich so eine an.“

„Entschuldigung, was ist das für eine Liste?“

„Darin listet man auf, welche Dinge, Erlebnisse und Erfahrungen man noch nie in seinem Leben gemacht hat, aber gerne noch machen möchte. Bucket heißt auch so viel wie \`Löffel´. Insofern könnte man frei übersetzen: In diese Liste gehören alle Dinge, die man noch machen möchte, bevor man den Löffel abgibt. Klar?“

„Verstanden! Ein durchaus ehrenwerter Ansatz. Wieso dann diese Heimlichkeiten, diese Verkleidungen, diese Täuschungsmanöver? Sie können uns unbedenklich die Wahrheit sagen. Allerdings wissen wir bereits, dass Sie in Ihrem Leben nie einen anderen Freund oder Vertrauten hatten als Willem Bekker. Sie sind und bleiben ein kontaktscheuer, unterkühlter Einzelgänger ohne Freundeskreis. War er es, der Sie zur Erledigung eines Spezialauftrags nach Deutschland rief?“

„Jetzt ist`s wirklich genug. Fragen Sie ihn doch einfach selbst. Meine Erklärungen wollen Sie ja nicht wirklich hören. Sie sind in Ihrer Meinung längst festgelegt. Herr Anwalt, bitte, ich will gehen.“

„Noch etwas zum Nachdenken für Sie: Warum haben Sie weder Freunde noch Freundinnen? Ich gebe mir die Antwort dazu gleich selbst: Sie gefallen sich in der Rolle des einsamen Wolfes. Somit sind Sozialkontakte jedweder Art ausgeschlossen. Sie gehen keinem festen Beruf nach und leben von Gelegenheitsjobs. Sie können sich eine internationale Buck..., eine Wunschliste, gar nicht leisten, es sei denn, Sie haben eine Menge Geld von einem reichen Bekannten wie Bekker für was auch immer bekommen. Das macht Sie in hohem Maße verdächtig. Daran kann auch Ihr Anwalt nichts ändern. Wir machen morgen weiter. Abführen!“

Piet van Gilb verabschiedete sich in einer Ecke des Raumes von seinem Klienten. Kurz darauf stand er, wie erwartet, im Büro von Polizeidirektor Rottenbach. Dieser gab ihm bereitwillig Auskunft über die bisherigen Ermittlungsergebnisse. Allerdings zog er es vor, die neuesten Erkenntnisse zurückzuhalten. Insgesamt fasste er sich kurz, denn er wartete auf den Anruf von Kommissar Kullmann. Der hatte jetzt absolut Vorrang. Doch kein Klingeln erlöste ihn.

Alle Juwelierhändler, die sich vor dem Besuch der Frankfurter Edelsteinbörse im Hotel Jagdschloss Kranichstein getroffen hatten, waren längst wieder zu Hause. Lediglich der Amsterdamer Hendrik van Mol harrte noch aus. Darum befragt, erklärte er, dass Ihn die Entwicklung der beiden Mordfälle brennend interessiere. Um zu beweisen, dass es ihm ernst war mit seiner Erklärung, rief er jeden Tag bei Ludwig an, um aus erster Quelle hochaktuelle Neuigkeiten erfahren zu können. Es entwickelte sich ein gewisser Grad an

Vertrautheit zwischen beiden. Das sollte sich noch als Vorteil für die weiteren Ermittlungen herausstellen.

Ermitteln will gelernt sein

Als Rütherli, Kulle und Liesegang am Haus in Herten klingeln, in dem der Gesuchte, derzeit kranke, Arbeitskollege von Johan Riggellen wohnt, sahen Sie schon auf dem Klingelschild, dass er nur Untermieter war. „Ralf Hirst bitte 2 X klingeln", war auf einem kleinen Klingelschild neben E. Baumann zu lesen. Es öffnete eine ältere Frau, die erklärte, sie habe die kleine Wohnung über der Garage, eine ehemalige Ferienwohnung, seit mehr als einem Jahr an ihn vermietet. Sie beschrieb ihn als freundlichen, zuverlässigen und stets hilfsbereiten Mitbewohner, der seinen Mietzins immer pünktlich zahlt und im ganzen Dorf sehr geschätzt ist.

„Er ist einfach ein richtig netter Kerl, ein Mieter, wie man ihn sich nicht besser wünschen kann. Seit gestern ist er krank und müsste demnach zu Hause sein. Gehen Sie nur hinüber und klopfen. Dann macht er Ihnen auf."

Noch bevor einer der drei anklopfen konnte, öffnete sich die Tür wie von Zauberhand von selbst. Er hatte mit dickem Schal um den Hals ihre Ankunft bemerkt, vielleicht sogar erwartet und gab ohne lange nachzudenken an, nicht zu wissen, wo sein Motorradfreund abgeblieben ist und auch nicht wo er sein könnte. Er habe ihn seit seinem Verschwinden vor drei Tagen nicht mehr gesehen. Nach kurzer Inaugenscheinnahme der Wohnung wünschten die Beamten sein Motorrad sehen zu dürfen. Sie gingen die fünfzehn Stufen hinunter zur Hofeinfahrt, wo Hirst bereitwillig das breite Garagentor öffnete. Und da stand sie, die BMW F900, frisch gereinigt, blitzend und blinkend.

„Da staune ich jetzt aber. Wo ist Ihre Maschine, die Kawasaki 1000?“

„Na die habe ich günstig verkauft und mir von dem Geld die gebrauchte BMW. gegönnt. Damit habe ich mir meinen Kindheitstraum erfüllt.“

„Wie kommt es jetzt, dass dieses Motorrad eine Schweizer Nummer trägt. Sie brauchen doch ein deutsches Schild, oderrr?“

„Ja, klar. Hab` sie noch nicht umgemeldet. Das mache ich sofort, wenn ich erst wieder gesund bin.“

„Könnte es vielleicht auch sein, dass Ihr Motorradfreund Riggellen mit Ihrer Maschine geflohen ist, weil in Deutschland ein deutsches Nummernschild weniger auffällt als eines mit dem Kennzeichen Baseler Land?“

„Aber Herr Kommissar, wenn dem so wäre, hätte ich es Ihnen doch gesagt. Weshalb fragen Sie eigentlich so penetrant nach ihm. Wenn er etwas verbrochen hätte, wüsste ich davon, da können Sie sicher sein. Hat er ergo-also nicht?“

„Ja, dann zeigen Sie uns am besten die Verkaufspapiere zur Kawasaki und die unterschriebene Kaufbestätigung der BMW. Dann gehen wir wieder.“

„Das würde ich gerne tun, wenn ich welche hätte. In unserem Alter verkauft man `wie gesehen´ und per Handschlag. Der ist auch in der Schweiz noch was wert.“

„Gut, dann geben Sie Herrn Rütherli, unserem Schweizer Kollegen, Name und Adresse des Käufers. Er wird beides sofort prüfen lassen. Von wem haben Sie eigentlich diese tolle BMW F900 gekauft?“

„Von Johan natürlich. Er will sich eine gemütlichere BMW zum Cruisen kaufen. Man wird ja älter. Ich gab ihm quasi genau das Geld weiter, das mir meine Kawasaki eingebracht hatte. Das war der Deal. Ergo-also, wo liegt das Problem?"

„Sie fragen nach dem Problem? Wenn Sie und Riggellen als beste Freunde keine Geheimnisse voreinander haben, dann wissen Sie bestimmt auch, warum er Anfang Mai alleine in Deutschland war? Benutzte er damals auch Ihre Kawasaki? Wenn Sie dazu etwas sagen können, tun Sie es jetzt. Das wirkt sich strafmildernd aus. Ich werde bei der Staatsanwaltschaft ein gutes Wort für Sie einlegen."

„Das schreibe ich mir auf. Wie war nochmal Ihr Name?"
„Ich heiße Kriminalhauptkommissar Kullmann und ich halte mein Wort. Legen Sie der Wahrheit am besten kein Korsett an. Reden Sie frei von der Leber über alles, woran Sie sich noch erinnern. Selbst Kleinigkeiten können für uns relevant sein."

„Ich hatte sowieso vor, die Wahrheit zu sagen. Ergo-also kann ich mich erinnern, dass Johan nach Deutschland fuhr, um dort ein größeres Geschäft abzuwickeln. Details verriet er mir nicht, aber er verplapperte sich, als er meinte, der Deal sei gut gelaufen. Er lud mich danach zum Souper ein. ...Und dass in der Schweiz!!! Das ist untypisch. Normalerweise kommen die Grenzbewohner herüber zu uns, weil Essen und Trinken hier einigen besser schmeckt und für alle billiger ist. Er hatte wahrscheinlich gut Geld gemacht. Das war`s auch schon. Mehr weiß ich nicht!"

„Denken Sie noch einmal genau nach, bitte. Fuhr er später noch öfter zum Geschäfte machen nach Deutschland? Wo, in welcher Gegend, hielt er sich dabei auf? Wo hat er übernachtet?"

„Ich weiß nur was von Anfang Mai. Da war er unter anderem in Frankfurt, erzählte mir vom Flughafen und der tollen Disco im

Untergeschoss. Übernachtet hat er in einem Häuschen der Schrebergartensiedlung bei Darmstadt. Dorthin könnte er besondere Beziehungen haben. Einbrechen würde er nicht, soweit ich ihn kenne. Mit ihm bin ich des Öfteren durch den Schwarzwald gebraust. Das letzte Mal vor etwa vier Wochen. Die Straßen dort sind ideal, mit vielen Kurven, die den Bikern, ergo-also ihm und mir, viel Spaß machen. Aber er alleine? Von einem vergleichbaren Solo anderen Datums habe ich keine Kenntnis. Soweit ich das einordnen kann, fahren wir immer zusammen, wissen Sie? Immer!"

„Gut, geben Sie Kommissar Liesegang noch Ihre Personendaten samt Telefonnummern und die Zahlen fürs GPS Ihres alten Motorrads. Ach so, natürlich auch die von dieser BMW hier. Eine Frage noch: Wo hatte Riggellen sein teures Motorrad bisher untergestellt? Besitzt er vielleicht eine Garage in der Schweiz? Geben Sie Herrn Kommissar Rütherli diese Adresse. – Vielen Dank! Tschüss!"

Noch im Weggehen zogen Kulle, Liesegang und Urs Rütherli erste Bilanz.

„Er wohnt in einer ehemaligen Ferienwohnung mit billigen IKEA-Möbeln. Das lässt auf hohes Preisbewusstsein schließen. Offensichtlich besitzt er nicht viel flüssiges Kapital. Ob ihn das zu einem Kriminellen gemacht haben könnte? Ich glaube eher nicht. Krank ist er wirklich, hatte „ergo-also´, wie er so schön sagt, keinen Grund zu lügen. Sein Motorradtausch ist allerdings sehr unglaubwürdig und nicht in allen Punkten nachvollziehbar. Geld ist dabei nicht geflossen, wie er behauptet. Ansonsten hätte er bestimmt eine neue Maschine gekauft? Er ist mit Sicherheit immer knapp bei Kasse. Ich denke, er hat uns bezüglich des Motorradkaufs belogen. Alles per Handschlag geregelt? Dass ich nicht lache."

„Eigentlich schade, Kulle. Es wäre schön gewesen, wenn wir beide hätten noch weiter gemeinsam hier beidseits der Grenze ermitteln können. Ich schlage vor, wir gehen jetzt in die Ökobeiz in Rheinfelden und trinken dort einen Mate-Tee. Ich habe dir viel zu erzählen. Der Kollege geht bestimmt gerne mit, oderrr?“

Kulle informierte seinen Chef über die angeblich verkaufte Kawasaki mit deutschem Nummernschild und bat ihn, unter Zuhilfenahme des GPS, nach ihr suchen zu lassen. Der Kuhhandel mit den Motorrädern erschien ihm doch mehr als fragwürdig. In diesem Zusammenhang ersuchte er seinen Schweizer Kollegen, die Garage oder den Unterstellplatz für die wertvolle BMW von Riggellen genau in Augenschein zu nehmen. Es würde ihn keinesfalls überraschen, wenn dort die Kawasaki stünde, um sie mit Hilfe der GPS-Daten einem Zugriff innerhalb Deutschlands zu entziehen. Diesen Auftrag hob sich Rütherli für morgen auf.

Der muntere Plausch der drei Kriminalen zog sich hin. Rütherli glaubte, wie sein deutscher Kollege, dass hier ein Verbrechen vertuscht wurde. Allerdings fehlten wieder einmal die Beweise. Es war schon gegen 17 Uhr als sie endlich aufbrachen. Kaum hatten sie sich in den nicht enden wollenden Verkehrsfluss auf der Autobahn Richtung Frankfurt eingereiht, erhielt Liese einen Anruf von Rottenbach. Er stellte sein Gerät auf laut.

„Hallo Liesegang, meine Herren. Sie hatten den richtigen Riecher. Die Kawasaki befindet sich derzeit im Odenwald irgendwo bei Michelstadt. Wir werden den Fahrer sicher bald aufgreifen und ins Präsidium bringen lassen. Kommen Sie bitte auch dorthin, egal, wie spät es ist. Ich werde auf Sie warten.“

„Da siehste mal, Kulle, was die Technik so alles möglich macht. Sogar unseren heute mehr als wohlverdienten Feierabend macht sie uns kaputt. Die Befragung hätte auch Zeit gehabt bis morgen. Meinst du nicht auch?“

„Ja, du hast Recht. Eigentlich könnte sich Urs jetzt auch die Untersuchung der Garage sparen. Aber, egal! Lassen wir ihn mal machen. Er freut sich bestimmt heute schon auf das Telefonat mit mir morgen. Dass Rottenbach uns unbedingt noch sehen will, werte ich als Kompliment, denn wir haben den entscheidenden Hinweis gegeben. Riggellen ist so gut wie verhaftet. Ich hoffe, er ist geständig. Evidente Beweise und die Aussagen des Zeugen aus Darmstadt liegen vor. Dieser könnte ihn bei Bedarf zudem noch persönlich identifizieren, nicht nur auf dem Foto. Was kann er dagegen noch machen, außer gestehen?“

„Vielleicht dasselbe wie ich jetzt gleich: Nämlich Schweigen! Ich klappe jetzt erst einmal die Augendeckel runter. Unsere Kerndienstzeit ist sowieso schon längst rum. Demnach dürfte ein Nickerchen in Ehren wohl erlaubt sein, oder? Fahr bitte vorsichtig und bremse nicht ruckartig! Ich will schlafen! Wenn wir Heidelberg passiert haben, kannst du mich wecken.“

Hätten die beiden geahnt, was bald auf sie zukommt, sie hätten sich irgendeinen Vorwand einfallen lassen, um dem Auftrag ihres Chefs nicht Folge leisten zu müssen. Hohes Verkehrsaufkommen, viele kleinere Staus oder ein plötzlicher unvorhersehbarer Zwischenfall hätten sich perfekt als Ausrede angeboten. So aber…

Kurz nach 20 Uhr trudelten sie in der Polizeidirektion, Klappbacher Straße, ein. Im Büro erfuhren sie von Rottenbach, dass der Geflüchtete immer noch nicht verhaftet werden konnte. Sein Motorrad stand herrenlos auf dem Parkplatz vor dem Vivarium, der eigentlich als der passende Ort für seine Festnahme vorgesehen war. Von ihm selbst fehlte jede Spur. Da er sich bei seinem letzten Aufenthalt in einer nahe gelegenen Schrebergartensiedlung nachts versteckt hatte, bat Rottenbach die beiden, sofort dorthin zu fahren. Die Uhrzeit passte perfekt. In welchem Haus er abgestiegen sein könnte, war jedoch nicht bekannt. Demzufolge war längeres Suchen angesagt.

„Sämtliche Nachforschungen mit Stablampen im Dunkeln, die ich bisher durchführen durfte, blieben ohne Ergebnis. Es wird auch dieses Mal schwer werden, einen Flüchtigen bei Nacht in unübersichtlichem Gelände aufzuspüren. 85 Häuschen gibt es. Wenn wir in jedes nur eine Minute investieren, kommen wir vor Mitternacht nicht nach Hause. So ein Mist! Kulle, Moment mal bitte! Ich rufe jetzt zuerst schnell meine Frau an, damit sie sich nicht unnötig sorgt."

„Ich hab keine. – Mir geht gerade der Standort der Kawasaki durch den Sinn. Das Warten am Vivarium wird auch den Kollegen einiges Kopfzerbrechen bereiten. Soviel ich weiß, gibt es dort mehrere Abstellplätze ohne Straßenbeleuchtung. Um auf dem wahrscheinlich völlig leeren Parkplatz nicht aufzufallen, müssten sie sich zwischen den Büschen im Wäldchen verstecken. Das macht keinen Spaß. Dazu kommt die Ungewissheit, ob er überhaupt zurückkommt, um in der Dunkelheit sein wertvolles Gefährt abzuholen. Die sind noch schlechter dran als wir. Geteiltes Leid ist halbes Leid, sagt man."

Bevor die beiden losfuhren, baten sie noch schnell die Kollegen von der Streife um Unterstützung. Sie sollten vor dem Eingangstor auf sie warten. Eine gezielte Absprache war zwingend notwendig. Bei dieser Gelegenheit erfuhren Sie, dass es vier „Fahrwege" durch die Siedlung gibt, also für jeden eine. Das zumindest klang, zeitlich gesehen, vielversprechend. Auch die Anfahrt durch die Bessunger Straße ist, vom Polizeipräsidium aus gesehen, nur kurz. Zweimal abbiegen und schon ist man da.

„Machen wir das Beste daraus. Hast du das Bild von Riggellen für die Kollegen eingesteckt? Nicht vergessen, in der Siedlung kann es mehrere Bewohner geben, die nicht gesehen werden wollen. Die interessieren uns heute aber nicht. Wir notieren lediglich deren Namen und geben sie an die Streife weiter. So, schon sind wir da und die Uniformierten warten auch schon. Perfekt!“

Zur Freude von Kulle und Liese kannte sich einer der Kollegen in den vielen Schrebergärten sehr gut aus, da er dort selbst eine Parzelle mit Häuschen sein Eigen nennen durfte. Er übernahm die Führung. Zu zweit liefen Sie die Wege entlang und leuchteten in jedes Haus und in jeden Winkel der Umgebung. Nirgends brannte Licht. Vielleicht hatte der muskelbepackte Schweizer dieses Mal einen ganz anderen Schlafplatz gewählt. Nach etwa eineinhalb Stunden trafen sie sich unverrichteter Dinge wieder am Eingang. Sie hatten weder ihn noch einen anderen Bewohner gefunden, der ihnen hätte Auskunft geben können. Die Anlage war dem Anschein nach menschenleer. Was jetzt tun?

„Kollegen, wir müssen Wache schieben. Wenn wir dort drüben parken, sehen wir ihn sofort, falls er sich nähert. Da es keinen zweiten Weg hineingibt, muss er hier vorbeikommen. Ich übernehme die erste Wache. Sie fahren bitte den Oberkommissar Liesegang nach Hause. Und du löst mich dann um drei Uhr ab. Danke und Tschüss!“

Das Grummeln von Liese war nicht zu überhören, doch er fügte sich in sein Schicksal. Insgeheim hoffte er, dass der Gesuchte bereits vor seiner Wachablösung entweder hier oder auf dem Parkplatz vor dem Vivarium gefasst werden würde. Dann könnte er weiterschlafen. Leider ging sein Wunsch nicht in Erfüllung. Pünktlich um drei Uhr fuhr er neben den Wagen von Kulle und übernahm schweigend dessen Posten. Sein Inneres haderte fortwährend mit dem Schicksal:

„Dieses blöde Muskelpaket kann kaum seinen Namen schreiben und plötzlich ist er cleverer als wir. Geht das überhaupt? Nein, geht gar nicht! Aber ich, ich muss hier rumsitzen und mir die Nacht um die Ohren schlagen. Verdammter Mist aber auch!“

Am nächsten Morgen fuhr er ziemlich verschlafen direkt ins Präsidium, um aktuell Bericht zu erstatten. Kulle war schon da und grinste ihn an. Das steigerte seinen Groll ihm gegenüber. In ihm steckte viel Müdigkeit.

„Na. Liese, schon gehört? Dieser Herr Riggellen ist ein cleverer Hund. Stell dir vor, er ließ sich gestern am späten Nachmittag von einem anderen Kawasaki-Fahrer zu der Fachwerkstatt in Weiterstadt fahren, gab den Mechanikern dort den Motorradschlüssel und beauftragte sie mit der Reparatur seines Untersatzes. Angeblich war dieser unerwartet stehen geblieben. Heute Morgen kam ein Werkstattangehöriger ans Vivarium und lud die Maschine auf einen Firmen-Anhänger. Dabei schnappten ihn sich die Kollegen, ließen ihn allerdings wenig später alleine zurück in die Werkstatt fahren und folgten ihm unauffällig. Sie wollten Riggellen, der sich übrigens als Herr Johannes aus dem schönen Hotzenwald vorstellte, dort abpassen. Er musste seine Maschine abholen, so viel stand zweifelsfrei fest. Ein Uniformierter wartet jetzt dort schon seit über einer Stunde auf seine Ablösung durch uns zwei Hübschen. Wir unauffälligeren Zivilen werden übernehmen und den Mehl-Hilfs-Produzenten festsetzen. Das ist unsere letzte Chance.“

Doch bekanntlich kommt es „erstens anders und zweitens als man denkt“. Als sie an der Ampel vor dem Hochschulstadion halten mussten erhielten sie die Nachricht, dass der Gesuchte bereits gefasst und auf dem Weg zur Vernehmung durch PD Rottenbach sei. Sie kehrten mit quietschenden Reifen um und erreichten das Gebäude genau in dem Moment als der Festgenommene in Handschellen von einem Polizisten und einem Herrn in Monteur-

Overall zum Hauptgebäude geführt wurde. Mit schnellen Schritten gingen sie in den Raum, von dem aus man durch das Verhör des Verdächtigen ungesehen verfolgen konnte. Ihr Vorgesetzter und sein Stellvertreter hatten schon am Tisch Platz genommen. Man befreite ihn von seinen Handschellen, er setzte sich und das Gespräch begann:

„Herr Johan Riggellen, Sie sind dringend tatverdächtig, den Piloten Weis sowie den Maurer Pischkowsky umgebracht zu haben. Was hat Sie dazu veranlasst, diese schrecklichen Taten durchzuführen?“

„Meine sehr geehrten Herren! Ich habe niemand ermordet, auch wenn es in Ihren Augen so aussieht, weil Sie es sich so sehr wünschen. Ich bin unschuldig. Sie haben den Falschen gefasst. Lassen Sie mich gehen. Ich habe meinem Freund in Herten fest versprochen, ihm seine Kawasaki heute zurückzubringen ...und er weiß, ich halte immer mein Wort.“

„Seine Kawasaki? Er sagte, er hätte sie an einen Schweizer verkauft und sich für den Erlös Ihre BMW geleistet. Was stimmt denn nun?“

„Stimmt alles. Ich habe nur aus Gewohnheit so gesprochen, wie ich sprach. Den wahren Sachverhalt kenne ich natürlich. Bitte entschuldigen Sie:“

„Aber wieso fahren Sie dann mit seiner `früheren´ Maschine durch Deutschland und lassen Ihre in seiner Garage stehen? Angeblich kennt er Ihren Aufenthaltsort nicht. Vor wem sind Sie auf der Flucht?“

„Ich und Flucht. Bah! Unsinn! Nichts als Stuss! Wir sind Arbeitskollegen und verstehen uns seit Jahren blendend und wir vertrauen uns. Ich fuhr nur nach Deutschland, um einem alten Freund die letzte Ehre zu erweisen. Das war`s schon.“

„Name, Beerdigungsort, Adresse und so weiter. Alles hier aufschreiben. Wir werden das überprüfen."

Er kritzelte einen Namen, die Postleitzahl und einen Ort im Odenwald auf den Zettel. Dann lehnte er sich zufrieden zurück. Dabei faltete er genüsslich seine Hände über dem Bauch. Jedem war sofort klar: Er wollte den beiden Kriminalbeamten unmissverständlich zeigen, dass er Herr der Lage ist. Wahrscheinlich gab es diese Beerdigung ja wirklich. Ob es sich bei dem Verstorbenen allerdings wirklich um einen früheren Freund handelte, war mehr als unwahrscheinlich. Beide Aussagen ließen sich relativ leicht überprüfen.

„Herr Riggellen, Sie sind für uns ein Mordverdächtiger. Deshalb behalten wir Sie hier in unserem Luxushotel. Kapiert? Bitte erzählen Sie uns noch möglichst detailliert, wo Sie die letzte Nacht verbracht haben und mit wem?"

„Da ich nur wenig Geld besitze, muss ich mich immer mit Ersatzunterkünften aller Artbegnügen. Letzte Nacht schlief ich wieder einmal in dem Wohnwagen, der immer in der Heinheimer Straße unverschlossen auf einem Privatparkplatz steht. Dort finden Sie bestimmt meine Fingerprints. Sonst noch was?"

„Wo waren Sie Anfang Mai dieses Jahres? Überlegen Sie genau!"

„Anfang Mai, sagen Sie. Wo war ich da? Ich weiß es nicht mehr."

„Aber wir wissen es. Sie haben hier in Darmstadt einem armen Mann Tickets nach Nepal geschenkt und noch Spesen dazu. 2.000.- Euro, das ist sehr viel Geld. Dass dieser Herr anstelle eines anderen den Flug nutzen sollte, war wohl sehr wichtig für Sie und/oder Ihren Auftraggeber. Nennen Sie uns die Gründe dafür."

„Gut, ich gebe zu, diesem mir völlig unbekannten Herrn die Tickets geschenkt zu haben, aber von Geld, nein, von Geld weiß ich nichts. Ich weiß nicht einmal, ob er wirklich geflogen ist…“

„…auch das wissen wir wesentlich genauer. Hören Sie bitte auf, Fakten zu verschleiern. Er flog an Stelle des ermordeten Piloten Hans-Werner Weis. Dämmert es Ihnen wieder? Sie haben seinen Abflug sogar überwacht. Das ist durch einen Augenzeugen und mit Hilfe der deutlichen Aufzeichnung einer Flughafenkamera eindeutig bewiesen. Wer gab Ihnen die Flugpapiere?“

Zum ersten Mal zeichnete sich auf dem Gesicht des ansonsten nicht gerade schüchtern und zurückhaltend Wirkenden so etwas wie Nervosität ab. Er schien zu ahnen, dass er aus dieser Nummer nicht mehr herauskam. Als ehemaliger Drogendealer kannte er Verhöre dieser Art. Seine Augenlider begannen zu zittern, während er ausgiebig überlegte. Schließlich antwortete er merklich unsicher: „Ja, ach die, die habe ich gefunden und mir einen Spaß mit dem mittellosen Mann erlaubt, der sich bestimmt in seinem Leben niemals einen solchen Flug würde leisten können.“

„Jetzt übertreiben Sie es mit Ihrer Dreistigkeit und das geht meistens schief. Der Pass des Herrn lag wahrscheinlich direkt neben allen anderen Papieren auf einer Parkbank im Herrngarten. Und der, den Sie ach so sehr bemitleidet haben wollen, sah nur zufällig genauso aus wie der Eigentümer. Ein bisschen viel Finderglück, meinen Sie nicht auch? Nein, das ist es nicht, sondern nur eine gaaaanz, ganz miserable Lüge von Ihnen. – Uns drängt sich immer noch die Frage auf, warum Sie wirklich in Deutschland waren. Wir glauben, Sie haben im Auftrag eines anderen den Flugkapitän Weis ermordet, seine Papiere aus der Wohnung in Kelsterbach gestohlen und sein Auto verschwinden lassen. Von wem erhielten Sie den Killerauftrag und wo haben Sie die Leiche und wo den Oldtimer entsorgt?“

„Leiche, ich höre immer: Leiche. Ich habe niemanden umgebracht. Und einen Toten fortgeschafft schon gar nicht. Alles Quatsch!“

„Wir einigen uns jetzt darauf, dass ich Sie, wenn Sie nicht in den nächsten Sekunden ein Geständnis ablegen, dem Haftrichter vorführen lasse. Noch heute! Sie haben die Wahl.“

„Meine sehr verehrten Herren: Ich habe niemand getötet. Aus reiner Neugierde auf einen im Südkurier angebotenen Mercedes-Oldtimer fuhr ich damals an meinem, … ahem, freien Tag mit dem Zug nach Frankfurt ins Rhein-Main-Gebiet. Abends war ich später auch in dem dortigen Hotspot schlechthin, der Disco im Flughafen. Am nächsten Morgen fand ich in Darmstadt die Papiere eines mir nicht bekannten Herrn und erlaubte mir damit einen derben Spaß. Den gebe ich zu. Nachmittags…“

„Stopp, Mijnheer! Sie halten uns wohl für sehr dumm. Mit diesen Aussagen haben Sie unsere Unterstützung endgültig verspielt. Wir lassen uns von Ihnen nicht an der Nase herumführen. Abmarsch!“

Rottenbach und Ludwig gingen zurück ins Sekretariat. Sie hofften, dass endlich die lang ersehnten Details zu den Konten von Bekker und ALi aus Kapstadt eingetroffen waren. Aus dem strahlenden Lächeln der ihnen entgegenkommenden Sekretärin schlossen beide messerscharf, dass die Zahlen eingetroffen waren.

„Frau Schöffele, die Kontobewegungen. Liegen sie inzwischen vor?“

„Ja, hier! Ich habe sie mir schon mal kurz angesehen. Bekker ließ Ende April 50.000,- Euro auf das Konto von Pischkowsky für Transporte und den gleichen Betrag, ebenfalls aus Kapstadt, auf das seines Freundes ALi überweisen, ohne Angabe des Grundes. Außerdem hob er 600.000,- Rand in bar ab. Er besitzt drei Konten, die bald aus allen Nähten platzen. Millionen liegen dort nutzlos herum. Größere auffällige Kontobewegungen anderer Art fanden nicht statt, nur unverdächtige kleine. Die 50.000.- wurden von Herrn ALi bereits zwei Tage später in bar abgehoben. Wo sie abgeblieben sind, geht aus den Unterlagen nicht hervor."

„Sehr gut! Vielen Dank! Ludwig, wir beide fertigen jetzt eine hieb- und stichfeste Analyse für die nächsten Interviews mit Lincoln und Bekker an. Dieses Mal darf es keinen Raum für Ausreden mehr geben. Oder sollten wir eventuell eine gemeinsame Befragung der beiden vornehmen? Das wäre mehr als spannend, weil nicht ohne Risiko."

Den beiden war klar, dass auch ALi für die 50 Tausender eine größere Gegenleistung getätigt haben musste, jedoch sicher keinen Auftragsmord. Der hätte deutlich mehr gekostet. War etwa das von Bekker nach Europa geschmuggelte Bargeld der Schlüssel für die benötigte Lösung?

Im beschaulichen Städtchen Bensheim an der Bergstraße war nichts mehr so wie es einmal war, zumindest wenn man das Verhältnis der beiden ehemals besten Freundinnen Brigitte und Ingeborg betrachtet. Ursache für den Streit war, dass Brigitte erfahren hatte, wer der biologische Vater des Sohnes ihrer Nachbarin ist. Sie wollte zuerst nicht glauben, dass ihr damals heißgeliebter, schwerreicher Ehemann aus Kapstadt den ersten, und wie sich später ergab auch den einzigen, Besuch in ihrer Heimatstadt genutzt hatte, um mit ihrer damals noch nicht verheirateten Jugendfreundin ein Schäferstündchen abzuhalten. Niemals hätte sie das auch nur annähernd für möglich gehalten. Schließlich war sie wesentlich attraktiver, anziehender und cleverer als Ingeborg. Zudem erinnerte sie sich genau, wie ihr Willem bereits nach dem ersten Kennenlernen bekannte, dass er ihre Schulfreundin Ingeborg weder hübsch noch in irgendeiner anderen Art und Weise reizvoll fand. Dass aus diesem One-Night-Stand ein Kind entstanden war, hatte Ingeborg ihr bewusst all die Jahre verschwiegen. Für sie war der kleine Junge mit den blonden wirren Haaren der Sohn von Edgar. Er nannte ihn Vater und sie von Anfang an Tante Brigitte. Daran würde sich niemals etwas ändern, dachte sie. Aber jetzt... der Nachweis per Gentest! Alles war plötzlich wie auf den Kopf gestellt.

Das Kind hatte ihr damaliger Ehemann in einer weinseligen Nacht mit genau der Frau gezeugt, die er angeblich überhaupt nicht leiden konnte. Zu allem Überfluss demütigte er sie mit ihrer besten Freundin. Ein unverzeihliches Vergehen!

„Du brauchst mir nicht mehr unter die Augen zu treten. Hiermit kündige ich dir meine Freundschaft auf. – Wieso? ... Wieso hast du mir nicht erzählt, dass Willem ein Kind von dir hat? Hä?“

„Brigitte, bitte glaube mir. Ich wusste es bis vor kurzem selbst nicht besser. Aber, dass eine sage ich dir: Es ist völlig egal, wie dieser doofe Test jetzt ausfiel, Edgar ist der Vater von Florian. Sein Name steht in der Geburtsurkunde. Er hat ihn aufgezogen, hat mit ihm gespielt, hat ihn getröstet, seine Wunden versorgt und Hausaufgaben mit ihm gemacht. Dein Willem tat nichts dergleichen. Und damit du es weißt: Er hat nicht einmal Unterhalt bezahlt.“

„Das konnte er auch gar nicht, denn er wusste nichts von einem Sohn. Hättest du ihm gesteckt, dass er einen Nachkommen hat, hätte er sich bestimmt nicht so vehement geweigert, jedes Jahr zumindest ein Mal mit mir nach Deutschland zu fliegen. Dann wäre unsere Ehe auch ganz anders verlaufen. Mit deiner Heimlichtuerei hast du sie und mein altes Leben völlig zerstört. Ist dir das klar?“

„Du blöde Kuh! Rede dir das nur immer wieder ein. Nicht ich war es, sondern du allein hast die Ehe gelöst, weil du einen jüngeren Lover gefunden hattest. Ich..., Schuld..., niemals! Weißt du was? Du kannst mich mal... Auch ich kündige dir die Freundschaft auf. Von mir aus geh dahin, wo der Pfeffer wächst. Burenweib, südafrikanisches!“

Ein paar Tage später ertappte Edgar den Südafrikaner als dieser wieder einmal mit seinem Auto schräg gegenüber vom Haus seiner Ehemaligen stand und das Anwesen beobachtete. Wonach genau er Ausschau hielt, war nicht auszumachen.

„He, Willem, was machst du denn hier? Wenn du zu deiner Ex willst, dann geh hinein und lungere nicht auf der Straße herum. Oder suchst du nach ihrem Lebensgefährten? Der ist zurzeit nicht da. Aber, wenn du schon mal hier bist: Du musst unbedingt mit meiner Frau reden. Ich weiß, dass Florian, genetisch gesehen, dein Sohn ist, aber realistisch betrachtet, was auch seine Geburtsurkunde belegt, ist er meiner. Dieser Gegebenheit müssen wir alle, insbesondere du, ins Auge sehen. Rede mit ihr! Sprecht euch aus! Danach hast du mit anderen Worten auch Florian viel zu erklären. Bei dem Gespräch mit ihm möchte ich allerdings gerne dabei sein. Einverstanden? Am besten, du kommst gleich jetzt mit rein ins Haus.“

Willem schaute den Mann längere Zeit wie einen völlig Fremden an. Dann drehte er langsam den Zündschlüssel und fuhr gemächlich davon. Edgar Hortel schüttelte seinen Kopf. Tsss, tsss, dieser Willem. War wohl doch eher ein Angsthase. Für ihn war die Sachlage geklärt. Es fehlte nur noch der Punkt am Ende des Satzes. Er wusste, dass die meisten Menschen nicht wissen, wann sie einen Punkt zu machen haben. Bekker gehörte zu diesen. Er ging ins Haus und erzählte seiner Frau von dem heimlichen Beobachter des benachbarten Anwesens.

Florian befand sich auf dem Nachhause-Weg von der Geschwister-Scholl-Schule in die Nibelungenstraße als ein großer Wagen neben ihm hielt. Der Fahrer öffnete das Seitenfenster und sprach ihn an:

„Hei, du bist doch Florian Hortel. Ich bin Willem Bekker. Hast du schon einmal von mir gehört oder mich schon einmal gesehen? Kennst du mich?“

Florian ging weiter, ohne den Fahrer eines Blickes zu würdigen. Der fuhr einige Meter vor und stieg aus. Er blieb stehen und wartete. Dann gingen beide nebeneinander her.

„Florian, bitte, höre mir zu. Ich würde sehr gerne ein paar Worte mit dir wechseln. Deine Mutter und ich, wir kennen uns schon lange. Und deine Nachbarin, Brigitte Bekker, war einmal meine Frau. Jetzt sind wir geschieden. Du musst keine Angst vor mir haben. Wo können wir beide ungestört miteinander reden? Vielleicht bei einem Eis in der Eisdiele? Oder in einem Café? Wo immer du willst. Bitte höre mir einfach zu. Es ist sehr wichtig, was ich dir zu sagen habe. Okay?“

Völlig verunsichert legte Florian einen Zahn zu, begann zu rennen, so dass der ihm Fremde nur mit Mühe folgen konnte. Schnell war dieser deutlich hörbar außer Puste. Er blieb stehen und wischte sich mehrfach mit dem Taschentuch den Schweiß von der Stirn. Florian blieb ebenfalls stehen und lenkte ein.

„Okay! Eiscafé Venezia an einem Tisch auf der Straße. Aber nur ganz kurz. Fünf Minuten vielleicht, bis ich das Eis gegessen habe. Sie müssen sich also so kurz wie möglich fassen. Ich rufe schnell vorher noch bei meiner Mutter an.“

Wahrheit ist einmalig

Kulle betrat nach einem kaum hörbaren Alibi-Anklopfer hastig das Chefbüro gerade in dem Augenblick, als seine beiden Vorgesetzten zum Mittagstisch aufbrechen wollten. Begeistert fuchtelte er mit einem Papier in der Luft herum. Seine Augen strahlten wie zwei Sterne am dunklen Nachthimmel. Ohne näher erklärende Vorbemerkungen begann er übereifrig von seinem Zettel abzulesen:

„Mail von Urs Rütherli mit dem Vermerk: Wichtig! – Garage des Riggellen gefunden. Kein Motorrad drin, aber ein alter Mercedes mit dem deutschen Kennzeichen DA und so weiter. Unsere Kollegen bearbeiten ihn gerade, erfassen Fingerabdrücke und weitere Spuren. Im Kofferraum ließ sich mit Hilfe von Luminol bereits einiges Blut nachweisen. Von wem es stammt, wird sich noch klären.
Am Zündschlüssel hängt ein kleines Namensschild mit Adresse: Hans-Werner Weis, Darmstadt, Mauerstraße 6. Melde mich wieder. Gruß Urs´ - Chef, das ist die Lösung. Riggellen fuhr nach Beseitigung der Leiche mit diesem Auto in die Schweiz und versteckte es dort. Vielleicht hoffte er, wenn genügend Gras über die Geschichte gewachsen ist und der Name des Toten nicht mehr in der Zeitung auftaucht, es mit Hilfe der aus der Wohnung in Kelsterbach gestohlenen Papiere teuer verkaufen zu können? Denkbar auch, dass das Blut im Auto einen Leichentransport bestätigt. Die Krönung wäre dann, wenn es sich um Blut vom Pilot Weis handeln würde. Wir, beziehungsweise Sie, können ihn oder seinen Freund ALi direkt damit konfrontieren. Beide sitzen ja bei uns in Untersuchungshaft."

Das Mittagessen musste heute für die drei ausfallen. ALi wurde, ohne Angabe von Gründen in den Verhörraum geholt. Störrisch wie ein Esel starrte er wütend vor sich hin. Dieses Verhalten war den Ermittlern bereits vertraut, verfehlte daher die von ihm gewünschte Wirkung. Ludwig eröffnete die Befragung: „Herr Lincoln, haben Sie den alten Mercedes von Herrn Hans-Werner Weis mit Darmstädter Kennzeichen in die Schweiz gefahren? Oder war es vielleicht jemand anderes?“

Keine Antwort!

„Zu schweigen ist gerade jetzt ein fataler Fehler. Ich habe Sie etwas gefragt. Haben Sie den Mercedes kutschiert?“

Erneut keine Reaktion.

„Nun, wenn Sie nicht kooperieren wollen, dann sage ich Ihnen, was wir und die Schweizer Kollegen herausgefunden haben. Dieser Wagen steht in der Garage von Johan Riggellen nahe bei Rheinfelden in der Schweiz. Derzeit wird er auf Fingerabdrücke und DNA untersucht. Es würde mich nicht wundern, wenn Ihre dort zu finden wären. ...Und dann noch das Blut der männlichen Leiche natürlich, die Sie damit transportierten. Sagen Sie uns die Wahrheit, bevor die SPUSI sie findet. Es ist Ihre allerletzte Gelegenheit zur Aufklärung beizutragen und die hiesige Staatsanwaltschaft, respektive den Richter, etwas milder zu stimmen. Haben Sie kapiert? Sie sehen mich so teilnahmslos an, als wollten Sie mich bitten, die Punkte noch einmal zu wiederholen, weil Sie diese nicht verstanden haben. Ist das so?“

„Nein! Ich muss nur noch überlegen. Warten Sie!“

Als sich nach einer gefühlten Ewigkeit an ALis stoischem Blick nichts änderte und er noch immer nicht antwortete, übernahm Rottenbach die Gesprächsführung.

„Wie ich sehe, beabsichtigen Sie, ohne Umwege direkt in Ihr Unglück zu rennen. Wenn dem so ist, dann werden wir Sie nicht daran hindern. Wir schließen einfach die Beweisfindung an dieser Stelle ab."

„Nein, bitte nicht! Ich werde aussagen. Mein Bekannter, Herr Riggellen, nahm mich im Mai von Frankfurt mit zurück nach Basel, wo ich damals wohnte. Wir hatten uns zufällig getroffen, als er in Frankfurt einen alten Mercedes abholte, den er übers Internet gekauft hatte, wie er mir sagte. Sie werden demnach meine Fingerprints und sicher auch meine DNA in dem Wagen finden. Dass dieser zuvor als Leichenwagen zweckentfremdet worden sein könnte, habe ich gerade soeben erst durch Sie erfahren. Ich selbst habe niemals eine Leiche angefasst oder gar irgendwohin befördert. Im Wagen lag jedenfalls keine. Ich war nur der Beifahrer, der sich freute, ein paar Sätze mit einem Landsmann in Muttersprache wechseln zu können. Genau so war`s, fragen Sie Johan."

„Das haben wir bereits getan. Er gibt allerdings vor, Sie nicht zu kennen, ja sogar, Sie noch nie gesehen zu haben. Wem sollen wir glauben? Sie verstricken sich mehr und mehr in ein Lügenkonstrukt, aus dem Sie nicht mehr herausfinden. Gibt es nicht eventuell doch eine andere Realität?"

„Nein. Wahrheit ist einmalig! Demnach hat er gelogen. Vielleicht fürchtet er die Rache eines Dritten? Ich weiß es nicht. Meine Wirklichkeit ist nicht widerlegbar. Mit Ermordungen, Bluttaten oder anderen Kapitalverbrechen habe ich nichts am Hut. So etwas habe ich in meinen ganzen Leben noch nie gemacht. Und Leichen, igitt, sind einfach nur eklig für mich. Sagen Sie das den Richtern."

„Mir ist es leider, im Gegensatz zu Ihnen, nicht erlaubt, die Wahrheit in der Art und Weise zurechtzubiegen, wie sie meinen Vorstellungen entspricht. Sie dürfen als Beschuldigter diese sogar ignorieren. Das erschwert unseren Umgang miteinander erheblich. Tröstlich ist allerdings, dass es noch nie eine Wahrheit gab, die früher oder später nicht ans Licht gekommen wäre. Wir werden sie herausfinden und wenn es Wochen oder Monate dauert. – Abführen!“

Rottenbach und sein Stellvertreter nickten sich zu. Die beiden pulsieren im gleichen Rhythmus, haben in den vielen Jahren der Zusammenarbeit gelernt, sich auch ohne große Worte zu verstehen. Ihnen war gerade ein kleiner Erfolg geglückt. Immerhin! Jetzt wussten sie definitiv, dass sich ALi und Riggellen früher schon kannten. Das öffnete die Tür zu völlig neuen Denkmodellen. Die Verbindung von ALi, dem Vasallen von Bekker, der alle unangenehmen Aufgaben für ihn erledigt und Riggellen, einem etwas unterbelichteten, relativ kleinen Muskelmann, der notgedrungen in einer Mehlfabrik arbeitet, weil ihm nach seinem „Knasturlaub“ kein anderer eine Stelle geben wollte, besitzt genügend Potential, um bei Bedarf hochexplosiv zu werden. Bestimmt haben sie schon das eine oder andere krumme Ding gemeinsam gedreht. Beide sind scheinheilige Typen, die sich nicht im Entferntesten vorstellen können, auf einen guten Zusatzverdienst zu verzichten, weil er illegal ist.

„Hmmm ... denkbar, dass der eine Handlanger der Handlanger des anderen ist, Subunternehmer sozusagen. Jetzt müssen wir zwei nur noch nachweisen, dass auch Bekker von dem jungen Bekannten seines alten Schulfreundes weiß. Dann hätten wir unseren Verdächtigen endlich besser im Griff.“

„Zum wievielten Mal haben wir heute den Südafrikaner Bekker einbetellt? Ich weiß es nicht. Auch wenn er sonst so schnell lügt, wie andere atmen, werden wir ihn diesmal gleich mit so vielen Beweisen konfrontieren, dass er schwerlich ausweichen kann. Die Schlinge um seinen Hals zieht sich langsam zu. Wann kommt er?“

Frau Schöffele beeilte sich zu bemerken, dass er bereits seit etwa einer Viertelstunde im Chefbüro wartet, übelgelaunt und aufgebracht mit wirren rotblonden Haaren, eigentlich genau so, wie man ihn von den letzten Vorstellungen kennt.

„Herr Bekker! Schön, dass Sie sich bereits in meinem Domizil wohnlich eingerichtet haben, mit einer Tasse Kaffee, wie ich sehe. Herrn Ludwig kennen Sie bereits. Ich denke, wir sollten sofort loslegen? Einverstanden?“

Bekker zog einen Mundwinkel herunter und nickte. Man sah, dass er innerlich schäumte, sich aber auf keinen Fall etwas anmerken lassen wollte.

„Heute fangen wir wieder einmal bei Adam und Eva an. Warum wollten Sie nach Deutschland übersiedeln? Ich sage es Ihnen schnell in meinen Worten: Sie glauben, dass Ihr Heimatland demnächst auseinanderfällt. Dann wären Sie hier bei uns besser aufgehoben. Stimmt`s? – Ihr schlossähnliches Anwesen in Kapstadt, Ihre Weinberge und das viele Grasland mit den Rindern und den Straußenvögeln haben Sie aber behalten und dazu noch Ihr gesamtes Dienstpersonal. Das bedeutet, Sie sind nicht wirklich ausgewandert, taten uns gegenüber nur so als ob Sie es wären. Habe ich mir alles soweit richtig zusammengereimt? Ja? Das dacht` ich mir. Den wahren Grund für Ihren Aufenthalt ausgerechnet hier in Darmstadt haben Sie uns allerdings bisher vorenthalten. Jetzt nutzen Sie hoffentlich die Gelegenheit und bügeln diesen Fehler aus. Ich bin Vieles gewohnt und bleibe in der Regel ruhig, aber Ihr Verhalten bringt mich langsam zum Rasen. Also, jetzt oder nie!“

„Jaaaa, doch. Ist gut! Genau das, was Sie eben sagten, ist der Hauptgrund. Meine dortigen Liegenschaften habe ich an meinen früheren Verwalter verpachtet, der mir monatlich Miete überweist, wie Sie bestimmt schon wissen. Und warum sollte ich kein Ferienhaus in dieser schönen Gegend behalten? Ich bin ausgewandert und habe schon längst um Asyl hier in der Bundesrepublik nachgesucht.

Ich erachte es als Privileg, Deutscher werden zu können. Selbst die Einwanderungsbehörde hegte keinerlei Zweifel an meinen Beweggründen und hat mich als Immigrant anerkannt."

„Ich habe verstanden. Sie wollen uns Ihren eigentlichen Grund partout nicht nennen. Dann bitte ich Sie, mir die Hintergründe zu den beiden Morden im Jagdschloss Kranichstein zu beleuchten. Ihnen ist bekannt, dass Sie für uns einer der Verdächtigen sind. – Kennen Sie einen Herrn namens Johan Riggellen?"

„Wie bitte, Ri...was? Sollte ich ihn denn kennen? Haben Sie vielleicht ein Bild von ihm? – Aha! – Nein, diese Visage habe ich noch nie gesehen. Was bezwecken Sie mit diesem Herrn bei mir zu erreichen? Wenn er vorgibt, ein Belastungszeuge gegen mich zu sein, dann lügt er. Ich schwöre: Ich habe weder mit dem Mord an dem Mann in der Steinskulptur noch mit der Wasserleiche irgendetwas zu tun. Und mit diesem Mann hier schon gar nicht. Wer ist das?"

„Herr Bekker, Sie haben Herrn Riggellen schon gesehen. Geben Sie es zu und hören Sie auf zu lügen. Er ist ein guter Bekannter Ihres Busenfreundes Lincoln. Klingelt es bei Ihnen immer noch nicht? Die beiden Herren fuhren im Oldtimer-Mercedes des Toten aus der Skulptur gemeinsam in die Schweiz, wo ALi zu diesem Zeitpunkt wohnte. Na, fällt Ihnen jetzt dazu etwas ein?"

„Um das ein für alle Mal klarzustellen: Ich bin kein Lügner und wenn Sie mich weiterhin einen solchen nennen, werde ich Anzeige gegen Sie erstatten. Ich habe genug von Ihrem Benehmen. Merken Sie immer noch nicht, wie sehr Sie auf dem Holzweg sind?"

„Das werden wir noch sehen. Wofür ließen Sie Pischkowsky Ende April 50.000.-Euro überweisen? Und Ihrem Freund Ali unmittelbar vor Ihrer Abreise aus Kapstadt den gleichen Betrag? Ach so, wenn wir schon beim Geld sind: Was haben Sie mit den 600.000.- Rand gemacht, die Sie in bar abhoben? Überhaupt, erklären Sie uns bitte möglichst so, dass wir es verstehen, warum Sie so viel Geld einfach auf den Banken in Kapstadt liegen haben und es nicht arbeiten lassen? Als erfolgshungriger Geschäftsmann haben Sie das bestimmt bewusst getan. Nennen Sie uns ganz einfach Ihre Gründe dafür!"

„Das geht Sie gar nichts an. Geld ist meine Privatsache. Die 50 schuldete ich ALi. Ich wollte vor meiner Abreise reinen Tisch machen. An diesen Pischko..., oder so, habe ich nichts überwiesen. Da sind Sie einer Fehlinformation aufgesessen. Jetzt aber einmal gegengefragt: Wie viel Geld würden Sie mitnehmen, wenn Sie planen, in einem fremden Land nicht nur ein neues Business aufzubauen, sondern auch einen neuen Lebensmittelpunkt? Sechshundert reichen dafür nicht einmal im Ansatz. Ich besitze übrigens auch ein Konto bei der Deutschen Bank in Frankfurt, das Sie bislang nicht gefunden haben. Habe ich Recht? Sie sehen, auch Ihre neuen Überlegungen treffen den realen Sachverhalt nicht. Sie schießen ins Leere. Sie finden keine evidenten Beweise, so sehr Sie sich auch bemühen."

„Abwarten, abwarten! Ich fasse zusammen: Sie sind aus Südafrika vor dem Regime geflohen, wollen in Deutschland sesshaft werden und mit viel Geld eine neue Firma gründen. Ausgerechnet in dem Landesteil, in dem Ihre Ehemalige und Ihr Sohn wohnen. Sie geben zu, Herrn Abraham Lincoln, genannt ALi und den Bauer Dörr mit seiner Frau sowie das Personal im Hotel Jagdschloss Kranichstein zu kennen. Unbekannt sind Ihnen dagegen: **a)** der Tote aus der Skulptur, Herr Hans-Werner Weis **b)** der Tote aus dem Wasser, Herr Peter Pischkowsky **c)** der mutmaßliche Helfershelfer bei der Beseitigung der ersten Leiche, Herr Johan Riggellen. Wahrscheinlich wissen Sie auch nicht, weswegen die Herren umgebracht wurden. Sie sind ein Unschuldslamm. Aber Vorsicht! Jedes Schaf geht irgendwann einmal zur Schlachtbank. Sieee dürfen jetzt nach Hause gehen. Bis zum nächsten Mal!“

Bekker merkte man an, dass er sich mulmig fühlte. Ungewöhnlich langsam stand er auf, überlegte kurz und senkte wortlos seinen Kopf. Die beiden Kriminalkommissare sahen vom Fenster aus hinter ihm her, als er sein Auto bestieg und mit quietschenden Reifen davonbrauste. Sie konnten nicht wissen, dass er bezüglich seines Sohnes inzwischen eine feste Entscheidung getroffen hatte. Er fuhr geradewegs nach Bensheim.

Wissen und Gewissen

Florian hatte inzwischen seine Mutter am Smartphone mit der Nachricht überrascht, dass ihn sein biologischer Vater, Willem Bekker, zu einem „großen Eisbecher“ eingeladen hätte. Er selbst habe dafür das Venezia in der Fußgängerzone vorgeschlagen. Sie reagierte erwartungsgemäß zuerst erstaunt, schließlich aber sehr aufgebracht und empört. Das Treffen musste verhindert werden, unbedingt! Nach kurzem Überlegen aber änderte sie ihre Meinung:

„Ins Venezia, nur um ein Eis zu essen? Nein! Das Eis spendiere ich dir später selbst. Seine Almosen brauchen wir nicht. Verstanden? Ihr beide kommt am besten direkt zu mir nach Hause. Hier bist du vor seinen Verführungskünsten sicher und ich kann ein Auge auf dich haben. Wir drei können uns hier auch ungestörter unterhalten als in einem öffentlichen Lokal. Ich bin gespannt, was er dir Wichtiges zu erzählen hat. Dein Vater ist gerade nicht da. Er kommt frühestens in einer Stunde zurück.“

„Ooooch, Mama, das Eis von ihm kann ich doch jetzt essen und wir zwei gehen dann später noch einmal in die Eisdiele. Er will nur mit mir reden. Wahrscheinlich erfahre ich ein oder zwei Geheimnisse. Bitteeeee, bitte!“

„Das kommt überhaupt nicht in die Tüte. Wir sehen uns in ein paar Minuten hier in unserem Wohnzimmer. Und, dass du mir nicht in den Rücken fällst. Verstanden?“

„Na ja, gut, ich sage ihm das. Wird ihm bestimmt genau so wenig gefallen wie mir. Mal sehen, ob er überhaupt damit einverstanden ist. Tschau!“

Als er aus dem Auto stieg, wartete Ingeborg Mai bereits an der Haustür auf ihn. Sie bat ihn, schnell hineinzukommen, da sie gerne vor dem Erscheinen ihres Sohnes noch ein paar Worte mit ihm wechseln wolle.

„Willem, ich passe nicht in dein Beuteschema und du bist nicht mein Ehemann. Das sollte auch so bleiben. Florians Vater ist und bleibt Edgar. Wehe, du machst das langjährige Gefüge kaputt. Dann bringe ich dich um, so wahr ich Ingeborg Mai heiße. Was willst du eigentlich von ihm?“

„Liebe Inge, das sage ich ihm selbst. Auf jeden Fall habe ich nicht vor, Unordnung in eure heile Welt zu bringen. Bedenke bitte, er ist für mich kein Kind zweiter Klasse, da ich sonst keine Nachkommen habe. Dass ich einen Sohn habe, hat mein ganzes Zukunftsdenken heftig durcheinandergewirbelt. Meine Gefühlswelt bekam eine neue Dimension, verstehst du? Du hast mir gegenüber dein Wissen verheimlicht und mir dadurch tief in mir drin ein schlechtes Gewissen verursacht. Ich konnte all die Jahre keinen Unterhalt zahlen oder mich auch auf sonst keine Art väterlich zeigen. Das möchte ich möglichst rasch ändern. Noch ist es nicht zu spät. Florian hat ein Recht darauf zu erfahren, wer sein Vater ist, nein vielmehr, wie sein Vater denkt und handelt. Daran liegt mir sehr viel. Ich werde mit

Sicherheit keinen weiteren Nachkommen mehr zeugen. Deswegen: Bitte hilf mir jetzt um Florians Willen. Du hast etwas gut zu machen. Das ist das Mindeste, was ich von dir verlangen kann. Es wird nicht zu deinem Schaden sein."

„Ja, natürlich, du und deine Reichtümer. Seit du hier aufgetaucht bist, läuft mein Leben nicht mehr in geordneten Bahnen und wahrscheinlich wird es das auch nie wieder tun. Du kannst so viel Geld haben, wie du willst, Leben kannst du damit nicht kaufen, weder das von Florian noch meines. Du bist ab jetzt der Splitter in der Seele unseres Sohnes, der sich nicht einfach wieder rausziehen lässt. Wir drei hier in Bensheim aber sind die Familie, nicht, weil wir es müssen, sondern weil wir es wollen. Das ist es, was zählt. Sonst nichts! Und du, du störst!"

„Ja, ich weiß. Ich dachte mir, dass man zwar seine Eltern und Geschwister nicht immer lieben muss, aber zu wissen, woher man kommt, das gibt Sicherheit im Leben. Willst du nicht verstehen, dass es mir um das Wohl von Florian geht? Du solltest mir zumindest die Möglichkeit bieten klarzustellen, dass ich ihn gerne in meine Arme genommen hätte, wenn ich nur von seiner Existenz gewusst hätte. Er denkt sicher, dass ich all die Jahre nichts von ihm wissen wollte. Auch will er gewiss kein Kuckuckskind sein, oder?"

Florian hastete heftig atmend ins Zimmer, warf seine Schultasche in die Ecke und plumpste in den Sessel gegenüber von Bekker. Bevor dieser irgendetwas sagen konnte, legte er los:

„Du bist also mein leiblicher Vater. Darüber habe ich lange nachgedacht. Ein Gentest hat dies zweifelsfrei bewiesen. Gut! Aber, was bedeutet das schon, hä? Wir haben die gleiche Augenfarbe, die gleichen struwweligen Haare, was weiß ich sonst noch. Das spielt auch gar keine Rolle. Wer wir füreinander sind, also Eltern, oder Kinder, das können wir selbst bestimmen, wir ganz allein. Wie haben wir drei es ohne dich bisher bloß ausgehalten? Wir haben und lieben unser Leben, so wie es jetzt ist. Dazu brauchten wir keinen Gentest. Und ich ..., ich brauche dich nicht. Ich habe einen Vater und der heißt mit Vornamen Edgar. Mehr habe ich nicht zu sagen. ... Und dein Eis brauche ich auch nicht!"

Er stand auf und rannte aufgewühlt und deutlich verstört die Treppe hoch in sein Zimmer. Mit solch einer wohl formulierten Rede hatte keiner der beiden gerechnet. Etwas verwundert schauten sie einander an. Ingeborg fing sich zuerst:

„Da siehst du mal, was du angerichtet hast. Warum nochmal wolltest du mit ihm reden? Jetzt kannst du deine sicher konstruktive und einfallsreiche Aussprache für die nächste Zeit vergessen. Er ist bockig."

„Ich bin gar nicht dazu gekommen etwas zu sagen, wie du selbst sehen konntest. Wie gerne würde ich meinem Sohn Südafrika zeigen, mit all seinen wilden Tieren, dem brausenden, tosenden Meer am Kap und den wunderbaren Menschen dort. Er muss es unbedingt sehen. Von mir aus können dein Mann und du ihn auf der Reise begleiten. Ich habe nichts dagegen. Hiermit seid ihr offiziell eingeladen, mit Flügen, Übernachtungen mit Vollpension und allem Drum und Dran. Denkt darüber nach. Es wird ein unvergessliches Erlebnis für euch werden, das garantiere ich. – Irgendwann einmal steht auch mein Erbe an. Er wäre der rechtmäßige Nachkomme, der alles erhält. Das wird er aber nur, wenn er mithilft, mein schlechtes Gewissen zu bereinigen. Bitte verstehe mich richtig: Er ist kein Wunschkind, sondern lediglich das Ergebnis einer zufälligen Beziehung, die zerbröckelt war, noch ehe sie begann. Sie lässt sich auch nicht wieder in Ordnung bringen, weil keiner von uns beiden sie wirklich wollte. Das ist mir klar. Ich liebe Brigitte und werde sie immer lieben. Doch das ist ein anderes Thema. Weißt du: Meine Mutter liebte mich abgöttisch. Wer mein Vater ist, stand niemals in Frage.

Bei Florian ist das anders. Er nennt deinen Mann Papa, obwohl ihm doch längst aufgefallen sein muss, dass er mir ähnlicher sieht als ihm. Okay?“

„Okay, ich sehe, du tust das nicht aus Pflichtbewusstsein, sondern aus Freude über einen überraschend aufgetauchten Sohn. Das gefällt mir mehr als ich es mir bis vor Kurzem vorstellen konnte. In seiner Geburtsurkunde taucht dein Name nicht auf. Du bist für ihn ein Fremder. Er wird niemals Papa zu dir sagen, da bin ich mir sicher.“

„Das muss er auch nicht. Nach meinen sehr detaillierten Erkundigungen sind Genvergleiche zwischen Vater und Sohn wenig fehleranfällig. Er ist somit zweifelsfrei mein Fleisch und Blut. Warum nur hast du ihn mir so viele Jahre verheimlicht? Dein Leben hätte sich positiver entwickelt, zumindest finanziell. Brigitte und ich wären häufiger nach Deutschland geflogen. Denn, obwohl sie das immer wieder wünschte, bin ich nie darauf eingegangen. Ich bin mir mittlerweile sicher, mit dem Wissen um meinen Sohn Florian wäre unsere Ehe auch nicht zerbrochen. Du hast in diesem Sinne also Mitschuld an unserer Trennung. Aber ich verzeihe dir, wenn du dich nicht zwischen meinen Sohn und mich drängst. – Schwer zu verstehen, dass du nicht einmal deiner Busenfreundin Brigitte einen entsprechenden Hinweis gegeben hast. Was macht sie eigentlich den ganzen Tag?“

„Das überblickst du doch selbst am besten, so oft wie du mit deinem Auto vor ihrem Haus stehst und es beobachtest!“

„Oh, du hast mich bemerkt? Hat sie mit dir darüber geredet, dass sie mich vor ihrer Tür stehen sah, beziehungsweise, hat sie nach mir gefragt?“

„Nee, hat sie nicht. Seitdem sie weiß, dass ich bereits kurz nach eurer Hochzeit mit dir ins Bett gestiegen bin und ich dir, ihrem früher einmal sehr geliebten Ehemann, vor ein paar Monaten auch noch, hinter ihrem Rücken, Informationen zu ihren Aufenthaltsorten und zu ihrem Liebhaber gegeben habe, sind wir verkracht. Sie meinte, ich hätte einen Vertrauensbruch höchsten Grades begangen, der nicht mehr zu kitten sei. Wir sprechen nicht mehr miteinander."

„Das verwundert mich etwas, wo ihr beide doch so viele Jahre beste Freundinnen wart. Sag` ihr bitte einen schönen Gruß von mir, wenn du sie sehen solltest. Ich wünschte, sie würde mir die Gelegenheit bieten, mit ihr zu reden. Weiter nichts! Einfach nur reden. Du verstehst? Eine, über lange Jahre, gewachsene und gefestigte Freundschaft wirft man bestimmt nicht einfach so aus einer Laune heraus über Bord. Auch sie nicht. Ich glaube auch, dass sie mir den dummen Seitensprung vor 14!! Jahren schon längst verziehen hat. Sie wird auch deine Entschuldigung annehmen und damit sollte es dann aber auch gut sein. Sie ist eine wunderbare Person und immer noch die Liebe meines Lebens. – Könntest du unseren Sohn bitten, herunterzukommen um überhaupt einmal, mit mir zu sprechen? Okay?"

„Das kannst du genauso vergessen, wie eine Versöhnung mit Brigitte. Es ist zu viel vorgefallen. Sie hat einen Neuen, der sie aus vollem Herzen verehrt und schätzt. Im Gegensatz zu dir, lässt er ihr genügend Freiräume. Das gefällt ihr. Er ist zwar nicht so vermögend wie du, aber sie liebt ihn sehr. Daran kannst selbst du mit deinem vielen Geld nichts mehr ändern. Auch hat sie mittlerweile großes Interesse an der Philosophie. Man könnte auch sagen, Philosophieren ist ihr neuestes Hobby, weil sie durch diese zu fragen gelernt hat, was Menschen wirklich meinen, wenn sie etwas sagen. Sie fragte schon vor unserem Zerwürfnis häufig nach Argumenten, nach Werten und wie sie zustande kommen. Sie hat sogar das Philosophie-Magazin abonniert. Sowas hätte sie früher nie getan.

Sie sieht zwar immer noch so blendend aus wie früher, aber sie ist nicht mehr die Brigitte, die du glaubst zu kennen. Sie ist Realistin geworden. Am besten, du vergisst uns alle hier, samt Bensheim. Du glorifizierst die Vergangenheit und glaubst, sie mit ein bisschen Aufwand einfach wieder herstellen zu können. Damit liegst du falsch. Gestern ist vorbei. Was zählt ist das Heute, das Hier und Jetzt. Anders ausgedrückt: Heute ist der wichtigste Tag. Gestern ist vorbei und was morgen sein wird, wer weiß das schon. Du trauerst der Vergangenheit nach, lässt sie in deinem Kopf weiterleben. Jedoch, das ist Verschwendung von wertvoller Lebenszeit. Hör` auf damit!"

„Schade, ich hatte gehofft, wenn einer mich versteht, dann..." Er zuckte bedauernd seine Schultern. „Du musst mich sehr hassen. Übertrage dieses Gefühl aber bitte nicht auf Florian. Er ist und bleibt unser beider Sohn. Ihr könnt mich jederzeit anrufen. Ich komme zu jeder Tageszeit gerne vorbei. Das Thema ist zu wichtig für mich, als dass ich es verdrängen könnte. – Jetzt gehe ich. Okay? Sage bitte Florian einen lieben Gruß von mir und überlege zusammen mit ihm und deinem Mann, ob ihr, auf meine Kosten, Südafrika kennenlernen wollt. Mich würde es sehr freuen. Bye, Bye!"

Er erhob sich und ließ seinen Blick noch einmal langsam durch das Wohnzimmer schweifen, bevor er geknickt das Haus verließ. Die neue Situation entwickelte sich nicht so, wie er sich gewünscht hatte. Sie war hoffnungslos festgefahren. Noch über eine Stunde saß er in seinem Auto vor dem Haus. Er schien auf irgendeine Reaktion zu warten, die seine Lage verbessern würde. In seiner Vorstellung geht jeden Moment die Haustür auf und sein Sohn bittet ihn erneut herein. Doch nichts geschah. Als er schließlich Edgar nachhause kommen sah, startete er und fuhr davon.

Im Raum mit dem halbdurchsichtigen Spiegel hatte sich eine Handvoll Mitglieder der SOKO eingefunden, die unbedingt den polizeilichen Teil der Verurteilung des Menschen miterleben wollten, der die Gründung einer SOKO ausgelöst hatte. Das Interview mit dem dringend Tatverdächtigen Johan Riggellen führten der erfahrene Leiter der Mordkommission, Dieter Rottenbach und sein Stellvertreter Ernst Ludwig. Alle waren sich sicher, in wenigen Minuten würden die beiden spektakulären Mordfälle abgeschlossen sein. Die Zeit war reif dafür. Denn wie bei einem Puzzle lassen auch in der Kriminologie die Herausforderungen eines Falles nach, weil nur noch wenige Teilchen übrig sind. Mit Kompetenz und Fachwissen wird eins zum anderen gefügt und schließlich auch das letzte Teilchen gelegt. Das Bild ist fertig, der Fall ist gelöst. Dieses Erfolgserlebnis ist bei einer fachkundigen Mannschaft nur eine Frage der Zeit. Wenn man lange genug nach der Farbe eines ganz bestimmten Steinchens gesucht hat und es endlich findet, ist das eine fast orgastisch zu nennende Empfindung. Alle Flüche und Verwünschungen der Vergangenheit sind vergessen. Es überwiegt ein unglaubliches Glücksgefühl, was sich in gegenseitigen Umarmungen und heftigem Händeschütteln ausdrückt. Und auf genau diesen Augenblick des seltenen Glücks warteten die Erfolgshungrigen im Nebenzimmer sehnlichst. Jeder von ihnen wollte ihn persönlich miterleben.

„Herr Riggellen, wir zeichnen das Gespräch auf. – Sie waren in den ersten Tagen des Monats Mai in Frankfurt und haben dort in Kelsterbach Herrn Hans-Werner Weis umgebracht. Erzählen Sie uns den Ablauf der Tat.“

„Meine Herren! Auch durch meinen Aufenthalt in der Zelle hat sich an meiner vor einigen Stunden gemachten Aussage nichts geändert. Ich habe niemand umgebracht. Den von Ihnen genannten Herrn kenne ich nicht einmal. Mit mir haben Sie den Falschen im Verdacht. Lassen Sie mich laufen!“

„Ludwig übernehmen Sie, bevor ich aus der Haut fahre und in wilde Drohungen ausbreche. Das ist mir nämlich gesetzlich verboten, selbst bei einem Mörder wie diesem. Er muss den Namen auf den Papieren gelesen haben, kennt den Gesuchten deswegen zumindest namentlich."

„Herr Riggellen! Sie haben es gehört. Unser Polizeidirektor würde niemals eine solch schwerwiegende Anschuldigung ohne entsprechende Beweise treffen. Sie haben das Auto von Herrn Weis genommen, seine Leiche darin verstaut und sie dann an einem geheimen Platz abgeladen. Wollen Sie das etwa leugnen? Wir haben Fingerabdrücke von Ihnen, DNA-Nachweise und das Blut des Getöteten in eben diesem Mercedes gefunden. Er ist in Ihrer Garage in der Schweiz untergestellt. Nur Sie haben dort Zugang. Erklären Sie uns das!"

„Ich warte noch auf meinen Anwalt. Sie haben ihn doch bestellt?"

„Natürlich haben wir das gemacht. Unsere Beweise sind dermaßen erdrückend, dass Sie uns die Geschichte besser gleich selbst erzählen, ohne ihn."

Der Delinquent wand sich wie ein Aal. Er schien seine Situation richtig einzuschätzen. Nach einigem Zögern gab er sich schließlich einen Ruck, rutschte auf die Stuhlkante vor und begann ohne anwaltlichen Beistand zu reden:

„Gut! Ich kenne Herrn Weis. Von ihm habe ich den wunderschönen, alten Mercedes gekauft, der vollen Oldtimer-Status genießt. Auf dem Rückweg in die Schweiz habe ich Herrn Abraham Lincoln mitgenommen. Fragen Sie ihn: Im Auto lag keine Leiche. Ich hatte schon vor meiner Fahrt nach Kelsterbach in der Schweiz einen Interessenten für dieses sehr gepflegte Automobil gefunden. Daran muss ich nicht mal eine Schraube oder eine Mutter festziehen, bevor ich es mit entsprechend hohem Gewinn direkt weiterverkaufen kann.

Ein Glücksfall für mich. Leichter kann man kein Geld verdienen, finden Sie nicht auch?“

„Vergessen Sie mal Ihr Geschäft und erklären Sie uns, wieso dieses Prunkstück heute, nach über vier Monaten, immer noch in Ihrer Garage steht und wieso im Kofferraum des Wagens Blut des Eigentümers gefunden wurde. Die Blutlache konnten Sie, trotz Verwendung von Reinigungsmitteln mit viel Chlor, nicht hundertprozentig beseitigen. Mit diesem Gefährt haben Sie zweifelsfrei die Leiche transportiert.“

„Das habe ich nicht, ganz sicher nicht, ungelogen, ich schwöre!“

„Dann kann es eigentlich nur Ihr Freund ALi gewesen sein, der diese unumgängliche Drecksarbeit nach einem Mord für Sie erledigte. Raus mit der Sprache: Wer hat Ihnen beim schnellen Beseitigen der Leiche geholfen?“

„Niemand!“

„Niemand? Das kann gar nicht sein. Noch einmal! Wer gab Ihnen die Flugtickets des Herrn Weis? In Darmstadt gefunden haben Sie sie jedenfalls nicht. Wir wissen, der Pilot war ein überaus sorgfältiger Mensch, der das wichtige Papier hütete wie seinen Augapfel. Es war der Schlüssel zur Verwirklichung seines Lebenstraumes, einer Expedition in Nepal. Kommen Sie mir also nicht mit weiteren dummen Ausreden. Ich sage Ihnen wie der Mord ablief. Sie warteten auf den Flugkapitän vor seinem Haus in Kelsterbach. Als er schließlich kam und sein Auto geparkt hatte, gingen Sie ihm entgegen und erschossen ihn. Sie entwendeten ihm die Autoschlüssel öffneten damit die Seitentür und verstauten ihn auf der Rückbank, nein, natürlich im Kofferraum seines eigenen Autos. Vielleicht brachten Sie den Toten sofort in ein Versteck oder aber, Sie ließen ihn im Auto liegen und beseitigten ihn später. Dann gingen Sie mit Hilfe seiner Schlüssel in die Wohnung und holten sich dort sowohl die Flugpapiere als auch die von seinem Auto. Nicht zu vergessen den Reisepass! So muss es gewesen sein. Er hätte niemals seinen geliebten Mercedes verkauft, sein Schätzchen, wie er es nannte. Das steht zweifelsfrei fest. War es so?“

„Nein!“

„Wie war es dann? Zeigen Sie mir die Kaufunterlagen mit seiner Unterschrift. Klar, dass Sie das nicht können. Also: Ich gewähre Ihnen einen zweiten Erklärungsversuch für Ihre Wahrheit.“

„Herr Kommissar, ich habe ihn bestimmt nicht ermordet. Seine Papiere und die Flugtickets lagen im Auto. Ich war nie in seiner Wohnung. Hören Sie auf, mich zu quälen. Ich habe ja schon zugegeben, dass ich mit dem Auto in die Schweiz gefahren bin. Gut, die Geschichte mit der Anzeige habe ich erfunden. Ich bekam eine anonyme Nachricht, dass ich einen alten Mercedes in Darmstadt, und nicht in Frankfurt, abholen sollte, und das habe ich getan, mehr nicht!“

„Schon wieder unglaubwürdig. Würden Sie auch den Rheinfall in Schaffhausen herunterspringen, wenn Sie jemand per Post dazu auffordert? Sicher nicht. Von wem erhielten Sie die E-Mail und die Autoschlüssel? Am besten, Sie geben mir Ihr Handy, und ich schaue selbst nach.“

„Auch wieder falsch gedacht. Ich fand eines Tages in meinem Postfach in der Firma die entsprechende handschriftliche Notiz in einem neutralen Briefumschlag. Bevor Sie fragen: Ich habe sie sofort vernichtet, genauer: Ich verbrannte sie in dem großen Aschenbecher, der für Raucher vor dem Hintereingang steht. Die Schlüssel nahm ich an mich. Ohne diese hätte ich den Wagen ja nicht abholen können.“

„Noch ein einziges Mal: Von wem stammen diese Notiz und die Schlüssel? Sie hatten doch bestimmt schon eine Vermutung als Sie beides fanden, sonst hätten Sie den Auftrag niemals ausgeführt. Raus damit!“

„Nein, ich habe keinen blassen Schimmer, wer die Objekte dahin gelegt haben könnte. Ich vermutete zunächst, dahinter würde der Besitzer eines Schrottplatzes stecken, an dem ich früher häufiger zum Schrauben war. Aber, er war es nicht. Ich habe ihn gefragt. Ich glaube, jemand wollte mir ganz persönlich einen Gefallen tun. Eigentlich steht der Wagen nur noch in meiner Garage, weil der Interessent abgesprungen ist. Weitere gab es bisher nicht. Ich kann ja keine Anzeige in der Zeitung aufgeben. Jetzt warte ich ab. Er wird von Tag zu Tag wertvoller. Dann bekomme ich auch mehr für ihn. Logisch!“

„Herr Riggellen, wir haben genügend Gründe, um Sie in U-Haft festzusetzen. Dort können Sie sich ausgiebig mit Ihrem Anwalt unterhalten. In der Zwischenzeit werden sich unsere Schweizer Polizeikollegen ein bisschen bei ihren Kumpeln in der Mehlfabrik umhören. Zu diesen muss der Unbekannte einen Bezug haben, wenn er die Notiz in Ihr Fach gesteckt hat. Offen bleibt nur: Woher hatte er die Schlüssel?“

„Wieder falsch gedacht. Ein Firmenkollege könnte für ein paar Franken den Auftrag erledigt haben. Wahrscheinlich kennt er nicht einmal denjenigen, der ihn um diese kleine Gefälligkeit bat. Daran sollten Sie denken.“

„Geben Sie mir bitte keine Ratschläge mehr. Auch Ratschläge sind Schläge. Ich werde durch sie nur immer zorniger und das dürfen Sie dann ausbaden. In Ihrer Zelle haben Sie jetzt reichlich Zeit zu überlegen, wie Sie eine Mordanklage verhindern wollen. Ihre allerletzte Chance! Die Zeit drängt. Die Staatsanwaltschaft ist bereits informiert. – Abführen!“

„Da sehen Sie wieder einmal, Chef, dass es eine absolute Sicherheit nicht gibt. Ich dachte schon: Jetzt hab` ich ihn und er gibt den Mord zu. Pustekuchen! Zwei Verdächtige sitzen in unserem Gewahrsam und trotzdem reichen unsere Beweise nicht aus, um zumindest einen der beiden auch ohne Geständnis, nur mit Hilfe von Indizien, rechtskräftig verurteilen zu lassen. Wenn wir nur endlich die Mordwaffe finden würden. Wir gehen bisher davon aus, dass beide Morde mit der gleichen Pistole ausgeübt wurden. In beiden Leichen steckten Neun-Millimeter-Projektile, die mit hoher Wahrscheinlichkeit aus dem gleichen Schießeisen abgefeuert wurden. Doch von diesem kennen wir nicht einmal die genaue Typenbezeichnung. Es sei ein seltenes tschechisches Model, spekuliert die SPUSI. Das ist zu wenig! Ich rufe nochmals dort an. Sie müssen die Mordwaffe besser eingrenzen. Daran, sie zu finden, wage ich gar nicht zu denken. Ein wichtiges Teil unseres Puzzles ist vom Tisch gefallen und auf dem bunten Teppich des Lebens nicht mehr zu finden.“

„Stimmt! Die SPUSI konnte uns nicht einmal die Pistole beschreiben, mit der die Morde begangen worden sein könnten. – Wir wissen derzeit lediglich sicher: Bekker kennt ALi. Dieser wiederum kennt Riggellen. Der jedoch nicht Bekker. Keiner der drei behauptet die beiden Ermordeten vorher je gesehen zu haben. Ein dürftiges Ergebnis. Ich hoffe, Ihr da draußen, hinter der Scheibe, habt zugehört. Daran trägt jeder einzelne von Euch Mitschuld. Das ist Ihnen hoffentlich klar?“

Rottenbach hielt kurz inne, als würde er auf eine Antwort warten. Doch der Lautsprecher aus dem Nebenraum schwieg.

„Ludwig, wir sollten uns den Motorradfreund aus Herten noch einmal vornehmen, und zwar am besten hier im Präsidium. Wenn er wirklich so eng mit seinem Arbeitskollegen befreundet ist, wie er vorgibt, dann weiß er mehr als er bisher zugegeben hat. Die beiden sehen sich täglich in der Mehlfabrik und außerdem noch beim Motorradfahren an Wochenenden. Da bleibt viel Zeit, sich alles Mögliche zu erzählen. Ihr ach so tolles Motorradgeschäft fand nicht statt. Für mich: Abgehakt! Ich bin mir zunehmend sicher, die zwei stecken unter einer Decke. Hatten beide nicht früher mit Drogenhandel zu tun? Prüfen Sie das noch einmal. Ihre Arbeitsstelle liegt in der Schweiz, nur wenige Kilometer von der Garage entfernt, in der der Mercedes steht. Er muss ihn kennen. Leider wurden von ihm im Wagen bisher keine Fingerprints gefunden? Vielleicht hatte die Suche der Baseler Kollegen mittlerweile mehr Erfolg. Laden Sie ihn auf jeden Fall für Morgen ein."

„Wird gemacht! Für mich kommt noch etwas ganz Individuelles hinzu. Normalerweise sind Menschen für mich wundervolle Wesen. Selbst Verbrecher üben auf mich einen gewissen Reiz aus. Doch es gibt einzelne, wie zum Beispiel dieser Ralf Hirst, die mag irgendetwas in mir nicht. Eigentlich ist das irrational, denn ich kenne ihn nicht wirklich. Er ist gepflegt, stinkt nicht widerlich und hat keine zwei Köpfe. Doch etwas rudimentär Animalisches in mir, lehnt ihn ab. Wahrscheinlich wegen der Art, wie er sich mir gegenüber verhält und wie er mich ansieht. Ich ...weiß ...es ...nicht! Dieser, vom Typus her eher Pykniker, ist mir unsympathisch. – Überhaupt sind die beiden Biker-Freunde ein komisches Paar. Das kleine, vor Muskeln nur so strotzende Kraftpaket und der hagere, gedrungene, fast zierliche Mann mit einem viel zu großen Kopf und Bauchansatz passen nicht wirklich zusammen. Die Liebe zum Motorradfahren aber verbindet sie. Seltsam, oder?"

Ein Weißer sieht schwarz

Willem Bekker ließ es sich gut gehen in seinem neuen Domizil, dem Hotel Jagdschloss Kranichstein in Darmstadt. Inzwischen kannte er fast alle Bediensteten angefangen beim Room-Service bis hin zum Büropersonal gut, und sie kannten ihn, bedienten ihn mit einem an Freundschaft grenzenden Entgegenkommen und mit besonderer Sorgfalt. Schließlich setzte er als der einzige Dauergast im Hotel neue Maßstäbe. Ihnen war nicht entgangen, dass Hotelchef Stefan Eisen es sich nicht nehmen ließ, jedes Mal, wenn sich sein letztlich doch sehr spezieller Gast zum Essen im Gourmetrestaurant Kavaliersbau einfand, ihm ein Glas Champagner auf Kosten des Hauses zu spendieren. Hie und da setzte er sich zu ihm an den Tisch und sie plauderten vergnügt miteinander. Jeder, der die beiden sah, nahm sicher an, niemandem auf der Welt würde es besser gehen als dem Buren. Doch das war buchstäblich ein Trugschluss. Wenn er alleine dort saß, konnte man sehen, wie seine Hautfarbe langsam grauer und die Falten in seinem Gesicht immer tiefer wurden. Hier saß jemand, den großer Kummer plagte, der mit sich und der Welt unzufrieden war. Warum nur? Er hatte doch alles: Ein nobles Auto der Oberklasse, eine luxuriöse Wohnung, feinstes Essen, Wertsachen aller Art und, und, und. Doch etwas einem Dämon Vergleichbares schien auf seinen Schultern zu lasten. Eine unerträgliche, böse Macht beherrschte ihn. Herr Eisen war einer der Wenigen, die wussten, wie es wirklich um den steinreichen Mann aus dem Süden Afrikas stand.

Vor ein paar Tagen, als Bekker, entgegen seinen sonstigen Gewohnheiten, sich zum Abendessen eine zweite Flasche des vorzüglichen Rheingauer Riesling genehmigte, setzte sich Eisen, mit einem Glas Bordeaux in der Hand, zu dem etwas weinselig dreinschauenden Stammgast an den Tisch.

„Ach, mein lieber Freund“, begann dieser seine leise Ansprache. „Ich träume von schönen, leider vergangenen Zeiten, als ich noch verliebt war und alle Irrungen des Lebens und sogar die Zeit ausblenden konnte. Damals habe ich meine Brigitte geheiratet und schwebte im siebten Himmel. Sie war die Liebe meines Lebens. Doch, wie das immer so ist, das Edelsteingeschäft hatte mich bald danach schon wieder in seinen brillantbewehrten Krallen. Ohne es zu bemerken, vernachlässigte ich meine sehr geliebte Frau sträflich. Ich dachte, wenn sie nur genügend Geld hat, sich jede Annehmlichkeit und allerlei Abwechslung leisten kann, dann wäre alles in schönster Ordnung. Ich war ein Idiot. Selbst als sie mich zum fünften oder sechsten Mal bat, den nächsten Urlaub doch in Deutschland zu verbringen, fiel mir ihre innere Einsamkeit nicht auf. Schließlich sprach sie von Scheidung und ich verstand immer noch nichts, überhaupt nichts. Aus heutiger Sicht eine unbegreifliche Verhaltensweise meinerseits, finden Sie nicht auch?“

Eisen sah ihn lange an und nickte vielsagend. Obwohl Bekker den Sachverhalt aus freien Stücken erzählt hatte, fühlte er sich wie ein Spanner, der heimlich ein Liebespaar beobachtet. Er trug sich mit dem Gedanken, schnell wieder aufzustehen und zu verschwinden. Das blieb seinem Gegenüber nicht verborgen. Mit seiner rechten Hand drückte er ihm so fest auf den Unterarm, dass er nicht aufstehen konnte. Gleichzeitig fuhr er fort, weitere persönliche Geheimnisse zu lüften. Offenbar hatte er an diesem Tag das dringende Bedürfnis, sein tiefstes Innerstes einem eigentlich Fremden gegenüber offenzulegen.

„Ja und dann ist es passiert. Meine Frau ließ sich von mir scheiden. Ich dachte noch zynisch: `Besser ein Ende mit Schrecken als ein Schrecken ohne Ende´. Mit diesem Klischee zog ich mich aus der Verantwortung. Ich beschleunigte sogar den bürokratischen Vorgang durch ein paar Rand an der richtigen Stelle, weil ich nur noch im Sinn hatte, sie möglichst schnell loszuwerden. Stellen Sie sich mal vor: Ich ließ die Liebe meines Lebens ziehen und war sogar noch stolz darauf. Sie verlangte weder Geld noch Liegenschaften von mir, sondern wollte stattdessen lediglich in den Scheidungspapieren vermerkt wissen, dass ich mich in Zukunft von ihr fernzuhalten habe. Briefe, Anrufe, Verabredungen und Wiedersehen sind mir seitdem verboten. Erst als ich wieder allein zuhause in meinem schönen großen, weiß strahlenden Haus im Wohnzimmer saß und mir einen Malt genehmigt hatte, wurde mir bewusst, wie sehr ich sie für mein Glück brauche. Mit jedem Glas Whisky wurde dieses Gefühl stärker und selbst am nächsten, reichlich verkaterten Morgen konnte ich es noch deutlich spüren. Der ganze Alkohol besaß nicht die Kraft, es verschwinden zu lassen. Ich stürzte mich in die Arbeit mit kostbaren Mineralien, versuchte zu vergessen. Doch, in jeder freien Minute, was sage ich: Sekunde, dachte ich an sie. Wie sehr ich das heute noch tue, das sehen sie daran, dass ich nach Deutschland gezogen bin, nur um sie in Reichweite zu wissen, Das ist verrückt, wo ich ihr doch nicht näher als 200 Meter kommen darf. Ich bin verzweifelt. Alle Ablenkungsmanöver, wie zum Beispiel die Organisation des Skulpturenparks hier in Ihrem schönen Hotelpark, nutzen nichts. Ohne Brigitte kann und will ich nicht weiterleben."

„Aber, aber, mein Lieber! Es wird doch einen Weg geben, sich mit ihr unverbindlich auszutauschen. Haben Sie zum Beispiel schon einmal hinterfragt, ob Ihre Abmachungen im Scheidungsvertrag auch hier für die deutsche Polizei Gültigkeit hat? Nein? Versuchen Sie es baldmöglichst zu klären und hören Sie auf, sich selbst zu quälen. Selbstkasteiungen überlassen Sie besser den Mönchen und den Eremiten. Sie gehören quasi zu deren Beruf, aber keinesfalls zu Ihrem, gell! Überlegen wir doch einmal gemeinsam, welche weiteren Möglichkeiten zur Kontaktaufnahme sich anbieten könnten. Ich helfe Ihnen."

„Danke für das Angebot. Sie haben gut reden. Es betrifft Sie ja nicht. Aber mich! Ich weiß weder ein noch aus. Sie will nichts mehr von mir wissen, will mich nicht einmal mehr sehen. Ich bin darüber sehr sauer, verstehen Sie?“

„Genau deswegen entwickeln wir jetzt einen Schlachtplan. Einverstanden?“

„Ja, gut! Ich habe bereits mit Hilfe der Nachbarin versucht, ein Zusammentreffen einzufädeln. Doch Brigitte lehnte jedes Mal ausdrücklich ab. Manchmal stehe ich in meinem Auto versteckt vor ihrem Haus, nur um sie für einen kurzen Moment zu sehen. Wenn sie dann erscheint, überfällt mich eine nicht wirklich zu erklärende Angst. Ich wage es einfach nicht, auf sie zuzugehen. Sie könnte nämlich meine Ausweisung bewirken, glaube ich. Dann wäre alles vorbei. Also lasse ich es lieber. Ach so, da wäre noch etwas: Ingeborg, ihre früher beste Freundin, erzählte mir, dass Brigitte sich neuerdings intensiv mit Philosophie beschäftigt. Sie sei aus diesem Grund nicht mehr die Frau, die ich einmal geheiratet hatte. Es will mir nicht in den Kopf, was meine Ex mit diesem geistigen Höhenflug erreichen will. Ich dachte schon, ich müsste mich, um sie besser zu verstehen, ebenfalls in diese mir gänzlich unbekannte Materie einarbeiten. Letztlich ist mir völlig egal, wie wir uns wieder näherkommen. Die Hauptsache ist: Es klappt. Jedes Mittel ist mir recht. Ich ging deswegen in die Unibibliothek in der Stadtmitte und rief im Computer die Schlagworte ‚Philosophen‘ und ‚Glück‘ auf. So habe ich gelernt, dass es in unserem Sprachgebiet zwei Bedeutungen von Glück gibt. Erstens: Das Zufallsglück! Es betrifft äußere Güter und Lebensumstände, die wir nur bedingt beeinflussen können. Wir haben eben Glück, oder nicht! Zweitens: Das Glücklich sein! Es hängt von unserer inneren Einstellung ab, die sich durchaus steuern lässt. Somit kann Glück auch eine Frage des Wollens sein. Aber, Wollen und Können sind sehr von unserem Umfeld abhängig. Okay?“

„Ich bin kein Philosoph, weiß aber, dass man Glück nicht selbst erzeugen kann. Es stellt sich ein... oder nicht. Wenn wir Gutes tun, steht es häufiger für uns bereit, habe ich mal gehört."

„Herr Eisen, kann ich glücklich sein, obwohl ich derzeit kein Glück bei meiner Brigitte habe? Ich denke: nein! In der Unibibliothek habe ich in dicken Büchern von den alten Griechen rumgeblättert und einzelne Abschnitte gelesen. Schwere Kost! Immerhin habe ich verstanden, dass wir nur an unserer inneren Einstellung etwas ändern können, an den Lebensumständen wenig. Alles Zufall oder Kismet, wie die Araber denken? Ich weiß es nicht. Jetzt versuche ich nicht zu verzagen trotz der Unannehmlichkeiten, die mir von Brigitte und meinem Sohn Florian entgegenschlagen. Den Philosophen entsprechend sollte ich mir dafür aber eine stoische Gelassenheit zulegen. Doch das will mir selbst mit größten Anstrengungen nicht ohne Weiteres gelingen. Ich schaffe es nicht, ein Lebensglück zu empfinden, zu verstehen oder anzuregen, das von mir alleine abhängt. Glück zu haben und glücklich zu sein sind eng miteinander verbunden. Wenn ich es schaffe, glücklich zu sein, dann ist auch mein Unglücklich sein vorbei. Dabei können mir, glaube ich, keine Psychologen helfen, sondern nur Menschen wie Sie. Sind Sie glücklich?"

„Nun ja, wie man will. Glück ist in meinen Augen nie vollkommen, es sei denn, man bekommt es von Gott geschenkt. Von seiner Gnade hängt unser Glück ab. Die Religion verspricht aus diesem Grund sehr bewusst das vollständige Glück erst im Jenseits. Darauf will ich nicht warten. Es dauert mir zu lange. Ich nehme mein Glück selbst in die Hand Das wäre auch mein Ansatz zur Lösung Ihrer verzwickten Situation. Sie müssen dem Glück auf die Sprünge helfen. Frage: Hat Ihre Ex eigentlich einen neuen Verehrer?"

„Ja, und den kenne ich sogar. Er ist Flugkapitän bei der Lufthansa. Wir wollten uns vor ein paar Monaten schon zu dritt in Zürich treffen.

Doch das Date zerschlug sich aus für mich nicht nachvollziehbaren Gründen. Seitdem rufe ich ihn nicht mehr an. Er ist mein Rivale. Er glaubt, ihm alleine würde meine Brigitte gehören. Das macht mich rasend. Wenn ich an ihn denke, schäume ich innerlich vor Wut. Ich habe schon daran gedacht, ihn umzubringen. Aber, psssst, kein Wort davon, bitte!"

„Schade! Ich hielt bis eben ein Treffen zu dritt für eine geradezu brillante Idee und hätte mich gerne als Vermittler angeboten. Vielleicht sollten wir es noch ein letztes Mal versuchen. Sie geben mir die Nummer Ihrer Verflossenen und ich kümmere mich dann bis ins Detail um alles Notwendige. Ich besitze eine gewisse Erfahrung im Kitten von Beziehungen, müssen Sie wissen."

„Das funktioniert nicht. Ihr Vorschlag ist, mit Verlaub, lächerlich und völlig unmöglich. Ich kenne meine Ex und weiß aus langjähriger Erfahrung, wie sie tickt. Ein aussichtsloses Unterfangen, sagt mir meine Einsicht. Ich werde gerade wieder zu dem Realisten, der ich früher einmal war, bevor ich sie kennen lernte. Aus welchem Grund sollte sie jetzt endlich ja zu einem Treffen sagen? Wie? – Nein, nein, nein! Das ist eine Schnapsidee, entsprungen einer Weinlaune, mehr nicht: Okay!"

„Doch, ja – vielleicht so oder so ähnlich könnte es dennoch funktionieren. Ich bin seit einigen Jahren Mitglied im Lions-Club, Rüsselsheim. Das wird Ihre Ex interessieren oder zumindest neugierig machen. Ich verspreche ihr eine Mitgliedschaft in diesem erlesenen Verein. Dieses Angebot wird sie sicher nicht ausschlagen. Lions kennt sie bestimmt aus Kapstadt. Sie könnte auch hier wieder in Charity-Programmen mitwirken, wie früher. Sie, Herr Bekker, müssten dann allerdings, ebenfalls wie früher, fürs Erste als Sponsor auftreten. Die brauchen wir sowieso immer. Gemeinsame Aktivitäten verbinden und führen eventuell sogar zu einem neuen Miteinander.

Was halten Sie von dieser Idee? Einen Versuch ist es wert. Lassen Sie sich all diese Punkte noch einmal durch den Kopf gehen. Okay?“

Bekker zögerte kurz. Dass der Hotelier „Okay“ genau in seinem Tonfall aussprach, ließ ihn schmunzeln. Bevor er ihm dann allerdings die Smartphone-Nummer seiner ehemaligen Gattin aushändigte, erstarrte sein Gesicht zu einer Maske. Er riss den Notizzettel wieder an sich und fixierte seinen Gesprächspartner. Von jetzt auf gleich wirkte er nicht mehr weinselig, sondern stocknüchtern und sehr entschlossen.

„Wenn ich erfahren sollte, dass Sie auch nur ein Sterbenswörtchen von diesem Gespräch gleichgültig an wen weitergeben, dann bringe ich Sie eigenhändig um. Das ist für mich kein Spaß! Verstanden? Gut, hier die Nummer und vielen Dank, dass Sie mir Ihr Ohr liehen. Ich weiß das zu schätzen.“

Sie verabschiedeten sich mit einem festen Händedruck und einem tiefen Blick in die Augen. Hier war eine Allianz der besonderen Art entstanden, in Anbetracht des Namens sogar eine „eiserne“, gewissermaßen.

Bekker bestellte sich noch einen letzten Drink. In seinem Kopf schwirrten unfertige Gedanken wie ein Kabelsalat durcheinander. Dieser ist in seinen Augen schon immer das perfekte Symbol für Durcheinander: Kein Anfang, kein Ende und mittendrin ein großes Kuddelmuddel, das sich umso mehr verwirrt, je mehr man die Verknotungen beginnt, einzeln zu lösen. Gäbe es eine Abfalltonne für Hirngespinste, er würde sie jetzt nutzen, um den Unrat hineinzuwerfen, ohne ihn zu entwirren, nur um ihn zu vergessen. Aber eine solche, eigentlich finale Lösung gab es nicht. Dabei heißt es doch so treffend: „Wer will, der findet Wege. Wer nicht will, findet Gründe!“ Doch er konnte weder das eine noch das andere in sich entdecken. Sein Hirn war wie vernagelt. Daran änderten auch der zweite und der dritte letzte Drink nichts.

Hektische Handlungen führen oft nur zu unsinnigen Ergebnissen. Bestes Beispiel dafür ist die Reaktion von Autofahrern. Ein gerade Geblitzter legt unwillkürlich danach eine Vollbremsung auf der Straße hin. Das bringt zwar nichts mehr, aber fast jeder tut es. Folglich lautete das oberste Gebot für ihn: Ruhe bewahren! Stoische! Doch wie lange eigentlich noch? Unter den mitleidigen Blicken des Personals stand er langsam auf und verließ, freundlich mit dem Kopf nickend, das schon mehrfach ausgezeichnete Gourmet-Restaurant. Er hoffte, in seinem Bett die dringend benötigte Entspannung zu finden. Quälende Gedanken begleiteten sein Einschlafen. Wo war er nur geblieben, der grenzenlose Optimismus früherer Jahre. Verschwindet er einfach naturgegeben mit dem Alter?

Die Schlinge zieht sich zu

Ralf Hirst hatte im Vernehmungsraum Platz genommen. Er war mit dem Zug angereist und per Taxi ins Präsidium gekommen. Dass man seine Aussagen in zwei Mordfällen unbedingt benötigen würde, wollte er partout nicht kapieren. Auch die genaue Erklärung des Unterschieds zwischen Zeuge und Verdächtiger am Telefon schien er nicht zu verstehen. Nach außen ließ ihn das Vorgehen der Polizei kalt, obwohl sein Inneres seit der Vorladung kochte. Verunsichert und ängstlich sprach er mit keinem darüber. Es konnte sich nur um einen Irrtum handeln. Als Mechatroniker in einer Mehl produzierenden Firma war Kommunikation für ihn sowieso die Ausnahme. Seine Gesprächspartner waren die Maschinen. Weil er das genau wusste, hatte er schon zu Hause Antworten für das ungewohnte Gespräch mit den Kriminalbeamten schriftlich vorformuliert. Während seiner Anreise ließ er sie in Gedanken immer wieder revuepassieren. Was sollte ihm jetzt noch passieren? Beweise für ein

Fehlverhalten seinerseits hatten die Darmstädter mit Sicherheit nicht, sonst hätten sie ihn längst als Verdächtigen vorgeladen. Er zuckte zusammen, als Ludwig und Liesegang den Raum betraten und ohne lange Vorrede mit dem Interview begannen.

„Herr Hirst, mein Name ist Hauptkommissar Ludwig. Den Kollegen hier kennen Sie ja schon. Wie Sie bereits informiert wurden, benötigen wir Ihre Unterstützung bei der Suche nach einem oder zwei Mördern. Unsere erste Frage betrifft Ihren Arbeitskollegen Johan Riggellen. Sie sind mit ihm befreundet. Sie beide verbindet die Liebe zum Motorradfahren. Ist das richtig soweit?“

Er nickte etwas irritiert. So hatte er sich eine Befragung bei der Polizei nicht vorgestellt. Bevor er mit einem seiner ausgearbeiteten Sätze beginnen konnte, fuhr Ludwig mit seiner gezielten Befragung fort.

„Waren Sie Anfang Mai dieses Jahres in Frankfurt?“

„Nein, war ich nicht.“

„Später auch nicht?“

„Nein, ich war noch nie in meinem Leben in Frankfurt. Was soll die Fragerei?“

„Kennen Sie den alten Mercedes, der in der Garage Ihres Freundes in der Schweiz steht? Er trägt ein deutsches Kennzeichen mit Zusatz H, weil er ein Oldtimer ist. Wie kam er dorthin?“

„Das weiß ich doch nicht. Danach müssen Sie Johan fragen und nicht mich.“

„Wir fragen aber Sie, weil wir annehmen, dass Sie mit diesem Auto eine Leiche transportiert haben? Überlegen Sie sich Ihre Antwort gut, denn wir können nach langem Suchen einwandfrei beweisen, dass Sie in diesem Auto saßen. Ihre Fingerprints haben unsere Schweizer Kollegen am Gelenk der Sonnenblende ausgemacht. Sie verstehen: Ihre! Waren Sie es selbst, der einen Toten im Kofferraum transportierte?“

„Blödsinn! Ich weiß von keinem Toten. Ergo-also habe ich auch keinen befördert.“

Lieses Smartphone klingelte. Er stand auf und ging ein paar Schritte vom Tisch weg, angestrengt beobachtet von seinen beiden Interviewpartnern. Dann kehrte er mit vielsagendem Lächeln auf seinen Platz zurück. Er ließ dabei den Verdächtigen nicht aus den Augen, starrte ihn an wie ein Raubtier, das seine Beute auf keinen Fall verlieren darf. Dieses sehr bewusste Verhalten des Kommissars zeigte prompt Wirkung. Eine vorher nicht feststellbare Nervosität, war nicht zu übersehen. Die Spannung im Raum stieg. Was hatte das Telefonat Wichtiges ergeben? Die beiden Beamten nickten sich kurz zu, bevor sie ihre Position wechselten. Die Befragung war nun von anderer Qualität.

„Alles klar. Herr Hirst, alles klar! Sie waren im Mai in Deutschland, also in Frankfurt und später noch einmal Ende September, dann aber in Darmstadt. Ist das richtig, oder wollen Sie weiterhin leugnen?“

„Nein, war ich nicht!“

„Doch, waren Sie. Die Tickets der Bahn haben unsere Freiburger Kollegen soeben auf Ihrem PC gefunden. Rausreden ist zwecklos, da Ihr Name darauf steht. Was haben Sie in Frankfurt, respektive Darmstadt, gemacht?“

„Nichts! Ich weiß sicher, dass ich nicht dort war. Ergo-also kann ich Ihnen auch keine Auskunft geben. Hören Sie auf, mich noch länger zu belästigen. Ich komme mir schon vor wie ein Schwerverbrecher."

„Der sind Sie nicht, oder vielleicht: Noch nicht! Ihre DNA fand man auf der Innenseite des Kofferraumdeckels. Dort sind Sie beim Hineinbeugen mit Ihrer schweißnassen Stirn dran gestoßen. Was haben Sie ein- beziehungsweise ausgeladen? Reden Sie endlich! Wahrscheinlich werden die Kollegen, die gerade Ihre Wohnung auf den Kopf stellen, noch weitere Beweise zu Tage fördern. Sagen Sie uns, warum Sie mit dem Auto gefahren sind und wann Sie in der Garage waren. Danach können Sie gehen. Wenn Sie das nicht tun, bleiben Sie heute Nacht unser Gast."

„Könnte ich mit Johan sprechen oder telefonieren. Vielleicht erinnert er sich. Ich jedenfalls habe da gerade eine Gedächtnislücke. Sie können ihn aber auch selbst befragen. Wann ich in seiner Garage war, weiß er mit Sicherheit. Sein Gedächtnis ist deutlich besser als meines. Er nimmt täglich Tabletten zur Stärkung seines Gehirns, müssen Sie wissen."

„Gut, wenn Sie es so wollen. Abführen! Keinesfalls eine der Zellen neben den beiden anderen geben. Verstanden?"

Es dauerte danach noch ein paar Stunden, bis endlich ein Beamter der Freiburger SPUSI anrief. Er vergewisserte sich, dass die Tickets der Bahnfahrten aus dem PC von Hirst angekommen waren und begann über weitere bisherige Ergebnisse zu informieren, um den bisher unbefriedigenden Beweisvorgang gegen den Mechatroniker beschleunigen zu helfen.

„Den wichtigsten Fund machten wir hinter der Holzverschalung im etwas größeren Wohnzimmer von Hirsts Zwei-Zimmer-Wohnung. Drei Bündel Geld à 1.000.- Euro, alles in Hunderter Scheinen.

Fragen Sie ihn, woher es stammt. Für einen Auftragsmord ist das viel zu wenig. Wir fragten uns, wieso er es so sorgfältig versteckte und nicht zur Bank trug? Vielleicht, weil es Schweigegeld ist? Seine zwei Konten bei Sparkasse und Volksbank sind unauffällig. Vielleicht besitzt er noch ein drittes in der Schweiz, von dem wir nichts wissen."

Die von Rottenbach so geliebte SPUSI hatte sich in der Zwischenzeit bei ihm gemeldet. Im Auto von Peter Pischkowsky, das bereits vor geraumer Zeit herrenlos auf dem großen Parkplatz bei Merck gefunden und gleich darauf untersucht worden war, hatte man zuerst nur Fingerabdrücke des Besitzers nachgewiesen. Eine zweite intensivere Suche ergab jedoch noch zwei UFPs (**U**nidentified **F**inger **P**rints), die niemandem zugeordnet werden konnten. Leider kam damals keiner auf die Idee, die Schweizer Kollegen um einen Abgleich zu bitten. Sie hätten zumindest in einem Fall weitergeholfen. Jetzt holte ein Kollege das Versäumnis nach, indem er diese UFPs denen von Riggellen und Hirst gegenüberstellte. Er hatte Erfolg. Sie müssen beide in diesem Wagen gesessen haben. Ob sie es waren, die ihn gegenüber der Firma Merck abgestellt hatten, blieb unklar. Außerdem hatte ein Abgleich der Erdrückstände aus den Reifenrillen mit der Erde vom Backhausteich ergeben, dass dieses Gefährt dort gewesen sein musste. Trotz gründlicher, mehrfacher Untersuchungen konnte jedoch kein Hinweis auf die Beförderung einer Leiche gefunden werden. Man nimmt an, weil sie in eine dichte Plastikfolie eingewickelt war. Die Feinarbeiten gehen weiter, könnten also noch weitere Beweise zu Tage fördern.

Rottenbach begann laut vor sich hin zu denken: „Wenn wir jetzt noch die Mordwaffe fänden, könnten wir den Mörder überführen. Zieht man das in der Feldscheuer gefundene Mehl in die Überlegungen mit ein, ergibt sich für mich ein beinahe schon glasklares Bild: Man hatte Pischkowsky nach Einweihung des Skulpturenparks erneut in die Scheune bestellt, um ihm dort das restliche Geld für den

Transport der Bildhauereien und für das Einmauern des Hans-Werner Weis bar auszuhändigen. In der Annahme, von seinem Auftragsgeber den versprochenen Betrag zu erhalten, ging er, wie verabredet, in die Feldscheuer, wo ihn die beiden Mehlhersteller empfingen und töteten. Danach rollten sie ihn in eine schwarze Folie ein und brachten ihn bei Nacht und Nebel in seinem Auto zum Backhausteich. Sie gingen sicher davon aus, die Bank als Gewicht würde dafür sorgen, dass er nie mehr auftauchen könnte. Er musste auf Nimmerwiedersehen verschwinden, egal wie. So muss ihr Plan gewesen sein. Doch der ging bekanntlich schief. Wir hievten ihn heraus. Bleibt die Frage: Wo ist die Mordwaffe geblieben? Wir sollten nach dieser noch einmal den Grund des Sees absuchen lassen. Vorher rufe ich noch bei Rainer in der Gerichtsmedizin an. Vielleicht weiß man dort inzwischen mehr."

Sein Freund, Dr. Rainer Zeil, der Leiter der Abteilung, war dummerweise gerade aushäusig. So erfuhr er von dessen Stellvertreter, dass sowohl die teilweise verweste Leiche aus der Skulptur als auch die aus dem Teich immer noch nicht freigegeben werden konnten. Geklärt ist bislang nur, dass die tödlichen Projektile aus der gleichen Waffe stammen. Das bedeutet, dass die beiden Morde sehr wahrscheinlich zusammenhängen wie die Glieder einer Kette. Eher unwahrscheinlich schien, dass zwei verschiedene Menschen die gleiche Pistole verwendet hatten. Nach ersten Erkenntnissen wurde der Flugkapitän aus nächster Nähe erschossen. Ein aufgesetzter Schuss, leider ohne jeden Nachweis von Pulverrückständen oder Schmauchspuren, wie zu erwarten gewesen wäre. Wahrscheinlich wurde durch die später vernichtete, dicht gewebte, dicke Uniform hindurch gefeuert. Gewebereste von dieser waren jedoch nirgends zu entdecken. Wo die restlichen Kleidungsstücke geblieben sind, bleibt ein Rätsel. Derzeit forschen die Mediziner noch, gemeinsam mit der SPUSI, nach Treibgasrückständen, die bei einem solchen Schuss in den Wundkanal eingedrungen sein müssten. Den Maurer hatte man aus etwa zwei Metern Entfernung in gebückter Haltung oder kniend von hinten niedergestreckt, ähnlich wie bei einer Hinrichtung. Der Schmutzring rund um den Einschuss und der deutliche Schmauchhof beweisen es eindeutig. Die Projektile stammen aus einer ziemlich alten Waffe tschechischen Ursprungs, eventuell aus dem Ersten Weltkrieg. Mehr war bisher nicht auszumachen.

Mit der Hand sein Kinn reibend, dachte Rottenbach halblaut weiter: „Also eventuell zwei Killer. Hm! Sollte aber Pischkowsky in Unkenntnis der richtigen Person fälschlicherweise den Piloten Weis erledigt haben, dann müssten wir nur noch nach einem Mörder Ausschau halten. Der zweite war ja schon der eigenen Geldgier zum Opfer gefallen. Aber, wie können wir das beweisen? In seiner Wohnung in Kassel, beziehungsweise auf seinem Konto, wurden viel zu wenige Euro gefunden. Für eine derart geringe Killerprämie würde niemals jemand einen anderen umbringen. Handelte es sich dabei eventuell nur um den Fuhrlohn für die Skulpturen von Hamburg nach Erfelden in die Feldscheuer? Das wäre denkbar. Um den gesamten Vorgang bestens zu verschleiern, könnte es wichtig gewesen sein, die Übergabe des restlichen Killerlohnes zeitlich von der Tat zu trennen. Vier Monate Abstand gäben auch genügend Zeit, die Übergabe penibel vorzubereiten. Bei einem Mord wie diesem, muss eine hohe Geldsumme fließen. 300.000.- Euro oder mehr. Eher mehr! Den fälschlicherweise Erschossenen hatte er später, eventuell ohne weitere Bezahlung, selbst beseitigt, um seinen tragischen Fehler wieder gut zu machen. Wenn diese Überlegungen stimmen, sind mehrere 100.000.- Euro das Minimum. Aber, würde ein wie auch immer gearteter Auftragsmörder freiwillig fast vier Monate auf sein Geld warten? Seeehr unwahrscheinlich! Wie sonst könnte sich die Geschichte abgespielt haben? Es fehlen noch hochkarätige Beweisstücke, insbesondere die Tatwaffe."

Derart selbst getröstet, machte der Polizeidirektor wieder einmal einen Rundgang durch die Büros der SOKO.

Er schaute sich die Röntgenbilder mit den Projektilen an, die immer Bestandteil der Autopsie sind, ließ sich gezielt ausgewählte Zeugenaussagen und Vernehmungsprotokolle erläutern und vertiefte sich in die Bilder der wahrscheinlichen Tatorte genau so intensiv wie in die wenigen Originalaufnahmen aus dem Leben der Opfer. Insbesondere die Fotografien von den vermutlichen Verbrechern hatten es ihm angetan. Die Rätsel um die Tat, insbesondere das mögliche Motiv und die Hintergründe von Tätern und Opfern, blieben für ihn, auch nach vielen Jahren im Amt, so spannend wie am ersten Tag. Das Böse lauert auch in diesen beiden Fällen, bisher von ihm und seinen Leuten unerkannt, weil nicht vorstellbar, in unmittelbarer Nähe. Da war er sich sicher.

Vielleicht kitzelte ihn aus genau diesem Grund die Idee eines Mitarbeiters besonders, der vorschlug, die drei derzeit wegen Tatverdacht Einsitzenden, in einen Raum zusammenzubringen und ihnen einfach zuzuhören, ohne dass sie es bemerken. Diese Idee hatte er selbst schon einmal entwickelt, aber wegen innerer Zweifel wieder verworfen. Wenn die jetzige Theorie stimmt, dann wird sich, binnen kurz oder lang, einer der drei eine Blöße geben. Diesen Vorgang könnte man noch beschleunigen, wenn es gelänge, Zwietracht zwischen ihnen zu säen. Geld, das bei einem gefunden wurde, oder auf das Konto eines anderen überwiesen wurde, weckt Neid und Missgunst. Jeder will den größten Anteil vom Kuchen haben, der bei einem Auftragsmord immer gebacken wird. Das wäre perfekt. Alle Ermittler, die bisher mit Abraham Lincoln (ALi), Johan Riggellen oder Ralf Hirst zu tun hatten, gingen davon aus, dass einer der drei der gesuchte Killer ist. Jetzt war ihr analytisches Denken gefordert. Sie waren sicher, dass ihre Voraussagungen in diesem ungewöhnlichen Versuch bestätigt würden. Auch der Hauspsychologe sollte als „Mann vom Fach“ nach diesem Experiment sein Urteil abgeben.

Doch dieser war nicht gerade beliebt bei seinen Kollegen, da er schon oft mit Aussagen wie der folgenden als „Reichsbedenkenträger“ aufgetreten war: „Wie Sie wissen, sind wir in der Kriminalistik nicht frei von Erfindungen oder freien Konstruktionen. Es ereignen sich einfach zu viele Vorfälle, fantasievolle Schilderungen einzelner Personen, Dialoge und frei erfundene Gedanken, die die Fantasie geradezu herausfordern. Das missfällt den Richtern, die darauf basierend natürlich kein Urteil fällen können. Ich bleibe skeptisch, aber bin auf diesen Feldversuch gespannt. Mit etwas Glück sagt einer das berühmte Wörtchen zu viel. Wir erfassen es auf einem Tonträger und haben somit den Beweis, der zur Verurteilung führt. Prima!“

Rottenbach nickte. „Bereiten Sie sich gut vor, meine Damen und Herren. Morgen früh um neun Uhr steigt die Party. Ich wünsche uns gutes Gelingen.“ Dann setzte er seinen Rundgang fort.
Sein letzter Besuch galt den Kriminalkommissaren Kraft und Mehl. Die beiden empfingen ihn mit einem breiten Lächeln. Sie glaubten eine unschlagbare Idee entwickelt zu haben.

„Wir wollten Sie schon längst aufgesucht haben, Chef, aber Sie waren nicht in Ihrem Büro. Selbst Schöffele wusste nicht, wo Sie sich \`rumtreiben´. Jetzt sind Sie hier. Wir freuen uns, Ihnen mitteilen zu können, dass wir einen neuen Gesichtspunkt beweisen können. Wir gingen nämlich mit einem Bild von Pischkowsky zu Bauer Dörr und seiner Frau in Erfelden. Den beiden sagten wir auf den Kopf zu, dass sie uns bisher belogen hatten. Wir behaupteten, sie würden den Maurer, entgegen ihrer bisherigen Aussagen, sehr wohl kennen. Als wir unsere Weisheit mit der Aussage eines imaginären Zeugen begründeten und erklärten, dass sie durch ihre Lüge Beihilfe zu einem Schwerverbrechen geleistet hätten, das unweigerlich mit Knast bestraft werden würde, knickten sie ein. Sie gaben zu, dass es Pischkowsky war, der die Skulpturen angeliefert hatte und dass sie ihn später noch einmal beim Arbeiten in der Feldscheune besuchten.

Was er dort genau machte, konnten sie angeblich nicht richtig sehen. Sie wussten aber, dass er eine der Skulpturen mit einer Flex oder einem ähnlichen Gerät bearbeitete, vielleicht polierte. Der Lärm und der von einer Figur aufsteigende Staub waren eindeutig einer solchen Maschine zuzuordnen. Sie glaubten, sich mit diesem Geständnis von aller Schuld reingewaschen zu haben."

„Was natürlich nicht stimmt. Wie viel Geld haben sie für ihr Schweigen bekommen? Und eigentlich noch viel wichtiger: von wem?"

„Ja, das haben wir sie auch gefragt. Sie behaupteten, für ihr Schweigen keinen müden Euro extra erhalten zu haben. Dafür hätte, wie wir bereits wissen, Herr Bekker die Miete für die Scheuer deutlich erhöht. Mehr war da nicht!"

„Das glaube ich den beiden niemals. Bauern sind bekannt für ihre Schläue. Gehen Sie noch einmal zu ihm und finden heraus, ob er noch weiteres Geld in Cash heimlich unter der Hand, bekam. Dieses Vorgehen kennen Bauern von Grundstücksverkäufen. Der offiziell genannte Preis pro Quadratmeter ist oft nicht der wahre. Schon vor der notariellen Beglaubigung sind Gelder in bar geflossen, von denen nur der Verkäufer und der Käufer wissen. Letztere bezahlen Voraussumme, weil sie ansonsten das begehrte Grundstück vom Bauer nicht bekommen würden. Also finden Sie heraus, ob es bei Bekker ebenso der Fall war."

„Sofort! – Ist doch toll, dass wir jetzt wissen, welcher unserer Verdächtigen unbedingt verhindern wollte, dass die zentrale Rolle des Peter Pischkowsky bekannt wird. Für uns ist der gut situierte Südafrikaner zweifelsfrei der Auftraggeber für die Morde. Wir kennen nur noch nicht sein wahres Motiv."

Das Experiment

Von diesem Vorgang wussten am nächsten Morgen nur der Leiter der SOKO und sein Stellvertreter. Pünktlich um neun Uhr öffnete sich die Tür zum Vernehmungsraum und ALi kam in Begleitung eines Uniformierten herein. Ohne erkennbare Gemütsregung setzte er sich auf den etwas seitlich stehenden einzelnen Stuhl neben den Tisch. Er kontrollierte das Standmikrofon und stellte es auf „Aus“. Kurz darauf erschienen Riggellen und Hirst, ebenfalls mit Bewacher. ALi nickte ihnen kurz zu, ohne aufzustehen und vertiefte sich in die Betrachtung seiner Fingernägel. Die beiden anderen begrüßten sich mit einer Umarmung. Hirst war anzusehen, dass ihm etwas auf dem Herzen lag.

„Johan, sag mir, was war damals in oder bei Darmstadt? Dort hast du doch nur den alten Mercedes geholt. Weiß das die Polizei etwa nicht?“

„Natürlich wissen die das. Rede jetzt besser nicht so viel. Ich denke, man beobachtet uns genau und hört jedes Wort, das wir sagen.“

ALi blickte kurz hoch und deute mit seinem Zeigefinger an, dass er das Mikro ausgeschaltet hatte. Da er aber selbst kein Wort sagte, hüllten sich auch die beiden anderen in Schweigen, bis Hirst ungeduldig fragte:

„Hallo, Sie! Mein Name ist Ralf Hirst. Ich komme aus Herten bei Rheinfelden in Süddeutschland. Und wer sind Sie? Warum sind Sie hier? – Johan, kennst du diesen Herrn?“

Der zuletzt Angesprochene zuckte nur seine Schultern, während dem anderen die Zimmerdecke wichtiger schien als eine Antwort auf die gestellten Fragen. Eine eigentümliche Atmosphäre breitete sich im Raum aus. Den faszinierten Zuschauern hinter dem Spiegel wurde klar: Hier saßen zwei mit allen Wassern gewaschene Profis und ein Gelegenheitskrimineller. Dieser gab nicht locker:

„Also, wer sind Sie?“

„Shut up! You silly fool.“

„Aha, Sie können kein Deutsch. Gut, dann lassen wir das mit der Konversation. Mein Englisch ist seit der Schulzeit etwas verkümmert.“ Zu seinem Freund gewandt, fuhr er fort: „Was tun wir in der Zwischenzeit? Scheint ja keiner der Bullen für uns Zeit zu haben. Eigentlich könnten wir auch gehen. Was halten Sie davon, meine Herren in Uniform?“

Keine Antwort ist bekanntlich auch eine. Fußspitzen, Decke oder die Hände betrachten war wohl jetzt angesagt. Das gefiel Hirst überhaupt nicht, und er verlangte nach einem Anwalt. Ohne Erfolg! Die Situation wurde von Minute zu Minute grotesker. Der von den Kripobeamten gewünschte Erfolg stellte sich jedoch nicht ein. Die Zuschauer waren darüber mehr als enttäuscht. Rottenbach und Ludwig gingen unzufrieden zu den Verdächtigen in den Verhörraum. Sie wussten: Jetzt kommt es auf die erste Frage an.

„Meine Herren, Sie alle drei sind verdächtig, den Transportunternehmer und Maurer Pischkowsky ermordet zu haben. Außerdem sind wir sicher, dass Sie zu einem weiteren Mord Beihilfe geleistet haben. Was sagen Sie dazu?“

Die drei Beschuldigten schauten sich gegenseitig an, zeigten ansonsten aber weder eine Reaktion, die auf Beantwortung der Frage schließen ließ, noch eine, aus der in gewisser Weise eine Einschüchterung abzuleiten gewesen wäre. Hier mussten die Beamten schon schärfere Geschütze auffahren. Diese dürfen allerdings niemals wie eine Drohung klingen oder als solche nur im

Entferntesten aufgefasst werden. So verlangt es das deutsche Gesetz.

„Wenn Sie schweigen, machen Sie sich zumindest der Mittäterschaft verdächtig. Das bedeutet, wir sind gezwungen, Sie dem Haftrichter vorzuführen. Um Licht in die Sache zu bringen, müssen Sie schon den Mund aufmachen. Wie Sie bestimmt wissen, reicht oft ein kaum sichtbarer Blutfleck oder ein nicht minder schwer nachweisbarer Teil eines Fingerabdrucks zu einer Verurteilung aus, weil sie den oder die Täter zweifelsfrei entlarven. Also, Herr Lincoln, wollen Sie damit beginnen uns beide aufzuklären?"

„Ich bin Südafrikaner und in Ihrem Land zu Gast. Ich war in der Vergangenheit kein Schwerverbrecher und bin es auch heute nicht. Ich habe noch nie einen Mord begangen, das steht eindeutig fest. Somit bin ich unschuldig!"

Hirst sprang wütend auf und attackierte die beiden Beamten am Tisch mit Worten, Dabei färbte sich sein ansonsten blasses Gesicht rötlichblau.
„Auch ich habe weder einen um die Ecke gebracht noch Beihilfe zu einer Tötung geleistet. Das habe ich Ihnen schon mehrfach gesagt. Schluss jetzt! Ich bin ein freier Bürger dieses Landes und..."

„Halt` die Luft an, Kleiner!", unterbrach ihn Riggellen. „Die Kripo weiß, dass wir beide zusammenarbeiten und auf unseren Motorrädern gemeinsam unsere Freizeit verbringen. Sie werden die Komfortzone unter unseren Helmen niemals verspüren, weil sie keine Biker sind. Wie für andere Menschen ein Sonntag ohne Kirche nicht vorstellbar ist, so ist für uns das Motorradfahren wie ein Glaubensbekenntnis. Ich habe schon erzählt, dass ich den Mercedes in Darmstadt mitsamt allen Papieren abholte. Bei meiner Rückfahrt nahm ich ALi bis Basel mit. Der Wagen des Ermordeten steht in meiner Garage mit Fingerabdrücken von uns dreien. Klar, dass die jetzt denken, wir hätten mit der Ermordung des früheren Wagenbesitzers zu tun. Haben wir aber nicht."

„Wieso fanden sich die Abdrücke von Ihnen beiden auch im Wagen des Herrn Pischkowsky, den wir Ende August in der Nähe der Firma Merck fanden? Auch Ihre Bahntickets von damals liegen uns vor. Sie hatten mit dessen Ermordung zu tun, sagen unsere Beweise. Geben Sie die Tat zu!"

„Beweise? Dass ich nicht lache. Sie fanden, wie ich hören konnte, einen Bahnfahrschein vom Mai dieses Jahres auf Ralfs Computer und schlossen daraus messerscharf, dass er in Darmstadt bei der Abholung des Mercedes mit von der Partie war. Ich aber sage Ihnen: Er war nicht dabei, vergaß lediglich, aus lauter Bequemlichkeit, sich das Geld zurückzuholen und den Beleg danach zu vernichten. Da sehen Sie, wie viel Ihre sogenannten Beweise wert sind. Sind andere Argumente von Ihnen vielleicht genauso dünn belegt wie dieser? Wenn ja, dann halten Sie besser den Mund. Nur wirkliche Fakten zählen vor Gericht, das wissen Sie doch viel besser als ich."

„Bitte, jetzt nicht gleich übermütig werden. Sie haben an beziehungsweise mit Ihrer Kleidung Mehl aus der Fabrik, in der Sie arbeiten, in die Feldscheune transportiert. Sie waren demnach dort. Zeitpunkt, Ort und Beweismittel sind unstrittig und reichen für einen schweren Tatverdacht. Das bedeutet zumindest Untersuchungshaft mit Prüfung alle vier Wochen. Wann der Richter den Haftbefehl erteilt, liegt in dessen Ermessen. Ein übervoller Zeitplan ist bei dieser Berufsgruppe fast immer schon die Regel. Keiner kann voraussagen, wie lange Sie dort festsitzen werden. Sie haben ihn umgebracht, in Folie gewickelt und an eine schwere Sitzbank gefesselt im Teich versenkt."

„Nein, nein, nein! ALi, komm, du musst mir helfen. Ich habe für dich schon den ein oder anderen Auftrag ausgeführt, so wie zum Beispiel den Wagen abgeholt. Aber gemordet, erschossen, gelyncht habe ich niemals. Bitte bestätige das!“

Es dauerte ein paar Sekunden bis der Angesprochene behäbig und monoton begann zu sprechen:

„Herr Kommissar, ich gebe zu, Johan Geld gegeben zu haben, damit er den Wagen abholt, in dem ich dann mit ihm in die Schweiz zurückfuhr. Auch den in der von Bekker angemieteten Feldscheune liegenden Toten, bat ich ihn zu entsorgen und dessen PKW irgendwo abzustellen. Offenbar hat er beim Abwischen der Fingerabdrücke schlampig gehandelt. Ein unverzeihlicher Fehler, wahrscheinlich begründet in der Tatsache, dass er dieses Mal seinen Freund mitnahm und der ihn ablenkte. Wer den Mann in der Scheune ermordet hatte, weiß ich nicht. Ich erhielt den Auftrag von einem Bekannten per LKW-Fahrer-Kurier.“

„Erklären Sie uns bitte, welcher Art dieser Kurierdienst ist:“

„Interessant, dass die deutsche Polizei diesen Postweg nicht kennt. LKW-Fahrer fahren überall hin. Wenn man einen verschlüsselten Brief, der sich nach dem Öffnen innerhalb einer Minute selbst vernichtet, an einen Geschäftskollegen schicken will, ohne dass ein Beweis übrigbleibt, nutzt man diesen Weg. Der Adressat wird vorher darüber informiert, wann er wo seine Depesche abholen kann. Haben Sie verstanden? So geht das!“

„Ich bin Ihrer Schilderung mit großem Interesse gefolgt“, schaltete sich Rottenbach unvermittelt ein. „Wieso sind Sie auf einmal so mitteilungsbedürftig, wo Sie doch bislang meist die Lippen zusammenpressten. Was verursachte Ihren Sinneswandel? Ihnen muss klar sein, dass Sie sich soeben selbst zum Hauptverdächtigen des Mordes an dem Fuhrunternehmer und Maurer Pischkowsky gemacht haben. Oder haben Sie noch ein Ass im Ärmel, das Sie jetzt ziehen wollen?"

„Nein, Herr Kommissar, kein Trumpf extra! Ich möchte nur verhindern, dass die beiden Jungen hier wegen Taten hinter Gitter kommen, die sie nicht begangen haben. Sie erledigten nur Kleinaufträge."

„Verstanden! Mich freut, dass Sie doch so etwas wie ein soziales Gewissen zu haben scheinen. Das hätte ich Ihnen nach dem Studium Ihres Lebenslaufes nicht zugetraut. Nun, Herr Riggellen, wenn Sie die gnädigen Ausführungen Ihres ehemaligen Landsmannes bestätigen können, dann tun Sie es jetzt! Wie viel hat er Ihnen für die beiden Straftaten zusammengegeben? Und, wenn wir schon dabei sind: Hat Herr Hirst davon etwas abbekommen?"

„Ja, alles korrekt! Vielen Dank, Abraham."

„Und Geld? – Wie viel?"

„Das behalte ich mal besser für mich, bevor Sie falsche Rückschlüsse daraus ziehen. Sie sind ja nicht mein Beichtvater, oder?"

„Hei, Johan, mich interessiert das aber sehr. Nach deinem erfolgreichen Autoklauen hast du mich zum Essen eingeladen, obwohl ich gar nicht dabei war und ergo-also nicht mitgeholfen habe. Das war sehr nett von dir. Beim Versenken der Leiche habe ich geholfen und du gabst mir 1.000.- Euro vorher und danach noch einmal 1.000.-. Ich war damit einverstanden. Wenn ich jetzt aber dafür in Knast muss, steht mir ergo-also ein größerer Anteil zu. Sagen wir mal 50 Prozent. Also, raus mit der Sprache: Wie viel hat er dir gegeben? Genau bitte, auf Heller und Pfennig!"

Riggellen war sich nicht sicher, was er jetzt am besten machen sollte. Er überlegte, ob es für ihn besser wäre zu lügen, obwohl ALi neben ihm saß, der genau wusste, wie viel er ihm gegeben hatte. Die Unwahrheit zu sagen, würde sein Leben einfacher machen, so viel stand fest. Er wartete mit seiner Antwort etwas zu lange. Selbst ein Nichtpsychologe hätte bemerken müssen, dass danach nur eine Ausrede folgen konnte. Überzeugend lügen will gelernt sein. Er konnte es nicht, obwohl ihm sein tiefstes Inneres deutlich zu erkennen gab, dass Wahrheit sowieso subjektiv ist und es keine realen Fakten gibt. Bestenfalls Fake-News. Wozu sich also mit Gewissensbissen quälen?

„Okay, es waren 10.000.- Euro, glatt und bar auf die Hand."

ALi zeigte Null Reaktion. Sein Katzengesicht schaute ungerührt auf einen imaginären Punkt im Raum. Hirst riss beide Augen auf.

„Whow! Nicht mehr? Ich will die Hälfte davon haben, klar? Der Deal gilt. Sag hier und jetzt vor allen anwesenden Zeugen zu, damit ich es dir glauben kann. Wir beide waren ein Team, mit Arbeit und Verdienst zu gleichen Teilen. Das hatten wir vereinbart. Stimmt`s?"

Johan nickte verlegen, während er seine Finger knetete. Verschämt sah er zu ALi, der immer noch teilnahmslos vor sich hin glotzte. Einen solchen verbotenen Deal vor den Augen der Polizei durchzudrücken, ja sogar diese als Zeugen zu missbrauchen, grenzte an Unverschämtheit. Hirst aber schien sich keiner Schuld bewusst. Triumphierend sah er in die Runde.

„Herr Hirst, sagen Sie mal... Sie lassen sich hier, mitten im Polizeipräsidium, für ein Verbrechen bezahlen und denken sich nichts dabei? Unglaublich! Ihnen ist doch klar, dass Sie mit Sicherheit für Jahre in Haft kommen wegen Beihilfe zu einem Mord, wegen Behinderung der Justiz und wegen Verschleierung einer Straftat. Vielleicht fallen mir noch mehr Anklagepunkte ein. Warten wir das Urteil des Richters ab.“

Als ob ein Bannstrahl ihn gerade berührt hätte, sackte Ralf Hirst in sich zusammen. In seinem Beruf als Mechatroniker war schon mal vorgekommen, dass er ein falsches Teil einbaute, aber noch nie, dass er eine Maschine völlig ruinierte. Aber dieses Mal demolierte er mit seinen eigenen Worten alle `Geräte´ auf einen Schlag. Er war ratlos. Sein sowieso nie groß gewesenes Ego gab es nicht mehr. Er saß auf seinem Stuhl wie ein Häufchen Elend.

Das Experiment, das eigentlich ein Tabubruch war, weil, nach einem ungeschriebenen Gesetz der Polizei, niemals Verdächtige zusammengeführt und alleine gelassen werden dürfen, hatte zumindest einen kleinen Teilerfolg erzielt. Man brachte die drei zurück in ihre Zellen. Leider aber fehlte den Kommissaren noch immer das Tatmotiv. Wer immer sich als Handlanger verdingt hatte, war nur ein Bauernopfer. Der eigentliche Auslöser aller Taten oder der Mörder selbst konnte noch nicht ausfindig gemacht werden. Rottenbach ließ, den gerade erst in seine U-Haft-Zelle gebrachten Ali, erneut in den Verhörraum holen. Er hatte zugegeben, die diversen Anweisungen weitergegeben zu haben. Steckte hinter allem doch der Auftraggeber Willem Bekker? Er ist der einzige Freund des Mannes mit dem Katzengesicht, von dem die Polizei weiß. Könnte eine Gegenüberstellung der beiden zur Klärung weiterer offener Fragen beitragen? Ein problematisches Unterfangen. Deswegen wollte er unbedingt mit dem schwer durchschaubaren Südafrikaner unter vier Augen und ohne Mikrofon sprechen. Seine ganze Hoffnung basierte auf der unerwartet aufgetauchten sozialen Ader des Verdächtigen. Diese galt es anzuzapfen. Ludwig war einverstanden, als Zeuge vom Nebenraum aus zu fungieren und sich Gesprächsnotizen zu machen.

Als der Leiter der Mordkommission den neonhell erleuchteten Raum betrat, zeigte der Tatverdächtige wieder einmal keinerlei Gemütsregung. Mit unschuldigem, schwermütigem Gesichtsausdruck schielte er mit gesenktem Kopf von unten zu ihm hoch. In der übergroßen, um seinen schlanken Körper baumelnden Kleidung, wirkte er wie ein armer Teufel, der am Straßenrand um ein Stück Brot bettelt. Von überheblichem Auftrumpfen wegen der unerwarteten, erneuten Vorladung war nichts zu erkennen. Vorsichtiges Handeln war angesagt.

„Herr Lincoln. Vielen Dank für Ihre Bereitschaft, mir noch für ein paar Worte zur Verfügung zu stehen. Ich vergaß Sie nämlich zu fragen, wer Ihnen das Geld gab, mit dem Sie die jungen Männer für ihre Hilfe bezahlten. Es dürfte für Sie ein Leichtes sein, mir diese Frage zu beantworten."

Keinerlei Reaktion auf die geforderte Antwort. Nur ein leichtes Lächeln flog über sein Gesicht. Er schwieg beharrlich, während er in sich versunken von einer anderen Welt zu träumen schien.

„Wir haben es kontrollieren lassen: Von Ihrem einzigen Konto in Kapstadt stammt es nicht, denn das ist so gut wie leer. Oder haben Sie in der Schweiz vielleicht ein gut verstecktes Nummernkonto? Geheimnisse dieser Art können die Kollegen von der Baseler Kripo, die Sie festgenommen haben, problemlos lüften. Besser wäre, Sie gäben es jetzt gleich zu. Noch besser wäre allerdings, wenn Sie mir den Namen Ihres Unterstützers nennen würden. Ich mache es Ihnen einfach: Sollte es sich um Ihren Freund Herrn Willem Bekker handeln, brauchen Sie nichts zu sagen. Ein einfaches Nicken genügt. – Also?" "

Eisiges Schweigen! Rottenbach sah hilfesuchend hinter sich zum großen Spiegel. Sein Stellvertreter Ludwig deutet dies richtig und gesellte sich zu den beiden. Ohne zu zögern, begann er das Gespräch auf seine Art:

„Mein lieber Herr! Sie kommen gerade nicht gut rüber. Ihr cooles Understatement, oder sagt man `blending´, soll uns wohl zeigen, wie toll Sie sind, und dass Sie uns keine Antwort geben müssen. Aber, Sie haben sich getäuscht. Sie sind nicht Herr der Lage. Wir beide mögen Sie nicht und zeigen deswegen mit unserem Daumen nach unten. Verstanden? Wir bezichtigen Sie des Mordes sowohl an Kapitän Weis als auch an dem Maurer und Transportunternehmer Pischkowsky. Sie werden als Auftragsmörder lebenslang hinter Gitter wandern. Das sehen die Richter bestimmt genau so wie wir. Sie haben sich nicht vor die beiden Mehlproduzenten gestellt, um sie zu schützen. Nein! Sie glaubten sich dadurch selbst aus der Schusslinie nehmen zu können. Damit haben Sie falsch gedacht! Wir sind mit unserer Geduld schon lange am Ende. Wenn Sie uns nicht sofort den Namen Ihres Auftraggebers nennen oder hier auf diesen Zettel schreiben, sind Sie dran!“

Ludwig stand auf und deutete seinem Chef an, es ihm gleich zu tun. Sie packten demonstrativ ihre Unterlagen zusammen und gingen gemächlich Richtung Ausgang, ohne ALi auch nur eines Blickes zu würdigen. Der blickte weiter vor sich hin. Dann aber begann er leise zu stöhnen. Dabei richtet er sich etwas auf. Seine Augen waren leicht gerötet und sahen aus, als hätte er gerade geweint. Undeutlich und kaum verständlich brabbelte er halblaut vor sich hin:

„Meine Herren, ich kann Ihnen Ihre Fragen nicht beantworten. Wenn ich es tun würde, wäre ich so gut wie tot. Glauben Sie mir bitte: Weder die beiden jungen Männer noch ich haben jemanden umgebracht. Ich hasse Mordinstrumente jeglicher Art vom Messer bis zur Pistole. Zu der Munition, die Sie bei mir fanden, gibt es keine Waffe. Ich habe diese nur aus Aberglauben bei mir aufbewahrt. Mein Vater schenkte sie mir vor vielen Jahren mit dem Wunsch, sie sollten mir Glück bringen. Mit diesen Patronen in der Tasche überwand ich bisher jede Misere."

„Wir glauben Ihnen kein Wort. Da Sie uns nicht helfen wollen, den oder die Mörder zu finden, sitzen Sie an deren Stelle lebenslänglich. Wollen Sie das wirklich?"

„Natürlich nicht! Solange Sie die Tatwaffe nicht gefunden haben, können Sie nichts beweisen. Das wissen Sie selbst. Ich werde niemanden verraten!"

„Doch! Wir können etwas belegen. Die Diebstähle im Hotel gehen nachweislich auf Ihr Konto. Apropos, wo sind eigentlich die 110.000.- Euro aus dem Safe von Ziller geblieben? Die haben Sie doch eingesteckt, und das Goldkettchen auch. Oder? Es gibt demnach genügend Gründe für eine Haftstrafe."

„Jetzt fangen Sie schon wieder mit dem Einbruch an. Ich habe keine 110.000,- € gestohlen, weil gar keine im Hotelsafe waren. Ziller hat Sie belogen und vielleicht auch die Hotelversicherung? Ich jedenfalls fand keinen Cent."

Die beiden Kommissare setzten sich wieder an den Tisch in der Hoffnung, dass ALi zumindest jetzt ein paar verwertbare Aussagen treffen würde. Mit der namentlichen Nennung des Berliners hatte er gerade eben sein Geständnis begonnen.

„Wenn Sie kein Geld gefunden haben, wo könnte es dann geblieben sein? Warum sollte Ziller ein Lügner sein und nicht Sie?"

„Wenn Sie es wirklich noch nicht wissen sollten. Er ist pleite. Besitzt keinen Cent mehr, außer dem wertvollen Ring."

„Moment mal, woher wissen Sie von einem solchen?"

„Meine Herren, ich liefere hier niemanden ans Messer, doch ich schwöre Ihnen beim Namen meiner Mutter, dass in dem Safe nichts Wertvolles lag, schon gar keine Euros. Seinen Pass hätte ich klauen können, doch was soll ich mit dem anfangen?"

„Wieso sollten wir Ihnen jetzt auf einmal glauben? Sie reihen Lüge an Lüge, genau wie Ihr Freund Bekker. Abführen! Sie hatten Ihre Chance. Jetzt ist sie vorbei."

Wieder einmal zogen die Kommissare der SOKO eine Zwischenbilanz. Rottenbach listete auf und zählte dabei mit den Fingern ab:

„**Erstens** brauchen wir dringend die Tatwaffe. **Zweitens** sollten wir sämtliche Kontobewegungen von Bekker in Kapstadt und in Deutschland noch einmal prüfen. **Drittens** bitten wir die Baseler Kollegen nach Nummernkonten von Lincoln, Bekker, Riggellen und Hirst zu forschen. Die muss es geben. **Viertens** laden wir schnellstmöglich diesen bankrotten Berliner Alleshändler Ziller offiziell vor. Sollte er sich zieren unsere Einladung anzunehmen, holen wir ihn mit viel Tamtam hierher."

Ludwig ergänzte: „Wenn wir alle Spuren des Geldes sichtbar gemacht haben und die Tatwaffe vorliegt, dann haben wir den Fall gelöst, selbst wenn wir das Motiv nicht ganz genau kennen. Daran, dass beide Morde letztlich zum gleichen Fall gehörten, hat inzwischen niemand mehr Zweifel. Das ist Fakt! Lediglich zum Motiv für diese Schandtaten konnten wir bisher keine eindeutigen Aussagen machen. Das ist eine verrückte Situation. Ohne Motiv werden wir keinen Richter zu einer Verurteilung bewegen können. Das ist nur Wunschdenken."

Nur Staffage

Es war ein Morgen wie jeder andere. Die Ermittlungen der SOKO-Stein liefen auf vollen Touren. Neue, bestens recherchierte Ergebnisse lagen inzwischen vor. Besonders aufsehenerregend war, dass auf der Folie, in die die Leiche des Peter Pischkowsky gewickelt war, mit viel Zeit und technischem Aufwand ein Abdruck sichtbar gemacht werden konnte, der von einem Revolver stammen könnte. Daraus ergab sich, dass die Tatwaffe im Backhausteich zu finden sein musste. Tauchexperten der Hessischen Polizei wurden angefordert. Drei erfahrene Süßwassertaucher begannen bereits wenige Stunden später mit der Suche nach der sprichwörtlichen Stecknadel im Heuhaufen. In den gut drei Jahren seit der letzten Reinigung des Teiches waren tonnenweise Blätter, Zweige, Äste und Gräser ins Wasser gefallen und versunken. Sie bildeten darin einen natürlichen Bodenbelag, der von Jahr zu Jahr dicker und schlammiger wurde. Wie konnte jemand überhaupt annehmen, in diesem Schlamm-, Blätter-Gemisch einen relativ kleinen Gegenstand wie eine Pistole zu finden? Aufgrund ihrer Masse müsste sie tief in den Morast eingesunken sein, ohne eine Spur zu hinterlassen. Zu sehen gab es mit einer Stableuchte in der Tiefe wirklich nicht viel, trotz relativ sauberen Wassers. Fühlen oder mit der flachen Hand den gesuchten metallischen Gegenstand ertasten, ohne Schmutz aufzuwirbeln, war zwingend geboten. Die Profis hatten genau diesen Punkt bereits im Vorfeld richtig eingeschätzt und einen, auch unter Wasser einsetzbaren, Detektor mitgebracht. Doch die Größe des Teiches gestaltet sich zu einem kaum überwindbaren Problem. Obwohl also alle drei hätten wissen müssen, bevor sie sich ins trübe Nass stürzten, dass die Suche anstrengend werden würde, hielten sie mit ihren Kräften nicht gut Haus. Bereits nach zwei erfolglosen Tauchgängen waren sie müde und fast am Ende ihrer Kräfte. Es bedurfte großer Überzeugungskraft von PD Rottenbach, die Taucher zu einem dritten Gang zu überreden. Von einem abermaligen Durchwühlen des Bodens versprach sich keiner ein positiveres

Resultat als bisher, trotz des erneut eingesetzten Funkwellen-empfängers. Lediglich der Einsatzleiter glaubte fest an einen Erfolg. Als die am Ufer stehenden Zuschauer des Spektakels die Hoffnung schon aufgeben wollten, tauchte plötzlich der Arm eines Tauchers aus dem trüben Nass auf. In der Hand hielt er einen vom Land aus nicht definierbaren Gegenstand. Begeisterter Applaus erscholl sofort im Park des Jagdschlosses. Jeder wusste instinktiv: Die Tatwaffe war gefunden.

Ein Mitarbeiter der SPUSI, der die gesamte Zeit über gelangweilt am Ufer sitzend den Wasserspiegel beobachtet hatte, lief vor Begeisterung in voller Montur den Tauchern einige Schritte ins Wasser entgegen. Dass er dabei nass wurde, störte ihn nicht. Hastig ergriff er die Pistole und inspizierte sie mit einer Lupe noch bevor er zurück an Land ging. Er sprühte geradezu vor Begeisterung über diesen Fund. Ihm ging nun alles nicht schnell genug.

„Juhu, hab ich mir gedacht! Herr Direktor, das hier ist eine alte VZ-82, genauer wohl ein verworfenes Vorläufermodell der heute von den tschechischen Streitkräften benutzten Standard-Pistole. Nach meinem Wissen kommt sie auch bei der dortigen Polizei zum Einsatz. Kaliber 9 mm! Passt! Es muss sich um einen Prototyp der frühen Jahre handeln. Dem Lauf dieser Waffe lassen sich die Kugeln bestimmt eindeutig zuordnen. Wie der Mörder an diese Waffe gekommen ist, müssen Sie herausfinden. Testmodelle werden nach der Erprobung eigentlich immer vernichtet. Auch egal, jetzt! Wir haben die Mordwaffe. Machen Sie sich keine allzu großen Hoffnungen auf Fingerabdrücke. Die hat das Wasser vernichtet."

In der Zwischenzeit hatte die SOKO Paul Emil Ziller offiziell als Beschuldigten vorgeladen. Die Berliner Kollegen überbrachten ihm diese Nachricht persönlich. Ein Beamter in Zivil begleitete ihn auf seinem Flug zum Flughafen Frankfurt, wo ihn Mitarbeiter der Mordkommission Darmstadt abholten. EKHK Ludwig startete noch vor dem Eintreffen seines Vorgesetzten das Verhör des schuldbewusst dreinschauenden Juwelenhändlers. Er wollte unbedingt dessen reumütige Stimmung nutzen. Wenn es jemand gab, der bisher noch Zweifel an seiner Schuld hatte, dieses Gesicht würde ihn jetzt eines Besseren belehren.

Ziller erhob sich als Ludwig den Verhörraum betrat und streckte ihm seine rechte Hand entgegen, die dieser jedoch nicht eines Blickes würdigte.

„Setzen, Ziller! Sie haben uns ganz gewaltig an der Nase herumgeführt, uns nach Strich und Faden belogen. Sie spielten uns das Opfer vor, waren aber der Täter. Jetzt aber ist Schluss mit der Komödie, denn **Erstens:** Sie haben nicht im Lotto gewonnen. Ziemlich plump von Ihnen ausgedacht. **Zweitens** hatten Sie nicht annähernd genug Geld dabei, um Ihre Schuldscheine bei Bekker auslösen zu können. Der Einbrecher in Ihr Hotelzimmer fand einen völlig leeren Safe vor. **Drittens** fuhren Sie nicht zum Darmstädter Hauptbahnhof, um dort einen Kunden zu treffen. Weshalb Sie wirklich dort waren, klären wir noch! **Viertens** wissen Sie genau, wer Sie in Ihrem Mietwagen zusammenschlug und dann fast verrecken ließ. Wer war es? Ich bin noch nicht mit dem Aufzählen der Lügen am Ende, aber Sie können schon mal mit Ihren Antworten beginnen. Wie Sie sehen, geht keines Ihrer Worte verloren, weil wir alles genau aufzeichnen."

„Ja, ich weiß jetzt wirklich nicht, wie ich Ihnen mein Dilemma erklären kann. Sie haben sicher meine Bankkonten geprüft und sofort erkannt, dass ich momentan knapp bei Kasse bin. Bekker aber bestand eindringlich darauf, dass ich endlich meine Außenstände bei ihm begleiche. Das konnte ich freilich nicht. Er lud mich zur Edelsteinbörse ein und ich überlegte mir eine passende Geschichte für ihn. Er durfte nicht erfahren, wie es um meine Liquidität steht. Das ist die reine Wahrheit!"

„Jetzt bin ich aber gespannt wie ein Flitzebogen, mit welchen sensationellen Gedankengängen Sie sich dieses Mal rausreden wollen. Fahren Sie fort!"

„Gut, ich gestehe! Ich dachte der Lottogewinn wäre für Sie und Ihre Kollegen eine ausreichende Erfindung. Die Idee war nicht gut, das sehe ich mittlerweile ein. Den wertvollen Ring mit dem gelben fancy Diamanten in Tropfenschliff besitze ich schon lange nicht mehr. Längst verhökert. Aber als ich Bekker am ersten Abend im Hotel Jagdschloss Kranichstein gegenüberstand, gab ich vor, durch den Verkauf desselben zusätzlich viel Geld zu verdienen. Ja ich behauptete sogar, im Safe noch genügend Bargeld zu haben, um alle Schuldscheine zurückkaufen zu können. Zum Beweis zahlte ich Zehntausend an und erhielt einen Zettel zurück, auf dem mein Name und der Betrag standen. Den habe ich kurz drauf in meinem Zimmer zerrissen in den Papierkorb geworfen. Auf unser Treffen in Darmstadt war ich bestens vorbereitet. Bereits von Berlin aus hatte ich dafür gesorgt, dass ein Profi im Hotel einbricht und für jeden sichtbar meinen Safe leert. So viel dazu! Am Darmstädter Bahnhof kenne ich mich aus, weil ich dort früher einmal etwas aus einem Schließfach holen musste. Deswegen bestellte ich bewusst jemand dorthin, der mir eins überzieht und angeblich den superteuren Ring klaut. Dass ich danach im Krankenhaus landete, war nicht vorgesehen. Dieser Idiot! Von wegen Profi, ha, dass ich nicht lache. Ich kann froh sein, dass ich noch lebe."

„Den Namen! Nennen Sie mir den Namen Ihres gedungenen Schlägers!"

„Der spielt doch gar keine Rolle, oder? Er ist längst über alle Berge. Mich hätte er fast umgebracht, nicht Sie. Da ich keine Anzeige erstattete, kann er sich frei bewegen. Jetzt wissen Sie Bescheid. Kann ich gehen?"

„Also, sagen Sie mal, Herr Ziller. Sie wissen doch genau, dass wir Sie des Mordes verdächtigen. Sie werden spätestens morgen dem Haftrichter vorgeführt. Zuvor gibt es für mich noch ein paar Punkte zu klären. – Hallo! Guten Tag Herr Polizeidirektor."

Rottenbach hatte den Verhörraum betreten und signalisierte Ludwig, mit der Befragung fortzufahren ohne Ziller anzusehen.

„Da Sie mir den Namen verheimlichen, sage ich Ihnen, wie es war. Für die Diebstähle im Hotel engagierten Sie einen Bekannten aus Ihrer Zeit in Kapstadt, Abraham Lincoln. Sie kannten seine zwielichtige Vergangenheit und wussten, dass er gerne die 10.000.- Euro aus Bekkers Safe nehmen würde. Er war es auch, der den Überfall auf Sie vortäuschte. Habe ich Recht?"

„Fragen Sie ihn. Er ist bestimmt zu Hause in Südafrika und…"

„Halt! Nein! Dieser Herr sitzt derzeit hier bei uns in U-Haft. Wir können ihn sofort befragen. Es wäre besser für Sie, wenn Sie jetzt gleich ein Geständnis ablegen und nicht auf Ihre Verhandlung warten. War er es?"

„Ja, in drei Gottes Namen, ja! Geben Sie jetzt Ruhe, bitte!"

„Nein, das können Sie nicht von uns verlangen. Wir müssen zwei Morde aufklären. Es reicht uns jetzt allerdings, wenn Sie einen gestehen. Für den ersten haben wir genügend Beweise. Daher frage ich Sie direkt: Wie, wann und wo haben Sie den Maurer und Fuhrunternehmer Peter Pischkowsky umgebracht? Geschah es in der Feldscheune in Erfelden? Diese war ihm ja bestens bekannt, weil er dort mehrere Nächte gearbeitet hatte und somit als Treffpunkt unauffällig. Oder hatten Sie einen besseren Tatort gefunden? Nach unseren Recherchen müssen sie schon ein paar Tage nach der Eröffnung des Skulpturenparks hier gewesen sein.

Geben ihre damalige Anwesenheit in Darmstadt doch einfach zu. Wir benötigen eine möglichst detaillierte Beschreibung des Tathergangs. Wann haben Sie ihn wie und womit, umgebracht? Nur wenn Sie wahrheitsgemäß antworten können wir Ihnen helfen."

„Sie, ausgerechnet Sie wollen mir helfen? Kaum zu glauben! Umgebracht? Ich höre immer nur umgebracht! Wer soll das denn sein? Von einem Menschen dieses Namens habe ich bis eben nichts gehört. Ich erinnere mich auch nicht an einen ähnlichen Namen oder an einen Menschen aus dieser Berufsgruppe."

„Das lässt uns jetzt aber staunen. Wir wissen, auch wenn Sie es jetzt nicht zugegeben haben, dass Sie im September bereits vor Ihrem Treffen mit Bekker im Hotel Jagdschloss Kranichstein schon einmal in Darmstadt waren. Ihre Flugdaten belegen das eindeutig. Sie! - Waren! - Hier! Bleibt nur die Frage: Warum? Doch die ist eigentlich ziemlich leicht zu beantworten. Sie haben sich mit dem späteren Mordopfer getroffen. Gestehen Sie endlich!"

„Warum sollte ich mich mit diesem Herrn getroffen haben? Wie? – Welchen Anlass hätte ich gehabt? Sie bluffen, um nicht zu direkt zu sagen: Dieses Mal belügen Sie mich, Herr Kommissar!"

„Wenn Sie es nicht gewesen sind, war es ALi. Mal sehen, wie er reagiert, wenn er aufgrund Ihrer Aussagen des Mordes angeklagt wird. Ich sage Ihnen, er wird singen, um seinen Kopf aus der Schlinge zu ziehen. Er weiß bestimmt auch genau, wie die Tat ablief. Wir wissen nur, dass der im Backhausteich Versenkte vor seiner Ermordung KO-Tropfen bekam. Die Apotheker sagten uns, das Teufelszeug heißt Rohypnol, oder so ähnlich. Sie sind gelernter Mediziner. Dieses Medikament entspricht genau Ihrem Metier. Sie können auch mir beichten."

„Wow, tolle Idee! Dann haben Sie Ihren Mörder und ich komme lebenslang in Knast, wie? Aber ohne Motiv? Schwer, sehr schwer für Sie zu beweisen.“

Ludwig schüttelte verständnislos seinen Kopf. Er wirkte müde.

„Abführen!“ warf Rottenbach in ärgerlichem Ton ein. „Dieser Kerl will uns schon wieder verarschen und das lasse ich nicht zu. Er kommt jetzt sofort, ohne weitere Befragung in U-Haft, Basta! – Und bringen Sie gleich den nächsten Delinquenten rein. Wir warten!“

Plötzlich wurde es sehr laut im Flur. Ein Mann schrie wie von Sinnen. Beide Kommissare rannten sofort zur Tür und schauten im Flur nach dem Schreihals. Sie sahen Ralf Hirst, der sich trotz seiner Handschellen wie wild gebärdete.

„Er war es, hier dieser Mann. Ich habe ihn genau erkannt. Er ist der von Ihnen gesuchte Mörder.“ Dabei zeigte er mit seinen gefesselten Händen mehrfach auf Ziller, der, von einem Uniformierten bewacht, auf einem Stuhl im Gang saß und auf seinen Abtransport wartete. Als er sich umdrehte, sah Ludwig, dass Hirst Schaum vor dem Mund hatte, so sehr regte er sich auf.

„Herr Präsident, ihn, genau ihn, habe ich gesehen. Damals als Johan und ich auf dem Weg in die Scheune waren, kam er uns entgegen. Er glaubte bestimmt, dass wir ihn wegen der Dunkelheit nicht identifizieren könnten. Doch ich bin mir absolut sicher: Er war es. Ergo-also hatte er kurz vorher den Kerl umgebracht, den wir später, in Folie verpackt, versenkt haben. Nehmen Sie ihn fest!“

„Bitte, mein Herr, bewahren Sie die Ruhe und kommen in den Verhörraum.“

Hirst schilderte jetzt noch einmal in allen Einzelheiten, wo er ausdrücklich glaubte, Ziller gesehen zu haben, wann das war und welche Kleidung er damals trug. Er ließ keine Zweifel gelten, sprach sogar davon, seine Aussage vor Gericht unter Eid beschwören zu wollen. Die einzige Person, die direkt mit dem Mord an Pischkowsky in Verbindung gebracht werden konnte, war der Berliner. Dass er mit der Ermordung zu tun hatte war klar, aber: War er wirklich auch der Mörder?

Da Hirst seinen festen Wohnsitz in Deutschland hatte, musste er wahrscheinlich aus Mangel an Beweisen entlassen werden. Frau Schöffele nahm zuvor noch seine Aussagen zu Protokoll und ließ ihn unterschreiben. Sie registrierte alle noch fehlenden Kontaktdaten von ihm bis hin zu seiner Durchwahlnummer in der Mehlfabrik. Danach bat sie einen Kollegen, ihn offiziell mit dem Hinweis zu entlassen, dass er keinesfalls die Bundesrepublik verlassen dürfe.

Zillers Überstellung in U-Haft wurde kurzerhand verschoben. Die Aussagen des aufgebrachten Ralf Hirst verlangten nach sofortiger Prüfung.

„Sieh mal einer an, so schnell sieht man sich wieder. Sie haben mitgekriegt, dass Sie zweifelsfrei erkannt wurden, als Sie die Feldscheuer in Erfelden verließen. Wir gehen jetzt fest davon aus, dass Sie sich dort mit Pischkowsky trafen, mit ihm ein präpariertes Bier tranken und ihn dann erschossen. Sie müssen gestehen, endlich! In Knast kommen Sie so oder so, die Frage ist nur, für wie lange. Vor ein paar Stunden fanden unsere Taucher übrigens die Mordwaffe. Da staunen Sie, was? Unsere SPUSI ist eben einfach gut, ...ahem! Die Spuren, die sie darauf finden werden, weisen mit Sicherheit auf Sie hin. Als Mörder droht Ihnen mindestens lebenslänglich. Ein guter Rat von mir: Bereinigen Sie am besten vorher, folglich jetzt gleich, Ihr Gewissen!“

Ziller überlegte angestrengt und schaute dabei auf den Boden. Dabei seufzte er einmal tief durch, sagte aber kein Wort. Dann grinste er die Beamten an und erhob sich mit den Worten:

„Ich sage nichts, überhaupt nichts mehr. Wa!"

Motive

Alle Beobachter der Verhöre trafen sich anschließend im Seminarraum und berieten, wie das weitere Vorgehen aussehen sollte. Schließlich einigte man sich, den Tathergang folgendermaßen zu melden: Pischkowsky hatte nach dem Transport der Steinskulpturen von Hamburg nach Erfelden im hessischen Ried aus Geldgier einen Mordauftrag angenommen. Aber er erschoss den falschen Flugkapitän. Er ist der Mörder Nummer eins. Der zweite heißt, wie auch die Aussagen des zwischenzeitlich vernommenen Hendrik van Mol eindeutig belegen, Paule Ziller. Er hatte ihm in einem vertraulichen Gespräch, um seine Seele zu erleichtern, quasi den Mord gebeichtet, ohne irgendwelche Details zu nennen. Aber: Warum hatte er es getan? Was war sein Motiv? Es gibt nur einen Menschen, der die Antwort darauf wissen könnte: Willem Bekker. Er kennt seinen „Freund Paule" besser als jeder andere.

„Frau Schöffele, bestellen Sie umgehend den Buren hierher. Auch wenn der Tag schon fast vorbei ist, er muss heute noch hier erscheinen. Sollte er sich nicht freiwillig einfinden wollen, schicken wir die Kollegen von der Streife, die ihn dann aber in Handschellen aus dem Hotel Jagdschloss Kranichstein führen. Sagen Sie ihm das!"

Fest steht, dass ein Mensch auf vier Rädern ein anderer wird. Er verwendet Schimpfwörter, die ihm selbst bei schlechter Kinderstube in seinem normalen Umfeld niemals eingefallen wären. In Hotels oder ähnlichen öffentlichen Einrichtungen auf der ganzen Welt würden sie ein lebenslanges Hausverbot auslösen. Verlässt der Mensch dann die Karosse, hat er all seine üblen Flüche vergessen, behauptet sogar, dieselben niemals gesagt zu haben. Nicht so Bekker. Er fluchte, schimpfte und krakeelte noch in den höchsten Tönen als er vom Parkplatz kommend das Präsidium betrat. Selbst als Frau Schöffele ihn, freundlich wie immer, am Empfang des Polizeipräsidiums abholte, meckerte er und verwünschte laut und vernehmlich die Darmstädter Polizei. Ihrer Bitte, diese Art Reden sofort zu unterlassen, kam er erst nach als er PD Rottenbach entdeckte, der ihn geradewegs in den Verhörraum führte. Selbstverständlich war auch Ludwig mit von der Partie. Bekker kochte buchstäblich vor Wut. Sein Kopf war hochrot angelaufen und seine wilde Mähne noch wilder als sonst. Bevor einer der beiden Kommissare etwas sagen konnte, polterte er los:

„Das werden Sie noch bereuen. Mein Anwalt ist bereits über Ihre bodenlose Willkür mir gegenüber informiert. Er spricht gerade mit der Staatsanwaltschaft. Ihren Job sind Sie los. So wie Sie es tun, darf in Deutschland niemand ungestraft mit einem unbescholtenen Bürger umspringen. Glücklicherweise! Ich warte jetzt auf ihn.“

Sagt`s und lehnt sich auf seinem Holzstuhl zurück. Sämtliches Kampfgeschrei stellte er von jetzt auf gleich ein. Er schwieg trotzig und drehte seine beiden Daumen unablässig umeinander. Die Situation schien hoffnungslos verfahren und an eine endgültige Klärung des Falles war bis auf Weiteres nicht zu denken.

„Tun Sie, was Sie nicht lassen können. Wir tun es nämlich auch und klagen Sie hiermit des Mordes an Peter Pischkowsky an. Sie besorgten auf Ihren Fahrten quer durch Deutschland Ihrem Freund aus Kapstadt, die alte tschechische Pistole samt Munition. Egal, ob sie aus einem Antiquariat, aus dem Darknet oder von einem Kriegs-Veteranen stammt, Sie haben die Mordwaffe besorgt. ALi, der schon den Transport der Skulpturen vorher organisiert hatte, kannte den Maurer und gab sie weiter an ihn. Er erschoss damit den Flugkapitän Weis. Nur leider war dieser nicht die Zielperson. Er hatte den falschen liquidiert. Als er dann vor der Übergabe des Mordgeldes in der Feldscheuer die Pistole an Ziller zurückgab, erschoss ihn der vermeintliche Geldbriefträger damit. Das lässt sich alles beweisen. Doch sagen Sie uns zuerst, warum Ziller sich auf den Deal mit Ihnen einließ und dann, warum der Flugkapitän sterben musste. Den haben Sie doch ebenfalls um die Ecke bringen lassen. Wir sind sicher, dass Pischkowsky, der damals im Mai für Sie die Skulpturen im Freihafen Hamburg abholte und in die Scheune im Feld bei Darmstadt brachte auch der Mörder des Piloten Weis ist. Geben Sie zu: Er handelte in Ihrem Auftrag. Demnach sind Sie der Anstiftung zum Mord in zwei Fällen anzuklagen. Der Staatsanwalt wird das bestimmt umgehend tun und Ihrem Advokaten genau so erklären. Auf Ihre großmäuligen Anschuldigungen uns gegenüber wird er sicher nicht reagieren. Also: Das Motiv, beziehungsweise die Motive bitte! Und zwar jetzt, sofort!"

Willem Bekker starrte die beiden Beamten mit leerem Blick an und gab ein paar grunzende Laute von sich. Dann sprang er von seinem Stuhl auf und ging deutlich aufgewühlt bis zum Spiegel hinter sich. Ein Zipfel seines Hemdes hatte sich verselbständigt und hing vorne aus der Hose. Plötzlich drehte er sich heftig um und sprang fast auf den Tisch. Mit beiden Händen stützte er sich darauf ab und brüllte drauflos so laut er konnte:

„Halten Sie den Mund, Sie unverschämter Mensch. Was glauben Sie eigentlich, wen Sie vor sich haben? Ich bin Willem Bekker, einer der größten Edelsteinhändler der Welt. Ich besitze unzählige Häuser, einige Schiffe, mehrere Rennpferde und so viel Geld, wie Sie sich selbst in Ihren kühnsten Träumen nicht vorstellen können. Das, was Sie jeden Monat in Ihrer Lohntüte finden, reicht gerade mal aus, um sich eine Zigarre damit anzuzünden. Und Sie, Sie glauben wirklich, über einen ehrbaren, großzügigen, welterfahrenen Mann wie mich ein Urteil fällen zu können? Was maßen Sie sich an? Wir Reichen bestimmen die Gesetze der Welt. Wir haben das Sagen! ...Und Wichte wie Sie, werden daran nichts ändern. Merken Sie sich das ein für alle Mal! Ich will jetzt mit meinem Anwalt sprechen. Sorgen Sie dafür, dass er schnellstens hierherkommt."

Übel gelaunt, mit immer noch feuerrotem Kopf und in alle Richtungen stehenden Haaren nahm er wieder Platz. Rottenbach konterte mit einem leichten Lächeln in den Mundwinkeln und wartete geduldig, bis sich beider Blicke kreuzten. Dann sprach er in langsamem, bedächtigem Tonfall.

„Herr Bekker! Wir Kriminalisten sind es gewohnt, jeden Tag mit Problemen und Fragen, Möglichkeiten und Grenzen, Höhen und Tiefen, Irrtümern und Erfolgen sowie Schicksalhaftem und allerlei Misslichem umzugehen. Rote Linien begleiten uns dabei permanent. Manchmal müssen wir sie überschreiten, manchmal reicht es aus, beim Gesetzesbrecher auf Einsicht zu hoffen. Straftaten sind und bleiben nun mal Verbrechen. Davon kann sich kein Mensch freisprechen. Sie sterben niemals von selbst, soviel steht fest. Sie nachzuweisen ist unsere Pflicht. Ach! Und außerdem: Der von Ihnen beschriebene, geradezu revolutionäre, nur vom Geld gesteuerte Wandel der Gesellschaft und ihrer sozialen und rechtlichen Struktur hat bisher nur in einigen wenigen Ländern stattgefunden. Hier bei uns wird er niemals stattfinden, schon unserer Geschichte wegen. Auch in einhundert Jahren nicht. Fazit: Für Menschen wie Sie gelten die Gesetze genau wie für alle anderen. Die Bundesrepublik Deutschland ist ein Rechtsstaat. Ich hoffe, wir haben uns verstanden. Unsere Aufgabe ist es, den Staat, seine Bürger und seine Gesetze zu schützen. Beweisen Sie uns, dass auch Sie für Recht und Ordnung einstehen, indem Sie uns sowohl Zillers als auch Ihre Motive für die beiden Morde nennen. Sie haben sie indirekt zu verantworten, ob sie es nun wahr haben wollen, oder nicht."

Die erwartete Reaktion im Gesicht Bekkers blieb aus. Hatte er als Südafrikaner vielleicht die staatsrechtlichen Ausführungen des Polizeidirektors nicht ganz verstanden? Der hakte nach:

„Mit Geld lässt sich nicht alles regeln, selbst wenn Sie das glauben wollen. Angeblich frisst ja Geld den Glauben auf. Wenn es existenziell wird, nutzt es rein gar nichts mehr. Zum Beispiel jetzt! Erleichtern Sie Ihr Gewissen! Ihr Wutausbruch gerade hat mir gezeigt, dass Sie Ihre unerträgliche Lage richtig einschätzen. Sie benötigen dringend eine Erneuerung Ihrer momentanen Situation. Wut gehört zur naturgegebenen, emotionalen Ausstattung jedes Menschen, wie Freude, Glück, Trauer und Schmerz. Viele Menschen fahren aus ihrer Haut, wenn die Wirklichkeit nicht mit den eigenen Vorstellungen übereinstimmt. Was stimmte denn mit Ihren Wünschen nicht überein?"

Bekker hatte interessiert zugehört. Er wirkte nachdenklich und war auf einmal in sich gekehrt. Ungewöhnlich leise sprach er in sich hinein, war kaum zu verstehen:

„Okay, Herr Rottenbach, da gäbe es vieles zu nennen! Zum einen schulden mir immer mehr Leute Geld, viel Geld und können es nicht zurückbezahlen. Zum anderen habe ich nicht voraussehen können, dass mir die bis ins Kleinste perfekt durchdachte Lösung eines meiner Probleme neue, schwerwiegendere schaffen würde."

Ludwig unterbrach: „Ich nehme mal an, Sie drohten Ihren vielen Schuldnern mit harten Maßnahmen, bis hin zum Mord. Damit nähern wir uns der Lösung. Warum wurde der tote Flugkapitän in Ihrer großen Steinskulptur so überaus virtuos versteckt? Sagen Sie es mir. Danach fühlen Sie sich besser, das verspreche ich Ihnen."

Als ob Ludwig nicht an sein Gewissen appelliert hätte, fuhr Bekker ungerührt in seinem Sermon weiter leise fort:

„Nur, weil der in einer meiner Steinskulpturen versteckt wurde, bin ich noch lange nicht der Killer. Ich glaube, der Mörder hatte den Falschen erledigt und gab mir dafür die Schuld. Um den Mord mir anzuhängen, versteckte er die nackte Leiche in meinem Eigentum. Den Pischkowsky hat man in der von mir angemieteten Feldscheuer umgebracht. Wahrscheinlich ebenfalls, um mich zu belasten und um mit dem Finger auf mich zu deuten. Als ich `zufällig´ bei einem meiner Kontrollgänge dort vorbeikam, sah ich ihn auf dem Boden liegen. Wissen Sie, jemanden umzubringen ist eine einfache Sache. Doch wie wird man die Leiche wieder los? Daran scheitern viele Mörder. Der von diesem Fall sah sich wohl außerstande, den Leichnam, wie vereinbart, zu entsorgen. Jetzt mussten weitere Personen eingeweiht werden. Wie Sie bereits wissen, erledigte das ALi für mich. Wer aber rechnet schon damit, dass jemand vom Hotel so ein Allerweltsstück wie eine Parkbank vermisst? Niemand! Wieder einmal lief es in meinem Leben nicht wie geplant. Ich werde vom Pech verfolgt. Da erfahre ich von einem Sohn, den man mir vorenthalten hatte und ich dachte, ab jetzt würde es wieder aufwärts gehen. Er ist die Erfüllung eines fast vergessenen und mittlerweile für unmöglich gehaltenen Lebenstraumes von mir. Doch: Puste-kuchen! wider erwarten gestalteten Mutter und Sohn die neue Wahrheit sehr kompliziert. Was wir tun werden, kläre ich morgen, wenn Sie erlauben."

„Sie sagten, `wie vereinbart entsorgen´. Wer hat denn mit dem Halunken etwas vereinbart? Es klang, als ob Sie selbst es waren. Stimmt das?"

„So etwas habe ich niemals gesagt. Ich mache mich doch nicht selbst verdächtig. So ein Unsinn! Hören Sie auf mit diesem Unsinn!"

Rottenbach gab dazu keinen Kommentar. Er spulte einfach das Aufnahmegerät zurück und ließ zum Beweis die strittige Stelle ablaufen. Jetzt war klar: Bekker hatte den Auftragsmord an

Pischkowsky zugegeben. Der Schweizer Riggellen und sein Kompagnon Hirst hatten Ziller beim Verlassen der Feldscheuer erkannt und als Mörder identifiziert. Außerdem hatte er den Mord seinem Juwelenfreund Hendrik van Mol gebeichtet. Zwei hieb- und stichfeste Beweise.

„Warum, Mister Bekker, hat Ziller das für Sie getan. Welche Gründe gab es dafür?"

Der Angesprochene wurde sich seines Fehlers erst langsam bewusst. Er zappelte im Netz der Ermittler. Vielleicht würde ja ein Teilgeständnis helfen. Das könnte er im Notfall später mit Hilfe seines Anwalts widerrufen. Er ließ den Ballon steigen: „Ja, der Paule! Der Paule schuldete mir eine Stange Geld. Doch er hatte keines mehr. Er konnte seine Schuldscheine, entgegen seinen schon mehrfach gegebenen Versprechen, nicht einlösen. Ich hingegen versprach, ihm alle Gelder zu erlassen, wenn er für mich das Problem Pischkowsky aus der Welt schafft. Er war mit dem Deal einverstanden. Er wusste, dass ich zu meinem Wort stehe. Nach der Tat hatte er die Hosen voll und andere mussten einen Tag später die Leiche beseitigen. Was ihn dazu trieb, kurz zuvor noch einmal zum Ort seiner Tat zurückzugehen, bleibt wohl für immer ein Rätsel. Okay? Man hat ihn erkannt. Schluss! Das war es! Vorbei! Klappe zu! Aber ich habe ihm keinen Mordauftrag erteilt, auch wenn ich ihm viel zu viel Geld dafür versprach. Er sollte nur das Problem für mich lösen, mehr nicht. Ich wollte nur, dass dieser Pisch…, dieser Dingsbums, seinen Mund hält und niemandem etwas von den kleinen Ungesetzlichkeiten verrät, die er für mich erledigt hatte. Ich glaubte, sein Schweigen zum großen Teil erkauft zu haben. Doch das genügte ihm auf einmal nicht mehr. Er wollte mehr Geld, viel mehr. Sie und ich, wir beide, wissen doch genau, dass Forderungen dieser Art ein Fass ohne Boden sind. So wurde er zu einem ernsten Problem."

„Wie Sie sehen, können mit unserer Hilfe auch Tote etwas sagen. Sie ließen ihn die Steinbilder abholen und kurz darauf einen Mord begehen. Wen hätte er eigentlich umbringen sollen? Das sollten Sie uns noch verraten!"

„Ich verrate gar nichts. Schon wieder nur dieses dumme Gefasel von Ihnen."

Rottenbach übernahm die Gesprächsführung. Er deutete mit ausgestrecktem rechten Zeigefinger mehrfach auf das Gesicht von Bekker und schimpfte drauflos: „Sie wollten den anderen Piloten umbringen lassen, den nämlich, der Ihnen die Frau weggenommen hatte. Sie wollen Sie zurückhaben und handelten aus purer Eifersucht. Gestehen Sie endlich!"

„Was heißt da Eifersucht? Nein, gestört hat er eben. Gestört! Ohne ihn würde meine Brigitte sofort wieder zu mir zurückkehren. Was stört, wird entfernt, wie bei einem Edelstein das umgebende, wertlose Material, das daran klebt, aber nicht dazu gehört. Mir wurde eines Tages klar, dass sie meine Brigitte ist und auch bleiben soll. Sie ist, genau betrachtet, alles, was ich habe. Und dieser Flugkapitän hat sie mir einfach weggenommen. Was sonst hätte ich tun können, um sie zurückzugewinnen, frage ich Sie? Er sorgte dafür, dass ihre Antipathie gegen mich täglich zunahm. Bestimmt hat er auch die Mutter meines leiblichen Sohnes dahingehend beeinflusst, dass beide nichts von mir wissen wollten. Er war der Störfaktor, nur er! Als Brigitte noch mit mir zusammen war, war ich positiv gestimmt. Das Glas war immer halb voll. Heute sehe ich vor allem, was gerade nicht geht. Das muss sich ändern! Ich bin mir ganz sicher, dass mein Sohn mir dabei helfen wird. Allen Buben in seinem Alter gefallen die Tiere und das Meer rund ums Kap. Meine Heimat wird auch seine werden. Wenn er einmal dort war, wird er nicht mehr zurückkehren wollen."

„Herr Willem Bekker, Sie haben uns mit Ihrer Salamitaktik zur Verzweiflung gebracht. Sie säbelten immer nur so viel ab, wie unbedingt sein musste, vielleicht in der Annahme, niemand würde merken, dass es den Rest auch noch gibt. Mit der Wurst mag das gehen, aber mit der Wahrheit??? Wahrheit ist mir Wurst, ist ein Stabreim, mehr nicht. Und Gewalt ist sowieso völlig fehl am Platz."

Rottenbach erhob sich. Er stellte sich vor den Delinquenten und begann in geradezu feierlichem Ton eine Ansprache zu halten: „Herr Willem Bekker aus Kapstadt, Ihnen wird zur Last gelegt, in zwei Fällen zum Mord angestiftet zu haben. Sie bezahlten die Mörder und sind demnach genau wie solche zu behandeln. (§26StGB) Sie kommen jetzt zuerst einmal in eine unserer ausnehmend schönen Quartiere. Wir bereiten den polizeilichen Bericht vor. Morgen werden Sie dann dem Haftrichter vorgeführt. Sie haben den Bogen überspannt. Sie wollten mit allen Mitteln Ihre Frau zurückerobern und haben dabei vergessen, dass im Krieg und in der Liebe, entgegen landläufiger Meinung, nicht alles erlaubt ist. So wurden Sie zum Mörder! – Abführen!"

Schlussendlich

„Lieber Kollege Ludwig. Ich glaube, diesen Fall haben wir jetzt endlich gelöst. Unsere SOKO hat gut gearbeitet, in meinen Augen leider nur ein bisschen zu langsam. Ahem... Mit Kollegen wie den unseren zusammenarbeiten zu dürfen, ist für mich ein Privileg, für das ich dankbar bin. Wir Kriminalbeamte und die Polizei kämpfen auch im 21. Jahrhundert den uralten Kampf der menschlichen Gesellschaft gegen das Störende, manchmal Zerstörende, wie das schon zu Zeiten des alten Odysseus war. Kollege Liesegang hatte mit seinem Vergleich zu einer Sage des klassischen Altertums irgendwie recht. Gewisse Parallelen zur Ilias und dem Kampf um die schöne Helena lassen sich im vorliegenden Fall nicht übersehen.

Doch ist Vieles ganz anders. Unsere Themen und auch unsere Aufgaben sind heute auf wunderbare Art und Weise noch die gleichen wie bei den alten Griechen. Lediglich unser Rechtsempfinden und seine Auswirkungen auf die zu fällenden Urteile zeigen, dass wir einen anderen Zeitgeist pflegen. Das werden Bekker, Ziller, ALi, Riggellen und Hirst noch deutlich zu spüren bekommen und das ist gut so! In meiner Erinnerung wird außerdem für immer haften bleiben, dass so salopp und gleichzeitig systematisch wie dieser Bekker noch nie jemand die Wahrheit verbogen hat. Er lügt wie gedruckt. Mit seiner Begabung, Fantasien entwickeln zu können, wäre er besser Märchenerzähler geworden und nicht Diamantenhändler. Er hätte auch Romane oder Zeitungsberichte schreiben können."

„Ganz genau! Auch sein treuester Gefolgsmann und Handlanger, dieser ALi, war als Fälscher, Hochstapler und Betrüger fast unwiderstehlich, ein blendender Blender sozusagen. Ihm genügten Schere, Klebstoff und Haare, um Ausweise und überhaupt sein ganzes Aussehen zu fälschen. Sein widersprüchlicher Charakter rief bei mir von Anfang an Argwohn hervor. Nebenbei haben mir die in diesen Fall verwickelten Menschen auch gezeigt, dass, bei entsprechendem Anreiz, ein Verlust der eigenen Impulskontrolle sehr schnell entstehen kann. Das Böse lauert unentdeckt und unter normalen Umständen in unvorstellbarer Größe in jedem von uns. Ja, Sie haben richtig gehört, Chef. Auch wir beide sind zu allen möglichen Schandtaten fähig, wenn der Moment kommt, an dem die Wut die Oberhand über unseren Geist und unsere Ratio gewinnt. Ein kleiner zielgerichteter Schubs in die falsche Richtung und aus Biedermännern werden Verbrecher."

„Allen Erklärungsversuchen zum Trotz kann ich das ganze Konstrukt \`Bekker setzt Auftragsmörder ein, um selbst nicht zum Mörder werden zu müssen´ irgendwie noch immer nicht ganz verstehen. Er ist ein welterfahrener, intelligenter Mensch und hätte wissen müssen, dass er niemals straffrei davonkommen würde. Wäre er geflohen, hätten wir, die Polizei, die Kriminalpolizei und Interpol, ihn so lange gehetzt, gejagt und verfolgt, bis ihm die Luft ausgegangen wäre. Selbst wenn er sich in die Hintere Mongolei abgesetzt hätte, unsere Kollegen vor Ort hätten ihn in jedem Winkel des Landes gefunden und genau dann dingfest gemacht, wenn er es am wenigsten erwartet hätte. Jetzt sind seine Tage in Freiheit vorbei. Ein Leben mit seiner wirklich attraktiven Brigitte kann er vergessen. Wie konnte er nur so naiv davon ausgehen, dass wir ihn nicht überführen könnten. Die vorliegenden Beweise sind erdrückend und evident. Sie werden jeden Staatsanwalt und jeden Richter in der Bundesrepublik Deutschland überzeugen. Sein Leben ist trotz seiner wirklich riesigen Reichtümer und trotz seiner weltweiten Beziehungen, so gut wie vorbei. Auch von seinem Sohn wird er nicht mehr viel haben, denke ich. Er hatte sich in geradezu wahnwitzige, verrückte Unternehmungen hineingesteigert, und sich selbst und anderen etwas vorgemacht. Als er das bemerkte, war es für eine Umkehr schon zu spät. Ist das vielleicht der Anfang von Größenwahn? Sein unmissverständlicher Hinweis auf die Macht der Reichen zeigt zumindest in diese Richtung. Er glaubt wahrscheinlich wirklich, er gehöre zu den Herrschenden in der Welt. Wie sehen Sie das, Ludwig?“

„Ja Chef, ich glaube, Sie haben Recht mit Ihrer Analyse. Ich habe mir, sehr gut zu seiner speziellen Situation passend, bereits vor Jahren zwei einfache Erklärungen zurechtgelegt:
1.) Niemand trägt Schuld an der Liebe, die Liebe aber ist an Vielem schuld.
2.) Auch Selbstbetrug kann glücklich machen.
Ich weiß nicht, ob diese beiden Sätze allgemeingültig oder nur für mich von Wert sind. Sie gehören mittlerweile zu den wichtigsten Erkenntnissen meines Lebens.“

„Ja, sie klingen gut. Ich werde sie in mein Repertoire aufnehmen, wenn Sie erlauben. Dazu passt noch ein Bonmot, das ich gerne zitiere: ‚Beziehungen sind wichtig, weil Einsamkeit einem auf Dauer umbringt'. In diesem Sinne, pflege ich jetzt meine Sozialkontakte und gehe nach Hause. Auf Wiedersehen.

„Who is who"

Albert:	Azubi im Hotel Jagdschloss Kranichstein, Room-Service
Bekker, Willem:	Multimillionär aus Kapstadt, Südafrika; Handelte früher mit Edelsteinen und Brillanten, heute verkauft er Skulpturen im Hotelpark
Bekker, Brigitte:	ausnehmend schöne Exfrau von Willem Bekker
Bulic:	Zimmerkellner und Supervisor im Hotel Jagdschloss Kranichstein
Dörr:	Bauer und Eigentümer der Feldscheune in Erfelden am Rhein
Eisen, Stefan:	Direktor im Hotel Jagdschloss Kranichstein, Darmstadt
Gilb, Piet van:	Rechtsanwalt und Notar für das Hotel und für Bekker
Hähnklein, eig. **Hanecline:**	angeblicher Diamantringkäufer aus Belgien
Hirst, Ralf:	Mechatroniker in schweizer Mehlfabrik, Motorradfreund von Riggellen
Hortel, Florian:	Sohn von Edgar Hortel und Inge Mai, Bensheim
Karus, Emil:	cleverer Mitarbeiter der KTU

Kriminalkommissare und Oberkommissare der SOKO-Stein:

Kraft, Edi	
Kullmann, Detlev:	genannt Kulle
Liesegang, Gernot:	genannt Liese
Mehl, Oskar	
Beckmann, Erwin	
Lincoln, Abraham, genannt **ALi:**	Schulfreund und Handlanger Bekkers. Der Mann für alle Fälle
Ludwig, Ernst:	Erster Kriminalhauptkommissar (EKHK), Stellvertreter von PD Rottenbach in der Mordkommission und in der SOKO
Mai, Ingeborg, gen. **Inge:**	Nachbarin und beste Freundin von Brigitte Bekker, Mutter von Florian Hortel
Mol, Hendrik van:	schwerreicher Diamantenhändler aus Amsterdam und Freund von Willem Bekker
Ostermann, Karsten:	Purser bei Condor, wohnt in WG Kelsterbach, Lebensgefährte von H.-W. Weis
Pischkowsky, Peter:	Maurer und Fuhrunternehmer aus Kassel
Riggellen, Johan:	Arbeitet in schweizer Mehlfabrik, Motorradfreund von Hirst
Rottenbach, Dieter:	Polizeidirektor (PD) Im Polizeipräsidium Südhessen in Darmstadt. Leiter der Mordkommission und der SOKO
Rütherli, Urs:	Mitarbeiter der Kripo Basel, Kontaktperson zur SOKO
Schröder, Hans:	Polizeidirektor (PD) Kassel

Vissen, Alfred, Dr.:	Chemiker bei Merck und Hobby-Steinbildhauer
Warnisch, Jochen:	Flugkapitän bei der Lufthansa und fester Lebensgefährte von Brigitte Bekker, wohnt in einer WG in Kelsterbach
Weis, Hans-Werner:	Flugkapitän bei der Lufthansa, wohnt in Kelsterbach
Zeil, Rainer, Dr. Dr.:	Chef der Gerichtsmedizin und Freund Rottenbachs
Ziller, Paul Emil, gen. **Paule:**	Edelsteinhändler aus Berlin, Freund Bekkers

Anmerkung: Die erweiterte DNA – Analyse ist seit Dezember 2019 auch in der BRD gesetzlich erlaubt.

Inhaltsverzeichnis

Vielen Dank...

...sage ich all denen, die wissentlich oder auch unwissentlich viel zur Gestaltung dieses Buches beigetragen haben, wie zum Beispiel die lieben Eidgenossen aus der Schweiz, die südafrikanische Polizei und letztlich auch der altgriechische Dichter Homer, der mir mit seinem Roman vom Kampf um Troja (Ilion) die Grundidee für diesen Kriminellen-Roman lieferte.

Außerdem danke ich Anita und Gernot für ihre stets wertvollen Unterstützungen. Besonders erwähnt sei auch Herr Ulrich Diehl, der einige gute Kontakte herstellen konnte. Er ist nicht nur mein Verleger, sondern auch derjenige, der mit seiner Mannschaft wichtige Fäden im Hintergrund zieht.

Menschen, die mir als „Vorwegleser“ und/oder Lektoren mit Rat und Tat zu Seite standen, gebührt mein Dankeschön in spezieller Weise. Wiesen Sie mich doch auf all die kleinen Fehler und Ungereimtheiten hin, die ich selbst trotz besseren Wissens ungewollt produzierte. Namentlich waren das: Gabriele, Daniela, Susette, Brigitte, Lena, Sebastian und Michael.

Zu guter Letzt danke ich Ihnen, liebe Leserin, lieber Leser, für den Kauf dieses Buches. Es freut mich, wenn Sie mir Ihre Kommentare zusenden. Sie sind für mich Anregung und Ermunterung zugleich, allen Widrigkeiten zum Trotz, mit dem Schreiben weiterzumachen.

Helmut Johannes August Roth
Anno 2021

„Eine vor, zwei nach dem Essen“

(Erstauflage 2015), 235 Seiten,
farbiger Einband
Hardcover
ISBN: 978-3-9815937-3-0
Preis: (D) 19,80 €

Softcover (Paperback)
ISBN: 978-3-9815937-2-3
Preis: (D) 14,90 €

„Der Tote unterm Eisernen Steg“

(Erstauflage Oktober 2016),
280 Seiten, farbiger Einband

Softcover (Paperback)
ISBN: 978-3-9815937-4-7
Preis: (D) 14,90 €

„Tödliche Fassade“

(Erstauflage Dezember 2018),
289 Seiten, farbiger Einband

Softcover (Paperback)
ISBN: 978-3-9815937-5-4
Preis: (D) 14,90 €

Die Bücher sind sofort bei uns (per Telefon: 06151 / 39298-44,
Email: krimi@udvm.de oder Fax: 06151 / 39298-99), über ihren
Buchhändler oder Amazon erhältlich!

„PinKuin aus Eis“

(Erstauflage Dezember 2013)
124 Seiten, Farbiger Einband

Softcover (Paperback)
ISBN: 978-3-86520-494-3
Preis: (D) 9,90€

„Ich wünscht' , ich wär' Dein Swimming-Pool“

(Erstauflage September 2012)
120 Seiten, Farbiger Einband

Softcover (Paperback)
ISBN: 978-3-8482-0924-8
Preis: (D) 9,90€

Dr. rer. nat. Helmut Roth

Im Hausstück 9
D-64665 Alsbach-Hähnlein

Fon (+49) 62 57 / 68 700
Fax (+49) 62 57 / 71 06
eMail helmut.roth@s-roth.eu
Homepage www.helmutroth.jimdo.com

Ulrich Diehl
Verlag und
Medienservice
GmbH

UDVM

MAGAZINE

FORUM - Das Magazin für Kultur, Veranstaltungen, Handel und Gewerbe Riedstadt

Griesheimer Treffpunkt - Das Magazin für Kultur, Livestyle, Handel und Gewerbe

Kultur NACHRICHTEN
Magazin für Kunst, Kultur und Lebensart in Darmstadt und Umgebung

LebensLust
Magazin für Ihre Region. Kunst, Kultur, Garten, Bauen + Wohnen und Nachhaltigkeit

So Isses! - Das Stadtmagazin für Weiterstadt, Gräfenhausen, Schneppen-hausen, Braunshardt und Riedbahn

M - das Magazin für Wirtschaft & Gesellschaft in und um Darmstadt